『一本书学会新闻采写』系列丛书

获奖评论赏析

刘建华／主编
曹云雯／编著

人民日报出版社
北京

图书在版编目（CIP）数据

获奖评论赏析 / 刘建华主编；曹云雯编著．— 北京：人民日报出版社，2020.11

ISBN 978-7-5115-6685-0

Ⅰ．①获… Ⅱ．①刘… ②曹… Ⅲ．①评论性新闻—文学欣赏—中国—当代 ②评论性新闻—新闻写作 Ⅳ．① I207.5 ② G212.2

中国版本图书馆 CIP 数据核字（2020）第 225512 号

书　　名：获奖评论赏析
　　　　　HUOJIANG PINGLUN SHANGXI
主　　编：刘建华
编　　著：曹云雯

出 版 人：刘华新
责任编辑：梁雪云
版式设计：九章文化

出版发行：人民日报出版社
社　　址：北京金台西路 2 号
邮政编码：100733
发行热线：(010) 65369509　65369527　65369846　65369512
邮购热线：(010) 65369530　65363527
编辑热线：(010) 65369526
网　　址：www.peopledailypress.com
经　　销：新华书店
印　　刷：涞水建良印刷有限公司
法律顾问：北京科宇律师事务所　010-83622312

开　　本：710mm×1000mm　1/16
字　　数：411 千字
印　　张：25
版次印次：2020 年 11 月第 1 版　　2020 年 11 月第 1 次印刷

书　　号：ISBN 978-7-5115-6685-0
定　　价：59.00 元

“一本书学会新闻采写”系列丛书

★《获奖评论赏析》

曹云雯　编著

★《获奖消息赏析》

杨青山　杭丽芳　编著

★《获奖通讯赏析》

刘建华　郝天韵　编著

★《一本书学会社会新闻写作》

吴惠凡　著

★《一本书学会自媒体新闻写作》

闫伟华　申玲玲　郑雷　著

★《一本书学会软新闻写作》

周皓　杭丽芳　著

★《一本书学会经济新闻写作》

李炜　著

★《一本书学会新闻采访》

杨青山　朱静雅　著

★《一本书学会新闻写作》

卞丽敏　李炜　著

总 序
PREFACE

自媒体时代的全民专业报道

传播是人类与生俱来的，而媒体却是一个历史性的产物。

当号子、烽火狼烟、鱼肚尺素、鸿雁传书、招幌等古老媒体成为人们美好记忆的时候，当报刊、广播、电视等现代媒体让人颇为倾心的时候，数字技术与网络技术却把人们对新事物的欣喜若狂搅得天翻地覆了。手机 App、微信、微博、QQ、博客、播客等自媒体的迅猛发展，人工智能、5G、区块链、大数据、云计算、物联网、数字宇宙等新概念的层出不穷，令人们目不暇接。我们不得不说：媒介真的就是信息！

历史上，人们的需求似乎都不是自己真实的需求，正如消费社会，太多的需求是被他人创造和培养出来的一样。其实，人们对媒体的接近权与传播权也是被提醒的权利。在生产力极其低下的时代，人们绝不会想去拥有媒体接近权与传播权的。只有当技术进步、经济水平提高、物质产品丰富、精神需求扩大的情况下，一些政治家与学者突然告诉人们，“传播权是与生俱来的权利”。于是，对媒体接近权与传播权的奋争，似乎成为人类政治变革中的重要主题，也必然是民主平等应有之义。因此，自西方资产阶级民主革命以来，媒体便成为一个重要的武器，不断地变换角色，不断地改弦易张，不断地进退自若，成为极具魔力的法杖，令人们对之心神俱醉。

媒体接近权与传播权，从此，成为一代代人追求的目标！

自媒体时代的到来，使得一代代人追求的媒体接近权与传播权梦想成真，如同中国古人的飞天传说随着嫦娥卫星的成功发射成为现实一样。

“自媒体”这一概念最早出现在2002年美国硅谷著名IT专栏作家丹·吉尔默（Dan·Gillmor）对其“新闻媒体3.0”概念的定义中，“1.0”指传统媒体或旧媒体（Old Media），“2.0”指新媒体（New Media），“3.0”指自媒体（We Media）。2003年7月，谢因波曼与克里斯威理斯对自媒体进行如此界定：We Media是普通大众经由数字科技强化、与全球知识体系相连之后，一种开始理解普通大众如何提供与分享他们本身的事实、他们本身的新闻的途径。丹·吉尔默专著书名——《自媒体：草根新闻，源于大众，为了大众》（*We the Media*：*Grassroots Journalism by the People*，*for the People*），充分体现了自媒体的特点：全民新闻报道，全民受众即时接收全民生产者新闻。在自媒体时代，个体提供信息生产、积累、共享、传播内容兼具私密性和公开性的信息传播方式，多元声音来自多元世界，自媒体有别于由专业媒体机构主导的信息传播，它是由普通大众主导的信息传播活动，由传统的“点到面”的传播，转化为“点到点”的一种对等的传播概念。总之，自媒体的特点是平民化、个性化、简易化、快捷性、交互性，人人随时接近媒体，人人随时传播信息。

似乎，这的确是一个最好的时代。

然而，自媒体时代的全民报道也存在明显缺陷与诸多困惑。首先，新闻真实性受到严重挑战。丹·吉尔默提出“自媒体”概念时，就曾指出，“草根新闻的兴起伴随着严重的道德问题，包括真实性和公然欺骗。”这一方面是大众没有受过专业训练，新闻报道的标准意识不强，随心所欲发布信息，不加甄别；另一方面是技术突破了惯常的新闻监管体系，新闻不论真实与否，只能在事后加以控制；更重要的是接受者成为虚假信息的二手传播者，转发信息时缺乏责任意识。其次，媒体可信度较低。由于新闻真实性存疑，加之报道者的草根身份，无法让自媒体在严肃的政治、经济、文化、社会生活信息传播中，成为民众信息获得的依靠与必然选择，因而造成自媒体公信力降低，其成功的商业运作模式也是迄今仍在艰难探索的问题。最后，由于自媒体完全解放了人们的媒体接近权与传播权，使媒体从政党或组织派别争论的平台演变为众声喧哗的油锅。

似乎，这又是一个最坏的时代。

“一本书学会新闻采写”系列丛书，正是应时之作，为这个最好的时代与最坏的时代献上最有力的抓手，让自媒体时代的草根新闻，变成媒体接近权与传播权大放异彩的全民专业报道。如同喻国明教授的形象比喻：全民 DIY 应该是专业、标准、科学、有效的 DIY。

本丛书是以新闻采写为研究对象，采取旅游全攻略的架构，利用工程技术的思路，兼撷专业新闻理念与业余记者思维精粹，接轨不同行业与类型新闻采写方略，引领非专业人员进入新闻采写的奇峰异洞，细语全民专业报道中的在哪做、做什么、如何做，形塑全民 DIY 时代非科班出身的合格记者。

我们正在尽力去做，而做的结果却只能任由众人评判。尽管心有余，却力有不逮。但为这个瞬息万变时代的众生，奉上有用且高效的抓手，是而且一直将是我们的使命与图腾！

刘建华

2011 年 10 月于中国人民大学品园

2020 年 8 月修订于京华三路居

（作者系中国新闻出版研究院传媒研究所执行所长、研究员）

前 言
PREFACE

站上新闻评论课的讲台，至今刚好10年。

一册获奖新闻作品的“赏析”，是一份答卷，评判交给读者。

为教课，为表达，一年一年，遇事情，多想想，力求真诚面对自己。“写作的人，多半是天真的”，这样的话里，一半自嘲，一半砥砺。感谢教书的生涯，遇到很多天真的人，包括天真的学生。作为学习者，注定是天真的，人难自欺。

评论的编辑和作者，为职业谋，越写就越天真了，不仅为职业谋了。听懂他们话里话外传递的意思，需要天真，如果听得不是特别明白，就要学习，就要思考。解读文章，有一套“密码”，有些是从小到大的语文课上教的——分段、开头、结尾、起首句、过渡句、修辞方法等，可学；有些是经历世事感悟出来的——含蓄的肯定、温和的讽刺、无所畏惧的坦荡、勇往直前的坚毅，难教。

学新闻，要世故，更要天真。

中国新闻奖，快30年了。整理和精读获奖评论，是学习共和国改革开放历史的机会，也是学习中国新闻舆论工作具体实践的机会。以文字为媒，与丰富的精神相遇。于是，确认了：“以人民为中心”的原则，从来没有被淡化；“实事求是”的精神，从来没有被淡忘，一代又一代撰稿人和传媒编辑，满腔赤诚，拳拳之心，担道义，著文章。大是大非面前，他们敢于亮剑，走笔如电；对形式主义、官僚主义流弊，他们目光如炬，义正词严讲政治；对新问题，他们勇于探究；对新风尚，他们放声高歌。他们把对祖国和人民的深情藏在心间、字里行间，不刻薄，不偏激，不高调，不敷衍，理性温和地记录时代，冷静克制地剖析矛盾。他们的忘我，体现在写作的智慧中，为了谏言被采纳，他们不故作姿态，而是循循善诱。他们的勇敢，体现在写作的追求中，为了讲清楚问题的本质，他们不怕得罪当事人，而是有理有据。

中国新闻奖，是标杆，尤其新闻评论，不仅是写作上的，也是人格和国格上的标杆。中国新闻人，且行且思，一字一句，雁过留痕，推动中国社会，一天一天，一点一滴，进步和发展。

要相信！

曹云雯

2020 年冬于云南大学呈贡校区

目　录
CONTENTS

第一编　报纸评论

003　**擦开温情的面纱**

004　◇附作品

别把超时加班美化为“拼搏和敬业”

007　**对谬论的果断亮剑**

009　◇附作品

对“私营经济离场论”这类蛊惑人心的奇谈怪论应高度警惕

011　**理论阐释的“时度效”**

013　◇附作品

让劳动光荣成为青年坚定信念

016　**问题导向和问题意识的结合**

018　◇附作品

新时代呼唤蓬勃的青年精神

020 角度刁钻的“点射进球”
022 ◇附作品
不因唱衰而忧　不因看涨而乐

024 “微”的力量
026 ◇附作品
民生实事　莫沉迷于“数字突破”

029 爱，让世界安静下来
031 ◇附作品
魏则西事件下的污名化狂欢要不得

033 以诗人的热情呼吁关注青少年生命教育
035 ◇附作品
漠视生命是最可怕的沉沦

038 为农民代言的政策回音壁
040 ◇附作品
要帮进城农民算好三笔账

043 别拿因果论证说事儿
045 ◇附作品
别拿屠呦呦说事儿

047 以发扬“剃刀”精神学习贯彻讲话精神
049 ◇附作品
重塑文艺评论的“剃刀”精神

052 认识升维，以经验教训引导围观
054 ◇附作品
公共辩论，求真比求胜更重要

057 该谁说和该如何说
059 ◇附作品
师德“红线”需要更明确的操作性

062 理性批驳“脑残套路”
064 ◇附作品
哪里有“危险”，哪里就有“临时工”

067 当高温与民意共振
069 ◇附作品
放个高温假天塌不下来

071 澄清谬误的理性态度和专业辨别力
073 ◇附作品
“富豪相亲”浊化社会空气

075 何以不再低调
079 ◇附作品
崛起的中国势不可当

090 网络调查评论也可以接地气
092 ◇附作品
媒体岂能对可疑数据不设防？

095 他，在自省，在把关，在启蒙
097 ◇附作品
没有新闻，就别制造新闻

099 警惕“倾听沉没的声音”变成政治流行语
102 ◇附作品
倾听那些“沉没的声音”

104 短评的魅力和问题
106 ◇附作品
当学生提不出问题时

108 打破套路，缘事而评
110 ◇附作品
城市管理亟待走出“整治思维”

112 用创新的语言翻译和传达
114 ◇附作品
食品安全就该“人命关官”

116 打假初衷与论证策略
118 ◇附作品
专家哪里去了

120 找准交流的对象和时机
122 ◇附作品
不是所有弯道都是超越好时机

124 有立场有分寸地和这个世界讲理
126 ◇附作品
指责中国“劫持”气候大会毫无道理

129 以国家仪式传承历史文化价值观
131 ◇附作品
今天，让我们体悟生命的尊严

133 理论思维的力量
135 ◇附作品
媒体自身也要讲荣辱观

137 一篇“三巧”评论
139 ◇附作品
说要做的事就要做

141 “时效性”与“新概念”
143 ◇附作品
更多的责任与义务——以公民的姿态站立

145 舆论监督的时度效
147 ◇附作品
警惕“专家观点”成为“利益俘虏”

149 一个复杂事件的判断层次与逻辑
151 ◇附作品
坚决制止低俗炒作行为

153 媒体不能止步于提出问题

155 ◇附作品

用心灵去感知那别样的世界

157 动情的真话最动人

159 ◇附作品

善待百姓

162 “微笑”的获奖线索

164 ◇附作品

微笑，并保持微笑

167 站在人民的立场　语言自带光芒

169 ◇附作品

让人民群众成为舆论宣传的主角

171 问题背景与话语策略是课文学习的“升级版”

173 ◇附作品

台湾历史不容歪曲

177 热爱与耕耘养成的风格

179 ◇附作品

“真抓”与“假抓”

181 从旧现象中看到新观念

183 ◇附作品

解放人才

185 “新话”来自作风的转变
187 ◇附作品
学会讲新话

189 表达心声的激情之作
191 ◇附作品
迎着老百姓的方向走

193 在历史的进程中评价历史
195 ◇附作品
评改革开放二十年

203 直来直去讲理论
205 ◇附作品
一个鲜明主题

207 批评歪风邪气须有一身正气
209 ◇附作品
不能搞有偿新闻

212 直陈蓄积之情的佳作
214 ◇附作品
市长：可否改改垃圾车

第二编 广播评论

219 如何形成独特的选题角度
221 ◇附作品
未来，我们需要怎样的行业协会？

225 沉下去听得更真切
228 ◇附作品
善待民工才能够缓解民工荒

231 采访式广播评论的创新实践
233 ◇附作品
让中药走向世界

238 一篇新闻述评的成功机制
240 ◇附作品
49% 大于 51% 的启示

242 反对形式主义时不搞形式主义
244 ◇附作品
扫除形式主义

第三编　电视评论

249 一句话的表达契机和表达层次
251 ◇附作品
民企也是国家队

257 轮回式的突破
259 ◇附作品
证难办　脸难看

269 阐释“新做法”的正确路径
271 ◇附作品
聚焦医患“第三方”

279 一次特殊的“异地监督”
282 ◇附作品
致命石英砂

288 “盯住”就有说服力
290 ◇附作品
祸起三鹿奶粉

296 调查的力量
298 ◇附作品
用生命撞响的警钟

305 如何聚焦“焦点”
307 ◇附作品
洗不掉的恶行

311 《今日话题》的代表作
313 ◇附作品
干部图政绩，普九变儿戏

319 中国电视评论进步的标志
321 ◇附作品
刑场上枪声留下的警示

第四编　网络评论

329 务虚与务实的精准结合
331 ◇附作品
在抓落实中重“绩”留“心”

334 对话策略和底线思维
336 ◇附作品
极恶！拿慰安妇头像做表情包，良心何在？

339 网络文化语境中的大评论与大修辞
341 ◇附作品
中国改革“再出发”的总宣言

344 “特别”之处在文章之外，也在字里行间
349 ◇附作品
限制“公款消费”本质是制约权力寻租

351 表达时机、核心概念和语态转换
353 ◇附作品
拒绝空谈：需从学会“不念稿子”做起

356 当周正龙们遇上网络舆论
359 ◇附作品
“华南虎事件”能否成为一个契机？

362 被 Web2.0 改变的社会逻辑

364 ◇附作品

谁代表网友给小慧的后妈道歉?

366 向漠视生命价值的黑色利益开炮

369 ◇附作品

爆炸、矿难，山西为何黑色新闻不断?

371 爱国的理性路径

373 ◇附作品

我们怎样表达爱国热情

376 致 谢

第一编
报纸评论

撩开温情的面纱

郭步陶对评论曾有一个经典的定义，认为“把不平的事用言文的功能，使它得着公平的判断，便是评；遇着头绪纷繁的事情或问题，拿着言文的工具，把它整理得条理分明，使人不至是非倒置，便是论”①。《工人日报》的这篇评论就是还原事实本相，得出公平判断，厘清是非曲直，为劳动者讨公道的典型。

首先，迎着热点上，甘当民意代言人。互联网时代的新闻评论，不仅仅在于观点竞争，更在于话语竞争。回避公众关心的热点话题，就是主动退出舆论场，文章写得再漂亮也很难与所谓的引导力和影响力产生联系。评论的选题源自“热搜榜”，这并非是一个由话语主体所主导的“业绩榜”，而是由成万上亿的网民关注度和点击量实实在在生成的“民意窗口”。理论上讲，民意来自民间或非政府机构的个人、团体和公众意见，包括公开的和非公开的意见。社会舆论和民意在一定条件下是可以相互转换的。“热搜榜”体现的是在实际工作关系中没有话语权的主体所表达的意见，这个意见显然与强势的“企业文化话语”形成了对立。企业的表达是一种民意，互联网程序员的表达是一种民意，“996 工作者”的表达是一种民意，此民意非彼民意，作为劳动者代言人的《工人日报》毫不迟疑地选择了为更大多数权益受侵犯的劳动者表达意见。近年来，主流媒体越来越清晰地认识到，回避没有实际话语权的主体的意见就是无视民意，就会丧失媒体公信力，只有甘当民意代言人，才能真正赢得民心。

其次，迎着痛点上，勇于批评语言腐败。明明是让员工不得不“超时加班”，还把这种权益侵犯行为美化为“拼搏和敬业”。乍一听，道义凛然，价值观无

① 胡沈明，冯淑闲．新闻评论话语表达的变迁探究［J］．新闻界，2017（8）：23.

害，实际上却是用话语执行着违法的制度。语言腐败就是指此类偷换概念、“反说正话”的行径，其存在的土壤是不平等主体之间的特定关系，是强势一方的需求痛点。企业主和员工之间，具有话语权的一方对没有话语权的一方提出不正当要求，其说辞的意图必然也要符合其利益的要求，为了掩盖其利益诉求的“不正当性”，说辞本身就将挪用可以被员工乃至社会舆论暂时接受的能指，达到混淆视听的目的。这一挪用，一方面造成了企业员工的认识混乱，一定程度上延迟员工个体之间的思想交流，阻止不同意见的集结；另一方面则在实际效果上导致听信其言者用错误观念指导自己的行为，客观上形成企业的所谓“文化”，致使迫于竞争关系的员工之间失去维权的意识和机会。

最后，迎着难点上，敢于直面问题本质。正如人最容易被最亲近的人伤害，“温情的面纱”的杀伤力在于以一副“正能量”的模样形成道义伪装并导致他人的健康受损。无论是孤立地看，还是结合时代的发展需要看，劝人“进取和奋斗”都是对的，中国传统文化也倡导“天行健，君子以自强不息”。然而，被加班牢牢锁定于工作中的个体，不仅有身体健康的风险，更有精神健康的风险，后者的危害和对社会发展造成的凝滞作用更大。这篇评论在选题上已经打开了一个为劳动者维权的问题向面，也打开了一个更为深刻的问题本质向面。“高质量发展是一场耐力赛”，不仅需要身心健康的劳动者，更需要有创新活力的劳动者。

“撩开温情的面纱”，不是揭穿，不搞对立，是提醒，更是远虑。

◇附作品

别把超时加班美化为“拼搏和敬业”

郑　莉

近日一则由互联网程序员引发的新闻登上了热搜榜——一名程序员在GitHub社区上建立了一个“996.icu”（即工作996，生病ICU）的项目，披露部分互联网公司“996”工作制现象，大量“996工作者”涌入并控诉。

“工作996，生病ICU”，意味着长期过劳工作，最终面临健康风险。由此引发的“996”加班问题再次进入公众视野。许多被证实采用“996”工作制的公司被推上舆论的风口浪尖。其中，有新兴互联网公司，也不乏跻身世界500强的大型企业。

所谓“996”工作制，即每天从早9点工作到晚9点，每周工作6天。以此测算，每周工作时间达到了72小时。而这一制度是违法的。1995年施行的《中华人民共和国劳动法》规定了劳动者每日工作时间不超过8小时、平均每周工作时间不超过44小时的工时制度，并强调“劳动者享有休息休假的权利”。法律也考虑到不同企业的实际情况，规定用人单位由于生产经营需要，经与工会和劳动者协商后可以延长工作时间，一般每日不得超过1小时；因特殊原因需要延长工作时间的，在保障劳动者身体健康的条件下延长工作时间每日不得超过3小时，但是每月不得超过36小时。与此同时，用人单位安排加班的，应当按照国家有关规定向劳动者支付加班费。

随着我国劳动法律制度的不断完善，保护劳动者权益的制度体系和社会氛围已经形成，侵犯劳动者休息权的行为不再明目张胆，但是有的超时加班却披上了“温情的面纱”——企业用加班文化将员工捆绑在岗位上，要求员工付出更多工作时间和劳动力，以此期许提高企业的KPI（关键绩效指标）；员工忍耐着适应加班文化，以此换取稳定的收入和职业的发展。

如此加班给劳动者带来的是幸福吗？日前，整个微博都在安慰一个因为逆行被交警拦住、情绪失控大哭的小伙子。小伙子的一句话戳到了许多人的泪点：“我加班到十一二点，所有人都在催我，我真的好烦啊。我只是想哭一下……”

因为一件小事瞬间崩溃，程序员在网上自发声讨“996”工作制，这反映了重压之下的劳动者已不堪重负。全国总工会开展的第八次全国职工队伍状况调查显示，迫使职工超时加班现象较为普遍，每周工作超过48小时的职工占21.6%，仅有44%的职工表示加班加点按劳动法规定足额拿到了加班费或安排了相当时间倒休。

诺贝尔奖得主科斯曾经感叹：“中国人的勤奋令世界惊叹和汗颜。”但问题的另一面是，辛勤劳动不等于无所顾忌的加班和漫无边际的任务指标；“为幸福而奋斗”也不应当成为企业逾越法律红线、忽视员工健康权休息权的代名词。

将超时加班美化为“拼搏和敬业”的企业文化，这是用温情的姿态，变相强迫劳动者加班。这不仅阻碍了企业的可持续发展，更可能损害高质量发展的耐力。因为劳动者的健康是国家发展的基石。过度延长工作时间，会导致一系列恶果，包括健康受损、生育率下降、心理疾病，甚至过劳死。

高质量发展是一场耐力赛。劳动者的身心健康不仅是这场“耐力赛”的推动力，也应是衡量高质量发展的重要指标之一。秉持以人为本的原则，关注和维护劳动者的身心健康，这才是创造价值和利润的正确路径。

“五一”国际劳动节即将来临，这个节日正是为争取8小时工作制而来。今天，应该撩开“996加班文化”的温情面纱了。高质量发展，需要的是更合理的工作节奏、更高效的运转模式、更科学的管理方法，需要企业承担起维护劳动者权益的法律责任，需要全社会对“8小时工作制”意义的认可。

（原载《工人日报》2019年4月11日）

对谬论的果断亮剑

这是一篇典型的驳论文，在以“发展”为关键词的时代背景下，针对国内舆论场上的一些极端言论，像此文一样“见血封喉”的文章并不多。如果缺乏高度的政治敏感，那么《经济日报》就不可能如此准确地“捕获”并“控制”这个典型言论。文章对这一言论的“发难”主要体现在以下几方面。

首先，反应迅速，强调批驳的前提。驳论的关键在于“破”，与其让错误言论大行其道，不如及时点破其谬。“2018年9月12日上午，署名吴小平的《私营经济已完成协助公有经济发展应逐渐离场》的网文流传网上引起哗然。时至中午网上舆论混乱。编委会迅速部署作者撰文批驳。”可见，选题的来源表面上是“舆情动态”，实际上是《经济日报》编委对问题的“性质甄别”。“舆论混乱”不同于“舆论分歧”，前者并非源于既定利益群体的不同立场和诉求，抑或学理性的逻辑思辨和不同前提、材料而产生的观点争论，而是观点引发了言论市场的无序和恐慌，就像各行其道的路面上突然有逆行车辆闯入而导致的交通混乱。如果把国内经济改革和发展看成一个需要重新划分车道、精细挑选入场车辆的“调控现场”，那么逆行车辆的突然闯入显然容易构成对调控局面的干扰。7月31日，中央政治局召开会议分析研究经济形势并部署下半年的经济工作，指出“经济运行稳中有变，面临一些新问题新挑战，外部环境发生明显变化”。吴小平的文章发表在这次会议之后，承接会议精神，《经济日报》特别强调了警惕错误言论的必要性在于“外部环境发生明显变化”这个重要前提。

其次，一语中的，实现批驳的目的。一般而言，真正的意识形态问题需要通过解决实际问题来疏导和回应，一味在言辞上“逞强或胜出”并不明智。但是，在问题还没有得到解决或正在解决的过程中，有的人故意制造烟幕弹妨碍解决，就必须识破“来者不善”，就必须“以眼还眼”或“顺水推舟”——对方的立论前提是“私营经济靠不住、竞争力不强”，批驳时就以改革开放的历史事实作为前提，使其自相矛盾，破绽百出，不攻自破。文章开篇指出“荒谬逻辑推导出的结论、自以为是的奇葩论调”，这个定调看似简单，其实是新时代新闻舆论工作水平和工作技巧的集中体现。习近平同志说：“对别有用心的人散布的政治谣言和奇谈怪论，我们的党员、干部耳朵根子不要软，不要听风就是雨。同时，我们不能默不作声，要及时反驳，让正确声音盖过他们。这与韬光养晦或不争论是两码事。”[①]《经济日报》第一时间鉴别出“私营经济离场论”的荒谬性，初步判断其写作动机的可能性，并提醒其言论的危险性，体现出鲜明的“四个意识”和用实际行动做到“两个维护”的坚决态度。

最后，提升站位，具有充分的预见。从评论的内在要求来讲，对错误观点真正具有杀伤力的仍然是论证的力量，这也符合社会进步和政治文明进步的要求。与某些意识形态纷争将笔墨更多投注在“诛心”上不同，《经济日报》理性分析了私营经济不可能离场的原因，一是强调改革开放的历史证明了私营经济的贡献；二是分析了党的十八大以来中央深化改革的精神并没有丝毫排斥私营经济的倾向，从概念上区分了“混合所有制经济”与“一大二公”的不同。为此，文章引用了《中共中央关于全面深化改革若干重大问题的决定》，实现了“理性站位”与“政治站位”的高度吻合。文章由报社新媒体“两微一端”和中国经济网发出，《经济日报》时评版于次日见报，很快引起社会关注。9月13日上午，《人民日报》微信公众号以《高度警惕“私营经济离场”这种蛊惑人心的奇葩论调》为题转载了文章；光明网则发表题为《改革开放40年：更要坚定市场导向》的文章，对“私营经济离场论”进行了评论，认为“改革开放40年的今日，无论是就观念意识而言，还是就现实状况来讲，这样一篇文章来得也正是时候”。11月1日，习近平总书记主持召开民营企业座谈会并发

① 习近平．当前工作中需要注意的几个问题（2014年10月23日）[A]．习近平关于社会主义文化建设论述摘编．北京：中央文献出版社，2017.

表重要讲话，重申“两个毫不动摇”的基本经济制度，为这场大讨论一锤定音。

对错误言论的果断亮剑，依靠的是中央精神和理性判断，与“拔剑四顾心茫然”的惶惑和迟疑完全不同。《经济日报》的这个一等奖，是对新时代新闻舆论工作的整体氛围和新的气象的褒奖和肯定。

◇附作品

对“私营经济离场论”这类蛊惑人心的奇谈怪论应高度警惕

——“两个毫不动摇”任何时候都不能偏废

吕立勤（平言）

近日，源于自媒体的一篇文章，引起网上的一片哗然。荒谬逻辑推导出的结论、自以为是的奇葩论调，在当前外部环境发生明显变化的大背景下，尤应引起高度警惕。这篇自称“资深金融人士”发布的网文称，“私营经济已经初步完成了协助公有经济实现跨越式发展的重大阶段性历史重任。下一步，私营经济不宜继续盲目扩大，一种全新形态、更加集中、更加团结、更加规模化的公私混合制经济，将可能在社会主义市场经济社会的新发展中，呈现越来越大的比重”，理由是“私营经济”即非公有制经济“是没有纪律的，是没有深谋远虑的，是不足以面对日趋严峻的国际竞争的”。其核心错误，是试图否定和动摇我国社会主义基本经济制度和社会主义市场经济体制，把当今世界和平合作、开放融通、变革创新时代潮流中各类企业谋求发展的美好愿望，与其自定义的所谓“国家意志”对立起来，并试图由“更加集中”和“更加规模化”的“一大二公”的经济形态所取代。这无疑是逆改革开放潮流而动、企图开历史倒车的危险想法。

40年前，以党的十一届三中全会为标志，我国开启了波澜壮阔的改革开放历史征程，不断冲破僵化思维和体制机制藩篱，逐步确立起公有制为主体、多种所有制经济共同发展的基本经济制度，把公有制经济和非公有制经济共同作为社会主义市场经济的重要组成部分，使之成为我国经济社会发展的重要基础。党的十八大以来，习近平总书记多次强调坚持“两个毫不动摇”，要求将其体现到各项具体政策中，极大地激发了我国公有制经济和非公有制经济的活力，更使得科学社会主义在21世纪的中国焕发出强大生机活力。今日中国，已经成为世界第二大经济体、第一大工业国、第一大货物贸易国、第一大外汇储备国；人民生活已从短缺走向充裕、从贫困走向小康。改革开放给中国带来翻天覆地的变化，根本无从得出要对非公有制经济“卸磨杀驴”、以公有制取代非公有制的方式发展混合所有制经济的荒谬结论。

如此看来，自媒体上流传的这类蛊惑人心的奇谈怪论，若不是为了一己之私谋求网络轰动效应和流量收益，便是另有企图、别有用心了。令人欣慰的是，面对互联网上充斥的各类谣言，越来越多的“吃瓜群众”正在变得耳聪目明。不过，即便如此，仍有必要重温《中共中央关于全面深化改革若干重大问题的决定》的有关内容：“允许更多国有经济和其他所有制经济发展成为混合所有制经济。国有资本投资项目允许非国有资本参股。允许混合所有制经济实行企业员工持股，形成资本所有者和劳动者利益共同体。”由此可见，中央所鼓励的混合所有制经济，是产权多元、自主经营、治理规范的市场微观主体形态，绝非计划经济时代“一大二公”的翻版。唯有全面准确理解中央决策部署的精神实质，才能识破种种反智论调的荒谬所在。

当前，国内外形势错综复杂，企业生存发展面临诸多新挑战。如何同舟共济，闯过急流险滩？重要一条，就是在以习近平同志为核心的党中央坚强领导下，凝聚改革共识、坚定开放信心，继续坚持和完善我国社会主义基本经济制度，绝不能逆时代潮流而动，开历史倒车。公有制经济财产权不可侵犯，非公有制经济财产权同样不可侵犯。在毫不动摇巩固和发展公有制经济的同时，必须毫不动摇鼓励、支持、引导非公有制经济发展，激发非公有制经济活力和创造力。“两个毫不动摇”任何时候都不能偏废。

（原载《经济日报》2018年9月13日）

理论阐释的“时度效”

与2017年的《新时代呼唤蓬勃的青年精神》一致，《中国教育报》刘涛的作品坚持将问题导向和问题意识相结合，寻找青年教育和理论阐释的突破口。“五四”作为一个周期性选题，要产生超越“回归五四爱国精神”或“发扬新时代奋斗精神”的观点并不容易，但是，他能以学者的思维，敏锐把握和深刻洞悉时代精神，对理论进行有现实针对性的阐释，再次荣获中国新闻奖，可谓实至名归。

但凡从事教育工作的人，都应该清楚关于生存、生命和生活的教育对青少年是不能缺位的主题，实现教育主题的具体面向则是包括劳动教育在内的全面教育。党的十八大以来，习近平总书记在多个场合强调尊重劳动、关心劳动者、重视劳动教育、提倡劳动精神。2018年五一国际劳动节，习近平总书记发表重要讲话，再提劳动光荣，强调让劳动精神、工匠精神深入人心。其实，早在1999年6月，《中共中央国务院关于深化教育改革，全面推进素质教育的决定》就把“德、智、体、美等全面发展”这一说法首次变成“德、智、体、美、劳全面发展”。2018年9月10日，全国教育大会上，习近平总书记强调，要在学生中弘扬劳动精神，引导学生崇尚劳动，懂得劳动最光荣的道理，让“劳动教育”重新回到人们的视野。那么，总书记为何如此重视这个问题？究竟应该如何理解这个问题？对此，这篇评论做出了很好的回答，具体体现在以下几方面：

首先，为理论阐释选对时机。正如前文所言，作者对“五四”这个每年都要回应的周期性选题提出了一个新观点。但是，从理论阐释的角度来看，与其说“破题成功”，不如说“时机很好”。同时，发表文章的平台让时间节点成为观点表达的机会也是不可忽略的事实——面向《中国教育报》的读者，青年节继续讨论教育，进而聚焦“劳动教育”——看似水到渠成的思路，但是少了这个平台条件也很难实现。“劳动”本来是马克思主义理论的重要论域，但改革开放 40 年间，政治意识形态的淡化一定程度上导致了社会意识形态的多元化，尤其是现实生活的某些经验促成世俗劳动观念的集结，而且这些观念反过来开始对青少年形成不良的影响。可以说，教育问题实际上是政治意识形态危机的表现。如果就教育而谈教育，理论阐释就无从说起，就教育而谈哲学，才是理论阐释的真正时机。因此，所谓“时机”其实包含三个意义：一是时间节点；二是发表平台；三是问题转换。

其次，为理论阐释改变维度。对“劳动教育”比较直接的理论阐释也许可以是“健全和完善社会主义制度、实现社会主义教育目标的重要举措”，突出概念之间的关联性。文章则选择以“劳动是人类的本质活动”这个哲学观点来取消“不劳而获”观念的存在理据，为理论阐释开启了哲学阐释的维度，实现政治意识形态的柔性回归。就像开掘一个被落石堵住的隧道，作者非常珍视奋力凿开的、自带支点的切面，强调“劳动具有根本性的认识论意义”，指出忽视“抽象劳动”造成社会区隔所具有的风险，进一步占领被世俗错误观念覆盖的社会意识形态。因此，所谓“维度”其实是以马克思主义哲学的价值观取代粗鄙的世俗经验，为青年教育的问题导向插上超越现实的理想之翼。

最后，为理论阐释确定效果。受互联网文化和消费文化、娱乐文化的影响，青年文化的话语系统与主流文化产生了能指层面难以弥合的间隙。一般的话语策略是从青年群体熟悉的符号系统中提取和挪用能指，注入符号意义，完成符号重构。短期来看，这种话语策略的确产生了一定的传播效果，比如“网络热词”被重新编码后的再流行等。但是，真正的传播效果，其前提在于价值观的吻合度，并非以牺牲审美趣味而将就或迎合。教育的根本目的与马克思对劳动的认识高度统一，作为理论传播者，学术思维与研究旨趣也是统一的，与其在符号选择上东奔西突，不如引导教育者和受教育对象回到马克思主义哲学的原文，从原文悟原理，为“劳动光荣”的口号提供脉络清晰的价值前提。文章的后半部分提出“树立正确的劳动观”，因为有了前文对哲学概念的原义阐释，使得“回到劳动应有的哲学语境和价值本位”“充分认识劳动的价值本位与生命要义”“让‘劳动光荣’的观念成为时代新风”和“用‘劳模精神’指引我们的社会实践”等几个观点的可接受度得到确定，有效避免了空喊口号的消极影响和低效乏力。因此，所谓“效果”其实是以哲学思想的正面传播替代短期话语策略所制造的符号再流行，促进理论的物质性转化。

综上，这篇评论实际上也是马克思主义哲学的一次生动实践：在问题中回应问题，在实践中发现真理，面对意识形态危机，实事求是，不回避矛盾，着力开凿新时代青年教育的新渠道。

◇附作品

让劳动光荣成为青年坚定信念

刘　涛

面对当前社会对“劳动”和“劳动者”的各种误读，以及弥散在社会中的各种“不劳而获”观念，我们有理由再提“劳动光荣”，推进“劳动教育”，使其与“德”“智”“体”“美”并行发展，真正形成人类社会教育的完整拼图。

在刚刚过去的五一国际劳动节和已经到来的五四青年节，一个个关于劳动者和奋斗者的故事不断被传唱，这不仅仅是对个人与集体的肯定、对青年与青春的赞赏，更是对劳动与奋斗的肯定。

劳动是人类的本质活动。马克思在《德意志意识形态》中指出，劳动使人和动物具有了本质性的区别。正是在劳动中，人与人之间的社会关系得以形成，人类最终从自然界或自然状态中挣脱出来，获得了一个更广阔的社会向度。马克思将劳动视为社会的太阳，认为“只要社会还没有围绕着劳动这个太阳旋转，它就绝不可能达到均衡”。因此，要理解人类社会的产生、变化和发展，劳动具有根本性的认识论意义。

不忘初心，方得始终。“劳动光荣”曾是一个响亮的社会口号，为中国的历史进程注入了强大的信念与力量。因为劳动，革命、同胞、劳动者、共同体等概念悄然生成；因为劳动，人们抱团取暖，共筑伟业，相互慰藉。然而，今天人们似乎偏离了曾经所坚持、所相信、所践行的劳动观念。人们狭隘地对不同劳动给出了高低贵贱之分——来自底层群体的劳动被视为一种低级的劳动形式，从事底层劳动的劳动者难以获得应有的尊重。

实际上，这种片面的劳动观念严重背离了马克思的劳动本位论。马克思区分了具体劳动和抽象劳动，以强调任何劳动都具有对话和通约的可能，由此形成了劳动价值本位的观念。马克思之所以提出“抽象劳动”的概念，就是强调“凝结在商品中的无差别的人类劳动”，以此揭示不同的具体劳动在商品价值上具有对话之处。正是在“抽象劳动”层面，不同的“具体劳动”有了通约和转化的可能，这就意味着一切劳动都在创造价值，都应该被尊重。

遗憾的是，今天人们逐渐忽视了抽象劳动的内涵，由此篡改了劳动的本义，逐渐形成了一种狭隘的、片面的、功利的劳动观。正是受制于这种世俗的劳动观，人们简单地将劳动视为身体劳动，将劳动者等同于社会底层，整个社会出现了一种对“劳动”的消极情绪。这种不正确的劳动观，既背离了马克思主义的劳动价值本位，也加剧了不同社会阶层之间的隔阂与矛盾。

面对当前社会对“劳动”和“劳动者”的各种误读，以及弥散在社会中的各种“不劳而获”观念，我们有理由再提“劳动光荣”，推进“劳动教育”，使其与“德”“智”“体”“美”并行发展，真正形成人类社会教育的完整拼图。而敬畏劳动、尊重劳动者、争创劳动模范、树立正确的劳动观，对于成长中的青少年而言，既是必要的也是迫切的。

树立正确的劳动观，就是回到劳动应有的哲学语境和价值本位，让青少年深刻认识到劳动创造了人，创造了人类社会，也创造了人类文明。尤为重要的是，要让马克思主义教育深入人心，让青少年真正理解劳动的本义和内涵。只有回到劳动应有的价值本位，我们才能重新理解社会过程，重新认识社会阶层，从而打破片面的劳动观所制造的社会区隔体系，让全社会劳动者在劳动的意义上获得真正的平等。

树立正确的劳动观，就是充分认识劳动的价值本位与生命要义。劳动赋予生命以意义，同时也为生命铺设了行动的坐标与方向。苏联教育学家凯洛夫指出:“劳动是人类社会生活的基础,是人的生活和幸福的源泉。”正是通过劳动,人成为社会中的人,成为社会关系中的人,人得以相对清晰地识别何为“生命的意义”;正是因为劳动,人的生命内涵和意义更加丰富,而个体的主体性恰恰是借助劳动实践来确立的。

树立正确的劳动观,就是让“劳动光荣”的观念成为时代新风。按照马克思的观点,“劳动已经不仅仅是谋生的手段,而且本身成了生活的第一需要”。只有弘扬“劳动光荣”的荣辱观,给予劳动应有的肯定和褒奖,才能让青少年从根本上敬畏劳动,尊重劳动者。只有当“劳动光荣”的观念蔚然成风,进入人们情感结构的深处,我们才有更大的底气和充分的理由谈劳动者的“获得感、幸福感、安全感”。

树立正确的劳动观,就是用“劳模精神”指引我们的社会实践。劳动模范是优秀劳动者的典型代表,是社会主义核心价值观的阐释者和践行者。劳模精神是劳动模范的思想内核和精神结构,其当代的重要品格构成是工匠精神。我们要用“劳模精神”践行工匠精神,勇做时代奋斗者。

在中华民族伟大复兴中国梦的时代主题下,我们需要弘扬“劳动光荣”观念,践行“劳模精神”,使其成为流淌在青少年血液中的价值基质。而社会也要创造健康的、公平的、正义的劳动环境和公共秩序,让劳动者真正“劳”有所得。

（原载《中国教育报》2018 年 5 月 4 日）

问题导向和问题意识的结合

党的十八大以来，习近平总书记通过演讲、座谈、回信等方式与青少年频频互动，对当代中国青少年寄予了殷切期望。从 2013 年的“要志存高远，增长知识，锤炼意志，让青春在时代进步中焕发出绚丽的光彩”，2014 年的“青年一代有理想、有担当，国家就有前途，民族就有希望”，2015 年的“青年强则中国强”，2016 年的“踏踏实实做事，踏踏实实做人”，到 2017 年 10 月 18 日在中国共产党第十九次全国代表大会上的报告中所讲的“全党要关心和爱护青年，为他们实现人生出彩搭建舞台。广大青年要坚定理想信念，志存高远，脚踏实地，勇做时代的弄潮儿，在实现中国梦的生动实践中放飞青春梦想，在为人民利益的不懈奋斗中书写人生华章！”——习总书记对青年思想教育的重视一以贯之，并且将其与国家发展紧密联系在一起，体现了鲜明的问题导向。新时代呼唤蓬勃的青年精神，新时代需要青年的担当。

在问题导向的框架中，这篇评论将主题确定为批评当前流行的“丧文化”，体现了学理性的问题意识。从 2016 年开始，陆续有关于“丧文化”的研究论文发表。中国知网以“丧文化”为关键词检索到的论文，2016 年 1 篇，2017 年 4 篇，2018 年 30 篇。这篇评论发表于 2017 年年末，体现出作者对社会问题的学术敏感。作者选择媒体年末“盘点”中的“佛系青年”作为选题的由头，类似社会问题研究的非概率抽样，通过人为拟定的标准，有目的地选择了这个文化现象作为评论的对象。对象的独特性质和丰富密集的信息为研究提供了理论阐释的可能。评论首先解释了什么是“佛系青年”，然后把这个概念纳入“丧文化”的“谱系”，进而介绍了其典型意象“葛优瘫”在青年网络文化中的流行，并判断“佛系青年”表面上是对颓废状态的“诗意拯救”，本质其实是“犬儒化生存”。一连串的“概念”在不长的篇幅中被作者勾连，如果没有对相关问题进行系统的学习和关注，那么是很难做到的。尽管有“掉书袋”的倾向，但因为有紧跟其后的“简单说来”，读者的理解也不会被较生涩的词语阻遏，反而是高效率地接受了社会科学理论知识的普及。特别是在引用党的十九大报告之后，作者围绕青年亚文化对青年价值观的影响所做的分析，为论证“佛系青年”潜在的社会危害提供了理论前提，进一步强化了选题的学理性。新闻传播学者杜骏飞认为：“除了颓废、麻木之外，丧文化同时也具有更为复杂的‘亚文化光谱’，蕴藏着自我强化、狂欢、戏谑、抗议、消解、反思、自我否定等丰富的文化内涵。同时，丧文化也呈现了‘反讽’的形态与功能，并把反讽指向了自身，形成了独特的‘自我反讽’，从而成为当代青年阶层网络文化的公约数之一。”① 可见，作者对“佛系青年”的“亚文化”性质判断具有学界的观点依据，并非依据经验或感觉得出的结果。

通过问题导向和问题意识的结合，就写作而言，作者选择负面的社会现象入题，有利于拉大论证空间，突出价值前提和现象事实的逆反性，在增加论证跨度的同时，提升了观点的信度。习总书记的讲话是“顺着讲”，评论的论证则是“倒着讲”，殊途同归。从表达效果来说，对于相同的观点，“倒着讲”既避免了一味复述，也为不熟悉青年网络文化的群体，比如教师和家长，提供了新知识和新观点，丰富和完善了他们理解青年思想状态的新角度，为社会更好地“关心和爱护青年”奠定了具有知识理性特征的思想基础。再者，因为论证空间的搭建，评论顺理成章地形成了两组对立关系——一是网络空间与现实问题；二是反社会状态和青年的责任，并从关系的交织中梳理出解决问题的思路：在强化对青年价值观教育引导的同时，加强网络文化空间的舆论生态建设和引导。由此，避免了把问题和矛盾的焦点推向青年群体，徒增其压力。

问题导向，其要旨是政治的；问题意识，其性质是重学理逻辑的。二者结合，用学术讲政治，不失《中国教育报》的媒介品格。

---

① 杜骏飞．丧文化：从习得性无助到“自我反讽”[J]．编辑之友，2017（9）．

◇附作品

新时代呼唤蓬勃的青年精神

刘 涛

营造风清气正的网络空间，需要我们敢于抵制一切负能量，更需要我们铸就网络文化空间的新时代青年精神。

2017年年末，各种“盘点”集中登场，其中“佛系青年”成为各大媒体竞相讨论的一种文化现象。

所谓“佛系青年”，并不是真的出家，而是形容一些青年人的生活态度：无欲无求，看淡一切，心若止水，怎么都行。显而易见，“佛系青年”是一个群体与一种哲学的结合，其现实土壤是当前青年人的生存处境，究其实质则是一些青年人逃避现实压力的一种精神选择。客观而言，“佛系青年”的说法微妙而传神地还原了当下一些青年人的精神面貌，而究其根本，它脱胎于网络空间方兴未艾的一种文化谱系——丧文化。

谈及丧文化，不能不提那张著名的“葛优瘫”照片：演员葛优饰演的一个角色浑身瘫软地半躺在沙发上，满脸胡楂、双目无神，不少青年人看到后都大呼一声“那就是我”。从此，“葛优瘫”成为网络空间里颓废的代名词，也成为丧文化的典型意象。丧文化某种程度上反映出当下一些青年人在现实问题面前的焦虑、失落和无奈，而“佛系青年”一定程度上是对丧文化的延续，表面上是对一种颓废状态的“诗意拯救”，但本质上还是一种“犬儒化生存”。简单来说，面对现实问题和生存处境，“佛系青年”给出的答案就是回避，即对虚幻、痛苦、冲突统统采取回避的态度，从而寻求内心的平静。然而，作为一个社会中的人，真的就存在“无我之境”吗？如果一切都随大溜，一切都无所谓，我们如何理解并诠释责任、主体性、生命意识这些不能回避的问题？

党的十九大报告指出：“青年兴则国家兴，青年强则国家强。青年一代有理想、有本领、有担当，国家就有前途，民族就有希望。”实现中华民族伟大复兴的中国梦，无疑需要一代代青年的接力奋斗。因此，新时代的青年人需要有公共担当，需要有直面社会问题的参与意识。站在这个高度上看，网络空间中存在的一些包含颓废、消极等负能量的文化形式，某种程度上类似于一种“精神胜利法”。

有人或许会说，所谓“佛系青年”不过是一些青年人的一种戏谑说法或自嘲。其实，从文化维度来看，“佛系青年”是一种典型的青年亚文化。亚文化和主流文化有很大一部分是重合的，然而在一些特别的面向上，二者存在巨大的冲突。英国伯明翰学派的研究发现，如果一种亚文化可以赋予特定群体更具有辨识度的身份属性和精神风貌，那往往会潜移默化地影响并改写一个群体的价值观念与生活方式。换言之，“佛系青年”虽诞生于网络，其影响却可能延伸到真实的社会空间，这是我们绝不能忽视的。

因此，关注“佛系青年”，不仅仅是关注青年人的精神价值问题，同样是关注网络空间的文化选择问题：我们究竟需要什么样的青年精神，我们又需要什么样的网络文化？

2017 年 9 月，由中共中央文献研究室编辑的《习近平关于青少年和共青团工作论述摘编》正式出版，全景式地呈现了习近平总书记青年工作思想。习近平总书记指出，“为实现中华民族伟大复兴的中国梦而奋斗是中国青年运动的时代主题”。如何实现这一宏大的社会使命？习近平总书记反复强调要发扬青年精神，“勇做走在时代前列的奋进者、开拓者、奉献者”。作为网络空间的一种亚文化，“佛系青年”排斥人的社会状态，强调人的反社会状态。在现实问题和矛盾面前，当青年人尝试将自我悬置起来，实际上也将生命意识和主体责任一并悬置起来了，而这显然不利于他们“做走在时代前列的奋进者、开拓者、奉献者”。这就涉及网络文化建设这一命题。营造风清气正的网络空间，需要我们敢于抵制一切负能量，更需要我们铸就网络文化空间的新时代青年精神。因此，要强化青年人的社会主义核心价值观教育，以真正挽救一些青年人精神上的消沉与退缩。此外，也要加强网络文化空间的舆论生态建设和引导。

青年人群体的一些行为可能会带来重大的文化或者社会变化，面对当下网络上存在的含有负能量的文化氛围，我们有必要呼唤青年人在社会问题和生存现实面前的担当、抱负与梦想。

（原载《中国教育报》2017 年 12 月 29 日）

角度刁钻的“点射进球”

中国与西方的舆论较量本质是“道路之争”。在西方经济危机大背景下的中国和平崛起，使中国无处躲闪地成为天生对立面舆论的众矢之的。从观点构成来看，这篇评论最终的“发现”并不稀奇，难得的是，在针对最需要重复论证的观点时，作者的“问题观测点”和“知识区间”都给人耳目一新的感觉，令人信心倍增。

首先，以金融业界观点导引话题。历史上国际社会对中国发展的推测，无论是尼克松的“巨人苏醒论”，还是福山的“历史的终结”，或者是20世纪90年代的“中国威胁论”和21世纪初的“中国崩溃论”，最流行或最有影响力的观点一般都来自政界或学界。《北京青年报》的目标受众并不是专业的经济学或投融资人士，作者开篇便向普通受众引介“摩根士丹利”这样一个金融服务机构，颇具“跨界”色彩的开头无疑是具有吸引力的。摩根士丹利（Morgan Stanley），财经界俗称“大摩”，是一家成立于美国纽约的国际金融服务公司，提供包括证券、资产管理、企业合并重组和信用卡等多种金融服务，在全球27个国家和地区的600多座城市有代表处，其庞大、绵密的市场触角决定了其言论对国际社会的金融实操影响力不可小觑。这也从一方面证明了选取其所发表的中国中长期经济前景的最新报告是值得关注的，是具有选题价值的，并不是为了跨界而越界。

其次，以选题特点普及经济学知识。一般而言，经济方面的评论因为问题针对性强，或者过于微观，或者理论过于专门，普通受众都存在畏惧心理。作者像一位演讲者，不仅向读者介绍了“大摩”之外的国际金融机构，而且有意识地选择诸如“结构调整”“增速快速回落的风险”“提质增效”“企稳向好”“消费结构升级"和"生产者物价指数（PPI）""企业利润"等一些专门而又形象的描述性话语和特定指标入文，较通俗地说明了过去一年中国经济的发展实情和新的一年中国经济的"自我诊断"。相关论述不仅符合选题的需要，而且显露出作者有意带动读者一起跨出原有的知识范围，更全面、更通透地学习世界知识，了解国际环境的努力。《北京青年报》是一个具有全国影响力的地方性媒体，近年来新媒体矩阵的排布也颇有传播力，观点竞争力和智性挑战力兼备的言论对沟通潜在的目标受众，涵养其国际视野和学识品位很有影响力。

最后，以世俗心解读世事。这篇评论还有一个特点就是"调门不高，心态世俗"。作者没有站在理想的、理论的制高点来"鼓舞士气"，而是从普通人的视角来讲清道理："中国经济'好牌'在手，因此被人看高一线，这也是十分自然的事情。"正所谓"世事无常"，特别是面对国际金融圈呼风唤雨、熙熙攘攘的"两面人"，还在发展路上的中国更要"提高警惕"，不能被对方的舆论干扰。《社会心态蓝皮书：中国社会心态研究报告（2018）》在社会价值观与社会认同部分的研究结果表明："六成以上受访者偏向物质主义价值，1/3 以上受访者偏向后物质主义，90 后群体、'新一线'城市的受访者后物质主义价值观更高。职业地位越高、个人收入越高、教育程度越高、主观社会阶层评价越高的个体，更倾向于后物质主义价值观。受访者认为国家发展目标重点是物质主义目标，如发展经济和维持秩序，而建设人性化的社会、政府决策中的话语权等后物质主义的目标也逐渐受到受访者的重视。"① 作者在论证时，较准确地把握了社会心态的两方面，并策略性地倾向于"物质主义价值观"，但在诸如"跨越中等收入陷阱'生命线'，这场输不起的战争更不是轻而易举就能成功的"表达中，表露出坚定的宏观指向。特别是标题的拟定，不仅与核心观点贴合，而且化用了范仲淹《岳阳楼记》的名句"不以物喜，不以己悲""先天下之忧而忧，后天下之乐而乐"，充分体现了"后物质主义"的价值取向。

观点看似是既定的、陈旧的，但作者"临门一脚"让人惊心动魄，不仅"跨

① 时晓莉.《社会心态蓝皮书：中国社会心态研究报告（2018）》发布［EB/OL］. http://ex.cssn.cn/zx/bwyc/201811/t20181106_4770937.shtml.

界”，还定位了新的知识区间，对应复杂的社会心态，其角度刁钻的点射功夫，令人佩服。

◇附作品

不因唱衰而忧　不因看涨而乐

樊大彧

近日，国际金融服务机构摩根士丹利，发布关于中国中长期经济前景的最新报告《我们为什么看涨中国》。报告高度评价中国经济转型成果，并据此做出若干预测。其中包括，中国发生系统性金融风险的可能性较低，中国将在10年后迈入高收入国家行列，中国股票市场将继续保持良好表现。

近年来一贯唱衰中国经济的西方金融机构，突然转了性高调看涨中国。几天来，这种变化在中国媒体引起了持续发酵，同时，摩根士丹利这一分析预测，也吸引了彭博社、路透社及《金融时报》等西方主流媒体的高度关注。

其实，近期看涨中国的机构不在少数，除了摩根士丹利、瑞信证券、苏格兰皇家银行等投行，还有联合国贸易发展委员会、欧盟委员会等国际机构。这些机构近期纷纷发布研究报告对中国经济增长做出积极预期。

2016年我国经济结构调整取得初步成效，生产者物价指数（PPI）、企业利润等一些重要指标呈现初步回升态势，这表明中国经济增速快速回落的风险已明显下降，提质增效正积极推进，经济运行将总体保持平稳。正是因为这些积极变化的出现，才会有多家国际机构看涨中国，认为2017年中国经济将继续呈企稳向好态势。

2017年中国经济可以打的“牌”确实不少，我国基础设施建设需求仍然较大，在积极财政政策支持下，2017年基础设施投资大有可为。消费更是被国内外学者看好，消费支出被认为仍将是2017年经济增长的主要动力。随着消费结构升级和消费模式创新，消费潜力将进一步释放，今年消费总体上仍有望保持两位数的增长，并将带动中国经济转型升级。

中国经济“好牌”在手，因此被人看高一线，这也是十分自然的事情。但由于观点变化的节奏太快，所以还是令人一时难以适应。要知道在短短两三个月之前，还有众多国际机构一致唱衰中国经济。在去年年底，海外一度又响起了唱衰大合奏，论调主要集中在认为中国经济增速有硬着陆之虞，地方债务有爆破风险，楼市也有可能崩盘，等等。

境外机构在短时间内上演了一场舆情反转的好戏，在感叹“轻舟已过万重山”之余，还应该仔细品鉴反转背后的原因。其实，无论是个人投资者还是知名的金融机构，在发表对市场的分析预测时，都不免出现盲人摸象、以点概面、人云亦云等常见错误。许多金融机构或受情绪影响或因水平不够，往往会对一些短期经济数据做出过度解读。因此，金融机构对市场的预测无论唱衰或看涨，都不足以成为中国经济忧虑或欢乐的依据。

更值得警惕的是，一些国际金融机构的“不靠谱”并不是无心之失。这些投资机构不仅是生意人，甚至还是“双面人”，他们积极发布或唱衰或看涨的信息，恐怕并不在意这些预测是否会应验，他们更寄望于这些预测为资本市场推波助澜，并最终为自己带来丰厚回报。

需求旺盛、潜力巨大、内生增长动力强劲等，中国经济因种种积极因素近期被一致看涨，这无疑是件好事。但此时各有关方面尤其需要保持头脑清醒，做好振兴实体经济、防控金融风险的工作。因为中国经济结构性改革不是一两年就能完成的，跨越中等收入陷阱“生命线”，这场输不起的战争更不是轻而易举就能成功的。

作为热门预测标的物的中国经济，不能因唱衰而忧，也不能因看涨而乐。而应该专注做好自己的事，同时对任何可能隐藏着不可告人的政治或经济目的的陷阱，保持高度警惕。

（原载《北京青年报》2017年2月20日）

“微”的力量

新华日报社原社长周跃敏谈及地方媒体竞争力时认为：“地方媒体要在中国新闻奖评选中取得好成绩，关键还是要靠作品本身的竞争力。看一件作品是否有竞争力，主要有以下 7 个维度：导向、选题、方法、表达、呈现、效果和责任。”《新华日报》的一篇《民生实事　莫沉迷于“数字突破”》的报道获得一等奖，其特点在于“见微知著、以小见大”。[①]

新华日报

陕西省党政代表团来我省考察

石泰峰在南京调研科技创新工作强调

平台聚力 市场主导

让创新活力充分涌流

新区要在「新」上做文章求突破

民生实事

莫沉迷于「数字突破」

泰州5年冒出30万创客

宜兴：大项目“强筋健骨”

首先，版面的“微调”。在多数纸媒已经适应了“言论版”规制的今天，《新

① 周跃敏．如何彰显提升地方媒体的竞争力——第 28 届中国新闻奖评选印象［J］．城市党报研究，2019（1）．

华日报》作为地方党报，悄然回归了“头版评论”的操作，这篇评论在版面安排上就是这样。“从版面处理上来讲，这件作品在1版上仅仅用了一个单栏，然后转至2版。从版面处理可以看出，这篇评论的题材并不算重，谈的是民生的话题。”[①]但反过来想，民生议题的言论亮相党报的头版，而且是在布局左边的注意力优势区域，这种“微调”不仅体现了党报对民生问题的关注，也一定程度上调节了版面的整体气氛。头版所展示的多半是各项工作的推进，基调是昂扬进取的，而小言论的加入像是一粒醒脑丸，让热火朝天的“现场”有了几分冷静。特别是从竖行标题来对比，评论中的“突破”和右上角《新区要在“新”上做文章求突破》形成的反义构成了独有意蕴的版面语言。

其次，由头的“细微”。对待评论由头的事实，突出什么细节体现了评论作者对整体事实的把握和对议题价值的充分理解。“近半居民已有家庭医生”“重点人群家庭医生签约率已达70%”，仅从各种渠道相关报道中摘取这两个数据表达，作者就发现了问题：和实际的感受不匹配，进而用某媒体报道的情况证实——“目前所谓签约率只是一个数字概念，实质内容非常有限”。之所以能从数据的蛛丝马迹中找到问题，关键还是因为作者心中装着宏观的政策背景。2016年6月，国家七部委联合发布《关于印发推进家庭医生签约服务指导意见的通知》，旨在贯彻十八届三中全会提出“统筹推进保障制度、服务、公共卫生、药品供应、监督体制的综合改革”精神，“转变基层医疗卫生服务模式，实行家庭医生签约服务，强化基层医疗卫生服务网络功能，是深化医药卫生体制改革的重要任务，也是新形势下更好地维护人民群众健康的重要途径”。通知一出，江苏省迅速实现了70%的签约率，比通知中要求的30%和重点签约服务覆盖率60%都要高，数据有明显的水分。

最后，概念的“微观”。评论直指数据造假和政绩工程，问题的实质是形式主义和官僚主义。但是，在措辞上，作者非常温和与智性，仅以“数字突破”这样一个仿拟修辞的“微观概念”对其欺上瞒下的严重问题进行了反讽，没有

① 周跃敏．如何彰显提升地方媒体的竞争力——第28届中国新闻奖评选印象［J］．城市党报研究，2019（1）．

凌厉之态，却让当事人更加坐不住了，也让犯错者听得进劝诫。再有，“突破”在发展的语境中是一个常用词，具有褒义的色彩，通过修辞，有了“刻意、被动”的意味，与“数字”放在一起，就产生了“为了体现成绩，仅仅在数字上做文章”的意思。如果是竞技运动的成绩，“数字突破”可能存在的就是“捏造或篡改”，违反诚信原则，违反比赛规则；在民生问题上，社会过程则体现得更为复杂，“数字突破”的本质就是对人的不尊重，放弃了以人为本的立场，走到了惠民政策的对立面，害处更大。

这篇评论获得一等奖，最关键的原因是问题找得准、找得及时，为政策纠偏赢得了时间，使复杂的执政程序有了更清晰的聚焦点。2018 年，国家卫生健康委员会办公厅发布《关于做好 2018 年家庭医生签约服务工作的通知》，要求“在稳定签约数量、巩固覆盖面的基础上，把工作重点向提质增效转变，做到签约一人、履约一人、做实一人，不断提高居民对签约服务的获得感和满意度。不要盲目追求签约率，不要层层加码，同时要采取措施避免签约服务数量下滑”。通知精神与评论的观点一致，对评论写作者而言，这应该是比获奖更感到幸福的事情。

◇附作品

民生实事　莫沉迷于“数字突破”

翟慎良

“近半居民已有家庭医生”“重点人群家庭医生签约率已达 70%”……最近，不少省市有关家庭医生的好消息让人倍感振奋。然而，有人也发出质疑之声：为何家庭医生签约率如此之高，自己却没享受到家庭医生服务？南京一家媒体 23 日的报道解开了这个谜团：一个医生往往要完成几千个居民的签约，目前所谓签约率只是一个数字概念，实质内容非常有限。

推进家庭医生签约服务，是一件惠民实事。去年 6 月，国务院医改办、国家卫生计生委等六部门就此联合制定指导意见，提出了具体要求。随后，全国各地闻令而行，努力推进，这项工作已经取得不少成效，很多地方取得“突破性”进展。不过，在肯定成绩的同时，听听公众的切身感受，看看媒体的深入调查，我们也要警醒——有些“突破”恐怕只是“数字突破”。如果数字失准、失真，一些关于民生实事的“数字突破”即使看起来很美，也难以给群众带来实实在在的获得感。

这个问题很有普遍性。近年来，从就业率到人均年收入，从房价指数到空气质量优良天数……不少地方政府公布的民生数字，与老百姓的切身感受有着较大落差。因此，有人开玩笑自己“被就业”，也有人感慨自己“收入拉了大家后腿”。诚然，数据统计的天然缺陷，比如统计方法、统计口径的问题，平均数掩盖大多数、抽象数字难以反映具体诉求的问题，使“数字突破”难免有“误差”。但公众对民生实事上的“数字突破”缺少认同，绝不是“误差”造成的。对客观因素导致的“误差”，公众可以接受。公众反感和忧虑的，是人为制造的“数字突破”，以及对“数字突破”的自娱自乐。

失真失准、缺少认同的“数字突破”，是“造”出来的，也是“逼”出来的。造，因为数字就是成绩，就是亮点。“人有多大胆，地有多大产”，注了水的数字更加光鲜，更加引人关注。逼，因为数字就是指标，就是考核。一些部门习惯于“年初简单压指标、年末向下要数字”，在乎的是数字的“大与小”，而不是“真与假”。

关乎民生实事的每个数字，都应是沉甸甸的。须知，数字是干出来的，不是造出来的，也不是规划出来的。数字会说话。它说出的，不仅是工作成绩，也是工作作风。看“数字突破”，我们既关注它的“量”，也关注它的“质”；既听提供者的“一家之言”，也听参与者的“众家之言”。以现实为基、因实干而成的“数字突破”，尊重规律、经得起检验的“数字突破”，才是更真实可信、真切可感的成绩，才是更有含金量、更造福群众的成绩。尤其是民生领域的一些新探索、新改革，要循序渐进做“加法”，切不可患上“数字焦躁症”，追求所谓“乘数效应”“几何级增长”。

做好民生实事，切莫追求掺水的所谓“数字突破”。对此，省领导提出了明确要求。在部署脱贫攻坚任务时，省委书记李强就强调，要防止“两种倾向”。一种是数字脱贫。不能搞“垒大户”“堆盆景”，更不能在数字上“注水”，贫困户“假脱贫”“被脱贫”。一种是超越实际。要从实际出发，不要层层加码，不要搞到力所不及、力不从心。唯有坚持这样的“数字观”“政绩观”，“突破”才能不只停留在统计报表上，各项民生实事才能真正落在地上，办在群众的心上。

（原载《新华日报》2017 年 2 月 24 日）

爱，让世界安静下来

在新闻评论的写作中，鲜有高调谈及写作者的“爱心”的，也许是觉得这个触点与评论更需要的理性精神相悖。但正如激情与理性很难说不是共存于同一个体，说理过程中的情感逻辑也不能被排除，特别是当这种情感具有文化共通性的时候。这篇风格淡然的评论，支持其思维过程的，就是爱，就是一种有文化支持体系的爱。这种文化情感的心理结构体现为三个层次。

首先，是仁爱。孔子说，“仁者，爱人”，又说“仁者，无忧”。《论语》的首篇“学而”，就是在谈“乐”。有学者说，读《论语》，通篇都只见一“乐”字。学习是快乐的前提，只有学习能让人平和愉悦，而不是“狂欢”。在评论者看来，众声喧哗，就是因为偏听偏信，人云亦云，从而失去了独立思考的能力和判断是非的分辨力。能力的丧失又反作用于学习状态已然丧失的主体，使之变得更加浮躁，心态失衡，社会戾气加重，说理环境被破坏。其“仁爱”，体现在“在此情势下，虽然明知可能会招来骂声一片，但还是不得不说”的义勇，为了让骂人的人回归理性，作者仍然当仁不让地站出来，立场鲜明地指出“魏则西事件下的污名化狂欢要不得”。从“污名化”和“狂欢”两个措辞，可见作者善于学习的态度。这两个来自西方知识体系的词语，被作者黏合在一起，表达出中国当代文化语境中独有的意义。比之传统语言中的“以讹传讹”或“妖言惑众”，更体现了一种平等开放的现代话语品质，也算是一个语言文化本土化的案例吧。由此，也可以推论出作者的写作心理，在浸润了传统文化价值观的前提下，有了现代性人格的拓展，把自己当作公众的一分子，并不以“真理代言人”的高姿态俯视公众。

其次，是友爱。正是居于社会关系的自察，作者对社会各方的利益自然存有一种敏感和敬畏，知道社会互动的伦理和边界。他善意地提醒公众，不能因为魏则西，就否定所有的民营医院，更不能否定所有的福建人特别是莆田人。作为社会主义核心价值观，“友爱”是构建和谐社会的重要前提。现代社会生活中，真正的友爱一方面依赖于基于法治的社会互动的道德实践，另一方面来自公众理性精神的培育，绝非宗教式的道德信仰所能维系。在这个案例中，后者显然是作者所关注的问题。友爱就是遵守公共规则，爱护公共财物，文明礼貌，乐于助人。假如一个社会的道德主体不讲道理，缺乏逻辑思辨的基本能力和价值观念，空喊“友爱”的口号，于事无补。作者对友爱价值观的践行体现在与公众的坦诚交流和对理性态度的维护上：“可能有人会问，你是不是在为民营医院辩护，你怎么证明民营医院不是骗子？实话实说，作为非医学专业人士，自然无法证明什么。”他深知，身为新闻工作者，不能以权力寻租，成为特定群体的利益代言人，而只能站在公正的立场上为社会公义发声，他也明白要对专业边界保持尊重，不能在无知的状态下进行任意评判。

最后，是关爱。魏则西，年轻的生命，遗憾离去。生命可贵，人人平等。喧哗声中，其实也有社会心态的投射：困难群体忧虑自己的生命安全和能够享有的社会保障资源。作为新闻工作者，无论自己的实际境遇如何，都应以“先天下之忧而忧”的觉悟，主动去关爱在精神上或在生存条件上处于危境或患得患失的人。在文章的最后两段，作者用较大篇幅充分表达了这层意思，并号召全社会互相关爱。在这个心理层次上，再次体现了传统价值观的现代转型。孟子说：“老吾老，以及人之老；幼吾幼，以及人之幼。”超越血缘关系，对陌生人给予“推己及人”的体恤和照顾，也是现代生活方式中最宝贵的一种公共道德。处于转型期的中国，贫富差距和城乡二元结构问题，导致社会心态一定程度上趋于结构性病态：仇官、仇富，焦虑情绪蔓延。因此，作者没有泛泛地倡导关爱，而是点明了语境前提：“我们这个社会，经不起撕裂，经不起折腾。”近30年来中国社会经济的高速发展，最大的经验就是“不折腾”，不打嘴仗，凝心聚力搞建设，促发展。所以，相互关爱，对当代中国人而言，不仅仅是一种价值观，也是一条社会共识的底线。

仁爱，友爱，关爱，情感表达含蓄、民族性格内敛的中国人，心手相连，共同构建和维系这个需要充满爱的时代。

◇附作品

魏则西事件下的污名化狂欢要不得

张　杰

最近几天，一些网站、社交媒体、朋友圈等，被铺天盖地而来的魏则西事件占据。以此事件为导火索，众多有关或者无关、有错抑或无辜的对象纷纷“躺枪”，无可奈何地被裹挟进几乎一边倒的舆论旋涡：先是涉事医院，继而莆田系，进而整个民营医院产业，时至今日矛头甚至已然指向了莆田人、福建人，乃至整个民营经济……

好一副“洪洞县里无好人”的架势。在此情势下，虽然明知可能会招来骂声一片，但笔者还是不得不说：即使是由一个年轻生命的伤逝所引出的悲情话题，这种逮谁骂谁过度情绪化的舆论宣泄，缺乏必要的理性和冷静，于事无补。魏则西事件下的污名化狂欢要不得。

可能有人会问，你是不是在为民营医院辩护，你怎么证明民营医院不是骗子？实话实说，作为非医学专业人士，自然无法证明什么。不过，有权威部门提供了这样一组数字：截至2014年年底，我国拥有民营医院1.22万家，数量占全国医院总数的47%，每年医疗产值保守估计在数千亿元乃至上万亿元。所以我就纳闷了：如果民营医院真的都是有些人口中所谓的骗子，那恕我孤陋寡闻，还真没见过折腾出这么大动静、“骗”术如此高明的“骗子”。至于把矛头指向莆田人、福建人，面对如此低智商的伪命题我只能一笑了之：哪个省份的人没有被“黑”过？这些年，类似的事情还少见吗？

当然，话说回来，魏则西事件也以一个年轻生命为代价给我们提了个醒：民营医院行业乃至整个医院行业确实存在着害群之马。对于这样的害群之马，最好的解决办法就是交由相关部门依规依法处理（实际上，魏则西事件发生后，相关部门已经介入调查）。而对于时下正处在风口浪尖的民营医院来说，更应该抱着“有则改之，无则加勉”的态度，以魏则西事件为契机，为自己认真地号号脉，对照、检视自己可能存在的问题，找出病灶，去除陈疴顽疾。切实把患者的生命健康和切身利益放在第一位，这才是今后发展壮大的根本之道。

逝者已去，生活还将继续。不让悲剧重演，同胞间多些理解、多些关爱，将是对逝者最好的告慰。我们这个社会，经不起撕裂，经不起折腾，污名下的狂欢和舆论暴力，摧毁的正是你我不可或缺的爱的阳光与空气，是和谐与梦想。

（原载《福建日报》2016 年 5 月 8 日）

以诗人的热情呼吁关注青少年生命教育

梁衡说："当你胸中鼓荡、翻腾，如风如火，如潮如浪，想喊想叫时，这就是诗的感觉，但不去写诗，移来为文，就是好文章。"[①] 作者谈创作心得时也说："这次我撰写的评论《漠视生命是最可怕的沉沦》获得中国新闻奖一等奖，就是我按照自己的职业理想和追求，带着家国情怀来采写的。"[②] 把自己写作的动机归结为"理想和追求"，总结到"家国情怀"，这不是诗人的热情又是什么？《新闻与写作》曾于2019年邀请南方传媒书院的陈安庆逐段点评了这篇1459字的评论，本文将结合评论对象和指涉的社会问题，对作者诗人般的写作素养进行分析。

首先，以诗陶冶性情，提升人生境界。中国是诗歌的国度，自《诗经》《离骚》始，绵延几千年的诗歌文化滋养着中华民族的精神。先秦儒家重视诗教，认为"不学诗，无以言"。这并不是说，诗歌提供了日常交往最重要的"谈资"，而在于诗歌让人活得像一个人，有人的感知力和共情力，能推己及人。所谓"衙斋卧听萧萧竹，疑是民间疾苦声。些小吾曹州县吏，一枝一叶总关情"[③]，就是这样的情怀，并不是社会学的调查结论，让作者把青少年犯罪及其相关的青少年自杀现象联系起来，并以"人性的力量"使之感悟到社会问题的存在，直接揭示问题背后最本源的"人性教育缺失"。现代化自生的金钱和物质至上的价值观，往往会让心智不成熟的青少年陷入虚无主义的迷阵难以自拔，容易产生

---

① 梁衡．我的阅读与写作［M］．北京：北京联合出版公司，2016.

② 林新华．有责任有担当有收获——获得第26届中国新闻奖一等奖的启迪［J］．中国地市报人，2017（1~2）．

③ （清）郑燮．潍县署中画竹呈年伯包大中丞括 / 墨竹图题诗．

轻生之念，或自戕或害人。社会学家涂尔干的《自杀论》论证了个体自杀与社会事实之间的因果关系。日本明治维新之后，也出现过青年自杀的社会问题，以夏目漱石为代表所开启的日本文学的“修养时代”正是面对这一现象而进行的文学审美和生活美学的“突围”。相比之下，20世纪20年代以来，中国现当代文学一直在“抵御或平衡物质化”方面进行着多方探索，成果卓著。但不容回避的是，改革开放40多年间，经济的急速发展使得成年人在教育问题上越来越急躁和焦虑，或者说是越来越功利化，文艺审美在功利化教育中也日趋边缘化。一向坚守“理想和追求”的作者，对此问题应该是有自觉的。

其次，以诗增进敏感，注重修辞炼字。在文体上，这篇文章最特别的就是29个段落中，前面的26段都非常短，一半以上是一句话一个段落。有人讽刺网络上的“写诗爱好者”，说他们“只是不小心按了个回车”；在新闻写作中，为了方便读者的阅读，也流行分段尽量短小的做法。作者处理文字的思路却与前面两种情况都不一样。一个有诗情的新闻评论员所做的，是以自己的情感节奏来抒发“忧患”，来推动“同情”。26个如诗行一样的段落，行文也如诗，极富画面感。开头的“对比”与其说是“设置悬念”，不如说是作者将最值得拷问的矛盾事实拈取出来，把“生命如此之轻”的问题提出来，这是评论者的功力，也是诗人的感悟力。特别是后面的细节，没有对生活的细致体会和对生命情感体察的敏感，不可能对小龙的言语态度感到“忧虑”，也很难与平日所见所闻相联系。诗歌，让作者始终保持着感知的激情，也保持着表达的激情。极短的分段，不仅使“难以置信”更加“难以置信”，使“难以讲述”更加“难以讲述”，而且像一下一下跳动的脉搏，像一级一级延展的石梯，作者希望自己的文字通过形式上的安排，能与读者在情感上产生共振，在理智上共同攀爬。从作者其他文字中也可以见出其在句式和“炼字”方面形成的风格，颇具形式感的表达让文章增添了别样的意味和意境。

最后，以诗接续历史，自觉承担责任。“一个人对生命的漠视是最大的沉沦。生命是自己的，更是家庭和社会的，一个人来到这个世界，就要对自己、对家庭、对社会履职尽责。”从词义解，“沉沦”指“陷入罪恶的、痛苦的境地”。20世纪20年代，郁达夫的短篇小说《沉沦》讲述了一个在日本留学的、多疑褊狭的中国青年，局促的环境和敏感的个性使其难以抵制沉沦，最终溺海自杀的悲剧故事。与之相反，中国传统文化所倡导的是“天行健，君子以自强不息”，是刚毅坚卓，发愤图强；“地势坤，君子以厚德载物”，是勇于担当，宽厚无私。《论语》中的“风乎舞雩”也以诗一样的意境表达了天人合一的君子之道。热爱生命，不是贪生怕死，而是为了承担责任；遂死重生，适意而活，却绝不无原则地随遇而安，苟且偷生。正是在厚重的文化精神之上，才有了“路漫漫其修远兮，吾将上下而求索”，有了“天生我材必有用，千金散尽还复来”，有了“横眉冷对千夫指，俯首甘为孺子牛”。评论人的“理想和追求”，不可能排除中国诗歌精神的传承，不可能没有生命的崇高坐标。

如何避免“小龙们”的悲剧？答案在“小龙们”的身边，在我们的文化精神和社会价值观中。吾辈自当以诗人的热情，去追问，去发现。

◇附作品

漠视生命是最可怕的沉沦

林新华

一个老师倒下了，他倒在自己学生的刀下。

他是学生眼中的好老师，也是同事眼中的好同事。

但这一切优点，都没能让他逃过这一劫。

刺倒老师的他，是家长眼中的乖孩子，邻里眼中的尖子生。

但这一切优点，却没能让他放弃这一暴行。

12月4日，这起发生在邵东某中学高三（97）班的杀师案，令人震惊，发人深思。

没有深仇大恨，没有激烈冲突，他为何如此残忍？

12月9日，新华社记者披露了这一案件的细节。

在这些细节中，我看到了许多诱因：沉迷玄幻小说，性格内向封闭，人生目标缺失，家庭沟通不够……

应该说，这是许多案例中的共性诱因，但我认为这不是触发此悲剧的关键。

在阅读这些细节中，让我为之震惊、为之惊骇的是他对生命的漠视，他漠视的既有自己的生命，也有他人的生命。

记者在看守所采访他时，小龙（化名）始终微笑、放松。问到对滕老师的印象，小龙笑着说，两年多来，滕老师并没有粗暴对待他或伤他自尊。

记者问他杀害老师的原因时，小龙说："我从来没把他的命放在心上。"

"我从来没把他的命放在心上。"

多么可怕的回答！多么令人不寒而栗的回答！

对别人生命如此漠视的他，对自己的生命是否珍惜呢？

与记者交流中，他说，理想的生活是"一个人住，看小说，混吃等死"。案发前一晚，小龙突然笑着对室友说，自己"大限将至，阳寿已尽"。

一个今年刚满18岁的青年，在漠视别人生命之时，竟然同样视自己的生命如草芥。

小龙的回答，让我深思，也让我忧虑。

因为漠视生命的青少年不只是小龙这一个案。就在一个半月前，同样在邵东，10月18日，3名未满14岁的少年入室抢劫，将一名小学女教师杀害。

一语不合，杀害同学；教育几句，杀害老师；家庭矛盾，杀害家人……漠视他人生命之时，各种不可思议的自杀，也频频发生。学业压力大，自杀；升学不顺利，自杀；受点小委屈，自杀……

据人民网等媒体报道，在全球青少年自杀率不断上升的同时，我国也同样遇到这样的问题，目前，自杀已成为青少年人群死亡的首要原因。

漠视生命正在一些青少年心中萌芽，这是令人可怕的事，因为漠视生命是最可怕的沉沦。

人生最珍贵的是生命，没有生命就没有一切。珍惜生命是对自己的爱护，也是对他人的尊重。

当然，为了真理，为了革命，为了正义……舍生取义，那是光荣的、伟大的、为人民所敬仰的。除此之外，对自己生命的漠视，是不负责任的，是应该受到谴责的。对别人生命的伤害，是要被法律制裁的。

一个人对生命的漠视是最大的沉沦。生命是自己的，更是家庭和社会的，一个人来到这个世界，就要对自己、对家庭、对社会履职尽责。

一些青少年面对生命的漠视，显示出我们教育的缺失。这个缺失一是来自家庭，在一些家长看来，除了孩子的成绩和身体健康，很少有家长对孩子的心理健康给予关注，更谈不上对珍惜生命的教育。在家庭教育不够的同时，我们的学校和社会也没有对此给予足够的重视，一些学校更大的倾向是瞄准成绩排名、升学率的高低，虽有对学生的身心健康教育，但用时不多、用力不够，更谈不上对“问题学生”进行细致的观察、点对点的思想疏导。由于家庭和学校都没有把珍惜生命的教育放在重要的位置，甚至是忽视了这种教育，自然会出现小龙这样漠视生命的人，并任由他们制造惨案，引发悲剧。

和谐社会，首先需要对生命的珍惜，没有对生命的珍惜，哪来和谐？漠视生命的人不只是对自己的生命构成威胁，同样会如小龙一样，对别人、对社会带来巨大的威胁和伤害。

小龙制造的悲剧，小龙们的悲剧，给我们敲响了沉重的警钟！对生命珍惜的教育，应该从家庭开始，在学校普及，引起社会的高度关注，让他们了解生命的真正意义和担当，既珍惜自己的，也珍惜别人的生命，以此杜绝悲剧的发生。

（原载《衡阳晚报》2015 年 12 月 11 日）

为农民代言的政策回音壁

针对农民问题的获奖评论不多,《农村日报》的评论获奖，算是一个代表。农民在中国，文化素质整体水平仍然相对落后，以主流的方式表达主体诉求的机会不多；社会转型，改革开放，国家在三农问题方面的欠账一旦与某些有意利用民粹绑架政策的政治投机倾向相结合，言论走向偏颇在所难免。《农村日报》因此成为一个重要的代言渠道，这篇获奖评论充分体现了其媒介定位和功能。

首先，在政策合理性的基础上提出建言。任何政策的出台都是长期深入调研的结果，是一个问题解决方案，具有非常严肃、非常理性的特点。因此，不能因为政策施行中可能产生的短期负面影响，就对政策提出负面评价，这并不符合新闻评论对公共利益的建设性意见发表的基本原则。2015 年 7 月 15 日，国务院办公厅颁布《关于加快转变农业发展方式的意见》(国办发〔2019〕59 号)，文件指出："近年来，我国粮食生产'十一连增'，农民收入持续较快增长，农业农村经济发展取得巨大成绩，为经济社会持续健康发展提供了有力支撑。当前，我国经济发展进入新常态，农业发展面临农产品价格'天花板'封顶、生产成本'地板'抬升、资源环境'硬约束'加剧等新挑战，迫切需要加快转变农业发展方式。"评论的第二段和第三段用了较为充分的篇幅，论述政策的预期效果和积极价值，并用"明确指出"和"意义也就在于此"等措辞予以开启和归结，强调了观点提出的一个重要立场：全面支持政策的出台。

其次，把"政策的对象"转化为"权利的主体"。政策执行的目的在于更有效地利用有限的土地资源，作为土地承包者和使用者的农民容易被作为资源的一种类型而退到行政过程的“幕后”。文件中，直接与农民相联系的政策就是“大力培育新型职业农民”，提出要“加快建立教育培训、规范管理和政策扶持‘三位一体’的新型职业农民培育体系。建立公益性农民培养培训制度，深入实施新型职业农民培育工程，推进农民继续教育工程。加强农民教育培训体系条件能力建设，深化产教融合、校企合作和集团化办学，促进学历、技能和创业培养相互衔接。鼓励进城农民工和职业院校毕业生等人员返乡创业，实施现代青年农场主计划和农村实用人才培养计划”。这一举措，同样与如何提高土地使用的效率相关联。在政策的“背后”，大量的“承包地有偿退出”的当事人其实就是“失地农民”，其生计和生活方式将发生巨大改变，因此，评论站在作为“政策的对象”的立场上，以“权利的主体”的身份替他们充分表达利益诉求，于是有了“要帮进城农民算好三笔账”的考量。

最后，统筹各方算大账。评论的标题一般来说是核心观点，但这篇评论的标题只能算是作者的基本态度，其真正的论点是“以失地农民为问题导向算一算国家发展的大账”。第一笔“进城账”，“账本”在城市管理、务工安全保障、住房保障、教育保障上，也就是“享受平等的市民待遇”方面。第二笔“离农账”，事关政策细化和政策阐释，事关利益的延续和保留，事关农民的“心甘情愿”。第三笔“后路账”，算的是文化心理，算的是个体差异，算的是可持续性。平常一说“算账”就是“斤斤计较”或“睚眦必报”，评论作者巧妙地把一个通俗的措辞赋予了丰富的内涵，提升了“算账”的境界，扩展了“算账”的视野，秉持人文关怀，从国家治理的宏观角度考察了落实一项愿景尚善的政策应有的支援体系和价值原则，提醒执政者兼顾效率与公平，为政策的顺利执行和有序推广真正奠定良好的社会基础。

基于国情，基于实情，这篇评论从“承包地有偿退出”的“有偿”开启运思，以实事求是的态度，在充分支持和肯定政策初衷的前提下转换政策立足点，让问题获得新的思考路径和新的解决方案，至少在理论上实现了“政策对象”和“权利主体”的双赢，一定程度上调和了国家与社会的“注意力结构”。作者通过话语修辞，在让处于较为边缘的农民群体获得“话语权”的同时，也建设性地指出了政策执行的关键所在，来往之间是为“回应”。

◇附作品

要帮进城农民算好三笔账

何兰生

探索承包地有偿退出的改革试点，是立足国情推进农业适度规模经营的现实路径，是促进人的城镇化的重要一环。

近日，国务院办公厅印发《关于加快转变农业发展方式的意见》，明确指出，在坚持农村土地集体所有和充分尊重农民意愿的基础上，在农村改革试验区稳妥开展农户承包地有偿退出试点，引导有稳定非农就业收入、长期在城镇居住生活的农户自愿退出土地承包经营权。应该说，这一决策意义重大，影响深远，不仅有利于推进农业适度规模经营、优化农业资源配置、提高农业生产率，也对进一步减少农民、促进人的城镇化具有重要指导性。

适度规模经营是推进农业现代化的必经之路，但现阶段面临着两方面的困难，一方面是我国农地的细碎化现象，农业劳动力人均耕作土地面积不到10亩；另一方面，由于农民工市民化问题没有解决，2.69亿农民工依然保留着农村土地。老祖宗留给我们的土地只有这么多，推进适度规模经营只能走新型城镇化之路，让农民工更多、尽快融入城市。国家也提出，到2020年要解决约1亿进城常住的农业转移人口落户城镇。因此，探索让条件成熟的进城农民有偿退出承包地，其意义也就在于此。

方向和路径很明确。要保证这一历史进程顺利推进，关键还是如何维护离农进城农民的权益问题。这就需要帮他们算好三笔账，一笔是进城账，一笔是离农账，还有一笔是后路账。首先是进城账。对于进城农民来说，融入城市，非不愿也，是不易也。进城农民和他的家人要想在城里住下来，成为新市民，有四个问题必须得到满意的回答：有没有稳定的就业？这就业不是打游击的街头活，也不是今儿有明儿无的，摆摊做小买卖也行，但最好不要被城管追得满街跑。有没有住的地方？建筑工地的简易工棚、塑料板房不算，能与当地居民一样享受公租房、廉租房才算。社保怎么样？在医疗、养老等方面最好是与当地居民享受同城同保待遇。还有，子女能不能在城里就学？得像当地人孩子一样就近上学，不要任何额外费用。就业、住房、社保和子女上学这四大问题不解决好，他们是不会轻易退出老家的承包地的。所以，促进农地适度规模经营，实现在农村，功夫在城市，最终还是体现在城镇化的水平上，体现在农民工市民化的进展上。

其次是离农账。承包地有偿退出，是怎样的机制？标准是什么？含金量多大？包不包括进城的安家成本？是永久性退出，还是退出承包期内的权益？如果只是退出承包期内的权益，下轮承包时，是否还有承包权？这些问题，都是现实中绕不开的问题，需要给农民讲清楚说明白。另外，进城农民原本享有土地承包经营权、宅基地使用权和集体收益分配权的法赋“三权”，承包地有偿退出后，他们的宅基地使用权还在不在？集体收益分配权是一次性算给他们，还是在承包期内继续享有？据有关方面调查，目前，80% 以上愿意进城定居的农民工希望保留承包地，2/3 的农民工希望保留在农村的宅基地和房产。这也说明，维护和发展进城农民离农时的合法权益，让他们高高兴兴离开农村、心甘情愿退出土地，做好“有偿”这篇文章是关键。

最后是后路账。农业转移人口市民化是一个漫长的历史过程，起码需要几代人的迁延演变，其间所经历的利益博弈、情感纠结、文化撕裂和命运起伏，都不是“风过水无痕”那样简单，一定是只有当事人才能体味到其中的甘辛。我国农民深受传统文化影响，深爱土地，安土重迁。在探索承包地有偿退出试点时，应鼓励一部分进城农民在条件成熟时积极融入城市，也应该保有一份施政的耐心，允许一部分进城农民哪怕是少数，有一个较长的犹豫过程，哪怕可能会迁延一代人的时间。对那些在城市就业和收入都不十分稳定、对未来预期也不十分确定的进城农民，对那些适应不了城市而想回乡的进城农民，要充分尊重他们对进退有路的坚持，防止他们进退失据两头空。这不仅仅是给进城农民留一条后路，也是给可持续发展多一个思路。

目前我国农村改革试验区数量已达 58 个，覆盖全国 28 个省份，具有较高的代表性，其试验结果也相应具有较高的示范性。但尽管如此，在试验区试点有偿退出时，还是应该坚持稳妥的原则，不可操之过急。毕竟，多一些审慎，就多一些妥善；多一分忧患，就多一分周全。不妨把试点范围再扩大一些，把困难考虑得再多一些，把时机把握得再准一些，真正做到既有战略视野又能切合实际，既有统筹谋划又能辩证施策，既有推进机制又能及时完善，这样才不失试验的宗旨，才有试点的意义和作用。

探索承包地有偿退出的改革试点，是立足国情推进农业适度规模经营的现实路径，是促进人的城镇化的重要一环。因此，帮进城农民算好三笔账，不让他们的权益受损，就不仅是公平问题，也是效率问题，更是决定性的关键问题。

（原载《农村日报》2015 年 8 月 12 日）

别拿因果论证说事儿

编辑的眼光和作者的眼光一样独到，众声喧哗，此间独静。作者虽然用一句“别拿屠呦呦说事儿”为题，其实自己也是“拿屠呦呦说事儿”，只不过前者是“别有用心”，作者是“独具匠心”。这“借题发挥”的千言，文气酣畅，幽默中带着不容置疑的清醒，以子之矛，攻子之盾，用批判性思维让科学与理性携手共进。

为什么拿屠呦呦说事儿？因为诺贝尔奖备受瞩目，因为屠呦呦是第一个获得科学类诺贝尔奖的中国人，因为屠呦呦的“三无”身份。三个原因层层递进，最终舆论焦点集中在最“独特”的地方，也是作者质疑其因果论证的地方。一般来讲，因果论证有两个格式。格式一：A，而且 B，因此 C。格式二：A，但是 B，因此 C。无论是联合关系还是并列关系，前提“A”和结论“C”之间的因果关系都是不变的。在这篇评论所讨论的观点中，“屠呦呦获得诺贝尔奖”是结果，作者与舆论之间的争议点在于原因的探究。在论证的第一个阶段，舆论在原因 A 与原因 B 之间存在转折关系，即屠呦呦虽然没有博士学位、没有留学背景、没有院士头衔，但是否获奖与是否具备那些条件不存在必然联系。结合当前体制对“条件”规约的强调，舆论在论证的第二个阶段就变化为“科学界以往那些荣誉、职位、学位和称号等大打折扣，甚至一文不值”这样一个逻辑上变异、措辞上“出格”的结论。之所以出现这个问题，是因为在推导结论 C 的时候，舆论主体过分强调了转折关系的 B，而将基本前提 A 虚化和抽离了。因此，与没有兴趣探究前提的论者讨论原因，基本上是“对空言说”，交流的无奈，更多来自对方的不耐烦和浮躁心。

吐槽者犯的错和古代希伯来人一样吗？“虱子能使人健康”的结论，在希伯来人的经验世界中，其实是站得住脚的结论，因为这是一个完全从表象推导出来的结论。但是，舆论从屠呦呦获奖的原因中的特殊条件，反证出科学体制的价值虚无，则并不是“从现象到现象”的天真，而恰恰是犯了从单一表象否定全盘的错误。但是，作者没有以此上纲上线或穷追猛打，反而“天真”地提醒这些评价科学体制的人回归理性，体现了作者的善意和对社会沟通的良好诉求。其实，这篇评论基本上以此为基调展开，以平等的姿态，耐心而谦逊地从院士制度存在缺陷、评价手段不可能十全十美、评价手段之间并不存在必然的因果联系以及对待屠呦呦获奖应有的态度等方面真诚表达自己对问题的想法。

作者的态度是息事宁人吗？“别拿……说事儿”具有非常鲜明的口语色彩，是市井百姓聊天的措辞，其中暗含的情感态度是：“你的真实想法我一清二楚，请不要再找托词了。”作者巧妙地用最世俗的语言，不仅把对方的言论意图暴露出来，而且对对方的来势汹汹和咄咄逼人以幽默轻松的方式予以不露声色的反击。如果把双方的交流假设成一场面对面的聊天（这实际上也是网络交流的情境定义），作者主动完成的“语言降维”无疑能缓解紧张气氛。但“息事宁人”并不是作者的意图，当气氛得以缓和，作者开始不断调整对方先前设定的议题方向，用收藏界的“捡漏儿”挑明了“屠呦呦获奖其实是可遇不可求的事情”。进而，以“必然中有偶然，偶然中有必然”的辩证方法将问题讨论的路径从原来设定的因果逻辑跳脱出来，用比尔·盖茨辍学但并没有让美国人停止大学招生和不会说外语的屠呦呦获得了诺贝尔奖不会影响中国外语教育政策变化的例子再次指出错误归因的荒谬逻辑。因此，作者绝不是和事佬，而是一位谦谦君子，摊开双手，真诚对话，得饶人处且饶人，却也据理力争。

如果真说屠呦呦，说什么？文章的结尾可谓是“守正”，本应值得尊重的科学家成为舆论旋涡中被拿来说事儿的“话柄”，真的是辱没斯文！对此，作者心知肚明，于是有了结尾处《诗经》的原句——“呦呦鹿鸣，食野之蒿”——古风让喧嚣的世界顿时清静下来，从后句的“视民不恌，君子是则是效”所体现的用典之义再次对吐槽者进行劝诫，并再次鲜明肯定和强调了屠呦呦获奖的重要意义和重要价值。

评论，不仅指在媒体上发布的言论，其要义更在于对社会心态和公众基本状态有所把握的观点写作。这番对话，需要智慧，更需要“守正创新”的勇气。

◇附作品

别拿屠呦呦说事儿

刘亚东

“中国大陆科学家离诺贝尔奖还有多远”的诘问，于2015年10月5日17时30分终结。没想到这一刻真的到来时，各种“吐槽”瞬间在网上“爆棚”。许多人把目光集中在屠呦呦的“三无”身份上，即无博士学位，无留洋背景，无院士头衔。按他们的逻辑，因为中国第一位获得诺贝尔奖的科学家“三无”，所以科学界以往那些荣誉、职位、学位和称号等大打折扣，甚至一文不值。

古代希伯来人发现，健康的人身上有虱子，有病发烧的人身上没虱子。于是，他们高兴地得出结论：虱子能使人健康。而事实的真相却是，人在发烧时，身上的虱子觉得不舒服，嫌热才逃离。因果联系是世界万物之间普遍联系的一种，也可以说是最重要的一种。但问题在于，并不是任意两种现象之间都存在因果联系。谁规定中国科学家的第一个诺贝尔奖得主必须在院士中产生？以屠呦呦获诺奖来推断和评判院士制度优劣，便是犯了和古代希伯来人同样的错误。

我们的人才评价体系，包括院士制度当然有种种弊端而且亟待完善，但它一定是理性改良的结果，而不可能在情绪化的宣泄中完成。另一方面，无论是院士头衔、博士学位，还是在《自然》《科学》等顶级国际学术期刊发表论文，都只是对科学家的评价手段。既然是评价手段，就不可能十全十美。诺贝尔奖又何尝不是！拿科学成就来说，获奖者不一定高于其他科学家，或者说其他科学家不一定逊于获奖者。就中国科学事业而言，没有这个奖时照样发展，得过这个奖后也未必因之加速前进。评价科学家的这些手段之间当然会有一定联系，但肯定不是必然联系，更不是因果联系。屠呦呦获奖是好事。好事来了，咱们最好淡然处之，而不必过度解读。否则，不是存心塞私货的话，那就是庸人自扰了。

收藏界有种说法，叫“捡漏儿”。在某种意义上，“三无”的屠呦呦是且只是一个“漏儿”。试图以她的“三无”否定现有科学共同体秩序的观点，无论多么具有煽动性和蛊惑性，都不足信也不可取。没读完大学的比尔·盖茨成功了，美国人没有因此停止大学招生；不会说外语的屠呦呦得了诺奖，中国人同样不会因此取消外语教育。必然中有偶然，偶然中有必然。这个道理平时谁都懂得，就算突如其来的喜讯让人有些懵懂，也不该失去起码的辩证能力。

呦呦鹿鸣，食野之蒿。屠呦呦在科学道路上孜孜以求的探索，终被国际科学界以“21 响礼炮”的最高礼仪认可和肯定。事实上，这件事给人们最重要的启示是，科学有自己独特的发展规律，急功近利的行为无法创造一流的成果，只有在寂寞的长跑中不言放弃的人，才有希望达到光辉的顶峰。作为科学家的屠呦呦获得诺贝尔奖，圆了一个中国梦。请为她点赞，别拿她说事儿！

（原载《科技日报》2015 年 10 月 8 日）

以发扬"剜刀"精神学习贯彻讲话精神

2014年10月15日，习近平总书记在北京主持召开文艺工作座谈会并发表重要讲话。讲话围绕"实现中华民族伟大复兴需要中华文化繁荣兴盛""创作无愧于时代的优秀作品""坚持以人民为中心的创作导向""中国精神是社会主义文艺的灵魂""加强和改进党对文艺工作的领导"5个问题展开。对文艺评论，习近平总书记指出："要高度重视和切实加强文艺评论工作。文艺批评是文艺创作的一面镜子、一剂良药，是引导创作、多出精品、提高审美、引领风尚的重要力量。文艺批评要的就是批评，不能都是表扬甚至庸俗吹捧、阿谀奉承，不能套用西方理论来剪裁中国人的审美，更不能用简单的商业标准取代艺术标准，把文艺作品完全等同于普通商品，信奉'红包厚度等于评论高度'。文艺批评褒贬甄别功能弱化，缺乏战斗力、说服力，不利于文艺健康发展。……真理越辩越明。一点批评精神都没有，都是表扬和自我表扬、吹捧和自我吹捧、造势和自我造势相结合，那就不是文艺批评了！金无足赤、人无完人，天下哪有十全十美的东西呢？良药苦口利于病，忠言逆耳利于行。有了真正的批评，我们的文艺作品才能越来越好。文艺批评就要褒优贬劣、激浊扬清，像鲁迅所说的那样，批评家要做'剜烂苹果'的工作，'把烂的剜掉，把好的留下来吃'。不能因为彼此是朋友，低头不见抬头见，抹不开面子，就不敢批评。"[①] 中国文化报主任记者、中国文艺评论家协会会员赵凤兰"对文艺评论的评论"，不仅是对文艺座谈会讲话精神的学习贯彻，也是对文艺评论"剜刀"

---

① 习近平．在文艺工作座谈会上的讲话［EB/OL］．新华网，http://www.xinhuanet.com//politics/2015-10/14/c_1116825558.htm.

精神的躬身力行。

作为文艺评论队伍中的一员老将，2014 年以来，赵凤兰坚持关注文化前沿，持续对网络文学、影视剧、电影产业和新闻摄影等议题发表评论 60 余篇，显示出充沛而敏锐的批评力。特别是针对文艺评论界的种种流弊，她犀利地指出文艺评论自身批判能力的丧失。作为中国文化界舆论的代表，作者通过包括获奖作品以及《来点文艺气质》(2014 年 3 月 24 日《经济日报》)、《文学评奖不应成为“秀场”》(2014 年 8 月 29 日《中国文化报》)、《文艺人，来把“剃刀”》(2015 年 4 月 12 日《经济日报》)、《当前文艺评论界存在“三多三少”的现象》(2016 年 6 月 29 日《中国艺术报》) 和《文艺评论是“高精尖”的智识创造》(2018 年 8 月 22 日《中国文化报》) 等作品，以无畏的气度向中国文艺评论界开刀，生动示范了什么是“剃刀”精神。

首先，“剃刀”精神就是要保持锋芒和尖锐。没有批评，只有表扬和自我表扬，不可能有真正的文艺评论。对于精神产品的创造者而言，最毒的药莫过于利益勾连下的相互吹捧，它让人自我陶醉，迷失方向，最终丧失真正的自我，艺术创作的生命也随之消逝。座谈会上的讲话和评论的观点，都强调了文艺评论具有战斗性的一面，这种“战斗”并非刻意为之，而是顺应“评论”之本性，有一说一，不迎合，不矫饰，好就是好，不好就是不好，进退由己，自成一体。“锋芒和尖锐”也不是由外力敲打而成，无非是主体以自然之态入世，不搅浑水，直面作品，以一己之精神与作品之境界相遇、碰撞、对话，绝无依赖、借势、乘机。

其次，“剃刀”精神就是要保有简单和纯粹。作者提及的“奥卡姆剃刀”法则，最直接的意思就是“简单”。然而，要做到“简单和纯粹”并不容易。批评者的独立和自由，纯属精神上的理想境界，一旦与现实人事瓜葛，就容易因人废言，因人评事，独立性瞬间瓦解。文艺评论对评论者的人格提出了非常高的要求。孟子将知人论世与君子养气联系在一起，参透了“以意逆志”的精要。“其为气也，至大至刚，以直养而无害，则塞于天地之间。其为气也，配义与道；无是，馁也。是集义所生者，非义袭而取之也。行有不慊于心，则馁矣。”(《孟子 · 公孙丑上》)“养气”就是为了保有简单纯粹的意志，是非善恶，一心明了，知行合一。

最后，“剃刀”精神就是要保护真知灼见。除了名利的诱惑，环境对个体的影响，最大的压力莫过于政治。“官本位”的流毒，其害不仅在于耽误光阴，贻误时机，更在于搅扰视听，让真正潜心研阅、诚心表达的专业人士在评论场上被边缘化。在某些强势领导那里，甚至可能出现对持异见者进行打压和报复的情况，把本该“超脱”的事业变成了权欲膨胀的发泄场。对此，应该从体制上为文艺评论家创造顺畅表达的基本条件和可靠环境。

正如赵凤兰所言，“要疗救文艺评论的沉疴，需要文艺界摆脱物质利益羁绊，摆脱人情关系的束缚，改变当前以‘官本位’为中心的学术体制”，她的灼见，不就是一把“剃刀”吗？

◇附作品

重塑文艺评论的“剃刀”精神

赵凤兰

作为艺术的“雷达”和思想的“智库”，文艺评论为文艺作品的审美判断、价值阐释、思想旨归开辟了重要的精神域场，它拨开表象的重重迷雾，对文艺作品的思想内核、人文价值进行扬厉和批判，进而梳理、提炼、升华出理论内涵和人文品格。然而，随着大量文坛“掮客”和文艺“鼓吹手”的产生，文艺批评的锋芒正日益钝化、锐气正逐步缩减。尽管近几年文艺界关于抵制媚俗之风、重塑公信力的座谈会一茬茬地开，自省之风尤胜往年，但文艺评论陷入骨质疏松和功能萎缩的老毛病依然存在。文艺评论正沦为没有思想的活动和没有靶子的瞄准，不仅批评的内容言之无物，批评的主体也是群龙无首，而指名道姓的批评在当前文艺评论的实践中更是难以生存。究其原因，我认为，问题主要体现在以下几方面。

其一，评论界“官本位”风气盛行。批评语境的失语和沦陷与当前文艺批评领域的“官本位”思想有关。评论界喜欢邀约一些在业界担任要职的官员型评论家，他们常把官员官职的大小与业务能力和评论水平画等号，认为只有这些有权力、有影响的人才有资格在评论会上建言献策。但管理一流不代表评论功底一流，这些官员型评论家有的因行政管理工作繁忙而远离业务一线，有的因四处串场而分身乏术，他们对作品的评论大都浮在浅表，很难有时间沉淀下来进行深入的样本研读和剖析。我曾看到某评论家一天连捧3个文艺座谈会的场子，所到之处发表的都是一些"放之四海而皆准"的雷同之语。另外，这些贴着"身份"标签的所谓"专家学者"大都是评论界的常客，彼此间熟识，难免自说自话互相抬轿，唯恐因发表真知灼见成为"刺头"、沦为异类。当然，约请有一定身份的评论家本无可厚非，可以提升座谈会的档次，但前提是这些人要真正对某一行业有深厚建树，并能沉下心来对作品进行认真梳理和把脉，提出真正富于睿智洞见的思想观点。否则，不如选择那些真正活跃在一线的评论人，虽然这些人因缺失"头衔"而难以进入主流视线，但他们的精神思想来自文艺实际，更来自社会实践，他们的风骨、胆识和锐气正是当下文艺界的稀缺资源。

其二，文艺评论滑向无效言说和思维空转。文艺评论作为一种思想的艺术，它最大的价值是可以为文艺、为社会提供智识和创见。如果评论家只说好话、不说缺陷，只"栽花"、不"栽刺"，文艺评论就变成了创作的附庸和宣传品，最终沦为无效批评和泡沫批评。因此，要补进思想的钙质，提高文艺评论的含金量，文艺人需要一把"奥康姆剃刀"，将浮在文艺表层的喧哗和泡沫剔除，减少概念垃圾和空洞无物的理论，避免心智陷入无效运转。同时，评论家应该坚守职业道德和操守，破除人们爱听好话、喜欢阿谀奉承这一人性的弱点，杜绝虚伪的恭维和丧失立场的评述。我曾看到有评论家像"墙头草"一样，今天在某媒体就某事展开批评，明天又在另一家媒体进行赞扬，一会儿唱"黑脸"，一会儿唱"红脸"，或者干脆唱起了"花脸"——按照报刊编辑的意图，将原本批评的稿件改为表扬稿，以求顺利刊发。这些活跃在批评界的双面人和两面派，遮蔽了文艺评论睿智、凌厉的本来面目，使其与臧否评骘、针砭时弊、增识启智的艺术评论本质相去甚远。

其三，文艺评论缺失质疑和针砭功能。当前的文艺评论界存在"三多三少"

现象，即圆滑会“做人”的蜜友多，讲真话说实话的诤友少；和稀泥的滑头多，发表真知灼见的谋士少；捧哏逗哏的多，质疑鞭挞的少。其中有评论家自身的原因，也与整个批评语境不够宽容开放有关。他们深知，一旦说真话，这个圈子很可能不带你玩了，所以为了生存，评论家常技巧性地发言捧场，尽量说一些违心的好话，以巩固自身在主流核心圈的地位。而艺术家群体也急需评论家的这些溢美之词为自己的作品撰书立传，以期在艺术史与艺术市场中找寻属于自己的位置。长此以往，有文化责任和社会担当，能够秉持公心、针砭时弊的评论家便越来越少，文艺评论逐渐沦为“圈内人的家宴”。

我曾看到某艺术评论杂志的封面形象广告，整个图片设计简洁而写意，仅页面右下角有一枚锋利的双面剃刀片。这剃刀便隐射着这本评论类核心期刊的精神旨意——剔除思想上的“赘肉”，勇于揭示和批判。我想，这正是当下文艺评论应该保有的社会良知、批评气度和艺术指向。一个好的文艺评论家，应该具有超凡的艺术敏感和思想文化视野，他不是摇尾乞怜的马屁精和人云亦云的应声虫，而是凿开习惯思维坚壁，开掘最强大脑思维密码，去发现、解析、领悟截然不同的艺术世界，获得崭新思维空间、高超见解的创作者和“文艺达人”。他们需要秉持“自由之思想、独立之精神”，通过抓撷疑难热点，展开观点的碰撞、思想的火花和智力的交锋，在感知、冒险、探索中寻找到艺术之美。因此，要疗救文艺评论的沉疴，需要文艺界摆脱物质利益羁绊，摆脱人情关系的束缚，改变当前以“官本位”为中心的学术体制。唯此，文艺评论才能走出靠取悦生存的迷途，真正实现以批判、探索、求新为精神旨归。

（原载《中国文化报》2015 年 4 月 21 日）

认识升维，以经验教训引导围观

《公共辩论，求真比求胜更重要》这篇评论经《人民日报》刊发后，包括中国共产党新闻网在内的各家网站第一时间转发。评论最主要的价值在于视点调整，认识升维，在保证观点具有建设性的同时引导舆论有新的关注点和思考点。引动作者思考的问题逻辑，主要有三方面。

首先，方、崔之间究竟发生了什么？作者在处理作为评论由头的这一事实时，比较概括，并不想过多纠缠于事件本身："这几天，因'转基因食品该不该吃'产生骂战，方舟子和崔永元从微博转战至法庭，互指对方侮辱诽谤、侵害名誉。"而事实上，方、崔之间的隔空争论从2013年就开始了。为了调查转基因，当年12月，崔永元自费50万元再次赴美。因双方的先天立场和对事实不同向面的强调，2014年，两人的争论演变为质疑对方语言逻辑、发言资格，进而互揭"老底"，人身攻击，祸及家人，最终以"侵犯名誉权"对簿公堂，结果是"双输"的局面。这也正是作者所谓的"戏剧性的结局"。在这次冲突中，方、崔二位讨论的问题已经不是重点，公众人物之间的公开冲突，在自媒体环境中放大的人际间的"攻击性传播"，刺激了公众的神经。所以，评论的选题发现的是一个因为关涉公众人物而自带传播力、对社会公众有广泛教育意义的现代问题。这个问题被作者定义为"公共辩论的价值在于视野的拓展、思路的开阔和思考的激发"，这是问题积极的一面。从消极的一面看，事件中双方的"冲突失和"是为中国文化所排斥的。"在中国几千年漫长的历史中，无论是（人际冲突）回避者还是融入者，从未间断地看见历史斗争革命运动的血雨腥风，以及将人际冲突转变成政治权力的双重陷害。”[①] 历史经验形成了中国人在文化心理上“和为贵”的人际交往原则。从突破传统文化局限的角度讲，方、崔之争其实是具有进步意义的，至少他们对自己观点和思想所可能引发的冲突不回避、不恐惧。“用攻击性的争论来看待说理，这是中国权力话语长期潜移默化的教育结果，形成了一种相当普遍的话语习惯。”[②] 中国在现代化进程中，毕竟还有很多没有得到健康发育或转型的文化领域，比如公共说理，由于缺乏充分的实战体验和经验总结，哪怕是具有传播能力的公众人物仍然存在心智短板，免不了最终跌入两败俱伤的人设陷阱。一般人看到的是“败局”，作者则看到了“契机”：“这场官司不管胜负如何，都有一定的标本意义，尤其是，比起一些人的‘微博约架’，应该说是一种理性的回归。”

其次，融入者理应如何？所谓“融入者”，就是能积极面对“人际冲突”的双方或多边对话者。在公共辩论中，双方既然以发展“公共价值”和“公共认知”为己任，那就意味着其关系建构不是私人范畴，而应以社会身份和公共话题所规定的义务责任和智识追求为旨归。因此，分清“公”与“私”是展开公共辩论的第一前提。“当严肃的科学探讨，变成关乎名誉尊严的捍卫之战”，其本质就是双方因固有的个体立场强化了其私人属性，使得思想和观点的分歧进一步固化，不仅反作用于对彼此人格的质疑，也使双方因此失去了对话的机会。在这个过程中，不需要强调纯粹的道德概念，而是要求融入者对关系本身抱有“深切的道德关怀”[③]，将对方视为与自己完全平等的个体，保证对话能够在一个真正属于人的交流氛围中进行，避免“摊开手掌的公共辩论，成为攥紧拳头的相互攻击”，所以，“接受平等关系”是公共辩论的道德前提。作者形象准确、修辞整饬地陈述了近年来一些公共辩论的“不良表现”，并分析其原因在于情绪化和立场预设。对文本而言，这不仅为“应该反对拉低公共辩论价值和冲破法律道德底线的行为”提供了事实证据，也以此将论题所针对的主要言论主体加以明确，避免了批评的泛化。公共辩论的属性决定了冲突在所难免，

---

① 王怡红．人与人的相遇——人际传播论［M］．北京：人民出版社，2003：266.

② 徐贲．明亮的对话：公共说理十八讲［M］．北京：中信出版社，2014：32.

③ 王怡红．人与人的相遇——人际传播论［M］．北京：人民出版社，2003：277~278.

因为每一个参与者的“说理”都是以特定“结论”和“理由”为条件的。有的“结论”一致，但“理由”不同，更多的情况是“不同的理由”支持了“不同的结论”。从这个角度看，对话主体的道德前提其实是由公共辩论规定的，并非一种主体的自觉选择。假设缺乏对接纳和倾听异见者的心态建设，那么就丧失了参与辩论的“入场资格”。

最后，围观者又应如何？“喜好围观”是人性，古今中外，概无例外。于中国文化，国民性的反思使我们对这一人性阴暗面具有一种特殊的敏感。21世纪的第一个10年，网络民意倒逼地方政府阳光执政，“围观改变中国”一时间成为社会公共性建构的突破口，也成为一种传播的公共观念，“围观”因此被赋予了积极的社会意义。这篇评论中，作者对“围观者”始终持宽容和鼓励的态度，从一开始“我们”的叙述人称选择就暗含了把这一重要群体纳入公共辩论场景中的意图。尽管作者没有明言，但公共辩论假如没有“听众和观众”，仅仅是一些“代言人”在台上自说自话，就失去了公共辩论的初衷和意义。“说理的对象是广大而不同的听众，不是小圈子或小学科的专门听者”[①]，围观者的反馈不仅会激发言论主体的表达，也会直接影响整个辩论过程对真实和公正的接受程度，从而见证“我们又向真理迈进了一步”。

话说回来，作者的观点因认识升维而获得了传播价值，这种价值被《人民日报》和中国新闻奖所认可，意义深远。

◇附作品

公共辩论，求真比求胜更重要

范正伟

在公共辩论中，比输赢更重要的是，我们由此展现了什么，从中学到了什么；通过辩论，我们是否拓展了视野、开阔了思路、激发了思考。

---

① 徐贲．明亮的对话：公共说理十八讲［M］．北京：中信出版社，2014：36.

这几天，因“转基因食品该不该吃”产生骂战，方舟子和崔永元从微博转战至法庭，互指对方侮辱诽谤、侵害名誉。从斗嘴到说法，这场官司不管胜负如何，都有一定的标本意义，尤其是，比起一些人的“微博约架”，应该说是一种理性的回归。

只是一场原本围绕科学命题的公共辩论，最终在互斥“流氓”“骗子”的骂声中收尾，还是令人心生感慨。当严肃的科学探讨，变成关乎名誉尊严的捍卫之战；当对转基因的关注，成为“挺方还是挺崔”站队表态；当摊开手掌的公共辩论，成为攥紧拳头的相互攻击，这种戏剧性的结局，恐怕不是各方都愿意看到的。

近年来，公共辩论“剑走偏锋”的现象并不鲜见：心平气和的讨论，变为唾沫横飞的辱骂；同一话题的分歧，成了互揭隐私的竞赛；网络争吵的激化，导致赤膊上阵的“约架”，至于动辄质疑别人为“五毛”“美分”，或者相互送上“卖国贼”“爱国贼”的帽子，也是时有耳闻。类似现象，不仅拉低了公共辩论的价值，许多时候也冲破了法律道德的底线。究其原因，往往是伸张正义的急迫、求胜心切的冲动，让预设立场左右了事实选择，让站队逻辑取代了是非判断，让意气之争消解了话题本身。

捷克教育家夸美纽斯有句名言：“对于事实问题的健全的判断是一切德行的真正基础。”遗憾的是，在当下的现实中，许多时候事实还没搞清楚，就有了倾向性答案。君不见，从马航客机失事，到苹果手机定位，再到海南棉被捐赠，有人总是选择性相信，然后再以观点论证观点。至于真相如何，已经不再重要，重要的是观点的卓然不群，重要的是意见的抱团取暖，难怪有人发问：在雄辩“胜于”事实的时候，我们如何关心真相？而作家刀尔登在《中国好人》一书中，也忧心忡忡地写下了这样一段话：“道德下降的第一迹象，就是不关心事实，毕竟，辨别真相，是累人的事。”

或许在一些人看来，偶尔对事实的忽略“无伤大雅”，重要的是自己观念的先进，高尚的是对正义底线的捍卫。毫无疑问，宽容是有底线的，但这个底线，只能是法律道德，而不是一己的好恶。如果一边高呼自由，一边却对不同的声音没有起码的尊重，充满了智商和道德的优越感；如果一边宣称平等，一边却认为别人不配有发言资格，摆出一副真理在握、不容分说的姿态；如果一边反思“文革”，一边却像“文革”一样，动辄给别人扣上吓人的大帽子，非此即彼、非友即敌、非红即黑，这种辩论和交锋，除了固化成见、撕裂共识，恐怕不会有别的意义，更难以收获新的东西。

事实上，即便是错误的意见，其内容往往也包括部分合理性。罗曼·罗兰说得好：“如果你想独占真理，真理就要嘲笑你了。”辩论的本质，不在于辩倒对方，而在于对真理的不懈探求；辩论的目的，不是让对方哑口无言，而是为了弄明白问题。想赢怕输是人之常情，但在公共辩论中，比输赢更重要的是，我们由此展现了什么，从中学到了什么；通过辩论，我们是否拓展了视野、开阔了思路、激发了思考。因此，我们期待，在公共辩论中，胜利的一方能够说，“我从对方身上学到了新的东西”；失败的一方能够说，“我错了，但得到了真理”；围观的人们能够说，“我们又向真理迈进了一步”。

有人说，21世纪世界历史的最重要事件，可能是中国作为一个文明大国的重新崛起。从经济强国走向文明大国，呼唤着精神的勃发、观念的更新、理性的构筑。从社会来讲，这不仅需要探求真理的勇气，更需要探求真理的氛围；就个人而言，这不仅需要表达观点的技巧，更需要和而不同的理念。唯其如此，我们方能搭建理性、建设性的讨论平台，提升中国社会的民主素养和公共精神，不辜负这个伟大的时代。

（原载《人民日报》2014年7月28日）

该谁说和该如何说

评论回应的是一段时间以来，媒体频频曝光的师德问题。从逻辑上看，对“失范”问题进行论证，最需明确的就是前提。其中，最具有讨论价值的，是如何界定“失范”。以这篇评论为例，建议学习者关注这样几个问题。

首先，三段论和前提。“范畴三段论”是有两个前提的演绎论证，其中的每一个判断都应是标准形式范畴。如这篇文章的观点，有一个基础的论证：

所有的教师都是社会公德的承担者。

一些社会公德的承担者没有按照师德标准约束自己的行为（不配作为教师）。

因此，少数教师的师德失范（就不是教师）。

其中，“大项”作为结论的谓项出现，即“师德失范”；“小项”作为结论的主项出现，即“少数教师”；“中项”是在两个前提中出现但不在结论中出现的项，即“社会公德的承担者”。作者是暨南大学新闻与传播学院教授，刊发评论的媒体是《中国教育报》，这促成了“谁来提醒前提的存在”的话语格局——作为教师群体代表的表达和作为教师沟通平台的态度——不会令人反感，也不容易引发一种社会情绪对立，而旨在促成职业共同体的道德自省。“教师何为？”本属于教育学入门第一课的问题，不仅是职业操守的“温习”，也是这篇评论的第一个前提。

评论中的第二组演绎论证，暗含在环境的分析和判断中：

整个社会的道德水平都在滑坡。

教师是社会中的一个群体。

因此，教师群体的道德水平也在滑坡。

这个论证并不是为了给师德失范者的行为找借口，而是客观地说明相关政策文件陆续出台的社会背景和事实前提。论证的结论作为第二个前提，把“失范行为”和“相关规定”自然地联系起来，为下文核心观点的提出做了铺垫。

其次，事实和观点。这是论证过程中最基本的两个概念，也是最容易混淆的概念。原因不仅在于无论是“事实”还是“观点”都是主体认知的结果，而且还在于二者之间有一个随社会共识面扩大或公共认知水平提升而发生的变化。从政策与具体行为之间的关系来看，也适用“观点”和“事实”的逻辑关系。作为一种理想化的预设，“政策”即“观点”，假如与“事实”距离甚远，固然可以成就其“观点”的“高瞻远瞩”，但对于实际问题的解决可能会因为可操作性降低而失去效用。这是作者最为关注的问题：“师德失范界定的模糊性会降低教师对问题严重性的感知，其结果是导致政策的规约功能进一步退缩。”是什么导致政策观点表达对事实的抽离呢？其中有文化价值观的原因，“含蓄”“内敛”“避讳”等。更关键的可能是作者在后文中所指出的事实——“监督、管理、开展师德工作的行为主体往往是缺失的”，这导致政策制定的过程是缺乏主体充分举证和充分论证的，相应的事实细节表达肯定也是缺乏的，导致各种规定都显得泛泛而谈。假如把政策看作一篇评论的话，按照论证的原则，缺乏事实基础的观点表达，其说服力仅来自观点本身，回溯事实的个别判断则很难实现。“这也是一旦问题出现，当事人总是给出各种辩解，后续的处罚力度也跟不上去的原因。”

最后，措施建议。对于国内经验比较缺乏的议题，评论者从其他国家和文化中收集梳理“措施”供参考是比较常见的解决路径。师德问题其实也是中国社会现代化转型的一个侧面。中国传统文化中对教师地位的授权和确认已经岌岌可危，公共性原则越来越要求教师在职业时空范围内规制和划分“私人界限”，所谓“一日为师终身为父”的传统观念和伦理原则也不再有社会维系的功能，而被“传为一段佳话的师生恋”也不能再作为爱情的理想。针对一种具有公德要求的职业，应该有更具操作性的条规来提示当事人行为的尺度，也应有专门的机构来负责执行监管和惩处，更应有“依法治教”整体观念的转变和普及。作者以美国中学和大学对“性骚扰”界定的具体规范作为对照，提醒政策制定和执行者关注这些事实细节，提高当事人的敏感度，也促进执法的主动性。“建议”属于观点的一种类型，它是作者从问题逻辑和现实状况提出的具有针对性的一些非系统化意见，逻辑层次可宏观可微观。对于“红线”在操作层面的虚无性和误导性，作者从“法治”和“政治”两个维度指出其害处，表达看似具体，逻辑层次的内涵却很深刻，学校管理者回归本位的方向性建议也顺理成章。

评论结尾的功能是深化论点，就此，作者是以论文结语的方式来完成：先说前提，再说问题，最后提出建议。也算一种范本吧。

◇附作品

师德“红线”需要更明确的操作性

刘　涛

近日，一张有关四川美术学院副教授王小箭“强吻”两名女学生的照片广为流传。继此前多地频曝教师猥亵性侵学生、教授与女研究生发生不正当关系事件之后，教师的师德问题再一次被推向公共视野。

师德滑坡是社会公德整体滑坡的一个缩影，但又不得不承认，作为教书育人的地方，师德是托起社会公德的最后支撑。教育行政部门和学校应该在师德问题上有所承诺。

其实，关于师德问题的关注，相关的政策文件已经很多了。比如，2013年5月中组部、中宣部、教育部联合下发了《关于加强和改进高校青年教师思想政治工作的若干意见》，呼吁建立师德考核档案；2014年10月教育部颁布《关于建立健全高校师德建设长效机制的意见》，划出高校教师禁行行为的“红七条”。师德建设文件的先后出台，显示了政府高层对高校师德问题的治理决心，因此展示了强大的震慑力和约束力。

在国家高度重视师德建设的大背景下，各省的教育行政部门和学校也出台了相应的师德建设措施。然而就现行的教育政策而言，这些文件在实践层面仍需细化。比如，“对学生实施性骚扰或与学生发生不正当关系”已经成为各大高校在师德禁行“红线”中的标准用语。但究竟怎样才算性骚扰，文件中并未给出明确的界定和限定。师德失范界定的模糊性会降低教师对问题严重性的感知，其结果是导致政策的规约功能进一步退缩。这也是一旦问题出现，当事人总是给出各种辩解，后续的处罚力度也跟不上去的原因。

相反，美国许多学校为了防止校园性骚扰事件发生，对性骚扰的形式给出了具体的界定。2004 年，美国加州奥克兰市罗斯福中学发布了校园性骚扰治理的实施条例。这个条例共有三项 27 个条目，明确规定了哪些语言、动作属于性骚扰，比如禁止传播有关性的笑话、故事、照片和涂鸦……

除了对性骚扰的表现形式给出具体界定，美国学校还对可能引发性骚扰的教师行为给出了明确的限定。性骚扰总是在特定的场合和情景下发生，只有对这些场合和情景进行必要的干预和管理，才能从根本上防患于未然。因此，美国大部分私立学校都明确规定：教师不得进入学生厕所，无论是否对学生动手动脚，都被视为性骚扰；当男教师和女学生独处时，办公室必须对外敞开；非纯粹为学术目的，教师不得擅自带女学生外出就餐……

在师生关系问题上，尤其是师生恋方面，国外大学似乎显得更为谨慎而苛刻。哈佛大学于 1984 年率先规定，禁止教授和指导的学生之间发生浪漫关系；2011 年，弗吉尼亚威廉玛丽学院对师生恋一律说“不”——无论老师和学生之间是否存在直接的指导关系……

虽然目前的师德禁行规范都给出了相应的惩罚措施，但不得不承认，监督、管理、开展师德工作的行为主体往往是缺失的。具体就学校而言，师德问题更多地经由他人举报而引起校方的重视，很难在师德建设上主动出击。为什么会这样？本质上是因为缺少相应的职能部门进行具体分管。很多时候，学校考虑到形象问题，对许多严重的师德失范行为往往进行“冷处理”，其结果也间接地提升了此类事件的发生概率。

其实，诸如诱奸、性侵幼女等行为，已经不是简单的师德失范，而是明显的违法犯罪。教育行政部门或学校不必花太多力气在这些问题上给师德画“红线”，甚至提出各种所谓的“一票否决”措施。其实，应对诸如此类的行为，坚持依法治校、依法治教才是解决问题的关键所在。学校所能做的，除了在学校普及落实相关的法律、法规外，必须主动、积极地配合司法部门的取证与调查，走相应的法律程序。

正所谓，“教者，效也，上为之，下效之”。师德是教育良知的一面镜子，更是拯救社会公德的最后底线。在师德问题受人诟病的今天，给师德禁行行为明确的界定与限定，又能对师德失范行为给出具体而恰当的惩罚措施，同时又不至于使相应的惩罚行为滑入法律问题上的越俎代庖或者打着师德的幌子进行政治误伤，这是教育行政部门和学校在拯救师德面前应有的姿态和决心。

（原载《中国教育报》2014 年 10 月 15 日）

理性批驳“脑残套路”

2007年进入传媒圈的曹旭刚同志，以一种“学习者”的诚恳态度面对业务工作，十余年来笔耕不辍，从一名校对员成长为《西安日报》首席评论员。尽管他自述“偶尔写点脑残体的文章”，但回顾其早期代表作，2011年，不论是发表在《华商报》上的《官员升迁步步神秘必然步步惊心》还是发表在《中国青年报》上的《我的故乡也是你的故乡》，文章对民生的真诚关怀，对社会正义的振臂呼吁，无不透露出一种文者的理想和情怀。

这篇获奖评论是一篇旧题新作。2011年9月，江西修水县一位居民到派出所为孩子办户口，与户政人员发生争执，办事女警竟然发怒谩骂，将材料砸向这位居民。“女民警发飙打人”视频在网上传开，舆论哗然。19日，修水县公安局做出决定，将因服务态度欠佳引起网上热炒的户政员蒋某辞退，并称蒋某为聘用人员，非在编警察。[①] 针对这个事件，《中国青年报》发表了张君贵的评论《哪里有危险，哪里就有“临时工”》，用“‘临时工’当替罪羊，似乎成了固定套路。想必这篇评论给正在事业成长期的曹旭刚同志留下了深刻的印象，而且类似“不公正，无视普通人利益”的选题，也是他所重视的。

21世纪伊始，“脑残”这样一个带有病患歧视色彩的词居然流行开来。互联网的发展促进了平权趋势的蔓延，权力主体的自说自话在新的语境中显得越来越荒谬，“随意敷衍，不合逻辑，不合情理”导致了诸如“躲猫猫”“俯卧撑”等“词媒体”现象的产生，是为“脑残”的一种。另外，言论市场的竞争伴随

---

① 齐鲁晚报：哪里有危险，哪里就有“临时工”[EB/OL]. 央视网，http://news.cntv.cn/20110921/116164.shtml.

媒体经济的发展日趋激烈，各家媒体都纷纷开设时评栏目，一部分为发表而发表，为生产而生产的评论，夹杂在有立场有逻辑的观点表达中。2008 年，叶匡政的一篇题为《时评正在成为一种脑残文体》的文章引发了媒体同行的争议。作者以犀利的笔触批评那些语言无味、圆滑浅薄的时评作者，"他们非常清楚什么能说，什么不能说；什么当说，什么不当说。他们写作的目的，似乎就是为了让民众忽略那些利益攸关的大事，领着人们忘记那些主流话语中被省略掉的内容。黑夜给了时评家一双黑色的眼睛，他们只用它来翻翻白眼。低头写作是需要勇气的，同样抬头呐喊也要有底气，可惜的是这两样气他们全没沾上"。这种非常正派而精英的观点，对时评界产生了深远影响。比如 2016 年，曹林在《当下时评的七大弊病》一文中仍引用叶匡政的观点，批评时评的八股腔。对叶匡政的观点有话说的相关人士则认为："除了所谓专业的精英之外，确实存在一大批时评写手，他们显然不是报纸时评版面泛滥的原因，而仅仅是结果。他们的文章可能很'浅'，但这并不意味着大众对这些时评没有需求……高高在上地蔑视他们'没思想'，实质上是想维持所谓'有思想的精英'对话语权的垄断。"[①]类似地，《人民日报》在 2014 年年初"创造一个更好的中国"系列评论第二篇《谁来加厚信息时代的文化土层？》中也认为，面对互联网文化下大众口味的多元化，"要以更积极的态度、包容的气度、渊博的深度，加厚信息时代的文化土层"。

回顾"脑残"的缘起和发展，旨在厘清曹旭刚同志所批评的其实是"基层官僚体制的脑残"，而不是"社会行动者的脑残"，尽管依然坚持精英立场，但其担当的不是对弱势者的施压，而是对强势者的制衡。与 2011 年的那篇同题评论相比，这篇评论有这样几个特点：

首先，接着"之前的话"讲。相隔两年的两个新闻事件，事件起因、舆情回应和舆论焦点都高度相同，前一篇评论已指出，把"临时工"当托词并不好使，一则单位脱不了管理失范的责任，二则为了保住饭碗，"临时工"应该是工作态度更积极、行事更低调的员工，涉事单位总让这个群体背锅违背常理。这一篇评

---

① 说时评脑残，伪精英意识作祟［EB/OL］. 信海光的博客，http：//blog.sina.com.cn/s/blog_49bc1a2d0100by5s.html？ tj=1.

论则进一步指出公众已经完全熟悉“临时工”套路，对于这种“脑残套路”，只会激起舆论更大的不满。同时，那些为寻找托词者撰文站台的人，也遭到作者的尖锐批评。对用人单位出事就找“临时工”的表现，作者从三方面极尽“恶意揣测”。事实上，一个员工是编制内的还是编制外的，与其服务群众的态度没有直接相关性，反而是管理层对下属的纵容或教育缺位才是关键。这是接着讲的话。

其次，找到该事件表象上的不同点。与之前的“临时工”背锅事件相对照，延安城管事件中的涉事人员或被刑事拘留，或被解聘，或被给予党纪政纪处分，似乎在处置方面有了“进步”。其他城市也纷纷做出反应，要求规范“编外人员”行为，杜绝“临时工”上岗执法，也似乎产生了“积极影响”。对此，作者一针见血地指出其不合逻辑之处在于“媒治”和“无法根治”。假如没有卷入舆情，处置原则会一致吗？假如没有服务群众的态度转变以及整体的人事制度安排，“规范”或“杜绝”能有用吗？因此，改变的仅仅是表象，产生问题的原因依然没有变化。

最后，提出解决问题的建议。前一篇评论结尾的时候提道：“一出事就强调是‘临时工’，不好使了，屡屡拿‘临时工’做替罪羊，只能让人更生疑惑。取消‘临时工’这个工种也许是一种奢望，但不再动辄拿‘临时工’说事，可期。”这一篇评论则进一步提出，“临时”应当成为政府雇员的特征，依法行政，让人人都有危机感，才能真正转变不良作风。

总的来说，这篇评论承担了记录时代的功能，也真正把舆情风暴中“临时工”的问题有条有理地说清楚了，理性批驳了“脑残套路”。

◇附作品

哪里有“危险”，哪里就有“临时工”

曹旭刚

不出所料，延安脚踩商户头的城管，果然是“临时工”。

当然，“临时工”只是一个俗称，依照官方说法，“临时工”的称呼是无正式编制人员。也就是说，决定你“临时”抑或“不临时”的分界线，在于有无编制。有编制，哪怕整天睡大觉，也能少操心多拿钱；无编制，哪怕你再优秀再努力，也只能“低人一等”。

对于“临时工”，有人调侃说“生得临时，‘死’得随机”。可不是吗？城管暴力执法了，肯定是临时工；户籍警和群众吵架了，还是临时工；交警乱罚款了，依然是临时工；房屋被强拆了，也是临时工……一来二去，“临时工”被赋予了“替罪羊”的新含义。现在，一出丑闻，不用官方吭声，人民群众都可以替他们拟好发言词：此人系“临时工”。

每次“临时工”的说法公之于众后，很多人一本正经地用法律分析，说“临时工”根本没有执法权，以此来批驳其推诿责任的猥琐举动。这样的分析，很好很强大，但换个角度来看，却也很“无趣”。领导当然知道这个规定，可规定是写在纸上的，“临时工”的好处却是看得见摸得着的。

“临时工”这个神奇的“工种”，都有什么好处呢？其一，“临时工”用工成本低，招之即来挥之即去；其二，“临时工”关键时刻能“扛雷”，领导都喜欢；其三，“临时工”能干很多正式工不愿意干的脏活、累活，用着方便。既然如此，谁不欢迎“临时工”呢？

延安施暴的城管，属于“临时工”，这没错；然而，“临时工”还是“正式工”，与当不当“土匪”没有丝毫关系。而且，从根本上来讲，所有的“临时工”都只是庞大体制中最卑微的一群，即便有人作恶，也是源于有编制的领导的纵容或促使。所以，“临时工”的说法，除了印证“果然如此”的猜测，再无他用。

昨日，延安方面公布事件的处置方案，涉嫌违法的景鼎文被刑事拘留，其他人或被解聘，或被给予党纪政纪处分。坦率来讲，这样的处置还算不错，但显而易见的是，这样的处置方案，却始终未能摆脱“媒治”的影子。试想，假如此事没有引起舆论风潮，延安方面还能如此“秉公执法”吗？不敢乐观。

有意思的是，在延安城管引爆舆论的同时，广东、南京等地不约而同地出台规定，要求规范“编外人员”行为，杜绝“临时工”上岗执法。规范，当然是必需的；然而，指望借此彻底根除这种状况，无异于天方夜谭。可以肯定的是，只要公务员还是“铁饭碗”，只要官员还是向上负责，那么，“临时工”注定还会广泛存在。

“临时工”并不丢人，也不是“祸端”的代名词；相反，“临时工”恰恰应该是政府雇员的主体。所有人都不是铁饭碗了，都“临时”了，都有危机感了，才能避免人浮于事等弊端，才不违背公平原则。如此，即便出了事情，也无可推卸，只能有事说事，该怎样处罚就怎样处罚，该谁承担责任就谁承担责任。

处置几个小喽啰，很简单；但是，如果不能从脑袋里彻底根除这种“临时工”的思维，不能学会依法行政，这样的事情注定还会发生。

（原载《北海晚报》2013 年 6 月 6 日）

当高温与民意共振

《青年时报》的前身是《浙江青年报》，2010 年 10 月改版，是共青团浙江省委主管的都市类日报。报纸以“青年”为目标受众，定位体现为“敏锐、新锐”的“锐气”，把“新闻推动进步”作为媒体口号，强调法治精神和公民意识。这篇获奖的短评发表在 2013 年 7 月 29 日时报的头版。

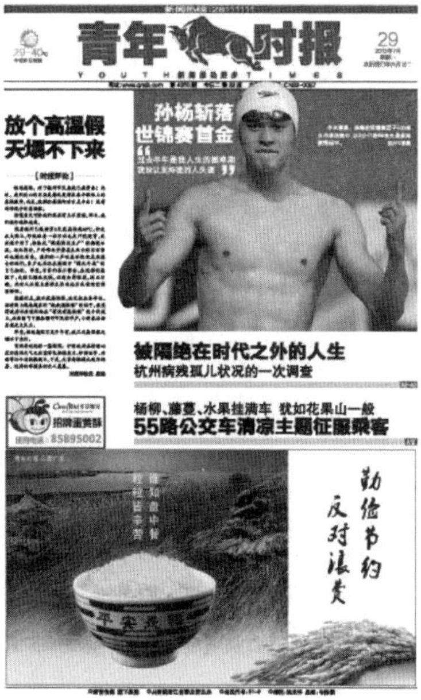
青年时报

YOUTH TIMES

29

放个高温假 天塌不下来

孙杨斩落世锦赛首金

被隔绝在时代之外的人生

杭州病残孤儿状况的一次调查

杨柳、藤蔓、水果挂满车 犹如花果山一般

55路公交车清凉主题征服乘客

招牌面煲酥

85895002

谁知盘中餐 粒粒皆辛苦

勤俭节约 反对浪费

从版面可见，编辑并没有按常规把文章放在特定评论版面“青年评论”里，而是用非常出格的方式来强调对评论观点的全面支持，相当于一期特殊的“言论号外”。6 个段落，480 多字，篇幅短，段落短，句子短。文章旁边是大幅新闻图片和其他新闻的标题，与言论的篇章并置，不具有深入阅读的竞争力。想必每一个浏览版面的读者，一定是第一时间一口气把文章看完。作者选择“我们”作为叙述者人称，鲜明表达了与广大市民站在同一立场的态度。这一态度表达得很自然，并非凌厉尖刻，或乞怜卑微，而是“理性共情”，颇具现代公民意识，与怒气、怨气和戾气形成了对照。具体可从几方面细析。

首先，编辑思路和立场的表达。庞勃同志既是当天“青年评论”的编辑也是短评的作者。评论专版编发的《拿什么浇灭怨气、怒气和戾气》和《遏制“社会变狠趋势”》，批评不良社会风气，深入分析产生这一问题的原因。另一篇《天气虽热人心不能变凉》以“高温”为切入点，强调：“政府有政府应尽的职责，民众有民众应有的情怀；建立对底层民众的保护机制，增加维权渠道，杜绝看客心理，减少一分冷漠，对周围的人多加一分热情和援手；需知一个不能保证公众安全的社会是所有人脚下的大火药桶，爆炸的后果会成为全社会人不能承受之重。”从评论版里的“三气”，似乎可以理解编辑把《放个高温假天塌不下来》放在头版，并非自己热得受不了，而是提醒掌权者关注社会心态，不能对显而易见、人人可感的“沸腾民怨”视而不见，加剧社会的“三气”。因此，于作者而言，“高温假”成了一个强调其选题的契机，是“天热心不凉”的体现；于读者而言，“高温假”是一个“终于有人站出来说话了”的泄洪阀，是通过舆论感知社会环境的测温计。

其次，不怨天但尤人的主体陈述。如何才能实话实说？从思维过程来讲，“解构”是必需的。作者敏锐抓住了媒体上每天都在发布的“高温数字”，似乎“公开的信息”就解决了“高温的问题”。如何解构？作者提醒大家注意，知道温度有多高不是目的，目的是如何免受高温的威胁。极端气候下，“怨天”是无能无奈的表现，只能人来想办法。用“逃离”来注解“高温假”是作者强调人的主体性的一种话语选择：面对困境，人不能束手待毙，不能被动挨打，总是要找一条突围的路。那么，究竟是什么人在堵路？这是评论批评的核心。从切身感受，从专家建议，从网络热帖，一边是战天斗地的口号，一边是不幸事件的发生，再看政府和单位掌权者的犹犹豫豫，正确的选择昭然若揭。

最后，一语双关，批评官僚作风。“天塌不下来”是民间谚语，毛泽东曾经说过：“让人讲话，天不会塌下来，自己也不会垮台。不让人讲话呢？那就难免有一天要垮台。”作者把这个谚语用在标题中，有双关之义。一则指气温变不了，但人可以想办法改变自己的处境；二则指制定放假制度的人要倾听民意，不要害怕改变，正所谓“知屋漏者在宇下，知政失者在草野”，了解实际情况，解决实际问题，消除公众的“怨气”是为政者的本分。

据相关报道，2013 年 7 月 26 日到 8 月 4 日，西湖电子集团近千名员工集体放“高温假”，其间工资、高温补助照发。公司管理层认为这并不会对公司的经营产生影响，反而是双赢，员工休息好了，效率也高了。有的公司则采取错时上班的办法避免员工在高温时段工作。[①] 对杭州部分企业连续几年都给职工带薪休高温假的讨论也频频见于网络，但一些从事诸如建筑工程方面的相对弱势的劳动者却无法享受相同的待遇。

看来，放个假天真的塌不下来，老百姓的天一定要“替天行道”才是。

◇附作品

放个高温假天塌不下来

庞　勃

极端高温，对于杭州市民来说已成常态！此时，我们关心的不再是每天发布在各个媒体上的高温数字，而是，这样的高温何时才是个头！还有那传说中的高温假。

指望老天可怜我们实在有点不靠谱，那么，我们能否选择逃离？

随着杭州已连续第 5 天最高温超 40℃，行走在大街上，即使站着一动不动也是汗流浃背，更别说干活了，但各处“战高温促生产”的热情不减。与此同时，户外作业中暑甚至死亡的不幸事件也随之而来，我们的一声叹息不仅仅是为逝去的他们，多少也为还在高温中“战天斗地”的自己担忧。毕竟，专家们再三警告，在这样的高温下，大脑已顾此失彼，以致头晕眼花，站立不稳，

① 杭州企业放高温假［EB/OL］. 火车网，https: //www.huoche.net/show_290378/.

此时人必须立刻移至阴凉地方或借助空调器降温。

遗憾的是，放不放高温假，决定权在各单位。面对网上越来越多对“放放高温假”的帖子，我觉得政府不应该纠结在“有没有高温假”这个问题上，而应该弯下腰来倾听市民的呼声，小诉求后面其实是大民生。

毕竟，极端高温不是年年有，放几天高温假天塌不下来的。

曾经看过这样一篇新闻：伊朗政府在持续40℃的高温天气之后宣布包括德黑兰、伊斯法罕、库姆等20个省放假数日，于是，大家都躲进大峡谷避暑。这样的举措真的让人羡慕。

（原载《青年时报》2013年7月29日）

澄清谬误的理性态度和专业辨别力

这是一篇典型的澄清谬误的评论。对谬误，最忌讳犹豫不决或凌厉嘲讽，而错失澄清之机。这篇文章既避免了“道德制高点”的教条主义，也避免了“扩大仇富情绪”的泛泛而论，而是抓时机，有思辨、有针对性地展开问题辨析，取得很好的效果。

首先，是非分明不等于非此即彼，而是善于打破“习非成是”，善于化解“似是而非”。经济发展以来，社会上日渐滋长的拜金主义，越来越像空气一样难以觉察。生活中，随处可见的是个人消费讲名牌，请客吃饭讲排场，商家促销讲手段，见怪不怪，习以为常。于个人而言，只要用的钱是合法收入，无可厚非，但也要把握尺度；对商家而言，手段不仁，必须叫停。对“富豪相亲会”，作者没有详述，仅通过突出某些细节来暴露其荒谬——“参与男性要求个人资产3000万元以上或年收入100万元，且要花99999元买一张相亲会门票”“面相、测谎、心理测试，富豪找老婆要求堪比选特工”。稍有社会经验的人听闻这样的事情，应该都会感到有些荒谬。究竟是真相亲还是制造噱头引人去关注炒作“背后的产品”？后者的嫌疑更大。但当时媒体的表现令人唏嘘：仅有诸如《扬子晚报》等媒体以“既奇怪又莫名其妙的富豪相亲海选”为题进行了质疑性的报道。更多的媒体，缺乏必要的质疑和批判，被富豪相亲的主办方牵着鼻子，或者一味猎奇，对富豪相亲海选会上的各种花边新闻津津乐道；或者有意无意窥探隐私，以低级趣味的心态，追踪富豪的日常琐事。有的媒体还公然发表文章，为“富豪相亲”站台，称“富豪相亲”并非“大毒草”，认为“男性追求貌美女性是自然属性”“富豪相亲会是当前社会择偶观的浓缩版”，并诘问：“凭什么英雄可以、模范可以，富豪却不可以？”[①] 作者敏锐地发现了这件事情的“不简单”，把批评的矛头直指“赚足了眼球，却将误导公众、浊化空气”。所以，文章并不是在批评富人相亲，也不是表达“有钱人很讨厌”，而是对个别人通过此类事件混淆视听、对社会产生不良影响表达不满，通过批评性言论提醒媒体自律。

其次，是非分明不等于重“论是”，不重“论非”，而是要指出错误，分析错误。文章并没有从“什么是正确的婚恋观”入题，而是从“为什么宣传富人相亲不合适”切入，分“放大阶层隔阂，损伤社会和谐”“宣扬扭曲的成功观，误导公众的价值观”和“放大物质主义的爱情婚姻观”三个层面对这番炒作可能甩给社会的“负能量”进行了非常鲜明的判断。社会转型，贫富差距加大，个体生活的实际场景和现实关系圈都产生了区别，发生了变化，如果从正面去立论，既不符合这个选题的特点，也很难用一种价值观去涵盖这个问题的阐释。有观察者发现，当代中国的婚恋观是“裸婚”和“物质婚”并存，既有为了爱情摒弃一切物质因素的极端婚恋模式，也有把对方的经济和社会地位放在衡量婚姻关系首要地位的务实选择。各种相亲节目、婚恋网站的火爆，说明中国人骨子里仍是把“找个人过日子”放在首位的。[②] 作者比较理性地从“错误所造成的不良社会影响”展开论述，避免了对价值观直接的评价，而把重点放在“放大”或“误导”方面。

最后，是非分明不是表现出“真理在我”的凌厉姿态，而是基于专业的判断和表达产生积极的社会影响力，正确引导社会舆论，促进问题解决。根据作者介绍，这篇评论见报后，引起多方关注。12 月 7 日，中宣部新闻阅评小组专门就这篇评论发表一期《新闻阅评》，称富豪相亲会在全国搞了好几场，唯独《新华日报》首先发声表示批评，“对于去浊扬清，引领社会思潮，用社会主义核心价值观教育群众，有很大意义”。不久后，《人民日报》和《中国青年报》也相继发表《“富豪相亲会”迷失了什么》《富豪炫富式征婚是丑陋的闹剧》等评论。在舆论监督强大的压力下，2013 年 8 月 2 日，国家工商总局发布消

① 刘庆传．在众声喧哗中发出“最强好声音”——对《“富豪相亲”浊化社会空气》获中国新闻奖的回顾与思考［J］．传媒观察，2014（3）．

② 王亭婷．中国人的婚恋观［J］．文史月刊，2014（9）．

息称，“富豪相亲”的主办单位“中国企业家单身俱乐部”未向任何组织机构管理部门登记注册，未依法取得相关经营许可，已经被广州市工商局依法采取行政强制措施，并函告相关部门，消除不良影响。事实发展证明，所谓的“富豪相亲”，不过是某企业借富豪炒作捞金的手段，没有媒体的及时介入，公众就可能一直被蒙在鼓里。[①]这样的“真相”令人惊心，假如没有舆论监督，没有专业的瞭望员，没有应有的社会正义，没有对问题的准确把握，这些唯利是图者不就可以谬乱人心、谋取私利吗?

这篇评论对社会事件并不一味哀叹“世风日下”，也不跟风吐槽发泄，而是有定力、有远见，担负党报舆论引导的责任，以理性的态度和专业的辨识力找到立论的突破点和事件的可疑点，把握社会心态的平衡点，对公然挑衅公序良俗的行为敢于亮剑，充分发挥了积极的作用。

◇附作品

“富豪相亲”浊化社会空气

刘庆传

“参与男性要求个人资产3000万元以上或年收入100万元，且要花99999元买一张相亲会门票”“面相、测谎、心理测试，富豪找老婆要求堪比选特工”——一场辗转于国内多座城市的“富豪相亲会”，显然已赚足了眼球，却将误导公众、浊化空气等负能量统统交给社会去承受，这个问题令人深思。

富豪相亲会放大阶层隔阂，损伤社会和谐。骄奢淫逸，纸醉金迷，为富不仁，富而无德，这几年，部分人的失德行为本来就已经让“富豪”几乎成了一个“被毁掉的词”。现在，富豪相个亲还搞得惊天动地，又是“比基尼选美”，又是“只要20~26岁无性经验的女性”，似乎只要有钱就有选美的特权，

① 刘庆传. 在众声喧哗中发出“最强好声音”——对《“富豪相亲”浊化社会空气》获中国新闻奖的回顾与思考［J］. 传媒观察，2014（3）.

有钱就能为所欲为，相亲会变成了炫富会。其实从目前看，所谓的富豪相亲会也没见着什么像样的富豪，但就因为打着富豪的旗号，全国的富豪都为之被“连坐”。这样的相亲会，不能不说是对社会阶层隔阂的放大，是对社会和谐的伤害。

富豪相亲会宣扬扭曲的成功观，误导公众的价值观。财富靠双手创造，成功用汗水浇灌，这是社会永久倡导的价值观念。但富豪相亲会告诉人们的是：嫁而优则富，干得好不如嫁得好，婚姻是手段不是目的。这种不辨方向的富豪相亲如果不做批判与引导，只会让不劳而获、好逸恶劳、坐享其成的成功观更汹涌泛滥，让媚富、傍富等庸俗的财富观愈演愈烈。在这场富豪相亲中，主办方明确表示，参加相亲的“富豪”，不少是离异且年近五旬者，尽管如此，很多妙龄少女依然争先恐后，有的场次竟然报名者多达数千人。这不能不让人反思：是什么让少女们对富豪趋之若鹜？社会该倡导什么样的价值观和成功观？

富豪相亲会放大物质主义的爱情婚姻观，影响着未来一代对于爱情与生活的选择。牛郎织女、山伯英台，相敬如宾、举案齐眉，曾经，这样的美好爱情让人们无不心向往之。然而，在富豪相亲会那里，决定爱情与婚姻的首先不是两情相悦的邂逅，不是相逢恨晚的共鸣，不是相守一生的誓言，而是金钱与美色的交易、投入与产出的掂量。在“宁愿坐在宝马车里哭，也不愿坐在自行车后笑”的宣言中，在社会对“相信爱情”的呼唤声中，不能不说，这样的富豪相亲会是对拜金主义的张扬，是对美好爱情向往的摧残。

耐人寻味的是，这场被一些媒体称为炒作的富豪相亲会，“在全国一路走一路挨批”，可是却“批而愈红”“骂而更火”。显然，对这样的“相亲炒作”，有关部门应该理直气壮、义正词严地站出来，对它大声说“不”。

（原载《新华日报》2012 年 12 月 4 日）

何以不再低调

这篇近万言的评论为何如此高调？为什么能如此高调？是胜利在望，还是自信满满？阅读此类集体撰写的宏观选题评论，是促进时事政治学习和辅助理论学习的最佳材料。

20 世纪 90 年代西方的“中国威胁论”犹在耳畔，21 世纪初非常不友好的“中国崩溃论”回声仍在，2012 年，《经济日报》的雄文却自信地向全国人民和全世界宣称：“崛起的中国势不可当。”与之前的那些西方话语一样，“崛起的中国”来自西方的观察和表达，《经济日报》的编辑不过是顺势而用罢了。

美国著名印度裔记者法里德·扎卡里亚以分析和评论世界各国的经济和政治局势而闻名，2008 年出版的《后美国的世界》在全球热卖，他在书中分析了包括中国在内的几个发展中国家对世界格局产生的影响和变化。2009 年中信出版社翻译出版了此书，2010 年 8 月，《红旗文摘》以《中国的崛起》为题选登了书中分析中国的章节。法里德·扎卡里亚从“变化之大”“中国的发展体系”和“崛起势不可当”三方面分析了中国的经济和政治。他认为，后美国世界的和平与稳定，将取决于中国如何在“融合”与“分裂”这两大力量之间实现平衡。中国改革开放取得的成果令世界震惊，变化之大令世人难以想象。中国是有很多问题，但它有一样东西是所有发展中国家都望尘莫及的，那就是强劲的经济增长势头。“中国特色的社会主义”体现出了制度的灵活性和渐进性，国家在经济中的作用仍然相当可观，与此同时，地区差距和贫富差距加大。中国如饥似渴地追求成功，这也许正是它持续崛起的关键动力所在。因此，中国面临的最大问题不是文化的独特性，而是其影响力的普遍性。中国究竟能在多大程度上和平崛起，将取决于中国的行为和其他国家的反应，以及它们之间的互动造成的一系列效应。作者进而分析了中国在亚洲多边关系的搭建和与非洲的关系发展。[①]就连美国前总统奥巴马都经常把法里德·扎卡里亚的书随身携带以便阅读，可见其对大国高层决策者的影响。

冷热相继的国际舆论环境中，中国历来保持低调温和的态度，没有触及底线，绝不挑起不必要的口头之争，以求凝心聚力促进发展，一心一意建设国家。但正如法里德·扎卡里亚所分析的那样，经济和技术上的竞争压力迫使中国融入世界，但同时也会造成国内的裂变和社会的动荡。因此，中国一直在寻求以新的方法使日益多元化的社会保持统一。《经济日报》在"两会"之前，以"世界看中国"栏目，向全国人民综述国家经济发展的基本情况和论证继续保持发展的必要条件，也是新方法的体现。在国际舆论的夹击下，正面应对，发出中国声音，势在必行。

2011 年是国际经济的"多事之秋"，欧债危机、美国主权信用评级下调，大地震重创日本，上千名示威者聚集在美国纽约曼哈顿，试图占领华尔街。在这样的背景下，中国的经济发展势头却与其相反。评论分为四个部分，先摆结论，后分析原因、手段，明确目标，层层递进，论证了中国在国际金融危机的深层影响下，尽管困难不小，但总体上经济发展仍处于重要战略机遇期，只要能稳中求进，攻坚克难，充满信心，不断提高我国的综合国力和国际竞争力，和平崛起的基本态势就不会逆转。文章以"发达国家步履维艰和世界经济前景黯淡"作为观点的重要背景开场，引用国际货币基金组织对中国经济仍保持较快增长的预测报告，延伸出四个联想。前两个联想是经济层面的，后两个联想则是政治层面的。其中，行文提及的"近期两个重要国际会议对资本主义制度的反思"信息量很大，成为理解这篇评论在理论前提方面的重要依据之一。但实际上，除了达沃斯世界经济论坛和世界社会论坛之外，国际社会各个层面都在对国际金融危机之后的国际形势进行分析和对话。

2011 年 12 月 9 日到 11 日，61 个国家的 78 个共产党和工人党的 100 多名代表在希腊雅典参加了第十三次共产党和工人党国际会议。会议主要围绕国际

① 法里德·扎卡里亚 . 中国的崛起［J］. 赵广成，林民旺译 . 红旗文摘，2010（8）.

金融危机及共产党的作用与任务进行了观点交流与讨论，在应对危机过程中共产党应发挥作用的问题上达成了众多共识。[①]“金融危机后，拉斯马森民意调查显示，‘20% 的受访者更偏爱社会主义，而不是资本主义……30 岁以下的年轻人两种选择各占一半’。美国进步研究中心的研究员马修·伊格莱西亚斯认为，这一民调反映了一个事实，即在基本层面上，‘社会主义’是块金字招牌。它的总体理念是我们应把社会置于资本、金钱之前。第二个事实是，‘社会主义’这个词在美国不再像过去一样令人恐惧，美国国内‘自由放任经济学’的拥趸们‘用社会主义作为恐吓战术的效果也不复当年了’。”[②]在解释为何世界经济，尤其是发达国家的经济会陷入困境和危机时，国际经济学界开始质疑金融利益集团在其中的作用。其中最有名的是帕斯卡尔·波尼法斯在《歪曲事实的知识分子：说谎专家在媒体上的胜利》一书中所表明的观点。“他在这本书里批判了现在社会上各种各样造假的理论，从经济学理论、国际关系理论，到政治理论。他认为，从新自由主义理论被大肆推行以来的近 30 年里，那些曾经统治了意识形态领域和理论界，在整个西方舆论界很有影响力的人物所推行的各种流行理论实际上是没有根据的，是一种造假。他揭露出这些学者大都与金融利益集团有密切的关系。同时他们和媒体之间也有很深的关系，而这些媒体越来越多地被金融利益集团控制起来了。因此，有人指出，这场危机是金融利益集团把他们金融至上的文化推广到全世界的结果。”[③]国际经济危机后，无论是资本主义国家的共产党，还是资本主义国家的社会学研究或经济学家的讨论，都从各自的角度对资本主义制度做出了反思，这对社会主义理论的自信和完善提供了重要观点参照。

与此同时，国际社会加强经济合作，力求平衡全国经济，促进经济复苏，拉动就业。2011 年 11 月 3 日到 4 日，二十国集团峰会在法国戛纳举行。这次

---

① 聂运麟，周华平，王喜满 . 社会主义才是未来——世界第十三次共产党和工人党国际会议概述［J］. 决策与信息，2012（7）.

② 刘志明 . 金融危机后世界社会主义的理论革新与战略策略调整［J］. 安徽大学学报（哲学社会科学版），2012（1）.

③ 周艳辉 . 关注世界未来趋势　思考中国发展战略——当代世界学术思潮暨《国外理论动态》创刊 20 周年学术研讨会综述［J］. 国外理论动态，2012（1）.

会议支持欧元峰会的措施，达成《增长和就业行动计划》，以弥补短期内的经济增长弱点，增强中期内经济增长的基础。德国之声广播电台评论说，戛纳峰会显示出中国等新兴市场国家的地位进一步加强。① 由此可见，国际社会不能少了中国这样的“好队友”，无论是从体现社会主义制度的优越性，继续抓住机遇发展自己，还是从承担开放国家的责任来讲，中国都只能勇往直前。在理论界，越来越多的学者开始思考如何回应“中国为什么可以”，在 2012 年前后，有代表性的是复旦大学新政治经济学中心、北京大学国家发展研究院陈平教授对“中国道路”的讨论。他认为：“中国的改革进程是独立自主的改革开放，既抓住了国际机遇，还避免成为跨国资本控制的依赖经济。在应对美国起源的全球金融危机中，中国政府表现出远比西方国家有效的应对能力。这些历史事实已经引发西方学者全面反省西方的政治经济体制，深入研究中国快速成长的机制。我们中国经济学家应当负起总结中国经验的责任，并探讨后美国时代的全球经济秩序。”② 可以说，没有国际金融危机所形成的这个反思环境和时机，对中国经验的优势和中国国际地位的重要性的自觉也许在内敛含蓄的文化基因影响下，还会推迟一些时日。

总之，这篇经济评论，主要采用事实判断，在大量公开数据和公开事实的基础上对国际经济形势和中国经济发展做出较为客观的评价，不仅提供了丰富的信息，同时也以理性的态度阐发了对复杂形势的清晰认识。文章基于中国改革开放总结的经验，对较长时段内的国家战略判断和处于重要战略机遇期的基本条件予以强调，对持续深化的国际金融危机给中国造成的新的影响和促成新优势的可能进行了分析，进而解释了“稳中求进”的“稳”具有根本性的作用，聚焦“扩”的“四个结合”，说明“保持经济平稳较快发展的好势头，是保障人民安居乐业、顺利推进各项工作、维护社会政治稳定最重要的基础和保证”。在充分阐释和分析的基础上，文章通过介绍发达国家主办的达沃斯世界经济论坛和发展中国家主办的世界社会论坛对资本主义制度进行的深刻反思，提振了

---

① 曲双石 . 2011 年国际金融大事简报［J］. 中国会议，2011（12）.

② 陈平 . 中国道路的争议与新古典经济学的迷思［J］. 政治经济学评论，2012（4）.

“中国崛起”的信心，完善了“中国道路”的理性依据。于是，中国可以不再低调。

◇附作品

崛起的中国势不可当

——写在2012年全国“两会”即将召开之际

钟经文（阎卡林　齐东向　马志刚）

近段时间，发达国家步履维艰和世界经济前景黯淡，使得我国经济备受关注。

来自国际货币基金组织的最新预测报告称，今年中国经济仍将保持较快增长，并将成为全球经济的亮点。这份报告不仅使人联想到国内有关方面大体相同的预测，还使人联想到国内外经济环境的新变化与新挑战，联想到近期两个重要国际会议对资本主义制度的反思，进而联想到中国发展道路及战略机遇期等若干重要问题。

一、国际金融危机的深层次影响开始显现，面对新的困难和挑战，我国经济发展的良好势头与和平崛起的基本态势不会逆转

新年以来，国际金融危机对我国深层次影响不断扩大。1月，我国外贸出口出现了少有的负增长，房地产市场交易平淡，汽车市场销量大幅下滑，证券市场甚至出现了两个“开门绿”……诸多问题和不利因素叠加，使得不少人对经济发展前景深感迷茫，甚至信心不足。因此，十分需要对国内外环境及经济形势的变化进行系统性的全面分析，从中引出正确的判断。

回顾刚刚过去的一年，欧债危机发生后，就曾经对我国经济造成较大的冲击。面对世界经济下滑、通胀水平抬升、国际市场陷入低迷的严峻形势，中央审时度势、科学决策，及时出台一系列应对措施，广大企业坚定信心、迎难而上，大大减少了外需不足造成的不利影响，使我国经济继续朝着宏观调控的预期方向发展，呈现出增长较快、价格趋稳、效益较好、民生改善的良好势头：

国民经济增长 9.2%，粮食生产实现连续 8 年增产，工业生产增长 13.9%、企业利润增长 25.4%，城镇居民收入增长 14.1%，农村居民收入增长 17.9%。在世界经济增长 3% 左右的大背景下，我国经济的表现格外突出。

继续回溯，前些年我们也曾先后受到亚洲金融危机、美国次贷危机的严重冲击。特别是 2008 年，国际金融危机风暴席卷全球，外需不足的问题凸显，加上国内接连发生特大自然灾害和经济周期性回调，我国经济下行压力陡然增大。但是，这些都没有阻挡住我国经济前行的稳健步伐。中央果断出台并不断完善“一揽子”应对计划和措施，加强宏观调控，及时纠正市场扭曲、弥补市场失灵，有效遏制了经济增速下滑态势，中国在全球率先实现了经济总体回升向好。

这些年的经验表明，面对外部冲击，只要应对得当，善于化危为机，我国经济就会迎来一次大的发展，迈上一个新的台阶。此次国际金融危机发生之前的 2007 年，我国人均 GDP 是 2456 美元，2011 年我国人均 GDP 已跃过 5000 美元大关。从实行改革开放到 2003 年，我国人均 GDP 在原有基础上突破 1000 美元，用了 20 多年的时间；如今只用 4 年时间，就增加了 2500 多美元，达到世界中等收入国家的水平。这是一个前所未有的跨越。

不仅如此，自 2008 年国际金融危机爆发以来，世界经济格局也在迅速变化。美国、日本等发达国家普遍面临金融危机和经济衰退，中国、印度、巴西等新兴市场国家经济发展加快。由于各个国家的实力此消彼长，新兴市场国家群体性崛起，中国崛起的势头更加明显，对全球经济增长的贡献不断增加，国际地位与国际事务中的影响力随之上升。

过去几年国际金融危机的不利影响，并没有改变我国经济的基本面，更没有改变我国发展与和平崛起的基本态势。现在需要进一步探究的是，国际金融危机远未结束，还在持续深化和演变，世界经济由此将会出现哪些变化？又将给我国经济带来哪些新的影响呢？综合分析，当前国际金融危机持续深化导致国际形势更为复杂严峻，虽然世界经济复苏的不稳定性和不确定性上升，但总体发展趋势和一些特点还是比较明朗的。

一是主要发达国家经济不振将会持续较长时间。美国失业率居高不下，财政赤字问题严重，房地产市场持续低迷，走出经济困境面临诸多制约；欧洲主权债务危机短期内难以有效化解，还可能向更多成员国扩散蔓延，甚至加剧银行业危机，欧元区经济衰退风险增大；日本经济低迷已持续多年，如今又受政府高债务等结构性问题困扰，经济复苏的态势不容乐观。

二是国际市场将陷入持续低迷状态。发达国家失业率较高，使得包括中产阶层在内的多数居民即期收入和消费能力下降；由于危机导致投资获利空间收窄、投资风险剧增，企业投资行为趋于谨慎；危机造成的资金链断裂，也大大降低了企业投资能力；金融危机转为财政危机，政府财政紧缩力度加大。这些抑制需求的因素短期内难以消除，将导致全球市场低迷成为常态。

三是国际竞争将更加激烈。由于市场需求不足制约经济发展和就业，各国之间争夺市场的竞争势必加剧，也将导致更多的经济摩擦现象和贸易保护主义倾向。经济增长放慢虽然会相应减少能源资源需求，但发达国家长期形成的对能源资源的巨大消耗不易改变，而中国、印度等新兴市场国家经济较快增长对能源资源又产生了新的巨大需求，全球能源资源供给长期偏紧问题将更为突出，各国围绕能源资源，在贸易、投资，乃至领土主权、海洋权益、地缘政治等方面的竞争和较量势必更趋激烈。

在我国经济与世界经济高度融合，国内市场与国际市场互联互接的新形势下，国际金融危机持续深化所导致的发达国家经济衰退、国际市场低迷和国际竞争加剧，必然通过多渠道传导给我国经济，这在今年年初的外贸出口方面即已有所体现。其中虽有节假日因素，可是一些外贸企业已经明显感受到了上述影响，其他相关企业和行业亦有连锁反应。不过，我们综合各方面的情况也可以做出判断：近期我国经济良好发展势头不会由此发生逆转。

依据之一，今年外贸出口仍将保持一定增长。通过大力实施出口多元化战略，我国的外贸结构已发生很大变化，前几年对欧美日出口的份额曾占整个外贸出口的70%以上，目前已减至50%左右，对新兴市场国家出口的比重大为提升，欧盟以及美国、日本的经济状况对我国出口的影响已大不如前。同时，我国对发达国家出口的产品多数为生活必需品，无论欧美日经济如何不振，生活必需品总是不可或缺的，这方面我国产品仍保持相对优势；新兴市场国家经济形势总体良好，我国对其出口潜力可观。由此看出，短暂回落之后，今年第二季度起我国外贸出口有望恢复到较高增长水平。更重要的是，早些年我国经济增长过多依赖于外需拉动，尤其是对发达国家的依赖程度较高，现在这种依赖性已大为下降。海关总署最新数据显示，我国进出口外贸依存度已由2006年的67%降至2011年的50%。

依据之二，消费需求的拉动力仍然强劲。去年以来，我国城乡居民收入增长一直比较快，今年预期收入增长不太可能骤然放慢。同时，就业人员持续增加，社会保障水平切实提高，对于提升居民消费信心、增加持久消费具有积极作用；保障房建设的不断加快，尤其是今年保障房陆续交付使用，将在一定程度上带动建材、家具等相关住房消费的增加；文化产业的大发展，将直接促进居民文化消费数量增加、质量提升、内容充实和形式多样。这些因素都决定了2012年整体消费需求仍将保持较快增长势头，社会消费品零售额增幅完全有可能超过去年。

依据之三，投资需求旺盛。近年来民间投资比较活跃，去年增长速度超过30%，占整个固定资产投资的比重已达60%左右，这反映出经济增长的内生动力正在增强。

今年的增速虽然会有所减缓，但中央安排“十二五”时期水利建设投资规模4万亿元，2012年和2013年正是水利建设的高峰期；各类战略性新兴产业和现代物流业方兴未艾；文化产业正处于大发展时期，这些都需要大量投资，而我国的财力和物力也完全可以支撑投资保持较快增长。因此，今年投资的拉动力非但不会减弱，还会在适时适当调控中有所增强。

以上分析表明，出口、消费和投资这“三驾马车”对我国经济增长的拉动力仍然强劲。同时，我国居民消费结构和产业结构升级蕴藏着巨大的需求潜力，财政收入状况良好、金融体系运行稳健、社会资金比较充裕，以及宏观调控经验不断丰富、企业竞争力明显提高等，都决定了我们有能力、有信心、有条件巩固和保持我国经济发展的良好势头。

对于国际金融危机的深层次影响、国内外经济运行中出现的一些新情况新问题，我们当然不能忽视，必须积极应对，但也不能为复杂形势所迷惑，为一时困难所动摇，而应努力从国际国内形势的相互联系中审时度势，坚定信心，攻坚克难，开拓前进。

二、国际金融危机没有改变我国发展仍处于重要战略机遇期的基本格局，我们既有挑战也有机遇，且机遇大于挑战

深入分析还可以做出的判断是，我国经济发展的长期向好趋势、我国发展的重要战略机遇期，不会因为国际金融危机持续深化而发生逆转。

21世纪头20年我国处于重要战略机遇期，是党中央基于国际和国内发展大趋势做出的重大战略判断。21世纪头10年，我国经济社会发展取得了巨大成就，与我们紧紧抓住和用好战略机遇期密不可分。进入21世纪第二个10年，尽管国际金融危机对全球经济形势产生了重大影响，但是，21世纪初党中央做出战略判断时所依据的国内外发展趋势和基本条件并无改变。

从国际情况看，世界多极化、经济全球化的大趋势没有变；和平、发展、合作的时代潮流没有变；国际大环境总体上有利于我国和平发展的局面没有变。

从国内情况看，我国仍处于重要战略机遇期的基本条件也没有变：一是经过多年发展，我国经济实力显著增强，基础设施和科技、教育等发展的基础条件不断改善；二是工业化、信息化、城镇化、市场化、国际化不断推进，将继续成为经济发展的强大动力；三是我国作为人口大国消费总量大，随着居民收入稳步增长，消费结构升级加快，国内持续扩大消费需求的潜力巨大；四是劳动力和资金供给充裕，可以支撑进一步发展；五是政治和社会大局保持稳定，深化改革开放将进一步释放发展活力与潜力。

最为明显的基本条件是城镇化。去年我国城镇人口占总人口的比重超过50%，这是一个巨大的历史性变化。但总的来看，我国城镇化依然明显滞后，不仅远低于发达国家，而且低于世界平均水平。人均收入与我国相近的一些发展中国家，城市化率一般在60%以上，发达国家则达到80%左右。推进城镇化既能增加消费，又能促进投资。据有关部门测算，城镇化率每年提高1个百分点，可吸纳1000多万农村人口进城，进而带动1000多亿元的消费需求，相

应增加的投资需求会更多。目前我国农民工总量达2.4亿人，其中外出农民工约1.5亿人，农村还有相当数量的富余劳动力，城镇化蕴含的内需潜力巨大，城镇化还有10年、20年甚至更长的路要走。即便在世界经济长期低迷的大背景下，我们的城镇化仍然可以为我国经济中长期较快发展提供强大的动力和支撑。

进一步看，国际金融危机的持续深化，给我们造成了新的影响，也带来了新的机遇，正所谓“危中有机”。今年上半年是欧洲主权债务偿还的高峰期，由于还债压力较大，相关国家不仅会出现资金紧张，筹措资金的需求也会比较强烈。同时，全球资本市场处于低谷时期，本来就使得各类企业价值容易被低估，而欧债危机蔓延又使得欧洲大量企业深陷产品销量下降、供应商货款与员工薪资拖欠乃至濒临破产的境地而难以自拔。目前，我国对外开放已进入进出口并重、引进外资和对外投资并重的新阶段，尤其是我国许多企业的财力日渐雄厚，并不缺钱，缺的只是技术、品牌和营销渠道，欧美债务危机恰恰在这方面为我们提供了难得的机遇。这个机遇，不仅仅表现为能在较低价位并购海外资源、资产，以及其他一些便利，国内企业还可以通过大力推进跨国兼并重组，迅速提升产品结构、产业结构和企业结构；一些有条件的大企业则可以通过大踏步“走出去”，在全球范围配置资源，实现跨国经营，加快形成一批被视为“经济航母”的跨国企业，从而实现利人利己的“双赢”。

这次国际金融危机在给许多国家带来较大冲击的同时，也悄然催生着一场新的科技革命和产业革命，全球范围内新能源、新材料、信息技术、基因技术、低碳技术以及绿色经济和生物经济发展方兴未艾。我国在这些领域同发达国家的差距相对较小，只要我们敏锐地发现和紧紧抓住机遇，大力推进科技创新和战略性新兴产业发展，就能够在抢占科技与产业发展制高点的竞争中有更大作为，就能够有效加快产业升级和经济转型的进程。这正是“危中有机”的又一体现。

总体而言，国际金融危机给我们带来的机遇大过挑战，有利于我们更好地利用国外资源、技术和人才，有利于我国企业提升参与国际产业分工层次、提高国际化经营水平。我们应当坚持用战略眼光和全球视野去抓住和用好机遇，善于运用一切有利条件和积极因素，加快形成我国经济发展的新优势。

三、继续抓住和用好重要战略机遇期，稳中求进，攻坚克难，不断提高我国的综合国力和国际竞争力

为了积极应对和把握国际金融危机带来的挑战和机遇，推动我国经济平稳较快发展，中央对今年的经济工作提出了“稳中求进”的总基调。这个“稳”，不是不动；这个“进”，就是要继续抓住和用好我国发展的重要战略机遇期，攻坚克难，奋发有为，努力在各项工作上取得新进展、新突破和新成效。

保持经济平稳较快发展的好势头，是保障人民安居乐业、顺利推进各项工作、维护社会政治稳定最重要的基础和保证。我们也要清醒地看到，去年全球经济增长速度都在回落，几乎没有一个国家和地区能够独善其身，我国经济受外部环境变化的影响是不可避免也是完全正常的。我们要努力降低这种影响的负面效应，但也无须刻意争取两位数的较高增长速度。在一定时期内，通过主动调控使经济增速放慢，是十分明智的选择，既有利于缓解物价、能源资源、环境等方面的压力，也有利于转方式、调结构，实现更长时期、更高水平、更好质量的发展，这是一方面。另一方面，还要注重提高宏观调控水平，准确把握调控的力度、节奏、重点，统筹处理速度、结构、物价三者关系，防止经济增速大幅下滑、防止物价反弹。

实现经济平稳较快发展，需要抓好“两稳一扩”。一是稳定外需。广大外贸企业应在稳定欧美日传统出口市场的同时，深度开拓新兴市场；在增加传统商品出口的同时，扩大高技术、高附加值商品出口。要加快转变外贸发展方式，稳定出口退税政策，拓宽融资渠道，深入实施科技兴贸、以质取胜的市场多元化战略，支持企业培育自主品牌、完善营销网络、建立研发设计中心，积极引导加工贸易向产业链高端延伸。二是稳定投资。要继续促进民间投资稳定增长，尤其是鼓励民间投资进入铁路、市政、金融、能源等领域；有序推进“十二五”规划纲要确定的重大项目；加强政府投资对结构调整的引领作用，防止盲目投资、产能过剩和金融风险。所谓“扩”，就是扩大消费。要把扩大内需的重点放在保障和改善民生、加快发展服务业、提高中等收入者

比重上来，把扩大消费特别是居民消费摆在更加突出的位置，不断增强消费对经济增长的拉动力。

扩大居民消费，就必须增加居民收入，提升消费能力。为此，需要深化收入分配体制改革，加快调整国民收入分配格局，多渠道增加低收入者收入，并且深入研究财产性收入等问题。近年来，银行储蓄存款负利率、证券市场持续低迷，对居民财产性收入造成一定影响。这种状况虽有其客观成因，但相关部门和单位也应从扩大居民消费和维护群众切身利益出发积极做出努力。最近，一些商业银行取消不合理收费就值得肯定。证监会负责人明确提出，蓝筹股已显示罕见投资价值，即时投资的年收益率平均可达 8% 左右，这也是一个积极的信号和举措。股市波动、牛熊转换是正常运行态势，有其内在规律。眼下种种迹象表明，经过 4 年多的充分调整，加之重圈钱、轻回报等弊端逐渐克除之后，我国证券市场有望走出低迷，转向平稳上升与健康发展。

扩大内需是有效应对国际金融危机的根本举措，也是转变发展方式的基本要求和首要任务，它是经济问题，也是民生问题。扩大内需的许多具体措施，不但直接影响经济增长速度，而且与人民群众切身利益紧密相连。从这个意义上讲，我们既要立足当前，突出工作重点，又要着眼长远，加强统筹协调，并着力抓好“四个结合”。

一是把扩内需与调结构更好地结合起来，拓展内需增长新空间。产业结构优化升级和科技创新，既能满足市场需求，又可创造新的需求。服务业是扩大内需的最大潜力产业，也是最大的“就业容纳器”。我们应将促进服务业加快发展作为产业结构调整的重点，采取有效措施，创造有利环境，大力推动现代物流、电子商务、科研设计等生产性服务业发展，大力推动旅游、健身、养老、家政等生活性服务业发展。同时，还应不失时机地推动战略性新兴产业、高技术产业和先进制造业发展，推动率先使用新科技、发展新产品、满足新需求、创造新商业模式的企业脱颖而出，促进产业优化升级，拓展市场尤其是培育国内市场需求。值得高度重视的是，目前全球生物产业年增长率高达 30%，已成为增长最快的经济领域。能够延长人类寿命和医治重大疾病的干细胞与再生医学技术、生物芯片技术、基因治疗与细胞治疗技术，以及关系粮食安全的生物农业技术，都孕育着重大突破。生物技术的突破，将会极大地改变人类命运；生物技术的应用，将会带来巨大的经济效益，同时引领新产业革命和全球经济结构的重大调整，这是任何技术都无法比拟的。对此，我们应切实加强战略布局，大力推进生物技术创新能力建设，抢占发展的制高点。

二是把扩内需与城镇化更好地结合起来，培育内需增长新动力。我们讲扩大内需，最大的内需在于城镇化，因此，很有必要将稳步推进城镇化作为扩大内需的战略重点。与此同时，应抓紧制定并有序实施促进农民工融入城市的政策措施，推动城镇社会保障、医疗卫生、文化等基本公共服务覆盖农民工，并逐步实现均等化；帮助农民工逐步解决就业、住房和子女教育等方面的实际问题；放宽中小城市落户条件，把在城镇已稳定就业和居住的农民工有序转变为城镇居民。重庆市 2010 年 8 月全面启动统筹城乡户籍制度改革，短短一年多时间里就有 300 万人实现了“农转城”，今后 4 年还要再转 200 万人。辽宁沈阳市 2011 年新建改建廉租房 3.87 万套，重点向长期在当地工作的农民工等人群倾斜。这些做法和探索都值得认真研究和总结。此外，城镇化形成的刚性需求，必然会带动房地产业发展。眼下房地产市场低迷，主要是前些时候房价上涨过快、过度炒作等“痼疾”所致。从各方面情况看，房地产业不会就此一蹶不振，经过调控的“医治”，必将走上新的坦途。

三是把发展与改革更好地结合起来。改革是我国经济社会发展的根本动力。目前，无论是克服国际金融危机的深层次影响、扩大内需、发展实体经济，还是增强自主创新能力、转变经济发展方式、解决制约经济社会发展诸多矛盾和问题，都必须依靠深化改革。我们应当坚持社会主义市场经济的改革方向，加强改革顶层设计和总体规划，总结和运用成功经验，以更大的决心和勇气推进改革开放，抓住时机尽快在财税体制、金融体制、价格体制、文化体制改革，以及在行政审批制度和国有企业改革等一些重点领域和关键环节取得新的突破。

四是把发展经济和改善民生更好地结合起来。民生连着内需、连着发展、连着公平。保障和改善民生，既拉动消费又增加投资，是扩大内需的重要举措和有效途径，更是我们发展经济的根本目的。为了适应群众的新期盼和形势的新要求，应将民生工作放到经济工作的重要位置，将重大民生工程摆在发展工程的优先序列。要切实提高发展的包容性，通过多种渠道促进社会公平、防止两极分化；坚持实施积极的就业政策，把促进就业放在经济社会发展的优先位置，实行更有利于扩大就业的发展战略和政策措施；坚持广覆盖、保基本、多层次、可持续的方针，量力而行，尽力而为，切实做好社会保障工作，提高统筹层次和保障水平；进一步重视和解决好关系人民群众切身利益的物价、教育和卫生等问题。

四、应对危机的实践和成效，进一步彰显了中国特色社会主义的独特优势与活力；坚定地沿着中国特色社会主义道路开拓前进，中华民族伟大复兴就一定能实现

应对国际金融危机的过程，也是我们深化对经济社会发展规律认识的过程。这次危机对西方国家的思想理论和发展模式产生了巨大冲击，在危机继续演变深化之际，我们既要从经济运行层面展开研究，还要从社会制度层面深入分析。

近期召开的两个国际会议值得关注。一个是由发达国家主办的达沃斯世界经济论坛，来自100多个国家和地区的政要、著名专家和经济界人士，集中对资本主义制度进行了深刻反思。与会者普遍认为，此次国际金融危机在本质上是资本主义制度的危机。论坛主席施瓦布在会上直言，过去几年间，整个世界忙于应对危机的挑战，尚未深入分析其根源和教训，尚未注意到资本主义制度已不再适应现实需要。另一个是发展中国家主办的世界社会论坛。参加这次会议的各界人士纷纷提出，国际金融危机反复发作并挥之不去，根源在于资本主义制度。发达国家所采取的反危机措施，大多治标难治本，而且“后遗症”严重。发展中国家应破除对资本主义的迷信，努力寻求新的发展模式。

两个重要国际会议同声针砭现行资本主义制度并非偶然。国际社会逐渐形成的共识表明，发达国家的社会制度受到严重质疑，西方模式的发展神话已难自圆其说。

由美国次贷危机引发的这场国际金融危机爆发之后，迅速从局部发展到全球，从发达国家传导到新兴市场国家，从金融领域扩散到实体经济领域，并直接引发美国和欧洲许多国家的主权债务危机，其波及范围之广、影响程度之深、

冲击强度之大，世所罕见。分析这场危机的原因，表面上源于美国次级住房抵押贷款大量违约和金融衍生产品泡沫破裂，引发全面信用危机。若从直接起因考察，可说是发达国家宏观经济政策不当、虚拟经济过度扩张、政府监管缺失造成的，是长期负债消费的增长模式难以为继的结果。而从内在本质分析，则暴露了自由市场经济的固有弊端，暴露了资本主义制度的固有缺陷，暴露了经济全球化条件下的深层次结构矛盾。现在，国际金融危机正演变为一次世界经济的深度衰退，更是进一步反映出以私有化、市场化、自由化为主要特征的新自由主义理论及实践的危害。

我国曾长期实行高度集中的计划经济，把计划看成是绝对的，因而束缚了生产力发展。这场国际金融危机使我们看到，市场也不是万能的，一味自由放任，势必引起经济秩序的混乱和社会分配的不公，最终受到惩罚。以建立社会主义市场经济体制为方向的改革，绝不能把市场调节与国家宏观调控对立起来。只有既发挥市场这只“看不见的手”的作用，又发挥政府和社会监管这只“看得见的手”的作用，才能实现按照市场规律配置资源，也才能使资源配置合理、协调、公平、可持续。

从这场危机中还可以看到，我们应对国际金融危机的实践和取得的一系列成效，进一步彰显了中国特色社会主义的独特优势与活力，增强了中华民族的自豪感和凝聚力。经过30多年改革开放，我们开辟了中国特色社会主义道路。在国际金融危机等一系列重大挑战面前，我们的发展道路经受了考验，我们的社会制度展现了优势，包括邓小平理论、“三个代表”重要思想、科学发展观等重大战略思想在内的中国特色社会主义理论体系，充分显示出指导实践的强大威力。面对国际形势的风云变幻和国内改革发展的艰巨任务，我们要开创新局面、赢得新胜利，最根本的就是坚定不移走中国特色社会主义道路。

我们完全有理由相信，只要全党全国人民坚定信心、团结一致、攻坚克难，不为任何风险所惧，不被任何干扰所惑，抓住机遇、用好机遇，崛起的中国就势不可当，中国特色社会主义道路就会越走越宽广。

（原载《经济日报》2012年3月2日）

网络调查评论也可以接地气

这篇评论一经发表，一个月之内被多家媒体转载：《光明日报》《中国青年报》《经济日报》和《北京日报》等纸媒相继刊发，光明网、新华网、环球网、半月谈网和民主与法制网等网站全文转载，“看看新闻”和“新闻晨报”等微博、微信头条推送，北京卫视的“北京您早”栏目以主持人播报的方式“转载”了评论陈述的事实和观点。被不同媒体渠道的编辑都看中的文章，究竟有何吸引力？有选题的原因，但更多的是这是一篇非常接地气的“网络调查评论”。

作者是文汇新民联合报业集团高级编辑，是业界资深的“把关人”，对信息来源的查实已经成为其职业的本能，他对“世界奢侈品协会”的发布数据感到“不对劲儿”，就是把关人职业敏感性的具体体现。互联网在提供海量信息的同时，也在制造海量的垃圾信息和虚假信息，重新审视“新闻来源”的构成和可能的“真实性陷阱”对新闻工作者而言是一个新的专业问题。如何把这个问题讲清楚？最好的方法也许就是案例教学法。有学者将消息来源分为人的消息来源、物的消息来源和网络消息来源，网络消息来源涵盖前面的两种来源，是“应有尽有”的来源。[①] 为了证明协会权威性被质疑是必要的，作者对协会的官方网站进行了仔细研究，从网站的板块划分和具体信息呈现方式的“虚张声势”和“夸大其词”，从信息发布时间和数据生成时间的不相吻合，一步步指出协会的信誉问题，同时结合其他媒体的相关调查，提醒业界应该对这样一个不靠谱的信息发布主体保持警惕。

至此，作者进行的实际上是一次原始资料来源的现场调查，唯一特别之处

① 展江，彭桂兵 . 媒体道德与伦理案例教学［M］. 北京：中国传媒大学出版社，2014：277.

在于调查地点是互联网。“只有确定了信息主体的身份可信度，才可能推论其所传播的信息的可信度”是评论的一个基本前提，如果失去了这个环节，也就失去了论证“媒体不能犯以讹传讹的错误”的自信。所谓“调查”，就是调查者将分散的信息通过一定的逻辑使之产生关联并有序，从而揭示出分散信息自己不可能暴露出来的事实。“新闻工作者与信息源的连接是最重要的把关舞台”①，尽管新闻评论通常是根据记者采写的事实来发表观点，但是，无论是作为一种工作方式和工作理念，还是强调一种健康的工作作风，评论人针对亲身体验或亲自调查的事实材料进行评论，都避免了坐而论道或自说自话，尤其是在做关于信息源的真实性求证时，都需要调动这种评论人“我在现场”的精神想象力或行动力。

精神力和行动力同时又是新闻工作者的一种职业自律。与有意捏造、掺假或剽窃、篡改不同，因为信息来源的品质或误差所导致的新闻失实，则缘于记者或评论员被动采集二手信息的工作方式的客观缺陷和主观思维惰性。在强调对事实进行剔除、筛选和评估的时候，康拉德·芬克指出：“不要认为好的报道有什么容易的捷径。没有任何捷径。做好的报道就是要辛勤工作。它需要有激情的好奇心，不要把信息的数量同质量特别是可靠性混淆起来。不要让令人兴奋的传输科技混同于老式的报道资源。”②在文章的最后一个部分，作者提出的问题是为什么媒体对各种来源不清不楚，结果莫名其妙的数据居然没有质疑的态度，完全是一副“拿来就用”的嘴脸。各种榜单，各种统计，并不清楚其方法和程序的规范性，仅从数据结果看，仅仅能确认其表达方式是用数据表达而已，并不能代表其信度。把这些未经验证的数据作为新闻事实用于报道或评论，表面上可以说是记者编辑水平不高，实际上因为采用数据的人与制造数据的人一样“装模作样”“装腔作势”，为了哗众取宠，对那些可疑的信息“装聋作哑”，甚至还“装出一副尊重科学和专业”的样子。

网络是数据的海洋，也是社会舞台的高光区和事件发生的实景地，在这

---

① Pamela Shoemaker. 大众传媒把关［M］. 张咏华注释 . 上海：上海交通大学出版社，2007：22.

② ［美］康拉德·芬克 . 冲击力：新闻评论写作教程［M］. 柳珊，顾振凯译 . 北京：新华出版社，2002：56~57.

样的背景中聚焦“世奢会”案例，其个案边界的独特价值在于消除“调查”在行为在场和对象实感方面的物理空间印象模式，让媒体人看到网络调查评论也可以接地气，也可以发现真问题，能够击碎网络传播链上莫名其妙的“数据崇拜”。

◇附作品

媒体岂能对可疑数据不设防?

吕怡然

这些年，各种数据越来越多地成为新闻信源，一些容易引起百姓兴趣的数据，更是神速地被媒体引用。但这些形形色色五花八门的数据、榜单，靠谱吗?信息来源、抽样方法、统计步骤、分析过程等，能确保公正、科学、准确吗?数据是新闻报道的重要元素，数据是否正确，直接关乎新闻真实性。

“世界级”的“皮包公司”?

打开“世界奢侈品协会”的官方网站，看这个自称“经美国政府批准并由国务院签署认证成立的国际非营利组织”之“中国代表处”横空出世以来的“深深足迹”与“煌煌业绩”，不由人不信其“世界级”的权威性；而浏览由其开设的“全球最具价值 TOP100 奢侈品牌官方大典”官网，更恍若刘姥姥进了大观园，主办机构、联合机构、支持机构、合作机构……一长串中外官方单位名录，足以把人看得发愣；而合作媒体名单上，世界和中国影响力最大的报纸、电视台、网站，几乎悉数在列，怎一个“牛”字了得！再看“十大顶级时尚”“十大私人飞机”“十大豪华游艇”……10 个榜单 100 个奢侈品牌，光彩夺目，叫人眼晕……

但恰恰这个“全球奢侈品牌 100 强”榜单上罗列的许多二线品牌，被网友瞧出了破绽，由此对“世奢会”及其“中国代表处”的注册信息、运营模式、“首席代表和执行官”的身份等提出怀疑。近日，随着一些媒体深入调查，一个“皮包公司”的轮廓逐渐清晰起来。据悉，北京有关部门已对其展开调查，只是不知道，是否也会把那么多成了“世奢会合作伙伴”的官方机构和媒体列入调查范围。

无论如何，有一件事情媒体不能不自我检视：“世奢会”曾经推出一系列“年度官方报告”“排行榜”“蓝皮书”“监控报告”之类，当时诸多媒体深信不疑、照单全收，还颇有“抢新闻”的劲头，现在来看很可能上了大当。

拿到“数据”怎么就不“稍加分析”？

发布与奢侈品相关的市场信息，“世奢会”将之作为自己的一项“重要使命”，借以扬名立万、制造影响力。而每当它发布信息，即刻便成各种媒体包括国家级主流媒体的新闻素材。

以今年年初《华人春节海外奢侈品消费数据监控报告》为例，这个并未说明调查数据来源与调查方法的报告称，“世界奢侈品协会统计：春节期间，中国人在境外消费累计达72亿美元，比预计数额增长了15%，创历史最高点，以上消费分布为欧洲46%，北美19%，中国港澳台35%，消费目标为名表、皮具、时装、化妆品香水……数据证明，中国人已经成为节假日境外最具奢侈品购买力的消费群体，居全球之首”。一时间，这些数据和结论在网络和传统媒体上广为传播。

其实只要稍加分析，便会生出疑窦：这个“监控报告”标注“数据周期”为“2012-01-01—2012-02-01”，为期1个月，发布日期则显示为“2012-02-04”，这表明，当佳节期间国人在欧洲、北美、亚洲以及中国港澳台地区的消费尚在进行中，“世奢会”就汇集到了种种信息，而且在截止时刻之后的数十小时里，便精确计算出了世界各地市场的消费总额和其中奢侈品的份额、持中国护照者的消费份额等——效率之高、能力之强，是不是有点超乎常识？超乎常识的东西果真可信？

据报道，早在去年，商务部研究院高级研究员梅新育就指出，“世奢会”在一个会上现场发布的数据“极度夸张”，而且报告本身自相矛盾：一面称2010年中国旅游者在境外的支出总额是549亿美元，一面称其中奢侈品消费为500亿美元，而按照当年中国总共出境人数5700多万人次计算，平均每个人只花费80多美元食宿和游玩的费用，怎么可能？而一名“世奢会”前员工最近披露的内幕是，就在这个发布会头天晚上，几个员工通宵达旦在网上扒资料，活动前几小时，这个数据报告才拼凑完成。活动结束后，因为数字给人揭出了洋相，“头儿”对下属大发雷霆……

媒体必须再次检点自己的职业操守

“世奢会”是否涉嫌数字造假，要由权威部门调查取证，这里不做妄断。但我们的媒体需要举一反三，再次检点自己的专业精神和职业操守——难道因为是以“世界”冠名的机构发布的信息，难道因为是可以抓取眼球而“求之不得”“正中下怀”的数据，就不辨其是否“极度夸张”而轻率写进新闻、引入报道吗？

这些年，各种数据越来越多地成为新闻信源，一些容易引起百姓兴趣的数据，如“胡润富豪榜”之类定期发布的东西，更是神速地被媒体引用。但这些形形色色五花八门的数据、榜单，靠谱吗？信息来源、抽样方法、统计步骤、分析过程等，能确保公正、科学、准确吗？前些年，一个所谓“全球性调查报告”称“平均每个中国人有19.3个性伴侣”，曾贻笑大方；所谓“权威机构最新调查显示，中国每年有220万青少年死于因室内污染所引发的呼吸系统疾病”，实乃向壁虚构；所谓“最高人民检察院材料显示，约有70%的举报人不同程度地遭受到打击报复或变相打击报复”，系以讹传讹……但当时，它们都被正儿八经地写成了新闻报道，有些权威媒体也掺和其中。

数据是新闻报道的重要元素，数据是否正确，直接关乎新闻真实性。这方面反面的典型案例从来没有“断档”过，但愿不要再添加新的案例了！

说来很有几分反讽意味，“世奢会”主办的“全球最具价值TOP100奢侈品牌官方大典”的“特约协办机构”名单上，赫然有一个“中国保护消费者基金会打假工作委员会”。这个“经民政部批准成立的首家专门从事打假的社团机构”，是否对“世奢会”验过真伪？是否对其发布的数据做过甄别？是否将数字造假也列入打假工作的目标？郑重建议它从“特约协办”的“世奢会”发布的数据入手，切实地查究一下、剖析一番。

（原载《文汇报》2012年6月19日）

他，在自省，在把关，在启蒙

作为2003年开始写时评的70后评论员，主流媒体新闻评论队伍里的曹林，已经成为中国当代青年读者的舆论领袖。担任《中国青年报》的首席评论员的他，不仅评论时事，也不遗余力地坚持对媒体的失范行为进行尖锐批评，形成了鲜明的“曹林风格”。近年来，除了出版《时评写作十讲》《拒绝伪正义》和《不与流行为伍》等教材和时评集外，2013年开始他创办的自媒体微信公众号“吐槽青年：曹林的时政观察”，也已经刊发了职务之外的原创文章800多篇，这些作品中，“媒介伦理和批评”成为一个固定的选题类型。

今天，“新闻反转”和“后真相时代”已经是互联网环境下新闻传播的一种不应成为规律的规律，新闻造假的便捷性和普遍化趋势令人不安。10多年前，一方面是新闻媒体的市场化竞争愈加激烈，另一方面是新闻实践的主体变得越来越复杂，假新闻屡见不鲜。曾经刊载以假新闻作为评论选题或评论对象的新闻评论无疑是媒体舆论实践的污点。评论者本身就担负着信息辨伪的责任，不可能将“失真”的责任推脱给造假者。如2004年，国内个别媒体刊登了两则假新闻，其中一则是“日本企业参与制造中国第二代身份证”，另外一则是“10万奥运官员赴英培训”。后来，经证实均为假新闻。但有媒体为了追求时效性，刊发了相关的时评，造成不好的社会影响，影响了媒体的公信力。加盟《中国青年报》的青年话题后，曹林也负责社评的编辑工作，对评论选题来源的辨别和把关自然是其日常工作的主要内容。

曹林对新闻来源的敏感与老一代新闻评论人所不同的是互联网生态的浸润。他深知网络舆论的影响力，也知道其中的种种陷阱和可能的误区。2009年，他就在《中国青年报》发表了《“网友曝”是一种很恶劣的新闻文风》，文章指出，以“网友曝”为由头的新闻，正在媒体大行其道、泛滥成灾。这种做法是一种非常浮躁、很恶劣的新闻文风。未经调查，连事实都不确定的报道，只能倾向于制造“假新闻”，只会因刊登了“假新闻”而使媒体蒙羞。以这篇评论为代表，可以看到曹林下判断的那种决绝态度和一点儿都不绕弯子的语言风格。2010 年 11 月 9 日，他又发表了一篇题为《这个记者节，不写假新闻》的评论，提出，不写假新闻，不仅是一种对记者的道德要求，也是记者神圣不可侵犯的权利。权利体现在拒绝新闻通稿，要求地方政府充分公开信息，政府发言人真正履行发言职责，避免“假新闻”的产生。这篇评论代表着他对新闻舆论生态更深刻的观察和思考。

对信息真假的把关，最终应该是在媒体业务的可控范围内，就像一个人的成长一样，无论环境怎样，真正发生作用的是“内因”。沿着这样的观察和思考路径，结合“小悦悦事件”引发的舆论旋涡，曹林将“凭空捏造新闻事实”作为批评的靶子。“谎言，为古今中外主流文化所不齿。新闻界和社会各界普遍认为，虚假新闻，只要是故意为之，无论出于何种动机，都是不可为新闻事业所接受的。因此虚假新闻属于最基本的媒体道德问题，必须始终予以揭露、声讨。”① 科班出身的评论员曹林，对新闻伦理和道德无疑有着高度的敏感和自省，无论实际的情况如何，他都选择坚持理想。2011 年 10 月 13 日，2 岁的小悦悦在广东省佛山市南海黄岐广佛五金城相继被两车碾压。监控视频显示，在被撞倒后的 7 分钟内，有 18 名路人从小悦悦身旁经过但没有采取任何行动，只有第 19 名路人——拾荒阿姨陈贤妹上前施以援手。这一具有道德声讨空间的事件引发网友广泛热议。曹林所批评的，不仅是个别媒体对陈贤妹离开原出租屋的原因报道失实，更主要的是批评媒体对事件中焦点人物的过度消费。在“吸睛力”的驱使下，一些媒体偏离了应有的新闻伦理，本该对陈贤妹的善举进行实事求是的传播，变成了刻意挖掘戏剧性的冲突点，力求把新闻故事写得跌宕起伏，引人入胜。2012 年 7 月，曹林在《两岸传媒》刊文，认为需要警惕媒体设置的伪冲突议题，而这种通过伪造冲突的做法就是对舆论的操纵，就是新闻炒作。他说：“网络最常见的舆论操纵术和炒作手段，就是制造一个冲

① 展江，彭桂兵．媒体道德与伦理案例教学［M］．北京：中国传媒大学出版社，2014：90.

突点和愤怒点，然后牵着网民的鼻子走，很多时候，陷于正义幻觉中的网民在舆论前台义愤填膺，其实不过是无意识中被人操纵的木偶。”

通过网络舆论来观察新闻媒体的行为和作为，已经成了曹林猫头鹰一般的“守夜习性”。《新闻业的堕落是从手脚收益倒挂开始的》《请不要谈论咪蒙了，我们都照照镜子》《悬浮的新闻业，没有代表作的空心人》……他的自省、把关和启蒙一直在路上。在全民玩媒体的时代，新闻的专业性也许更多地体现在对媒体道德和伦理的自觉自律上。

◇附作品

没有新闻，就别制造新闻

曹　林

12 月 26 日，有媒体报道称，用自己拾破烂的双手抱起小悦悦的阿婆陈贤妹，被原来的雇主辞退了，在房东的威胁下不得不搬出在五金城附近租住的房屋，原因是“他们忍受不了那么多的媒体”。对此，陈贤妹的儿子称网上谣言“扯淡”。母亲是因不堪骚扰而返回老家，并非被辞工，现在他们还住在原来的出租屋里。(12 月 27 日《广州日报》)

联想到前两天那篇对北大校长周其凤的演讲断章取义、致使周其凤陷入舆论口水中的不实报道，深为一些同行的浮躁感到耻辱——实际上这已不只是浮躁，有人做新闻，已经丧失了做人的底线：沉浸在新闻轰动性的亢奋和爆炸性的快感中，完全不管自己根据道听途说而编造的新闻给当事人造成多大的困扰，不管假新闻产生的社会恶果。造假之后，没一句澄清，没一声道歉。

关于陈贤妹的假新闻，它的产生不是偶然的，它产生于不负责任的媒体对一个新闻人物违背了新闻规律和职守操守的过度消费中。媒体过度消费陈贤妹，为滋生假新闻创造了土壤。

自小悦悦事件后，救人的陈贤妹就成了媒体关注的焦点。从新闻价值和道德传播价值来看，陈贤妹当然应该成为焦点，应该受到赞赏，应该成为社会道德反思的一面镜子，成为公众学习的榜样。这样的媒体关注，应该尊重陈贤妹，可是，纷至沓来的媒体，不断的围追堵截，不断的镜头前表演的要求和“独家采访”的要求，让陈阿婆及其家人不堪其扰。媒体为了生产新闻，全然不顾陈阿婆对围观的反感。“新闻至上”的媒体围观暴力，逼得陈阿婆不得不回乡躲避。

行善的陈阿婆，遭遇着媒体点击率、发行量、独家新闻的围困；陈阿婆本身的感受好像变得无足轻重，而成为媒体“表现某种新闻”的工具——媒体关注的是，需要这样一个人配合他们在镜头前表现他们所需要的新闻。

比这种取向更让人反感的是，一些媒体的关注点并不在于陈阿婆做的这件好事，而转向关注这个新闻人物身上的其他东西——很多时候新闻就是这样，众所周知的那些信息被媒体挖了个遍，新闻人物身上与新闻无关的事情，会成为一些媒体竞逐的焦点。一些紧盯陈贤妹的记者，并不想关注小悦悦事件，而企图从陈贤妹身上挖出点儿其他能震撼舆论的佐料来，成为爆炸性的独家新闻。这就是对陈贤妹的过度消费。新闻，已经偏离了对陈贤妹道德品质的弘扬，而成为对其个人的消费。不是关注新闻，不是借陈贤妹的善行来反思社会道德，而是借人做新闻，在她身上挖新闻。这就是当下媒体圈流行的那种对新闻人物的过度消费，一种病态的新闻观。

一般的新闻人物，他们深知某些媒体的这种“品位”，自身也有借媒体扬名的需求，于是会迎合媒体的需求创造出一些噱头来“被消费”，在合谋中达到某种高潮。而善良厚道的陈阿婆，无意于成名，躲还来不及呢，不会迎合媒体，拒绝“被消费”。而且一个平凡的老人家身上确实没有多少可以“被消费”的。媒体挖不出来，怎么办？他们就会去编，根据道听途说的信息去编造，甚至完全想当然地胡编乱造。丧失职业操守的过度围观、过度消费下，“陈贤妹被公司辞退”的假新闻很容易滋生。

没有冲突，就制造冲突，没有新闻，就制造新闻，这就是“陈贤妹被公司辞退”的假新闻滋生的舆论生态。陈贤妹救人，折射出社会的病态；而媒体对陈贤妹的过度消费，折射出一种并不比不救人让人轻松多少的媒体病态。

（原载《中国青年报》2011 年 12 月 28 日）

警惕“倾听沉没的声音”变成政治流行语

“这篇文章是人民日报评论部‘关注社会心态’系列评论的收官之作。这组系列评论从不同的角度，深入审视当下的社会心态，提出了一些发人深省的问题，比如以包容心对待‘异质思维’、用公平正义消解‘弱势心态’、追求理性从维护群众利益起步，等等。《倾听那些‘沉没的声音’》一文，同样显示了不一般的理论勇气，为人们开拓了广阔的思考和探索空间。”[①] 文章鲜明地阐述了“维护弱势人群的表达权”是“维护弱势人群实际权利”的前提，而“维权就是维稳”，并高屋建瓴地指出了“倾听沉没的声音”是社会管理者最应该关注和回应的问题，提醒不要把互联网的喧嚣和各种声轨的汇集错误地当作“所有的声音”。一个观点抛出来，能够引发热议，说明两个问题：一是社会各界对这个观点高度认同，二是观点道出了社会各界早就看到但没有准确概括出的话或因为没有足够的话语影响力而迅速被新的议题淹没的话。

从文本特点和记录历史的角度，这篇评论有三点可进一步思考或讨论。

首先，改写文化流行语，注入社会新语义。在这篇评论之前，为人熟知的类似表达有王小波的杂文《沉默的大多数》和诺伊曼的专著《沉默的螺旋》。前者是文化批评的锋芒，后者是舆论学实证研究的假设。这两个说法在知识界有很高的知名度，甚至成为公共交流中意味深长的文化流行语。但是，不可否认，快餐文化下，很多使用这些说法的人，并没有完整读过王小波的原文或诺

---

① 潘洪其．让“沉没的声音”自由言说［EB/OL］．北京青年报，http://news.ifeng.com/opinion/politics/detail_2011_05/27/6663100_0.shtml.

伊曼的原著，援引多半是为了表明自己知道，往往凭感觉任意发挥和使用，有断章取义之嫌。评论在选题的时候，从“弱势人群的话语权”出发，肯定也联想到了这两个说法，于是巧妙地通过同音关系，把“沉默”变为“沉没”。两者的共同点是，理论家和评论家都在关注公共表达中比较特殊的群体或现象；不同点是，《人民日报》并非进行特定历史阶段的文化评论或通过特定事件的特定时点来探究人性奥秘，而是针对改革开放以来，社会贫富差距逐渐加大，社会转型期没有受到应有关注的弱势人群的利益诉求。后者的所指更为具体，批评也更有针对性。评论强调的是，弱势者并非没有发声，而是声音容易被喧嚣淹没，或者说了也白说，无法引起足够重视，诉求难以得到实现或满足。长此以往，给社会带来了隐患。

其次，体现问题导向，生动表达理论。2011 年是“十二五”规划开局之年，也是建党 90 周年。经过 30 多年的改革开放，中国经济社会发生了巨大变化。据国家统计局数据，当年，CPI 达 5.4%，GDP 增长率为 9.2%，人口数 134735 万。作为人口基数大、经济增速快的一个发展中大国，利益分配不均衡问题越来越突出。2011 年中国农村居民的基尼系数为 0.3897。根据联合国有关组织规定，基尼系数 0.3 至 0.4 表示收入差距相对合理。国家统计局从 2000 年起一直在发布农村居民的基尼系数，但城镇居民的基尼系数没有发布。对此，时任国家统计局局长马建堂在国务院新闻办发布会上解释说，靠现在的城镇住户调查计算出来的城镇居民的基尼系数偏低，主要是高收入阶层居民难以获取真实的收入信息，所以这项数据没有发布。[①] 在整体上保持基本平稳的情况下，也不能忽视局部的一些社会冲突，评论对相关现象进行了高度概括。“解决问题”是社会管理者的天职，不能发现问题或解决问题的思路不清晰就是失职，就将坐视社会不稳定的发生。据不完全统计，这篇评论发表后，全国有近 20 家媒体跟进评论，围绕各自关注的问题深入分析。很多报刊和平台全文转载评论，有的专业刊物甚至在 2013 年还

① 新华网 . 基尼系数显示：2011 年我国农村居民收入差距相对合理 [EB/OL] . 和讯网，http://news.hexun.com/2012-01-17/137357301.html.

在转载该文。[1]这些情况表明，《人民日报》言论通过其权威性在全国产生广泛影响，更为关键的是，其言论涉及的治党治国理论被“沉没的声音”这一表述形式生动地传播开来，释放了对互联网时代下舆情动态和信访情况较为开明的判断，让人过目难忘，久久思考，产生共鸣，在实际操作层面发挥了理论的指导作用。

最后，各种声音竞相阐释，真理越辩越明。2011 年 12 月的《新闻世界》栏目“新论摘编”将《传媒观察》的相关言论作为头条编发出来，认为“媒体打捞‘沉没的声音’应该从采写弱势群体的报道开始，让普通百姓尤其是弱势群体成为报道的主角，让‘沉没的声音’通过媒体‘出声’，不再沉没”。那些对《人民日报》评论做出迅速反应的评论人，有的认为应该“让‘沉没的声音’自由言说”，通过与“浮出水面的声音”相对比，分析了弱势群体声音难以“浮出”的原因，特别是基层公权机关的“习惯性压制”所造成的利益表达机制缺失，倡导“只有全面落实保障公民言论自由的宪法原则，充分保障公民的知情权、表达权、参与权、监督权，特别要提高弱势群体、边缘群体的表达能力，让他们的‘沉没的声音’浮出水面，成为真正有力量、有尊严的自由言说，才能构建宽松活泼、丰富多彩的公民言论生态，培育理性平和、成熟开放的社会心态”[2]。有的强调“关键是如何倾听‘沉没的声音’”。如何倾听？一个是要赋予弱势群体话语权，具体讲就是同票同权和增加全国人大中农民代表的比例。另外一个就是要构建制度平台，让“沉没者”得以有机会、有平台发言。但是，“官员愿意不愿意听，能不能听到，听到之后怎么办，这才是问题的关键所在”[3]。有的强调：“今日中国缺的不是民意，即这里的声音，而是满足或回应民意的执行力；中国少的不是民声当被倾听，而是民声当被服从。”[4]有的提

---

① 根据中国知网相关数据检索，2011 年，《北京青年报》《中国民族报》《中国经济时报》《中华工商时报》《中国教育报》《商周刊》《领导文萃》《传媒观察》等报刊发表原创评论，响应该选题。2012 年到 2015 年，《法制日报》《中国社会报》《工友》《深圳特区报》《人民政协报》《交通建设与管理》《检察日报》《中国青年报》等报刊仍在继续“沉没的声音”的讨论或者在评论中继续使用这一表述。

② 潘洪其 . 让“沉没的声音”自由言说［EB/OL］. 北京青年报，http：//news.ifeng.com/opinion/politics/detail_2011_05/27/6663100_0.shtml.

③ 王石川 . 关键是如何倾听“沉没的声音”［N］. 中华工商时报，2011-5-30.

④ 熊培云 . 民声不能止于倾听［J］. 商周刊，2011（6）.

醒，打捞“沉没的声音”不能完全依赖“网来网去”，而要“用一双双沾满泥土的脚板、用一颗颗赤诚为民的良心，书写出让民众满意的答卷”。[①] 可以说，无论其他评论的选题角度如何，但立意都没有超出《人民日报》评论的范围，进一步印证了其理论的丰富性和开阔性。

“人心是最大的政治”，维权就是维稳，维稳归根结底是政治手段，并非政治目的。当时间来到 2020 年，偶尔仍然可以看到“沉没的声音”出现在一些报道中、评论里，甚至成为某些论文的选题。然而，意识形态工作并不能仅仅靠说或者靠听，必须把解决思想问题与解决实际问题统一起来，我们要警惕的是，“倾听沉没的声音”变成某些人的政治流行语。

◇附作品

倾听那些“沉没的声音”

人民日报评论部

有利益的表达才有相对的利益均衡，有相对的利益均衡才有长久的社会稳定，尽可能多地倾听社会各方面的声音，对于维稳大有好处。以政府之力，维护弱势人群的表达权，使他们的利益能够通过制度化规范化渠道正常表达，这是共建共享的应有之义，是构建和谐社会的关键所在。

在今天的中国，能听到各种声音。“两会”会场中代表、委员纵论国是，报纸杂志上不同思想交流探讨，新闻评论跟帖动辄上千条，近 2 亿网民随时写下 140 字微博……条条声轨，汇成合奏，呈现这个时代多元多样的复杂图景和蓬勃活力。

我们迎来了表达的“黄金时代”，但仍有许多声音未被倾听。有些声音被淹没在强大的声场之中，难以浮出水面；也有些声音只是“说也白说”，意愿虽表达，问题未解决。这些都可谓无效表达，有人称之为“沉没的声音”。

无效的表达，不是没有表达，更不是不愿表达。广州市领导公开接访，市民

---

① 胡印斌 . 打捞“沉没的声音”不能只网来网去［N］. 法制日报，2012-5-14.

带上铺盖卷、排队3天，就是为了能跟领导"说上话"；首位农民工全国人大代表胡小燕公开自己手机号，却因每天上千个电话、上千条短信被迫关机。那些为网络关注、被媒体聚焦的热点事件，只是"冰山一角"，海面之下这些体量更大的冰块，才是让冰尖浮出水面的庞大基石，也才是决定社会心态的"潜意识""核心层"。

在一定程度上，表达上的弱势群体，也是现实中的弱势群体。在社会层面，他们既缺乏影响公共舆论的资源，又鲜有参与政府决策的渠道，甚至无法得到与自身密切相关的信息，表达和追求自己利益的能力同样薄弱。因此，尽管可能人数不少，他们的声音却很难在社会中被听到。

听见与被人听见，本是"社会人"的基本诉求；说话与听人说话，更是现代文明的基本共识。当表达权已成为一项基本的政治权利，重视这些声音，是协调利益关系、理顺社会心态的起点。在一个有着13亿人口、正经历着急剧社会转型的国家，广大群众的声音被聆听、被重视，尤为重要。

大部分沉没的声音背后，都有未被满足的诉求，都有被压抑、待纾解的情绪。儿子车祸致残，云南父亲欲去法院"自爆"走上极端维权之路；幼女身患绝症，湖北母亲参与"跪行救女"网络炒作……让舆论哗然的事件，都肇始于被忽视的声音。不可倾诉、不被倾听、不能解决，如果不主动"打捞"，太多声音沉没，难免会淤塞社会心态，导致矛盾激化。

发出声音，是主张利益的基础。有利益的表达才有相对的利益均衡，有相对的利益均衡才有长久的社会稳定。事实表明，诸多矛盾冲突事件背后，往往是利益表达机制的缺失。从这个角度看，维权就是维稳，维权才能维稳。尽可能多地倾听社会各方面的声音，兑现社会公众的表达权，对于维稳大有好处。

在众声喧哗中，尽可能打捞那些沉没的声音，是社会管理者应尽之责。以政府之力，维护弱势人群的表达权，使他们的利益能够通过制度化规范化渠道正常表达，这是共建共享的应有之义，是构建和谐社会的关键所在。只有这样，才能让"说话""发声"不仅是表达诉求的基本手段，更成为培育健康社会心态的重要环节，成为社会长治久安的坚实基础。

（原载《人民日报》2011年5月26日）

短评的魅力和问题

600多字的篇幅，阐述一个核心观点，这是短评的魅力。而为确立一个核心观点，不惜挤对其他教育手段和价值，则是这篇评论的问题所在。

说实话，这篇获得三等奖的教育评论，在那些年众多的以教育问题为选题的时评中，并不算非常醒目。《天津教育报》刊载的教育评论，按理说应该是从教育教学的专业角度讨论教育问题，而不是从教育问题引申到对其他问题的建言。但是，“教育”是人人都可以“咬一口”的议题，也是批评体制最容易选择的切面。教育思想或教育哲学，对任何一个民族和时代，都是备受关注、至关重要的。康德在《论教育学》导论中所强调的“人只有通过教育才能成为人”，应该是所有教育思想的共识。这篇评论言及的教育价值，并不是教育哲学层面的价值，而是特定教学手段和教学效果的价值。从接受规训的角度而言，教师要求学生认真听讲、认真完成作业或者参加考试取得好成绩，无可厚非，教学效果定位在“学生能够分析问题和解决问题”也没有错。为了让“通过教育应该能让学生提出问题”这个观点成立，作者草率地把常规的、教育界达成共识的一些目标和手段定义为“功利的、实用的、工具性的学习与教学”，这是不太妥当的。接下来，文章把其他类型的人才也作为对立面加以批评，更加不妥。是什么导致作者出现“观点正确，论证跑偏”的问题呢？主要有两方面的原因。

首先，求短求快，缺乏聚焦思维。有些精彩的短评，如《事实上之行贿》(邵飘萍，1922年7月14日《京报》)和《台上他讲　台下讲他》(汪道衍，1982年《四川日报》)等作品，或一针见血，判断鲜明，或用语精审，论证巧妙。短评的“短”是深入运思的结果，而不是对过程的刻意缩减。没有透彻的思辨和分析，很难有言简意赅的效果。这篇评论开头很好，直陈观点，提出应试教育抑制了创新人才的成长。随后，作者并没有聚焦“创新人才”的特质是什么，如何才能培养这样的品质，而是任由思绪纷飞，发散到对教育现状的碎片化捕捉和列举上，偏离了自己提出的问题。其实，对类似问题的思考，流传最广的是“李约瑟难题”和“钱学森之问”，前者在其编著的 15 卷《中国科学技术史》中正式提出问题，其主题是：“尽管中国古代对人类科技发展做出了很多重要贡献，但为什么科学和工业革命没有在近代的中国发生？”后者是钱学森对多年来中国没有培养出杰出科技人才的感叹。由此其实可以看到，这是一个不容易回答的问题，也不是一个在教育教学环节就能解决的问题。此篇评论在思维上的“舍远求近”，尽管有“就事论事”的“专业担当”，但也为后面论证的跑偏埋下了“定时炸弹”。

其次，片面立论，缺乏上位概念的支持。作者把通过“工具性的学习和教学方式”所培养的人直接归为“创新人才”的对立面，以此突出培养创新人才的必要性，从逻辑上讲，犯了“稻草人谬误”。也就是说，在论证国家需要创新人才的时候，作者没有必要将其他所有的人才类型加以简单化歪曲，“办事员”“传声筒”“万金油”似乎都成了“丧失人格的木偶”，这样的判断过于武断，并不符合实际情况。社会是多元的，任何一项事业，缺少任何一个环节都是不可能完成和实现的，作为多数人，都只能是在自己的岗位上尽职尽责，人人都能“标新立异”的社会也可能是无序而低效的。况且，就是退到教育过程来讨论，基础教育阶段的多数教学内容都属于“传承”，没有一来就“创造”的。作者将“培养学生的提问能力”作为一个教育效果的预期，放在每一个教育教学阶段来考察，而没有把“提问能力”的上位概念归结在“独立思考、批判能力”等人格品质方面，这无疑也把“能提问”工具化了。爱因斯坦认为：“用专业知识教育人是不够的。通过专业教育，他可以成为一种有用的机器，但是不能成为一个和谐发展的人。……他必须获得对美和道德上的善有鲜明的辨别力。”[①] 在这里，“有用的机器”与“和谐发展的人”就成为立论的上位概念，

① 大学活页文库合订本（1）[M]．上海：华东师范大学出版社，1999：1~5.

避免了在较低的实践层面形成简单归纳和简单对立。

总之，无论是从对应国家发展的需要，还是从个体的人格完善来讲，提倡“创新”都是必要的，都是正确的。因此，“创新”更不能成为一句口号，而要逐渐形成一种指导教育实践的科学而理性的价值系统。

◇附作品

当学生提不出问题时

吴 越

如今的学生知识越学越多，考试越考越难，负担越来越重。可是，在他们身上却出现了令人忧虑的现象：很多学生已经提不出问题了，且年级越高，这种现象越严重。长此以往，学生们的思维，或者说创新性思维、求异性思维就会受到压抑，创新人才可能就被“教育”没了。

究其原因，还是我们的教育价值取向出现了问题。不信您瞧：我们所有的官方文件和宣传文章都将培养学生分析问题、解决问题的能力作为教育的主要任务之一。可是，当一个人连问题都提不出时，又何谈分析问题和解决问题？再看教师的教学实践。当我们私下里问学生们“你最喜欢什么样的老师”时，小学生大多回答“课讲得清楚”；中学生大多回答“考试辅导得到位”；大学生大多回答“不留作业，不难为学生”。有的学生回答得更干脆——“做题给思路，作业给答案，考试给范围”。学校里充斥着功利的、实用的、工具性的学习与教学。

这种工具性的学习方式和教学，只能造就人的惰性，只能使学生成为流水线上的熟练工或填装知识的容器。他们没有思想、没有激情、没有个性，准确地说，他们也不需要思想，也不可能有激情，也形成不了个性。这样的人，将来或者成为听话的“办事员”，或者成为上传下达的“传声筒”，或者成为左推右挡八面玲珑的“万金油”，或者成为动辄郁闷、厌烦、倦怠的“消极工”。他们成不了创新型人才、创业型人才、创造型人才，很难成就一番大事业。因为他们缺少做人的思想、做事的激情、创业者的勇气、创造者的精神。这些才是今天的中国、今天的社会最需要、最缺乏的，也是教育最应该培养的！

培养创新型人才，应先从让学生提出问题开始！

（原载《天津教育报》2011年6月3日）

打破套路，缘事而评

2011年南京“天价路牌”事件在中国互联网舆情事件中具有代表性，一是网民的“不良反应”出乎决策者的意料，二是围绕更换路牌所产生的观点超越了公共政策的议程范围，三是网络舆情进入了传统媒体的议题选择。据中国网收集整理，2011年8月1日到3日，有超过20篇新闻评论从不同的角度回应了这个议题。[①] 与之相比，《新华日报》的发稿并不属于“第一时间”，但其核心观点的竞争力也因此得到了提升。

喧哗过后的“情绪化反思”。文章开头两段，作者用“一片指责声”高度概括了“舆论旋涡”的主要态度立场，再列举了两个主要的回应角度来衬托自己对这个问题的深入思考。推动思考深入的动力，主要来自作者对事件主体的情绪想象：“郁闷”——为什么好心办好事，却得不到好评？互联网舆论情绪化的表达居多，各种情绪的共性是“不信任”，这一点被作者准确捕捉到了。与其他“顺着想”的评论不同，这篇评论选择了“倒过来想”——既然不被信任，那么，作为自以为应该得到信任的这一方，又是如何想的呢？思考的线路决定了观点的新意，正是因为选择了反思行为主体的动机，作者成功绕开了“价格是否合理”与“程序是否合法”这两个通常的分析套路，形成了“以情绪应对情绪”的网络舆情引导的“人性角度”。

追根溯源的“整治思维”。作者在长期的社会观察中发现，城市管理者惯有的“一管到底”“整齐划一”和“一蹴而就”的效果主导模式已经不再适应

---

① 观点中国. 南京天价路牌［EB/OL］. 中国网，http://opinion.china.com.cn/event_586_1.html，2011-8-3.

新的发展环境，这种思维模式被定义为“整治思维”。从城市管理的目的来看，这种思维并没有问题。“整治”即整顿、治理，意指把“无序”变为“有序”，以结果的统一性引导手段的强制性。自20世纪80年代起，城市管理的难度越来越大，特别是在经济利益的驱动下，社会主体的道德责任意识淡化，某些单位和个人把建设、保护、维护等甩给了社会，大量出现的城市乱象反过来严重制约城市化进程。在这个背景下，许多地方的城市人民政府陆续组建了城建监察队伍，尤其是《关于进一步加强城建管理监察工作的通知》下发后，城管队伍遍及全国大、中、小型城市。[①] 很长一段时间以来，“整治思维”成为这支队伍的日常工作原则。但是，当治理对象和治理环境已经发生变化后，仍然沿袭这种思维，冲突就在所难免。所以，作者的思考结果并不是完全否认“整治思维”，而是在强调“整治思维”的不合时宜。

立足事实的“有一说一”。这篇评论的可贵之处还在于没有任意扩大批评的范围，而是有针对性地结合南京市接二连三发生的城管舆情做出贴合事实的分析和判断。从“拆除书报亭事件和统一涂色的面子工程”到“店招的整治、户外广告牌的整治”，无一不遭到非议，作者以此作为归纳判断的前提，看到了此轮非议的同质性。从批评的角度分析“整治思维”，可以看到目前存在的两个问题：一是“为整治而整治”，二是“以整治为名义”。前者不尊重民意，后者为权力寻租所致。随着中国城市发展和治理复杂性的更迭，城市管理从政府包办逐渐变成公民现代意识实践和投射的场域。南京师范大学政治系教授对“天价路牌”是这样分析的：“随着公民意识的觉醒，群众的参政议政意识和能力都不断提高，群众对政府决策的关注已经从原来只对与自身利益直接相关的行政决策，扩展到政府决策的方方面面。在这一大背景下，政府需要进一步转变工作理念和方法，让群众参与重大公共决策的全过程！”[②] 民意之所以更容易汇集在城市管理的议题中，究其原因除了公共利益的相关性，也在于其行政

① 人民网．中国城管的起源和历史沿革［EB/OL］．多彩贵州网，http：//jspd.gog.cn/system/2017/03/06/015470253.shtml.

② 蔡玉高，凌军辉．一个路牌3000元?！——南京“天价路牌”事件调查［EB/OL］．凤凰网，http：//news.ifeng.com/c/7fa5s0xN6rp.

实践的过程公然性和效果可视化。管理者如果还以掩耳盗铃的态度对待公众的知情和明理，那么不想成为众矢之的也很难，特别是在众目睽睽之下扩大公权或滥用公权。评论非常直接地讲明这个道理，比之专家的观点，具有更现实的问题对应度。

“整治思维”作为贯穿评论始终的一个关键概念，不仅搭建了论证的基本逻辑，而且为读者提供了一把解读观点的钥匙。时评的观点竞争，不仅在于速度，更在于如何突破思维的套路。

◇附作品

城市管理亟待走出“整治思维”

翟慎良

陷入“天价路牌”舆论旋涡，南京城市管理局的领导无疑“郁闷”——更新路牌，明明是方便百姓出行的民生实事，为啥好事不落好，却引来了一片指责声？

回答这种困惑，当然可以从价格是否合理、程序是否合法等角度找出答案。不过，追根溯源，要深刻反思的，是当前城市管理中习以为常的“整治思维”。

看看相关新闻报道即可发现，南京此次路名牌更换试点工程，实际就是一次整治行动。其更换理由是“路名牌非常混乱，有的甚至沦为广告牌，极大地损害了城市形象”；更换目的是“对全市路名牌逐步规范统一”“给南京市创造一个更美丽整洁的城市景观”。

在这样的“整治思维”之下，一切就顺理成章了——既然是“整治”，拆旧牌当然拆得名正言顺，哪怕旧牌还能继续使用；既然是“整治”，换新牌当然换得理直气壮，哪怕新牌比旧牌要贵上多少倍！而既然是“整治”，是一次执法行动，当然也就无须事先征求民意。更何况，这“整治”，是为了公共利益、于民有利的“整治”，民众当然只能支持不能阻挠，只会欢迎不会批评。

而事实证明，这种“整治思维”确已难以适应当前的城市管理需要。回顾近来南京发生的几桩新闻，我们可以看到，公权力频频伸手“整治”，往往事与愿违。去年10月曾引起广泛关注的“拆除书报亭事件”，即是一次不得民心的“整治”；上个月，南京市环境综合整治指挥部对屋顶的“统一涂色”，也被批评是“面子工程”而不是“民心工程”；此次的路名牌整治，更因其3000元一块的“天价”而引起舆论哗然。此外，过去无论是店招的整治、户外广告牌的整治，也或多或少惹来非议。

城市管理者的这种“整治思维”，弊病在哪里？其一，用部门思维代替公众民意。城市管理的宗旨，应是让生活其间的公众更舒适、更方便、更幸福。因此，城市管理，需要公众的参与，需要倾听公众的意见。而现实之中，在“整治思维”之下，我们的城市往往成了“管理者的城市”，城市和市民都成为管理对象。而管理者制定的“理想城市”标准，以及由此施行的“整治”，往往与公众的民意诉求相距甚远、相差太大。比如，书报亭在管理者眼里有碍观瞻，需要拆除整治，而在公众看来，书报亭无伤大雅，拆了反而徒增不便。与此同时，一些百姓渴盼解决的问题，却迟迟等不来“整治”。据本报报道，南京20万块门牌，目前就因缺钱而难入户上墙。而门牌的价格，不过5元一块——宁花亿元换路牌，不舍百万上门牌！如此“整治”，不从百姓需求出发，未能广泛倾听民意，管理者这种厚此薄彼一厢情愿的“整治”，自然不为百姓称道。

其二，部门利益侵害公共利益。城市管理者的职责，是维护公共利益，尤其在各种利益相互冲突的时候，要成为公正的裁判者。但当前这种以“整治”之名进行的城市管理，却让公权力得以强势介入公共利益范围。如果缺乏程序公正、缺少公众监督，就难以避免出现“部门自肥”现象。人们不止一次看到，一些所谓“整治”，往往就是管理者“自己来整治，整成自己的”。此次更换路名牌，南京城市管理局的领导已经承认，工程实施者就是自己下属的广告公司。

必须看到，城市管理向城市服务的转变，已是大势所趋、人心所向。权力受到监督制约，决策更加公开透明，民意得到体现尊重，是这一转变中的必然要求。面对改革大势和汹涌民意，城市管理者应当尽早走出“整治思维”，尽快形成服务思维。

（原载《新华日报》2011年8月4日）

用创新的语言翻译和传达

第21届中国新闻奖的评选，11家地市报及其子报选送的作品获奖，《梧州日报》是唯一获得报纸评论奖项的地方媒体。《梧州日报》创办于1951年1月1日，作为市委机关报，1984年复刊时提出了“立足梧州，面向桂东南，辐射西江流域，加大改革开放力度”的办报方针，迅速及时地报道国内外重大时事新闻、地方要闻和人民群众关注的热点话题，在报道范围上更多地把触角伸到桂东南及广东部分地区，为促进梧州乃至西江走廊地区的经济、社会提速发展营造了良好的舆论氛围。[①]梧州位于广西最东部，与广东肇庆接壤，独特的区位和视野使其在报业改革的进程中，成为较早重视版面建设的地方媒体。在深度报道方面，日报积极探索，策划了“新闻话题”栏目，对影响较大的一些重要选题做出迅速反应，对消息进行拓展和跟进，形成了“在某一主题下构成板块式的新闻组合”深度报道模式，“主要包括主稿和辅助板块，主稿一般可以是调查稿件，也可以是综述稿件，将受众关注的信息高度提炼、概括、集成，从而综合反映事件全貌，而辅助板块包含访谈、记者手记、背景新闻等内容，主要围绕主稿反映的核心新闻展开叙述或议论，力求达到从多角度、多层面，全景式展现新闻事件的效果”[②]。因此，一篇获得二等奖的新闻评论，不仅仅是作者个人的专业水平体现，也是报纸在专业探索方面水到渠成的一个标志。

---

① 第二十一届中国新闻奖评选结果出炉《日照日报》等11家地市报及其子报获奖［J］. 中国地市报人，2011（10）: 25；赵振宇 . 社会转型中的新闻评论——2011年中国新闻评论回眸［J］. 新闻战线，2012（1）: 77~79；梧州日报 . 图说《梧州日报》的那些历史［EB/OL］. 梧州零距离网，http: //www.wzljl.cn/content/2010-05/24/content_38005.htm.

② 刘远菁 . 浅谈深度报道的策划——以《梧州日报》“新闻话题”栏目深度报道实践为例［J］. 梧州学院学报，2011（10）.

服务读者的专业精神和舆论监督的责任意识共同促成作者对选题的准确定位。作为党报的记者编辑，对党和国家政策、法律法规的敏感性是长期养成的，对相关规定的社会意义和价值的理解力同样是日积月累的。《食品安全就该“人命关官”》，以刑法修正案（八）草案列明食品安全监管渎职犯罪为评论由头，展开了与法条完全同义的评论。从评论观点价值的竞争性而言，这似乎成为一个犯忌的实操动作。有研究者认为评论不沿袭“人命关天”，而是另辟蹊径，直指应该“人命关官”。从修辞来说，作者运用了“仿词”，用“官”替代了“天”，产生的修辞效果是“人命关官”比“人命关天”更为关键，却因为“人命关天”被某些责任人作为一种“托词”而更容易成为责任主体的“舆论逃逸通道”。顺着这一修辞逻辑梳理，其实，对选题立意发挥决定作用的是作者对法律条款的“翻译能力”。这种能力一方面体现为对关键信息的聚焦能力，另一方面体现为将与日常生活较为疏离、表述方式较为抽象的规定性话语“翻译”为一般读者能够直接理解的“重点所在”。这一能力的养成与媒体通过专业表达服务读者的专业精神密不可分。读者通过评论能很明确地认识到，刑法修正案（八）草案所增加的条款目的是追究负有监管责任的官员的法律责任，所以“人命关官”，比之2009年6月1日实施的《食品安全法》，对监管部门和认证机构人员失职、渎职的行为只规定了行政处罚，增加了惩处力度。

此外，21世纪的第一个十年，是中国食品安全事件层出不穷的十年。其中，有食品工业发展带来的问题，有社会过度逐利的失范问题，也有媒体舆论监督让消费者看不见的问题不断曝光的原因。从苏丹红、三聚氰胺、植物奶油到阴魂不散的地沟油、漂白蘑菇和农残超标的毒豇豆等问题，通过媒体的报道，都成为备受公众关注的社会事件。公众对这方面的议题已经形成主动关注的意识，也因为相关部门的监管不力造成了消费者对政府公信力的消极态度。作为地方媒体，面向更基层的群众，“挽回人心，疏导民怨”是题中之义。从舆论监督的角度，评论强调了两个提醒——一是要厘清基本的权责利关系；二是法律得到真正执行。否则，刑法罪责就只能形同虚设。这种犀利的判断，是“最高规格”的观点，没有坚定的立场和对渎职罪处置规则的了解就不可能有如此直截了当的话锋。而同时期的另一篇评论用数据表明渎职罪的缓刑率非常高，由此消费者担心刑法条款不具有约束力。[①] 这些事实，该评论的作者无疑也是非常了解的，只不过在具体表述上，把握了恰当的分寸。

语言的跳脱出格和鲜活生动就是分寸感的直接体现。从“人命关官”到“老百姓用跑不赢 CPI 的微薄收入购买食品，最终却付出了身心俱损的代价”，从“闻灾方重视，亡羊才补牢”到“对食品安全问题睁一只眼闭一只眼”，作者利用成语仿词，引用民间表达，既“一针见血”又“为民代言”，避免空泛的套话，说出简洁生动的实话，把选题的立意用语言的创新准确传达出来，实为“修辞立其诚”。

◇附作品

食品安全就该“人命关官”

张渊腾

12 月 20 日，全国人大常委会审议的刑法修正案（八）草案，新增了食品安全监管渎职犯罪，修改了食品安全犯罪的刑罚条件，负有食品安全监管职责的国家机关工作人员要担刑责，后果特别严重的要处五年以上十年以下刑期。在岁末年初这个节点上，这一消息无疑让正担心假日食品安全的百姓拍手叫好，食品安全不仅“人命关天”，更该“人命关官”。

食品安全一直都是群众非常关心的问题，尤其是今年以来，豇豆残留农药、玉米奶含三聚氰胺、地沟油进餐桌、火锅底料满是化学剂、蘑菇漂白、葡萄酒勾兑等食品安全事件层出不穷，老百姓用跑不赢 CPI 的微薄收入购买食品，最终却付出了身心俱损的代价，这何其让人心寒。早在今年全国“两会”期间，

---

① 2003 年至 2005 年，全国共有 33519 名职务犯罪被告人被宣告缓刑，职务犯罪案件的年均缓刑率高达 51.5%；而 2005 年至 2009 年 6 月，全国被判决有罪的职务犯罪被告人中，判处免刑和缓刑的共占 69.7%。其中，2005 年到 2009 年 6 月，被判决有罪的 17671 名渎职侵权被告人中，获免刑的达 9707 名，缓刑的达 5390 名，合计占到 85.4%。（杨涛：别让“食品安全监管渎职罪”只被观赏［EB/OL］. 南海网，http：//news.sina.com.cn/pl/2010-12-21/143221681068.shtml.）

关于食品安全的议题就引起了广泛关注，很多代表并为此纷纷建言献策，但依然未能阻止后来一系列食品安全事件的发生。

痛定思痛，为何食品安全事件屡禁不止？纵观多起食品安全事件发现，问题很大程度上出在“禁”的方式上。最近曝光的多起食品安全事件中，大多都是由媒体曝光后，监管部门才介入调查。虽然事故发生后，各级有关部门都行动迅速，查禁措施也十分得力，但如果缺乏有效的事前监管，总是在付出沉重的代价后才突击行动，这种“闻灾方重视，亡羊才补牢”的监管方式，早已让群众对监管部门失去了信心。

关于食品安全，慨叹“人命关天”是没用的，关键还是要“人命关官”。为什么食品安全监管总是屡屡失手，究其原因，不难发现，就是失职的成本太低了。现成的监管要大有作为，首先要厘清基本的权责利关系。

目前，法律对食品生产、经营等人员明确了刑事处罚，但对监管人员失之于宽。2009 年 6 月 1 日起施行的《食品安全法》，对重大食品安全事故中相关监管人员，只是规定了行政问责，而不是更严厉的刑事惩罚。也许正因如此，不少监管人员避重就轻，对食品安全问题睁一只眼闭一只眼，出了食品安全事件，除了生产和销售的相关人员被惩处外，负有直接监管之责的国家机关工作人员往往逃脱刑罚，即便被免职也只是走过场。

因此，此次刑法修正案（八）草案新增了食品安全监管渎职犯罪，明确渎于职守的监管人员将要承担刑责，将“人命关天”与“人命关官”结合起来，无疑令人十分期待。但是，话又说回来，唯有法律得到真正执行，将问责刑罚落到实处，群众心头之虑的食品安全也才会有保障。

（原载《梧州日报》2010 年 12 月 29 日）

打假初衷与论证策略

“专家”是一个称呼，被公众一度调侃为“砖家”。作者立论之巧就在于紧扣称呼进行“名实之辩”。如何辩？并非妙不可言，玄而又玄，而是一语道破：“在不该出现的时候出现，在该出现的时候不见”，这种专家是顶着“专家”之名的行骗者，不为公众所宽恕。作者对此所做的批评，初衷不是故作凌厉，刻意揭穿，而在于呼唤有识之士站出来做真正的专家，让假专家没有了市场。如何才能唤醒过于低调的真专家？文章采取了“连环四问”的论证策略。

其一，明知故问。在重大公共安全事件需要科学阐释来稳定人心的关键时候，有没有专家主动站出来？没有！这个“明知故问”把一个反问转化成了“设问”，从而强化了事实的性质以及核心观点。

其二，步步追问。从名利场走下来的专家为什么难开尊口？明明在某个领域很有权威的专家在媒体面前为什么也三缄其口？步步追问，与其说是追问专家本人，不如说是在追问沉默背后的原因，发人深省。

其三，冷静自问。让专家丧失独立性的原因究竟是什么？是经济利益和政治权力对专家的掣肘。把这个最尖锐的层面摆出来，名实之辩的转折点也就清晰起来了——如果专家能保持独立，就是在该出现的时候就出现的真专家，反之，就是假专家。如果大家都“假了”，实际上就为真正的假专家创造了上蹿下跳的有利环境，使其反过来损害政府和真专家的公信力。

其四，替民发问。公众究竟需要什么样的专家？这个问题的答案已经非常清楚，为此，政府当给予专家自由发言的空间，专家应保持独立的言论立场，利用专业知识和判断，为公众利益代言。

正是基于巧妙的“连环四问”，才有了评论的标题“专家哪里去了”和开头的第一句话“这似乎是一个很无聊的设问”。整篇评论实际上就是提出一个看起来很简单的问题，却分析了一个复杂的社会现象。在真真假假之间，最大的受益者是那些推销伪科学的假专家，最大的受害者是不明就里的公众，最大的干扰项是唯利是图的商人和过于拘谨的当地政府。表面上是把“专家”树为靶子，实际上通过批评保护专家，提醒专家。

归根结底，这篇评论并非在指向某个群体的“私德”，而是从一个很小却映射面很广的切口暴露出中国现代化转型过程中所产生的场域混乱问题。众所周知，布尔迪厄的场域理论认为，场域的主要特点是自治和自律，不同场域有不同的评判标准和自治逻辑。当政治场域和经济场域在分界和合作的规则上出现模糊，分属不同场域的判断受到来自其他场域的逻辑支配，场域的自治性就受到破坏。地方政府为了发展经济，不惜在一些关键环节上隐匿真实情况，或让所谓的第三方专家来为经济利益主体站台，当涉及公共利益的事件亟待专业解释的时候，为了避免民意影响既定的利益格局，又授意行业专家保持沉默。场域混乱带来的腐败也许不是嚣张的行贿受贿，但其危害在于破坏了社会的正义，影响更为深远。2004 年 3 月，国务院发布《全面推进依法行政实施纲要》，强调地方各级人民政府和各部门都要立党为公、执政为民，依法行使权力。为了全面推进依法行政，进一步加强法治政府建设，2010 年 11 月 8 日国务院发布的《关于加强法治政府建设的意见》，在“坚持依法科学民主决策”这个意见下面，特别强调了规范行政决策程序和完善行政决策风险评估机制都应该把专家论证和专家咨询作为重要程序。

“专家哪里去了”这个设问，并不是在否认长期以来国家对专业技术人才的培养和使用，也没有否认一代又一代专业技术人员在社会经济发展中做出的贡献，而是针对特定阶段国家治理体系和国家能力现代化的完善和发展过程中的短板所提出的谏言。尽管从具体论述来看，作者的理论思考并不突出，但本着实事求是的精神，以“连环四问”触摸到了问题的肌理，鲜明的问题意识与问题导向暗合。如何解决这个问题？文章以价值判断为前提，对政府的应然和专家的本位提出了要求，这个解决方案与当年国务院的意见完全一致。

◇附作品

专家哪里去了

张显峰

这似乎是一个很无聊的设问。如今专家遍地走，企业的产品推介会上，政府组织的项目论证会上，电视荧屏上的养生节目里……满眼都是专家身影，充耳皆是专家声音，怎么会生出这样的疑问呢？

但大家不知有没有这种感觉：每遇攸关公共利益的重大事件发生，人们期待专家通过媒体给出权威解读时，专家却好像突然销声匿迹了。

君不见，“三聚氰胺”从奶粉里跑出来时，“聚二甲基硅氧烷”借洋快餐端上桌面时，“二噁烷”或能致癌的消息从洗发水中流出来时，人们对这些冷僻的化学名词充满了未知的恐慌。致癌，还是不致癌？能吃，还是不能吃？人们期待权威的答案。但在这些事件曝光的很长一段时间里，你可曾见到哪位权威专家主动站出来解答过公众的疑虑？

你就很奇怪，明明一些专家曾在企业的产品推介会上，大讲科学常识以佐证产品的功效；明明一些专家在政府组织的发布会上，以这些领域的权威专家自居……为什么当他们走下推介会或者发布会的主席台，你再问，他不是笑而不答便是无可奉告了呢？当然，还有一些专家，确实是某些领域的权威，有着相当的公信度，但当媒体寻到他时却是尊口难开。

不能排除一些专家担心缠身纠纷的顾虑，但大多数时候，专家不是被经济利益左右，为人情圈子所困，便是被行政权力所囿。他们需要照顾的情绪太多，也就只好装聋作哑。我的同事前不久受命采访某“国家局”专家，解答公众对极端天气频仍的疑惑，不料没一个专家敢接受采访，说是领导的指示，不能随便说话。专家丧失了独立性，成了经济利益或者政治权力的奴婢，要么乱说话要么不说话也就在所难免。

真正的营养专家不能给公众科学的知识，张悟本、李一这样的“大师”和“神仙”就会乘虚而入；地震专家、气象专家不能给人们权威的解读，各种谣言就有了市场。最终，政府的公信力、专家的信任度和公众的利益都不可避免地受到损伤。

聪明的政府应该学会给专家发声的自由空间，这种公开、民主的态度只会平息恐慌而不是制造恐慌。而有担待的专家应该努力争取发声的机会，要有勇气打破利益和权力的控制，做独立的知识分子。有人会说，这对专家不公平，他们说也不是，不说也不是。作为掌握专业知识的公共知识分子，专家必须承受这样的挑剔。不为私利和权力鼓噪，只为公共利益代言，这是专家本应信守的道德底线。

在不该出现的时候出现，在该出现的时候不见，对专家来说，都是不可宽恕的丑闻。

（原载《科技日报》2010 年 8 月 31 日）

找准交流的对象和时机

这篇评论已成为中学议论文的文体教学和公务员申论文章借鉴的范文，也曾在获奖后作为评论佳作得到学界多位评论研究者的点评和分析。从学习者的角度看，阅读新闻评论最大的障碍也许在于读者已经远离当时的社会语境，故而无法完整地或准确地获得文章丰富的信息和意义所指。这篇以批评错误观点为指向的评论，其高超的修辞技巧当然是获奖的原因，但其准确深刻的思想和鲜明的针对性应该是更为主要的原因。

美国金融危机也称美国次贷危机，是指一场发生在美国，因次级抵押贷款机构破产、投资基金被迫关闭、股市剧烈震荡引起的金融风暴。于 2006 年开始出现，2007 年开始席卷美国、欧盟和日本等世界主要金融市场。2008 年 9 月 15 日，美国雷曼兄弟公司申请破产保护，标志着国际金融危机的爆发。在 2008 年发表的获奖作品中，有 3 篇评论与金融危机相关——中国经济网的《国际金融危机暴露美式经济弊端》（一等奖）、《中国日报》的《全球金融危机急中国未雨绸缪紧》（三等奖）和《人民日报》的系列评论之一《信心比黄金更重要》（三等奖）。第一篇的特点是角度新颖，不空泛说理，面对网民的信息和知识需求，用浅近形象的语言解释了金融危机发生的原因。后面两篇评论所面对的则是国际社会和全国党员领导干部，目的是增进理解，统一认识。那么，发表在中共山东省委机关报上的这篇评论，又是把谁作为目标受众呢？

2009 年政府工作报告提出："要以应对国际金融危机、促进经济平稳较快发展为主线，统筹兼顾，突出重点，全面实施促进经济平稳较快发展的一揽子计划。"宏观调控方面，最重要的举措是大幅度增加政府支出，"为弥补财政减收增支形成的缺口，拟安排中央财政赤字 7500 亿元，比上年增加 5700 亿元，同时国务院同意地方发行2000亿元债券，由财政部代理发行，列入省级预算管理”①。可见，地方政府年内将有大幅度增加支出的任务。如何支出和如何优化支出结构，则成为地方政府需要厘清的问题。对全国而言，这也是一个普遍性的问题。解决问题的任务，具体落在了制定本省经济发展战略目标及中长期规划的相关部门那里。他们就是这篇评论的目标受众。这才能解释为什么评论发表后，山东省经贸委等部门的负责同志会找到作者交流意见。

文章在论证方面为人称道：“会讲故事”“运用类比”，使文章更加“生动活泼”。②仔细读来，文章自始至终的调性都是“务虚的”，批评的是一种错误的思想倾向，而并非一个具体的现象或问题。作者的机智，是抓住了一个四处漂泊的语言船只——“弯道超车”。这个词语在现代文化的浸润下，逐渐形成了比较稳定的比喻义项，即“在激烈的竞争环境中如何利用特殊条件超越对手或克服困难，从而获得继续发展的机会”。这也是人们会频频在各种上下文中使用该词的原因，媒体的用语不过是社会语用状况的一个呈现。作者的醉翁之意不在这个词本身，而是利用这个词的能指和所指展开一场务虚辩论。

作者将可能出现或已经露头的错误思想设定为“把中央为了应对金融危机而增加政府支出的举措执行为地方政府可以随便花钱了”。说话要看对象，谏言需要技巧，提意见要抓时机。于是，用赛车手主动或被动采取“弯道超车”所付出的代价，来提醒主政者善政，成为作者的话语策略。话语的能指是“赛车手的代价”，所指是“地方经济发展的代价”，能所指关系的复杂性在于“经济发展是一项长远事业，毕竟不是短暂的赛车”，也在于“经济发展的弯道，比赛车场上的弯道更为复杂，充满变数”，更在于“若直道上已被对手落下较远，超越纯属妄谈”。总的来说，赛车无论输赢都可以重来，地方经济的发展如果方向错误则无法挽回。这场务虚会非常重要：假如地方政府为了增加支出，

---

① 2009年政府工作报告［EB/OL］. 中国网，http：//www.china.com.cn/policy/txt/2009-03/14/content_17444081_3.htm.

② 刘保全 . 讲出了别人说不出、讲不透的道理——评第20届中国新闻奖评论类一等奖作品《不是所有弯道都是超越好时机》［J］. 新闻与写作，2010（12）：81~83；李金泳 . 论点先锋　类比巧妙——评中国新闻奖《不是所有弯道都是超越好时机》［J］. 新闻爱好者，2011（7）.

不顾及资源的有效利用和生态环境的保护，不顾及产业布局的结构调整和投资重点的准确把握，不顾及行政成本的控制和民生工程的投入，在新的经济发展条件下，很可能就会“走弯路”，甚至“走错路”。

2008 年的国际金融危机已经过去十余年，但其影响一直蔓延到今天。无论中美贸易摩擦和全球政治经济形势如何，走好自己的路，做好自己的事，一直是中国稳定发展经济的信条。只有自己不乱阵脚，才能找到自己的赛道。

◇附作品

不是所有弯道都是超越好时机

孙秀岭

最近，有个“弯道超越”词很时新，诸如“正是弯道超越时”“超越常在弯道处”等，常见诸媒体。

“弯道超越”，原本是赛车上的一个术语，指参赛车手在拐弯处比直线跑道上更易超越对手。有人认为，国际金融危机让世界经济处在了“弯道”上，此时正是跨越发展、超越对手的良机。应当说，经济发展上的每一次危机，都是产业重新布局、企业重新洗牌，新机遇不断涌现的重要时期，以“弯道超越”比喻危中之机，有振奋精神、鼓舞士气的功效。但算算如下几笔账我们能够看到，这种说法也只能算是一种比喻。

成本消耗账。一般情况下，有经验的驾驶员不会弯道超越，他们知道弯道超越更加耗油，更易磨损发动机和轮胎，损耗车辆寿命。赛车选手敢于弯道超越，很大程度因为这本是“烧钱运动”，可以不计后果地“透支”。不过，经济发展是一项长远事业，毕竟不是短暂的赛车。在金融危机还在继续蔓延、市场不确定因素不断增多的背景下，经济运行遇到的困难越来越多，在正常发展都遇到巨大挑战时，超常规发展就得付出更大成本、更多代价。那些以超越的名义乱砸钱、乱铺摊子的作为，那种为一时超越让资源能源难以承受的急功近利的做法，是与科学发展观相悖的“歪道超越”。

安全风险账。赛车比赛中，人们不仅能看到精彩的弯道超越，也常目睹弯道车毁人亡的重大事故。换言之，超越常在弯道处，事故也常在弯道处。“弯道处要敢于踩油门”，被一些人喻为超越发展之宝典。其实，赛车手进入弯道的第一个动作是踩刹车而非踩油门。好的赛车手，在进入弯道前必须正确判断形势，若遇到了弯道就急着去超车，不翻车才怪。经济发展的弯道，比赛车场上的弯道更为复杂，充满变数。弯道之处，最需要实事求是，按科学发展观要求讲方法、重技巧，量力而行，否则一旦用力过猛，很有可能事与愿违，“半路抛锚甚至翻车”。

实力功力账。在弯道能否实现超越，赛车状况和选手技术功力是比拼的核心。一般来说，赛车上的“弯道超越”，以“直道上黏住对手”为前提；若直道上已被对手落下较远，超越纯属妄谈。危机之中，“赶超机遇”的确存在，但能拿到“好牌”的，往往是具有技术领先等优势的企业和地方，而那些落后的生产力，受到危机的冲击更为严重。“你开的是拖拉机，别人开的是小汽车，你最该做的是转型换代、积蓄能量”——有经济学家为热火朝天的“弯道超越”泼“冷水”、提建议，不无道理。

细细想来，不是所有的弯道都是超越的好时机，也不是所有的“车手”都可以做到安全超越。金融危机制造的“经济弯道”，有机遇也有险情，能“成”也能“败”，绝不是按照主观意愿想超越就能超越的，要实现“弯道超越”，需要拿出大智慧、大勇气，保持冷静头脑，尊重科学、遵循规律，把一些该算清楚的账算明白、算到位。

（原载《大众日报》2009 年 4 月 13 日）

有立场有分寸地和这个世界讲理

中国新闻奖评论类的作品中，国际新闻的选题每年都会有，但总体比较少。如果有，也多是为了批驳国际舆论对中国不友好或依据不实的言论。

中国与世界打交道的方式和理念来自经验教训，也来自理性的思辨。加入世界贸易组织前后，中国越来越重视通过国际新闻来传播和塑造国家形象，调整外交关系，相关方面的研究也渐自出现。较早的研究认为，“国际新闻传播在塑造国家形象中起着举足轻重的作用，不平衡的国际新闻流动会导致错误的或消极的国家形象和国际间的误解。而错误的国家形象和由于不平衡的、不公平的国际新闻流动所造成的国际间的误解，会影响各国政府、组织和人民的关系、理解和交流，甚至引起国际间的冲突”①。研究所传递的对国际新闻传播规律的观点与 20 多年来中国应对国际舆论的实践理念基本相符。

哥本哈根会议的基本背景是国际社会对工业革命后以环境为代价的经济高速发展做出的反省和规制，与之协同的是 20 世纪 80—90 年代开始制定的各种环保国际公约。针对全球气候变暖问题，联合国于 1992 年召集签署《全球气候变迁纲要公约》，推动温室气体排放管制及减量工作，以减缓全球变暖。共有 192 个国家参加了全球气候保护协定《联合国气候变化框架公约》，并于 1997 年签订了《京都议定书》。因为“责任共担”原则，公约对各国的能源配比与产业结构形成影响，国际态势转变成发达国家与发展中国家的对立。

经过十年的国际协商和多轮谈判，减排问题已成为国际新闻的重要议题。与西方国家在国际舆论场上的优势地位仅作为减排议题中最具指向性和针对性

① 徐小鸽．国际新闻传播中的国家形象问题［J］．新闻与传播研究，1996（6）．

的发展中国家相比，中国的不利地位显而易见。2009 年 12 月 18 日，时任国务院总理温家宝赴哥本哈根出席气候变化会议，并在会议上介绍了中国在节能减排方面所做的努力，强调了中国根据国情采取的自主行动“是对中国人民和全人类负责的，不附加任何条件，不与任何国家的减排目标挂钩”。《英国卫报》上刊登的言论代表了西方国家的一贯立场，无论这些指摘如何，中国都应发出自己的声音。《光明日报》的这篇评论体现了我国主流媒体积极应对国际舆论，修正消极的国家形象、增进国际间的理解、避免国际社会冲突的话语实践。从文本具体分析来看，有这样几个特点。

首先，体现鲜明的立场。在陈述批驳对象的观点时，作者有意识地使用“轰击”和“涂抹”两个颇具暴力和强迫色彩的词，以体现对不公平言论的反感、拒绝和抗议。在陈述中国遵守国际公约的具体措施和成效时，作者使用“中国真是这样的角色吗？”和“中国何错之有？”两个很短的反问句，用以表达一种对无端指摘的愤怒。

其次，体现犀利的态度。既然别人都不给中国面子，公然无端指摘，那么，中国也没有必要给对方面子，应该以牙还牙。这就是作者在写稿时确立的基本态度。因此才有不留情面的“揭穿”——为什么英国官员率先针对中国？除了众所周知的意识形态分歧，最为关键的其实是一些不能摆到台面上的原因：尽管在会议上没有任何话语权，但开完会总要给自己国家的公众一个交代，不敢攻击美国，就只有选中国这个软柿子捏。事实证明，哥本哈根会议成为国际关系的分水岭，中英关系在此之后也一度紧张。

最后，体现理性的温和。除了必要的愤怒和犀利，真正有回击力的仍然是讲道理。作者遵循公共对话的原则，从概念到事实，以对方提出的“劫持”一词为切入点，对“二战”后发达国家和发展中国家的碳排放数据进行对比，强调了发达国家的产业转移问题和发展中国家的人口基数问题，进而用历史数据论证了发达国家对环境气候问题应该承担主要责任这一基本判断。这样的说理，具有浸润感，丝丝入扣。

文章的瑕疵在于最后一段的“以情动人”，尽管很形象地表达了人道主义立场，但鉴于文章所驳斥的对象本应是更有人道主义精神的主体，如此着墨反而透露出一种期待对方同情的意味，一定程度上减损了前文的“战斗力”。特别是“或许”这句，企图在言辞上占便宜，涉嫌人身攻击，不妥。

随着中国国力的增强和与世界各国交往合作的增进，如何有立场、有分寸地和这个世界讲道理，不仅仅是一种姿态，更应该成为“走向世界的一代中国人”必修的课程和真实的能力。

◇附作品

指责中国“劫持”气候大会毫无道理

郭　林

英国气候变化大臣埃德·米利班德12月21日在《卫报》上撰文，指责中国“挟持”哥本哈根气候变化会议谈判进程。中国这两天再次成为英国媒体轰击的对象，被涂抹成在哥本哈根气候谈判中无理取闹的搅局一方。

中国真是这样的角色吗？我们看到，哥本哈根会议召开之前，作为一个发展中国家，中国向世界自愿公布了减少碳排放的指标。当时，英国媒体纷纷肯定中国这一举措，称赞中国为哥本哈根会议带来了希望。

在哥本哈根气候变化会议上，中国坚持谈判以《联合国气候变化框架公约》和《京都议定书》为基础，坚持继续公约和议定书确定的“双轨制”，坚持秉承国际社会达成共识的“共同但有区别的责任”原则，坚持遵照“巴黎行动计划”对温室气体减排可测算、可报告、可核查的明确规定，接受了发达国家提出的“地球升温必须控制在2摄氏度以内”的目标，并表示愿意让其他发展中国家优先获得发达国家提供的资金和技术。可以看出，这些立场、努力和愿望，既与国际间解决气候变化问题的以往努力一脉相承，也在哥本哈根得到了广大发展中国家的回应和支持。事实上，大会能最终达成各方认可的协议，与中国和其他发展中国家的诚意、决心和努力是分不开的。中国何错之有？

那么哥本哈根峰会后，英国官员为什么会率先指责中国呢？中国外交部发言人说，英国对中国的指责“具有明显的政治图谋”，目的是“推卸其应该履行的对发展中国家的义务”。英国广播公司的一篇报道是这样分析的：除了有西方在会议后需要对本国公众做交代的原因外，还有超出气候会议本身的原因。在气候会议进入最后阶段，显而易见，谈判及会议成败完全由美国和中国两个国家主宰，这令英国和其他欧盟国家感到失落。所以22日的英国媒体说了，中国就成了替罪羊。至于美国呢，当然有别了。

国际上有一种看法，认为发达国家就是想利用气候谈判来控制一些发展中国家的高速发展，以继续保持其在国际上的优势地位。气候谈判确实关系到各国的切身利益，在哥本哈根气候会议这样英国视为“二战”后最重要的国际会议上，各方博弈和妥协，这本属正常。难道英国就只想着拯救地球、丝毫没有自己的利益考虑吗？要说“劫持”，从某个角度讲，在温室气体导致气候变化问题上，难道不是少数发达国家劫持了广大发展中国家吗？自英国工业革命到1950年，在人类燃烧化石燃料而释放的二氧化碳总量中，发达国家占了95%；从1950年到2000年的50年中，发达国家的排放量仍然占到总排放量的77%。就人均碳排放量而言，中国是4.6吨，仅为英国的二分之一，美国的四分之一。这4.6吨中，还包括了排放转移，就是说中国排放温室气体来生产出口到发达国家的产品。如果跑遍英伦三岛，中国人往往惊讶于这个工业革命的先驱很难看到工厂烟囱，这是因为高污染的产业都尽量转移到发展中国家了，其中就有中国人均4.6吨的碳排放量。难怪有人说，计算碳排放，不应只算当前，还应算历史积累；不应只算本土排放，还应算排放转移；不应只算国别总量，还应算国别人均。

把中国涂抹成全球气候谈判的主要威胁，这显然是不客观、不公正的。发达国家对气候变化负有不可推卸的主要责任，也应当承担主要的义务。这一认识不能因某些发达国家对哥本哈根会议的失望而改变。发展中国家历史累积排放量少，人均排放量低，当务之急仍然是发展经济，消除贫困。根据英国经济学家安格斯·麦迪森的测算，中国当前刚达到的3000美元的人均GDP仅是英国的十三分之一，才与英国1913年的水平相当。

圣诞节来临，英国尽管大雪飞扬，寒气逼人，人们在供暖良好的家里依然能感受圣诞节的温馨氛围。此时，笔者想起了远在中国南方的老母亲。在中国南方，大部分房屋没有供暖设施，正患呼吸道疾病的母亲只好在冷飕飕的家里穿着加厚衣裤，躲在被窝里保暖。我在想，该如何向母亲解释中国“劫持”气候会议一说呢？我该劝她不要奢望暖气、以免使气候变暖吗？或许，我应该听听哪一位英国儿子的意见。

（原载《光明日报》2009 年 12 月 24 日）

以国家仪式传承历史文化价值观

获得第19届中国新闻奖的31篇评论中，与汶川大地震有关的共5篇，包括《人民日报》任仲平的《灾难中挺立伟大的中国》、《四川日报》社论《万众一心众志成城战胜特大地震灾害》、《河北日报》署名评论《今天，让我们体悟生命的尊严》、《中国青年报》网评《建议为地震遇难者设立哀悼日》和中安在线的《伟大中华民族在灾难中复兴》，分别获得一、二、三等奖。相同选题在同一届评奖中同时获奖，这在各种评奖中都是不多见的。这个特殊现象只能说明，获奖评论所代表的，是党和国家对地震灾区的关怀，是社会各界对地震灾区的安慰，更是一个民族经历灾难时的精神共振和战胜灾难的强大信念。

《今天，让我们体悟生命的尊严》中的"今天"，是汶川"5·12"大地震之后的第7天，国务院发布通知，把5月19日到21日这3天确定为全国哀悼日，举国为遇难者降半旗，14点27分，全国默哀鸣笛3分钟。显然，这是一个由国家发起的全国性的庄严仪式。在公布全国哀悼日之前，复旦大学教授、历史地理学家葛剑雄曾于5月16日公开建议以5月19日为全国哀悼日，"以表达全国人民对这次地震灾害中的罹难者、在救灾中的牺牲者的哀思，并向全世界昭示中国政府和中国人民对生命的关爱以及亿众一心救灾重建的决心"。他在接受记者采访时说："在'头七'之日设立哀悼日，首先因为这是我国民间的风俗，先秦时就已开始用这种形式祭奠和纪念逝者。其次是7天过去了，这是一个承上启下的时间，可以腾出一点时间来安抚失去亲人的人们，来凝聚全国的人心，继续留下希望，驱走悲伤的阴影。"[①]

---

① 新华网．为何设全国哀悼日？［EB/OL］. http：//news.hbsc.cn/Article/4745.html.

中国在现代化进程中的探索，不仅体现在物质文化方面，也充分体现在精神文化的现代转型方面。全国哀悼日，世界媒体聚焦中国："胡锦涛等中国领导人鞠躬""天安门降半旗缅怀逝者""在地震悲剧一周时中国停止一切活动"……19 日 14 点 28 分，法新社说，"中国进入三分钟停顿，举国为地震遇难者默哀"。美联社 14 点 31 分发出了快讯，并写到这是"中国现代史上第一次为国家领导人以外的人实行全国性哀悼"。《洛杉矶时报》将之称为"越来越人性化的政府努力向民众提供精神安慰和国家支持"。而德新社、美国之音等都解读出了"设立哀悼日顺应民心民意，向全世界昭示了中国政府和中国人民对生命的关爱以及万众一心救灾重建的决心"①。美国有线电视新闻（CNN）在中国举国默哀 3 分钟后，发表了题为《情感在中国举国默哀中流淌》的报道。文章说，在四川省的省会城市成都，数千百姓的情感在哀悼活动得到了宣泄。一位日本中年律师对《环球时报》记者说，中国政府与人民的默哀，不仅是感情真实的流露，也是人道理性的表达。他还说，此次汶川大地震是人类共同的灾难，不仅中国，世界各国都应表达这种哀悼。②在生命面前，人人都是平等的，同胞之情是超越血缘关系的人与人之间的互相尊重与同情，在大灾大难中不幸遇难的普通人，也能享受最高规格的国家礼遇。

国际上，往往在伤亡惨重的重特大事故发生后，很多国家政府都会宣布设立全国哀悼日，由于这种形式体现了"尊重生命""以人为本"的意识，因此逐渐成为一种"国际惯例"。2001 年"9·11"事件发生后，美国将 9 月 14 日定为全国哀悼日。2004 年 9 月，俄罗斯北奥塞梯共和国人质案发生后，很多人质遇难，俄罗斯将 9 月 6 日和 7 日定为国家哀悼日，俄罗斯全国各地 6 日降半旗，哀悼遇难者。2004 年 12 月，印度洋海啸后，多国为死难者降半旗表示哀悼。泰国全国政府机关降半旗 3 天，取消所有迎新年庆祝活动。瑞典、德国等都降半旗，为在海啸中遇难的本国公民致哀。2005 年 9 月，遭遇"卡特里娜"

① 新华网 . 外媒："设立全国哀悼日是中共的一大突破"［EB/OL］. 凤凰资讯，http：//news.ifeng.com/special/0512earthquake/rollnews/200805/0519_3410_550321.shtml.

② 中国网 . 13 亿人含泪高呼"中国加油"史上最大哀悼感动全球［EB/OL］. http：//www.china.com.cn/news/txt/2008-05/20/content_15344837.htm.

飓风后，美国总统布什签署法令，命令全国及所有驻外机构降半旗向遇难者志哀。根据这项法令，包括白宫在内的美国所有公共建筑和场所以及所有军事设施都降半旗。[①]2008年的“5・12”汶川地震是共和国历史上破坏力最大的地震，也是唐山大地震后，伤亡最严重的一次地震。“全国哀悼日”的确立，当然有“灾难严重”这一方面的原因，但更深层次的原因是中国政治文明的进步。假如没有后者，也许在活着的人眼中，对待那些在灾难中逝去的生命，就和对待以往无数遇难者的生命没有任何差异——冷漠、遗忘。

全国哀悼日，是庄严的国家仪式，向世人传播严肃的价值观。2009年，国务院批准，每年5月12日为全国防灾减灾日。2014年，我国以立法形式确立了抗日战争纪念日（9月3日）、中国烈士纪念日（9月30日）、中国国家宪法日（12月4日）和南京大屠杀死难者国家公祭日（12月13日）4个国家纪念日。这些承载国家责任和民族共同记忆的日子，提醒着一代又一代中国人，不忘历史教训，继往开来，增强国家认同感和使命感，在经济发展的同时，树立文化自信。

◇附作品

今天，让我们体悟生命的尊严

李忠志

国务院昨天发布公告宣布，为表达全国各族人民对四川汶川大地震遇难同胞的深切哀悼，国务院决定，2008年5月19日至21日为全国哀悼日。

这则简短的消息，竟让我的笔有些颤抖。

我知道，面对3万多个鲜活生命的离去，任何人都无法控制自己的情感。今天，我们向他们表达哀思，为他们真诚地祈祷。

我更知道，我将点评一个从未有过的历史时刻。

---

① 南方报业网．复旦大学教授葛剑雄解析为何设全国哀悼日［EB/OL］. http: //edu.gansudaily.com.cn/system/2008/05/21/010690467.shtml.

今天，国旗为普通国民的死难而降；今天，汽笛为普通国民的死难而鸣；今天，是中国历史上第一个为普通国民设立的全国哀悼日。《礼记·曲礼》中说“礼不下庶人”，而今天，普通国民生命的尊严上升到历史顶点。

昨天，汶川地震死难者已经上升到32476人。

他们都是普通得不能再普通的人。他们叫什么？他们是做什么的？他们曾经贫困还是富有？他们是平民还是官员？他们是谁的父母妻儿？我们无从知道。但是，不管他曾是手扶犁耙的农民，还是手持教鞭的老师；不管他是事业有成的成人，还是咿呀学语的孩童，每一个生命的离开，都让我们黯然神伤。汶川地震7天来，我们一次次与死神对视，一次次在心灵深处和这些普通的生命对话。一个个普通的死难者的离去，让一个国家动容，让13亿颗心颤抖。

生命脆弱得像一根芦苇，生命高贵得又难以衡量。今天，让我们为这些说不上名字的百姓，为这些未曾见过的面孔，为这些普通而又高贵的生命，以国家的名义，用最崇高的仪式表达最深切的哀悼！全国哀悼日具有极强的象征意义，设立全国哀悼日为普通国民志哀，体现的正是“生命至上”和“以人为本”的价值观，它是我们国家文明进步的一座新的里程碑。

全国哀悼日的设立，其实并不突然。几天前，就有网友表示相信这一点。这是因为，在这个哀悼日设立之前，我们已经深深地体悟到了生命的尊严。我们看到总书记站在废墟上心急如焚，我们看到总理眼含泪花为死难的普通民众鞠躬，我们看到网络上字字如泪的留言，我们看到为了生命的奇迹不抛弃、不放弃的场景……一个国家，把普通国民的生命看得如此高贵，必将激发全体国民对国家和政府的高度认同和无限忠诚。“国之兴也，视民如伤。”2008年5月19日，国旗低垂，汽笛长鸣，国人共哀。汶川地震死难者，愿你们安息！

这一天，它的意义不只是对汶川地震死难者，唐山大地震中20多万死难者，1998年被洪水吞噬的3656条生命，在历次矿难中殒命的不知名的矿工……他们的魂灵都将在今天得到告慰。

这一天，它的意义甚至不只是对于死难者。我们每一个人，都将在哀悼中，衡量出一个普通国民在国家政治天平上的分量。这一天，将把“以人为本”的理念永远镌刻在共和国的历史上。

（原载《河北日报》2008年5月19日）

理论思维的力量

阅读这篇作品的沉重感来自两方面：一是媒体自身成了舆论监督的对象；二是要面对一个或隐蔽或变动的问题。无论从哪方面来讲，假如没有深厚的理论修养和敏锐的现实观察能力，对此类问题都很难进行鲜明判断。

2006 年 3 月，党中央提出了以“八荣八耻”为内涵的社会主义荣辱观，媒体积极宣传，这是评论写作的基本背景。评论开篇便提出了“宣传荣辱观”和“自身具有荣辱观”两个层面的问题，且认为后者更重要、更复杂——问题经过辨析，具有了理论的开合度。现实的传媒实践，其荣辱观之不当主要有“以低俗为美，以挖人隐私为能事，以反常为正常”——问题经过事实属性的归纳，具有了论证的支持力。以人的价值观类比媒体的荣辱观，再对个例点个赞——问题经过解决路径的梳理，具有了观点的建设性。全文不过千余字，批评到位，有理有节，令人信服。更重要的是，这是较早鲜明提出“新闻媒体应该重视自身的荣辱观”的文章。“此文甫一发表，便在新闻界和社会各界产生广泛影响。中央领导同志做出批示，要求把新闻媒体自身的荣辱观教育引向深入。”[①] 常言“不识庐山真面目，只缘身在此山中”，作者之所以能从大家都感受到，都看到却没有说出来、说清楚的问题，在很短的篇幅内有理有据地说清讲明，原因究竟是什么？

很重要的一点是作者善于运用理论思维。王多同志不仅是《解放日报》的评论员，也是复旦新闻学院博士后，有着非常丰富的理论经验和理论积累。所谓“理论思维”，简单讲就是对经验进行概括和抽象的思维过程，运用概念和

---

① 王多．加强媒体自身的荣辱观建设［J］．新闻记者，2006（9）．

逻辑是其两翼。作者首先将主体的功能和主体的性质进行了区分，即强调“承担了什么”不等于“应该是什么”，功能不能反证其性质，因为功能是以目的为导向的，具有变动性。中国的新闻媒体，其性质应该与中国特色社会主义的内在要求自洽，这是新闻实践应然性的前提。在现实的复杂场域中，因为各种利益主体的不同诉求，媒体作为话语主体如果丧失了内在属性，其实践必然会受到不同功能的牵引而体现出种种失格的做法。比如，在宣传“社会主义荣辱观”的时候，媒体就会“言不由衷、口是心非”，表面应付一下并不能真正为其谋利的宣传任务，转头就把版面和时段奉送给低俗、隐私和反常，以赚取广告商的青睐。尽管产生这一问题更深层次的原因，不在作者的分析范围内，但具有问题导向的文章，毕竟已经点到了“穴位”。

理论思维的运用，还在于对关键概念的界定，“什么是媒体的荣辱观？简单地说，媒体荣辱观就是媒体的价值观，就是媒体自身的价值导向，是媒体自身的兴趣、爱好、嗜好的集中体现和反映”。作者放弃使用学理性更强的规范概念，比如“媒体职业道德与职业伦理”，而将其简化或者说转化为“媒体的荣辱观”，进而以人的价值观与之类比，突出其“应有的选择”，即“正确的荣辱观”。作者对这一概念的通俗阐释，看似是一种沟通策略，实际上是一种理论策略。以“正确的荣辱观”为概念分界，自然就把前面列举的三类现象归入“错误的荣辱观”，利用二元逻辑突出了媒体自身属性的规约。

理论思维的运用，还体现在对类比论证的属性边界有控制意识。如果仅以“兴趣、爱好、嗜好”来诠释“价值导向”，其逻辑漏洞是比较明显的。作者有意识地把人的审美趣味用以类比媒体的荣辱观，及时弥补了“导向的属性边界”，指出媒体实践与其内在应然性相统一的关键在于像一个品德高尚的人具有较高的审美趣味那样获得他人的信任，真正是“文如其人”，而不是“欺世毁名”。

可以说，文章从头至尾，作者运用逻辑和概念自圆其说，使观点具有很强的说服力。也因为有了这样一个基本的理论框架，在文章引起中央领导重视和社会广泛关注后，作者才能迅速以6000多字的篇幅再次充分论证这个观点，再次体现了理论思维的重要性和创生性。在后文中，作者将媒体自身荣辱观建设的现状归纳为“是非不辨”“善恶不明”“美丑不分”三个方面，并对确立正确的媒体荣辱观提出了更成熟的建议：“强化媒体的专业精神”“深化媒体的人文素养”和“提升媒体的伦理修养”[①]，比之“低俗、挖隐私和反常”上升了一个抽象层次，对相应的现象举例和原因分析也更加具体和准确，立论更加充实饱满。

从第一篇的成功到第二篇的提升，均可见出作者理论思维的力量。

◇附作品

媒体自身也要讲荣辱观

王　多

眼下，我们的媒体正在以各种形式加强舆论宣传，推动全社会树立社会主义荣辱观。这体现了媒体的社会责任。但需要注意的一个问题是，媒体宣传荣辱观与媒体自身树立正确的荣辱观是两个不同层面的问题。而媒体自身的荣辱观也是一个非常重要的问题，需要我们重视。

什么是媒体的荣辱观？简单地说，媒体荣辱观就是媒体的价值观，就是媒体自身的价值导向，是媒体自身的兴趣、爱好、嗜好的集中体现和反映。一个媒体喜欢什么，偏爱什么，以什么为趣味，以什么为荣、以什么为耻，很能说明一个媒体的功能和运作理念。媒体的荣辱观，尤其是新闻媒体的荣辱观，决定了新闻题材的选取、新闻制作的手段、新闻效果的释放，乃至对新闻受众的塑造。

在现实的传播实践中，媒体的荣辱观出现一定程度的偏向，确实是存在的：

一是以低俗为美。某些综艺节目，就特别乐于此道。主持人插科打诨是可以的，但没有必要动不动就来点色情暗示之类的东西，让人大倒胃口。黄色短信这几年也颇为“红火”，据说还由此产生了职业化的色情短信写手。有些网

① 王多．加强媒体自身的荣辱观建设［J］．新闻记者，2006（9）．

站往往以此为噱头，通过手机和网络肆意传播，降低了自身的品位。

二是以挖人隐私为能事。这类媒体节目以前盯准了明星，现在则把目光放在了普通人身上。表面上还打着关注现代人心理问题的幌子，实际上是一种窥私心态在作祟。话说回来，即便有人愿意把自己的心理、情感隐私公之于众，媒体是否有理由、有必要这样做？其实更根本的是，以感情宣泄、心理疏导为噱头，赚足饱含“眼泪”的钞票，至于事实的出入、感情的真假、价值判断的有无，都可以不加考虑。至于受众可以被捉弄成什么样子，也可以不加顾及。对此，媒体的责任心何在？

三是以反常为正常，唯恐天下不“乱”。不少媒体人认为反常才是新闻，正常不是新闻。所以我们有那么多的奇闻逸事见诸报端，有那么多的奇人怪事频现荧屏，有那么多的丑闻耸闻惊人耳目。而这些“奇、崛、险、诡”之事，大多无普遍意义，根本不会给受众以教益。

一个媒体的荣辱观很能体现这个媒体的素质和水平，就如同一个人一样，一个审美趣味低下的人，也不可能是一个高尚的人、一个有素质的人。一个媒体的荣辱观，更决定了它在受众心目中的地位、形象和公信力。所以，从这个意义上说，树立正确的荣辱观必须得到媒体的高度重视。正确的荣辱观要求媒体坚持科学发展观，以马克思主义新闻观指导媒体与新闻运作，坚持正确的舆论导向，全心全意为党、为人民群众服务，用深厚的人文精神关照生活、关注普通人的生存状态和真情实感，坚持正确的社会价值规范，帮助并引导受众树立正确的价值观。前不久，有关网络媒体在行业内部所掀起的“文明办网倡议书”，应该说在媒体自律方面带了个好头，值得称赞，值得推广。

（原载《解放日报》2006 年 5 月 14 日）

一篇“三巧”评论

“城乡清洁工程”是指以治理乱摆设摊点、乱停放车辆、乱扔弃垃圾、乱张贴广告、乱搭建工地五项严重破坏市容市貌、侵犯市民利益的乱象为主要内容的协同发展建设举措。广西壮族自治区虽然地处边疆，却于 2006 年 9 月率先在全国结合城镇化和工业化发展，全面实施城乡清洁工程。《广西日报》对此不仅做出快速反应，而且在宣传工作方面形成了一个“特色选题”。获得一等奖的这篇评论在一定程度上反映了广西自 2006 年以来围绕城乡清洁工程全面系统开展宣传工作的一个侧影。从评论来讲，可以总结三个主要特征。

首先，“巧抓时机回应中心工作”。2006 年 9 月，自治区区委对城乡清洁工程做出重要批示。此项整治工作的思路，最早出自时任湛江市委书记徐少华同志，在湛江没有得到推广，在广西则有了明显成效。2013 年以来，广西把工作延展到“清洁乡村工程”，在“美丽广西”的建设中发挥了重要作用。2006 年 10 月 1 日，自治区建设厅以内部明电的形式下发《关于转发自治区领导重要批示的通知》，要求各级建设行政主管部门提高认识，制订方案，立即组织开展城乡清洁工程。10 月 3 日，建设厅召集实施城乡清洁工程紧急会议。会议不仅强调此项工作是各级建设行政主管部门当前的中心工作，还特别要求各单位要“认真做好与广西日报社、广西人民广播电台、广西电视台驻当地记者站的信息通报工作，与媒体保持密切联系，积极配合新闻单位做好新闻宣传和问题曝光等工作”①。《广西日报》编辑以高度的责任心回应中心任务的宣传

---

① 广西壮族自治区建设厅办公室 . 自治区建设厅紧急部署实施城乡清洁工程 [J] . 广西城镇建设，2006 (10) .

需要，不仅开设《八桂万里行》专栏刊发大量相关报道，还在舆论引导方面悉心琢磨，由社长、总编辑亲自定主题、定编辑思路，敏锐地捕捉和调整选题机会及选题角度。这篇评论使广西日报社实现了中国新闻奖一等奖零的突破，与自治区在“城乡清洁工程”的整体部署和实施以及在全国的示范意义密不可分，也和《广西日报》对“城乡清洁工程”的全面宣传和研究密不可分。

其次，“巧选话语周延聚焦论证”。全文巧妙地选择了“说”与“做”的关系，以两者逻辑上的矛盾性作为前提，来讨论两者效果上的一致性，使得整个论证充满张力，围绕作风建设的必要性、工作推进的紧迫性和实效性，充分说明“说到就要做到”对广西工业化和城镇化发展所具有的基础性作用。同时，也从态度层面观照到“城乡清洁工程”的复杂性、系统性和艰巨性，为后面工作的全面铺开做足思想上的准备。从论证过程中的精辟语句，都可以体会到作者和编辑对形势的细致观察、对问题的深思熟虑。比如“做事，做为先，做才能成事”，言“教训”——别的地方不是不知道“城乡清洁工程”，但是，仅仅作为一个观点，说说就过了，没有踏踏实实地去一点点推进，说过等于做过，说了也等于白说。“‘光打雷，不下雨’或‘雷声大，雨点小’，不成；迟迟不付诸实际行动或慢吞吞地做，也不行”，言“认识”——认识不到位，行动就到不了位，只有认识到工作的时机和工作的价值，才能真正产生紧迫感，真正远离形式主义作风。“不能提要求头头是道，抓落实一筹莫展”，言“原则”——“城乡清洁工程”本来就是推进工业化和城镇化的措施，如果对内容已经非常明确的工作还在“务虚”，就会与工作目标背道而驰，工作氛围和工作环境也因此遭到破坏。这三个层次对于“工作作风”而言，并非“发散式”的，而是不断聚焦作风里面的问题，使“说要做的事就要做”这一核心观点更加鲜明，更加具体，对统一思想认识非常有效。

最后，“巧树标靶击中宣传痛点”。明眼人都看得出来，这篇评论是把“城乡清洁工程”各个环节上的行政管理干部一并预设为批评对象，但凡要认领工作任务或已经执行工作任务的人，看到这些话想必都会如芒在背，如履薄冰。“人人都把自己摆进去”正是这篇评论在舆论引导方面希望实现的效果。对于环境整治工作，都是要“花力气，动奶酪”的事情，没有一语中的的犀利，就不可能触动当事人的神经。长期以来，每次进行社会动员，一般的宣传策略都是号召一下或描绘美好愿景。这篇评论则是“边骂边许愿”，抓住干部的作风问题，把此项工作的最大受益者，同时也是最主要的参与者的心牵住，真正从宣传工作上开启了“民心工程”。

文章不管多巧，没有实干也无益。令人欣慰和感佩的是，广西壮族自治区从 2006 年 10 月开始，说到做到，一直朝着“清洁、美丽”的现代化发展目标迈进。

◇附作品

说要做的事就要做

吴志丽

自治区党委做出加快推进工业化、城镇化的重大决策以及在全区实施“城乡清洁工程”的部署后，全区各地立即积极行动起来。厘清工作思路，拿出措施办法，强力推进工业化、城镇化的热潮正在全区掀起，发展态势良好；治理脏乱差从具体的事做起、从群众反映强烈的事做起，“城乡清洁工程”开展得热火朝天，很快已初见成效。连日来，本报《八桂万里行》专栏有关这方面的报道就是一个缩影。

要拓展这一好形势、好局面，进一步加快推进工业化、城镇化，在全区范围内深入持久开展清洁卫生运动，就必须切实把干部作风转变摆到更突出的位置，拿出一种“说要做的事就要做”的态度和行动。做事，做为先，做才能成事。成绩是做出来的，事业是做出来的。自治区党委、政府要求以科学发展观为统领，以结构调整为主线，以市场为导向，以改革开放为动力，以科技进步和创新为支撑，突出重点，统筹推进，着力构建和形成“一轴两廊”和“四群四带”的工业和城镇发展新格局。大力实施“城乡清洁工程”，为工业化、城镇化创造良好发展环境，为群众创造清洁、整齐、优美的生活环境。对此，我们要全力以赴去做，做出好成效。

说要做的事就要做，强调的是言必行，对推进工业化、城镇化和实施“城乡清洁工程”要有紧迫感，迅速落实到行动。“光打雷，不下雨”或“雷声大，雨点小”，不成；迟迟不付诸实际行动或慢吞吞地做，也不行。抢抓机遇，不失时机加快推进工业化、城镇化，以工业化、城镇化的新突破引领我区发展的新突破，必须有忧患意识，必须有紧迫感。“三会”在即，以清洁、整齐、优美的环境迎“三会”更是迫在眉睫。形势催人，我们要以时不我待、只争朝夕的精神做好说要做的事。

说要做的事就要做，强调的是行必实，对推进工业化、城镇化和实施“城乡清洁工程”要往实里抓、实里干。不能提要求头头是道，抓落实一筹莫展；更不能满足于会议开了，文件发了，对实际工作抓而不紧、抓而不实。现在，自治区党委加快推进工业化、城镇化的思路已经明确，各地要紧密结合本地实际，创造性地开展工作，谋实招，鼓实劲，干实事，求实效。“城乡清洁工程”要从整治摊位乱摆、车辆乱停、垃圾乱扔、广告乱贴、施工乱象这“五乱”抓起，使人民群众实实在在感受到清洁卫生的新变化、新气象。

对说要做的事有没有紧迫感，能不能做到实处，说到底是一个工作作风问题。各级领导干部都要按照自治区党委的要求，切实转变工作作风，要在全区形成“言必责实、行必责实、功必责实”的良好风气，对推进工业化、城镇化和实施“城乡清洁工程”的各项工作，要真想、真干、真出力、真流汗，多干多数人受益的事，多干群众最急需的事，多干打基础的事，多干有利于发展的事。有这样一种求真务实、脚踏实地的作风，才能做到说要做的事就雷厉风行去做，就竭尽全力去做好。

说要做的事就要做，这句看起来简单的话蕴含着不简单的道理，很值得广大干部群众尤其是各级领导干部深思，更需要用行动去履行。让我们扎扎实实做好推进工业化、城镇化和实施“城乡清洁工程”的各项工作，努力实现工业化、城镇化发展的新突破，努力树立城镇清洁、整齐、优美的良好形象。

（原载《广西日报》2006 年 10 月 20 日）

“时效性”与“新概念”

新闻评论的时效性更多被理解为对特定新闻事件的回应力，这一观点没有错误但并不全面。新闻评论员只有拥有追求更长时段“时效性”的意识，才能真正对某一时点上发生的事件做出超出既定阐释框架的新判断，提出“新概念”。

2006年是国家经济和社会发展“十一五”规划纲要实施的第一年，经济高速发展的同时，中国国家治理能力和社会发展水平也在发生变化。11月5日，由国务院应急办、国家安全监管总局、全国总工会、公安部消防局、全国妇联、共青团中央6部委主办及评选的“中国骄傲”2006年度人物揭晓，这是中央电视台举办的第二届评选活动。10月，十六届六中全会审议通过了《中共中央关于构建社会主义和谐社会若干重大问题的决定》，明确了构建社会主义和谐社会的目标任务、指导思想、若干原则和战略部署。“十一五”规划纲要把“推进社会主义和谐社会建设”列为第十篇，内容包括“全面做好人口工作”“提高人民生活水平”“提高人民健康水平”“加强公共安全建设”和“完善社会管理体制”等。“中国骄傲”评选的是在“危机事件”中挺身而出，具有“责任、勇气、智慧、爱心”的平民英雄。一边是国家，一边是社会，国家投入对社会的建设，社会汇入与国家的发展，你中有我，我中有你。

评论以《中国骄傲》作为选题，紧扣21世纪以来中国现代化发展的趋势和要求，从观念上改变以往人们对“见义勇为者”作为“某单位、某部门、某团体”的身份归属认识框架，同时也顺应节目的创新点：跳出职业评选的框架，强调“公民意识”。现代化进程中，社会交往方式与传统社会相比发生了巨大变化，人与人之间不再以亲缘关系为基础，而往往因为更广泛和更活跃的社会联结，需要和非亲非故的陌生人产生基于特定时空和情境定义的社会交往。改革开放以来，社会学、政治学和法学都从各自的学科引介了西方关于公民社会如何与国家互动的理论和观点，其中最核心的就是“公民意识”。《中国骄傲》所褒奖的“见义勇为”精神，既是中华传统美德，也是为人类所公认的社会美德。转型期社会中，价值多元甚至是非混淆，一定程度上破坏了道德主体的实践环境。节目通过专题片讲述这些平凡英雄的感人故事，激发社会正义良知，示范公民道德实践。作者敏锐地抓住“所有的候选者都以一个共同的身份出现，即‘国家的公民’”这个点，为公众打开了一片新的视域——现代社会的自我身份认同。这个关键拓展，改变了对此类题材“顺着讲”，诸如“践行社会主义荣辱观”的可能方向，节目从候选人的非职业身份要求获得灵感，把具备市场经济环境和城市化条件的现代化问题进一步聚焦，从公民身份来回应对现代性人格的思考。可见，所谓“长时段中的‘时效性’”，既是国家和社会发展的连续性过程中出现新的政策、新的事件、新的实践，也是在对问题的同质化理解中，产生的异质化突破。

一般而言，与“公民意识”相呼应的是“公民身份”和“公共精神”等与市民社会、经济参与和政治参与相联结的概念，主张的是公民主体意识、权利意识和义务意识的高度自觉。被作者选为核心概念的“公民意识”，也许是受到《中国骄傲》的主题和国家话语的影响，在文中主要体现为“公民的义务意识”。在此基础上，作者又赋予“公民意识”单纯的内涵和丰富的外延——他们是谁？是“生活在同一片蓝天之下、有着同样生命与尊严的同类，是同一个社会中的公民”。他们可以怎样行动？可以在宪法和法律规定的所有权利范围内为国家、为社会承担责任，使国家和社会受益。他们和国家的关系是什么？个人利益与国家利益高度统一。可以说，文中的“公民意识”是作者定义和阐释的一个“新概念”，一定程度上在逻辑层面回应了“为什么非亲非故还要伸手相助”，简单明白，具有说服力。这个“新概念”产生的主观态度是“不照抄书本”，尊重实践的逻辑，倡导从经验中总结有价值的精神财富。

如果“新概念”与“时效性”相遇，那么，一定能给人以启示。

◇附作品

更多的责任与义务——以公民的姿态站立

刘文宁

由6部委联合主办、多家媒体参与、数百万观众关注并投票的2006"中国骄傲"评选活动，日前揭晓结果。此次评选将目标对准在危机事件中挺身而出，维护国家利益及人民生命财产安全、救人救己的平民英雄。他们当中，有在火灾中将呼吸面罩让给被困者的消防战士；有在肆虐的山洪来临时，救醒了全村人，自己却淹没在洪流中的妇女主任；有在火灾中用一架破旧的木梯，智救30多条生命的耄耋老人；有为保住8岁男童的眼睛，竭尽所能的两个12岁男孩……他们普普通通，却在危难时刻，用责任、勇气、智慧和爱心诠释了平凡生命的无畏与精彩。

我们见的更多的评选，是以职业贡献为标准。而这次"中国骄傲"人物评选以及之前一些地方"见义勇为者"的评选，则超出了职业贡献的范畴，所有的候选者都以一个共同的身份出现，即国家的公民。当灾难降临，他们挺身相救的可能是非亲非故、素不相识者，因而这种救助并非出于亲情或职业要求，仅仅是基于彼此是生活在同一片蓝天之下、有着同样生命与尊严的同类，是同一个社会中的公民。

生活中，除了工作中的职业角色、家庭中的亲缘角色之外，我们每一个人还有一个共同的身份——国家公民。作为一个国家公民，在工作及家庭之外，我们承担着诸多的责任与义务，比如，我们享有宪法和法律规定的权利，同时，也要履行宪法和法律规定的义务；比如，我们要遵守公共秩序，助人为乐，见义勇为，扶危济困，维护国家利益；比如，我们应尊奉平等、崇尚民主、强调权利、重视法治、倡导宽容，要坚持自由、平等、民主、法治、正义、和平、爱国、追求真理、与自然和谐共处等价值理念，等等。

这种公民意识，蕴含着个体对社会的认同意识和责任意识，它超越熟人圈落、亲缘圈落或等级秩序，每个人以平等的身份站立，共同为一个社会的和谐进步尽心尽力。“以一个公民的名义”，有人上书全国人大，质疑收容遣送办法，有人为某部门出售货物不开发票、乱收费、不作为等，告到法庭讨个说法。由于当事人往往并不能从上书上告中直接获益，因而我们为他们的公益之举而感动，其实，他们是以国家公民的身份，向他们认为有违公平正义原则的现象发问，他们的行动常常会唤起公众对某些社会痼疾的合法合理性的质疑，并有效推动问题的解决。

当越来越多的人意识到自己作为一个公民的责任和义务，并自觉担当这种责任和义务时，最终受益的是整个国家、整个社会。有了这种公民意识，人们才会将公众的事、国家的事视为与自己休戚相关的事，才会以主人的姿态时刻关注社会的进步与不足，才会自觉约束自己、关照他人，才会在见到危害社会的不良现象时，勇敢地站出来制止。这种公民意识将公民个体与国家利益连成一体，将无数公民个体联结在一个有序的社会团体之中。

现实中，从一个个热心公益事业的人身上，从一个个志愿者身上，我们欣然看到了这种公民意识的成长。而随着法律法规的普及，随着包括公民教育在内的现代教育惠及更多人群，以及随着重大公共事件在媒体中的充分讨论等，我们相信，以一个公民的姿态站立——这种公民意识会在越来越多的人当中萌生、成长，并成为推动社会走向现代与和谐的重要支撑。

（原载《工人日报》2006年11月10日）

舆论监督的时度效

从社会新闻事件中选题，发挥舆论监督的积极作用，引导良性的社会心态，这篇评论在时、度、效方面具有一定的示范性和可供反思的价值。

首先，舆论监督体现了新闻评论对时效性的要求。新闻评论是新闻活动中体现主观表达的一种特定文本，其基本原则是要以已经发生的、公认的事实为前提，不能“子虚乌有”或“凭空捏造”，所有的主观判断都是以客观事实为依据。在对“专家现象”的观察中，作者敏锐地采集到两方面的新闻事件来承接“专家意见的可信度似乎也在大幅度地滑坡”这个事实判断：一是专家发表力挺房价的高论；二是专家接受企业赞助的科研课题所得出的违背常识的观点。并以此为论证材料，提出社会应该对“利益专家”保有警惕之心，并诉诸制度防范。作者将社会热点现象和社会舆论关心的热点问题作为评论对象，其中体现的时效性不仅在于及时回应公众对复杂事件和现象的阐释需求，也在于顺应受众需求点传播社会应有的价值观。很多时候，后者的作用更加明显。评论认为，本应具有独立和理性价值的“科学精神”被个别企业的利益绑架，成为“学术寻租”的牺牲品，这种损害现代生活秩序和社会主义价值观的现象，必须及时严肃反对，澄清视听。但是，因为评论在观点建构过程中对含有某些变动因素的新闻事件全面用于观点论据，而不区分其不同的特质，对于较长时段的观点支持，这些因素可能会产生一定的反响，比如不断上涨的房价。而且不可避免的是在公众接受观点的同时，. 在个别因素上的疑点就已经存在了。所幸，在“专家不该为楼盘站台”的事实层面，评论给出的判断是永远站得住脚的。此间可以吸取的教训是，新闻评论在体现时效性的时候，应该注意把握新闻事件的总体性质，而不要突出其中可能变化的某个因素作为观点的支持条件。

其次，舆论监督体现了批评性言论对尺度的要求。“正确的舆论监督也是主旋律”，获奖后，作者谈及创作体验，认为以人为善，以事实为依据，并且深入问题本质，提出解决之道，一定程度上规避了为曝光而曝光、为揭丑而揭丑的炒作倾向，使批评性言论恰当而有分寸地在社会语境中发挥应有的调节作用，对构建和谐社会有益。批评的话并不是都不受欢迎，只要批评合理，便能引起社会的共鸣，让公众宣泄不良的情绪，或者能消除社会对某些现象的模糊认识，树立鲜明的价值取向，这样的批评就是好的批评，合乎尺度的批评。

最后，舆论监督体现了舆论引导对社会效果的要求。丁柏铨认为：“舆论监督其实也是一种舆论引导，或者是广义舆论引导中的一项十分重要、不可或缺的内容。”同时，“舆论引导的真谛在于：通过日积月累地报道事实和评判事实、传播信息和传播有关观念的方式形成一定的舆论，或影响既有社会公众舆论，以此日复一日对社会公众发生潜移默化的影响。这种影响，涉及人们的精神和心理层面，会导致人心聚或散、向或背，会日渐扩张、蔓延，会相互渗透、感染，最终会波及社会统治的基础”[①]。一个时期以来，社会上广泛存在着“教授”是“叫兽”、“专家”是“砖家”的段子和戏称，乍听起来是一种调侃，认真对待这些“流行语”可听出其中社会舆论的不满情绪。所谓专家，本应该是在某一个领域具有专业知识的人士，是社会传播和社会实践活动中最值得信赖、最具有解释权、观点最具有采信价值的群体。但是，假如因为场域的混乱，商业的逻辑污染了知识的逻辑，导致这个群体都丧失了道德自律，丧失了人格底线，甚至公然表演错误的价值观，那社会转型期价值观的混乱程度就会更加严重。因此，面对错误的行为，舆论监督勇于亮剑，才能真正实现舆论引导的社会效果。

总之，把握舆论监督的时、度、效，其基本原则在于把不利于社会和谐的因素通过及时的舆论干预合情合理地转化，了解世态人心，运用底线思维，发挥新闻评论时效性的特点，逐步构建社会共识。

---

① 丁柏铨．论舆论监督在和谐社会构建中的作用［J］．现代传播，2006（3）．

◇附作品

警惕“专家观点”成为“利益俘虏”

李 扬

动辄搬出“专家观点”，如今似乎成了一种时尚。然而，不可回避的是，专家意见的可信度似乎也在大幅度地滑坡。比如，最近有好几件事让人对某些专家学者的所言所行不敢恭维。

在调控政策之手逐渐引导房价理性归位的时候，不少专家学者在许多公开场合发表力挺房价的高论。富有讽刺意味的是，先后有两个楼盘恰在此时盛大开盘，房地产商竟推出了“同质化”的气派庆典，不是大搞那种载歌载舞的热烈场面，而是盛情邀请专家学者做现场演讲，请他们在论坛上发布“房价不会下跌”之类的观点。不管说得如何动人，其实都只不过是转弯抹角地引你掏钱罢了。试想，他们跟推销的售楼小姐比起来，恐怕只是多穿了一件名叫“专家”的外套。

前不久，国内一家专搞环境研究的权威机构，经过一番研究竟然能得出一个“科学结论”：中国城市环境污染不是由汽车造成的，而是由自行车造成的。当这个凡有点常识的人都不敢相信的“科研成果”公之于世时，立即遭到了各方的质疑。很快，有报道“揭开了盖子”——原来，这个环境研究课题是由一家汽车公司赞助的！此外，在“苏丹红”“雀巢奶粉”事件风波中，专家的表现忽左忽右，有位学者竟抛出了“一支烟就含多少苏丹红”的袒护之词，难怪新华社记者在报道中感言：专家“别卖了科学精神”！

在普通公众的心目中，学者是学术上颇具造诣、道德上堪为楷模的受尊敬的群体。但以上这些专家学者的表现，更像是表演。这种“专家秀”直接玷污了专家学者得以安身立命的良知道义和学术操守。

专家观点失去公信力的背后，是部分专家与某些利益没有了距离。少数专家学者与开发商等利益团体构成了一个利益共同体，在这个共同体内，所谓学术研究的公正与科学自然蜕化变质了。诸如此类的“专家观点”，尽管有“专家”在场，知识分子保有的理性与操守却缺席了，这实际上是学术的失语，发生了腐败的“学术寻租”。这些学者凭借自己耀眼的学术头衔，手中的鉴定权、论证权、签字权去堂而皇之地攫取一笔可观的评审费、润笔费、讲课费。但实际上为利益驱使，玩“学钱交易”，做利益集团的代言人。结果是，受利益主宰的专家意见又主宰了不知就里的善良听众。从股市到房市，站在利益集团前面做代言人、吹鼓手的学者专家并不鲜见；还有，某些经济学家担任上市公司独立董事，一次次说出“屁股决定脑袋”的误人误市的言论。中国工程院院长徐匡迪曾愤言提出封杀“社会活动院士”，剑指的正是这类“利益的俘虏”。

如果最信赖的专家把屁股坐到“利”字上去了，日后谁还听专家的话？学者自贱，导致的将是学术自戕、文化自贬。专家不能不自重，要切实担负起专家应有的责任。什么是专家的责任？一是尊重科学的求真而独立的品格，二是全心服务公众的义务。做到了这两点，也就自然远离利益集团的金钱诱惑。

当越来越多的专家走进百姓生活、进入公众视野时，我们不仅要强调道德的自律，更要善用制度性的他律来共同维护专家观点的学术责任和社会责任。只有制度性地剔除那些“利益专家”，实现专家观点的“去功利化”，才能从“专家意见”中聆听到坚守科学精神又为公众服务的“专家观点”，如此既有益于社会又裨益于学术。

（原载《新华日报》2005 年 7 月 3 日）

一个复杂事件的判断层次与逻辑

获奖后，赵金在《新闻战线》“业务广角”发表了一篇写作感悟，从“面对复杂问题要有高度的敏锐性”“廓清模糊认识要增强主动性”和“正确引导舆论要讲究艺术性”等方面总结了撰写这篇评论的心得体会。[①] 对学习和认识这篇评论，是最具有解释力的文献。令人印象深刻的是他多次提及判断对象的“复杂性”，这个感觉却没有在评论文本中流露出来，反而为人称道的是“旗帜鲜明，铿锵有力”。这提醒我们，如何理解“写作思维”和“文本效果”之间的关系应该成为一个业务聚焦点。

首先，从事实要素的处理来看，文章第一段陈述新闻事实和舆论事实都非常简洁。“最近在昆明一家餐厅出现的‘女体盛宴’，是企业进行自我低俗商业炒作的一个典型事件，引起了人们的极大反感，受到了社会公众的强烈谴责。”这个看似中规中矩的评论开头，结合评论对象的性质来看，却是独具匠心的。据作者之后介绍，“2004 年 4 月，昆明出现了这样一件事：一家餐厅想出怪招，举办‘女体盛宴’以引起轰动效应，招揽食客。开业当天，这家餐厅邀请有关方面人士包括部分新闻媒体记者参加了‘女体盛宴’开业仪式。次日一些都市类小报即以大幅照片在显著位置炒作此事，昆明大街小巷一时众说纷纭，莫衷一是，有的人对此表示反感，给予谴责；有的人则认为这是商家的一种经营手段，无可非议”。针对低俗的内容，作者故意对新闻事实简化处理，避免将不应该传播的内容再次传播；针对当时社会舆论的模糊性，作者也进行了自己的

① 赵金．廓清模糊认识　正确引导舆论——评论《坚决制止低俗炒作行为》写作感悟［J］．新闻战线，2005（11）．

选择，确定了鲜明的舆论立场。

其次，从事件的构成主体来看，文章将“社会”“企业”和“新闻媒体”作为三个相对独立的场域分别进行了应然性的分析，强调社会的道德风尚、企业的依法创新、新闻媒体的伦理责任。对应文本结构的层次，各成一段，脉络清晰。但在现实生活中，围绕这个事件，这些主体其实是你中有我，相互作用，相互关联的。昆明商家的“怪招”来自哪儿？表面上来自日本的色情业，归根结底是来自市场经济环境中的“逐利忘义”和社会价值观的混乱。这就是作者所面对的意识形态的复杂性。中国特色社会主义并不排斥对西方经济文化的学习和借鉴，但是对于违背社会主义价值观的错误思想，必须以高度的政治敏锐性和责任感主动出击予以澄清。商家的“怪招”还包括不知廉耻地邀请媒体报道所谓的开业仪式。这一招里隐藏的问题就更为复杂了。新闻工作本身是有规律的，对这些“奇闻异事”，不是不可以报道，但要注意把握报道的角度和尺度。“尤其值得注意的是，类似事件即使是批评报道，也会出现负面效应，同样马虎不得。”但令人遗憾的是，这些受邀参加开业仪式的媒体，公然利用社会公共资源来为无良商家大肆宣传，在社会上产生非常恶劣的影响，这也是新闻媒体市场化改革中的“逐利忘义”。面对媒体发展进程中伦理责任的复杂性，作者以“特别在社会效益与本单位的经济效益有冲突时，务必把社会效益放在第一位”，直击要害，又点到为止。作为一座旅游城市，昆明的餐饮业发展是非常关键的，在鼓励各显神通、各尽其能的同时，如何避免跑偏？面对这个复杂问题，作者提出了重视开发云南各民族富有特色的饮食文化这个思路。对于“女体盛宴”的伤风败俗，作者也将重点放在违法和不尊重女性这两个要点上，而不去回应此类外来文化糟粕进入我们国家所造成的商业文化低俗问题。也就是说，这个事件的复杂性体现在它是中国改革开放进程中难以避免的、多种原因所导致的现象，对此，不在少数的人已经习非成是。所以，鲜明地指出错误，指明改善的方向，就显得非常必要。

最后，从文风来看，文章凝练概括，要言不烦。假如不是作者自述，从文章本身，基本看不出这是经过评论人亲自采访而写成的。“我在写这篇评论前，不仅详细了解了那家餐厅办‘女体盛宴’的情况，而且采访了有关方面的人士。

经过深入的调查、采访、分析，事件的实质搞准了，是非明确了，问题清楚了，才开始动笔。”[①]评论人走出办公室去调查实际情况，这不仅是一种工作方法，更是一种接地气、避免坐而论道的工作作风。难能可贵的是，作者没有将采访过程在文章中进行详述，而是经过了成熟的判断和系统的转化，最终以洗练的风格准确传递认识的结果。

评论在《云南日报》一版显著位置刊出后，立即引起社会的强烈反响。云南各报刊、电台、电视台纷纷予以转载转播。政府有关部门及时严肃查处了这一违规经营事件，党委宣传部门就媒体低俗炒作进行专项整治，对有关媒体做了严肃查处。能够产生这样的社会效果，不在于赵金的职位高低，而在于他在面对复杂事件时所发挥的高水平的理论素质、高度自觉的专业素养和高超的业务能力。

◇附作品

坚决制止低俗炒作行为

赵 金

最近在昆明一家餐厅出现的“女体盛宴”，是企业进行自我低俗商业炒作的一个典型事件，引起了人们的极大反感，受到了社会公众的强烈谴责。省委、省政府领导对这一事件高度重视，先后做出重要批示，严厉批评了这种逐利忘义的行为。这一事件已被坚决制止并受到了有关部门的严肃查处，但它非常值得我们深刻反思。

中华民族有良好的传统道德规范，改革开放以来我们切实加强精神文明建设和公民道德建设，发展先进文化，形成了良好的社会道德风尚和文化氛围。举办“女体盛宴”，不仅违背社会公德，有伤社会风化，与发展先进文化和社会主义精神文明建设的要求格格不入，而且是对女性人格的侮辱、歧视和对妇

① 赵金．廓清模糊认识 正确引导舆论——评论《坚决制止低俗炒作行为》写作感悟［J］．新闻战线，2005（11）．

女合法权益的损害，违反了饮食卫生法规。虽然搞这种低俗炒作的只是极个别商家，但非常值得引起我们的高度重视和警惕。对这种既违反法律法规，又违背社会道德风尚的行为，理所当然要坚决制止，严肃处理。

企业要谋求好的经济效益，要发展，是应当突出经营特色，增强产品对消费者的吸引力。问题的关键在于，创造特色和增强吸引力，必须符合法律法规，要用正当、规范的方式，符合社会道德要求，有利于社会主义精神文明建设。作为餐饮业，要努力弘扬先进饮食文化，坚决摒弃低俗的东西，杜绝违反法律法规的经营行为。我们云南民族众多，各民族都有极富特色的饮食文化，这些饮食文化对消费者有长盛不衰的魅力。只要我们认真发掘，加以提高，就一定能够为我们带来好的经济效益和社会效益。用低俗的炒作来哗众取宠，吸引消费者注意，那只会适得其反，最终害了自己。“女体盛宴”的深刻教训，非常值得商家引以为戒。

这一事件对于新闻媒体也很有警示意义。要认识到，商家的不良炒作行为要达到目的，得借助传媒。如果新闻媒体为了追求“轰动效应”而去关注，去炒作，那就正中其意，给社会带来更大的负面影响。尤其值得注意的是，类似事件即使是批评报道，也会出现负面效应，同样马虎不得。全省各新闻媒体一定要增强社会责任感和大局意识，准确把握哪些是低俗的，哪些是高尚的，哪些该宣传，哪些不该报道。特别在社会效益与本单位的经济效益有冲突时，务必把社会效益放在第一位。广大新闻工作者在正在开展的“三项学习教育活动”中，要认真学习，切实解决存在的问题，提高把握正确导向的能力，增强综合素质，切实改进作风，树立良好形象，不负以科学的理论武装人、以正确的舆论引导人、以高尚的精神塑造人、以优秀的作品鼓舞人的神圣使命。

用法律规范和道德规范加强社会管理，这是一项长期的任务。我们有关部门要用“三个代表”重要思想武装头脑，增强政治敏锐性和鉴别力，从“女体盛宴”事件举一反三，对一些低俗的、违反道德文化传统和法律法规的经营行为要及时反映，旗帜鲜明地坚决制止，严肃查处，决不姑息。要通过做好这一工作，促进道德建设和先进文化建设，推动物质文明、政治文明和精神文明协调发展。

（原载《云南日报》2004 年 4 月 19 日）

媒体不能止步于提出问题

对一般人而言，不容易想到听力障碍者“如何收看电视新闻”，更难意识到即便播出手语新闻，他们也不一定看得懂。对待弱势群体的态度，是衡量一个国家文明程度的标尺。视听媒体快速发展的时代背景中，在理解和关爱聋人群体的信息接收的可能性方面，我们的盲区还很大。这篇评论的选题价值在于拓宽了公众的视野，同时充分肯定了新闻媒体为弱势群体代言的社会责任意识。《新闻晚报》的记者对聋人看不懂电视新闻上的手语进行的调查，放到今天来看也仍然存在问题。

世界聋人联合会把每年 9 月的第四个星期日确定为“国际聋人日”，目的在于提醒人们对听力障碍群体的关注，保障他们的权益。聋人群体有一套自己的特殊语言，也就是“手语”。但是，长期以来，这套语言仅作为聋人之间的交流工具，有声世界对无声世界其实并不具备即刻回应的能力。即便是有声世界主动想要制作“手语新闻”让他们了解国家和社会的发展情况，殊不知也是“自言自语”。

首先，从社会层面来看，据相关报道，目前中国公众对手语的了解和掌握程度还很低，与聋人的对话不畅，社会对聋人的关心也远远不够，聋人在资讯、教育、就业、就医等方面仍然面临诸多不便；我国手语翻译职业化道路才刚刚起步，远远满足不了需求。在发达国家，手语翻译作为一种职业，遍及各个行业，受人尊敬。挪威只有 4000 名聋人，但职业手语翻译达 1 万余人。我国听力有障碍的人数高达 2780 万，但职业手语翻译却微乎其微。[①] 诸如剧场、艺

① 徐亚平 . 会手语　更文明［N］. 湖南日报，2015-5-17.

术馆、博物馆的解说员和旅游景区的导游，或医院、图书馆、机场车站等公共服务的引导讲解，都应该有懂手语的人员为听障人士提供必要的服务和帮助。

其次，从特殊教育中反映出来的不同手语系统之间交流的关系和影响，也值得关注。[①]“自然手语”是指由使用者自己创造的以单个手势为主要表达方式的手语，一般在没有接受正规教育的聋人群体中使用，同时也是聋人之间最常用、最直接、最生动的语言。因此，作为健听人的教师也很难完全进入聋人学生精彩的社交语境。按照评论的观点，聋哑人看不懂电视手语新闻，是因为“电视台的手语新闻可能更多顾及手语翻译的标准化，过于注重把所有的字、句，包括一些无关紧要的形容词、虚词全部翻译出来，不够简练、精确、易懂，反而妨碍了聋哑人对新闻的理解”。但是从手语教师的角度看，聋人学生之所以看不懂电视手语新闻，是因为他们还没有完全脱离对自然手语的依赖，也没有完全掌握以汉语普通话为基础的规约手语，学业水平普遍较低，听不懂也理解不了新闻的内容。手语教师如果能掌握自然手语作为必要的教学手段吸引聋生，增进与聋生的交流，活跃课堂气氛，引导他们增进对规约手语和书面语的学习，就能促进学生阅读能力的提高，为他们的书面表达打下基础。只有具备阅读能力和书面表达能力，聋人融入社会交往和参与社会事务才能更加顺利。

基于以上两方面的考虑，评论不能止步于提出问题。梳理这篇评论的核心观点，作者在文章最后呼吁社会关注少数人利益，而对聋人看不懂电视手语新闻的问题，以“蹲下来”或“用心灵去感知”的社会伦理作为落点。对评论所提出的问题和评论人的这份情怀，中国新闻奖已经给予了充分的认可和表彰。但冷静思考，为什么这么多年，我们无法解决聋人参与社会的问题呢？因为，“看不懂”只是聋人问题的冰山一角，不是某家媒体制作一点儿“看得懂”的节目就能解决的，而必须从社会系统来看待和解释。比如聋人犯罪问题，最根本的是因为聋人文化水平普遍较低，而这个原因其实和“看不懂”是同构的。电视作为大众媒体，使用具有公共性、规范性的语言，无可厚非。而且，从电

---

① 李天勇．自然手语与规约手语对聋生书面语的影响［N］．江苏教育报，2012-4-26；张玉霞．让每个聋孩子学会沟通［N］．学知报，2011-5-30.

视新闻的报道内容来讲，也不可能完全使用自然手语来实现传达。如果考虑到电视的教育功能，反而应该坚持传播规约手语，提高特殊教育中的手语教学示范效果，而不是“一味就低”。

现代化进程中，教育现代化是一个不能回避的课题。在特殊教育领域，我们普通人的认识还存在很多盲区。作为新闻工作者，要讲情怀，更要讲学习和探究的精神，避免把科学问题情感化。

◇附作品

用心灵去感知那别样的世界

刘文宁

“每周日中午15分钟的电视手语新闻，其实我们聋哑人对里面的大部分内容都看不懂。”10月18日的《新闻晚报》报道说，上海的聋哑人看不懂当地电视台的手语新闻——很可能，这一结果是在许多人尤其是节目制作者的意料之外的。

记者从一位接受调查的聋哑人那里了解到，问题主要在于，电视中的手语和聋哑人平常交流用的手语不太一样，加上速度太快，令聋哑人难以理解。上海聋哑人协会主席陈捷对比了日本的情况：“在日本，每当有配手语的节目播放时，往往把手语画面作为主要画面，声音仅仅是配音，但我们这里正好相反，手语画面被缩在一个角落里，由于画面太小，聋哑人看不清手语，更看不清打手语者的面部表情，对聋哑人来说模糊了这两个最重要的获取信息的途径，当然看不懂电视在放什么。”

为聋哑人推出手语新闻，这一做法本身就体现了某种关怀，而当地报纸又跟进追踪手语电视新闻的社会效果，应该说，这样的媒体及记者保持着对聋哑群体生活状态的较高敏感，难能可贵。可以设想，如果我们的记者漠视身旁聋哑人的一举一动，不肯与他们打交道，那么，是写不出“聋哑人看不懂手语新闻”这类报道的。

所谓媒体的良知、道义、责任，其实就是从倾听开始，尤其是倾听某些被我们日常忽略了的人群的声音。把我们的目光、把我们的话筒对准他们，记录下那些时常被湮没的、边缘的、微弱的声音，诸如残疾人、鳏寡孤独者、无家可归的流浪者，以及无论农村还是城镇的贫困人群，甚至包括对新环境无可适从的移民等种种弱势人群的声音，及时地、真实地传达他们的利益诉求，这也是媒体理应承担的社会责任。在我们习惯的“广大群众”“百姓”“人们”之类的用语中，应该包容这些群体的声音，而不是将他们排除在外。

《新闻晚报》记者在采访中发现，那些学过标准手语的聋哑人，在实际运用中，很少使用标准手语，而是习惯用当地的“方言”手语。而电视台的手语新闻可能更多顾及手语翻译的标准化，过于注重把所有的字、句，包括一些无关紧要的形容词、虚词全部翻译出来，不够简练、精确、易懂，反而妨碍了聋哑人对新闻的理解。由此，我们是不是有必要反思：无论是关注无声世界，还是其他所有弱势人群的利益诉求，我们的媒体在迈出了可贵的第一步后，都还需要进一步考虑如何让形式与效果协调一致，让良好的初衷开花结果。

正如成年人要了解孩子的内心世界，应该先蹲下身子，平视孩子的目光，用他们的视角去观察世界，同样的道理，我们要倾听弱势群体的声音，也必须首先拉近心与心的距离，学会站在他们的立场去体察人世冷暖，用心灵去品味他们心中的喜怒哀乐、悲欢离合，感知他们那别样世界的春华秋实、潮起潮落。

对少数人群利益诉求的关注，绝不是一个文明社会心血来潮式的点缀，或矫情式的作秀。因为我们谁也不能保障自己在所有场合、所有问题上总是处于多数人群之列。比如，今天，在该不该开征遗产税问题上，也许你属于压倒多数的人群；明天，在新建社区内要不要建公办小学的问题上，你很可能会落入微不足道的少数群体之列。说到底，一个同时注意倾听少数人声音的社会、一个同时尊重少数人群利益的社会，才可能保持理智、宽容、和谐、弹性与生机。

（原载《工人日报》2004 年 10 月 20 日）

动情的真话最动人

推算一下，2003 年，王柏森应该刚从新华日报理论处处长的职位上退休。自 1970 年进入《新华日报》，他把一辈子都奉献给了新闻评论工作。他总是着眼中央和省委关注的大局，从不断变化的实际出发，提出和分析迫切需要解决的重大问题。发表于 1987 年的评论《抛弃一种僵化的思维方式》，在国内新闻界最早提出不能对任何改革都要先问姓“社”还是姓“资”，而是要做科学分析，产生了全国性影响。由他主持了 10 年的新华日报评论专栏“新华论坛”，产生过不少在省内外有影响的佳作，先后 8 次获全国好新闻奖，成为《新华日报》的一大优势。1995 年《新华日报》改版后，他锐意改革，新设的“本报观察家”专栏，形成了“信息大于说理”的鲜明特色；由他倡议的对理论文章进行信息化处理的探索，在国内同行中产生了广泛影响。历年来，他撰写的新闻作品获省以上好新闻奖 20 余篇，其中，获全国好新闻一等奖 1 篇，二等奖 2 篇，全省及全国党报好新闻一等奖 15 篇。[①]《善待百姓》无论从选题的来源、入题的理论高度和破题的理论层次，都是王柏森从事 30 多年新闻评论工作的经验的典型代表，也是他忠诚于党的新闻事业的“动情的心里话”。

“什么人说了什么话”是新闻工作者最为敏感的。当作者从一位以人大代表身份参加讨论的省委主要负责同志口中听到了“老百姓是党的上帝，企业是政府的上帝。我们的党委和政府部门要把这两个上帝服务好。要善待百姓，善待企业”，他特别强调了说话人的情绪和状态——“动情地”，这是一位新闻评论人的职业敏感。因为话谁都会说，但是，有的人是在说心里话，有的人是在说台面话。

① 江苏省首届“戈公振新闻奖”获奖者简介［J］. 新闻通讯，1998（3）.

有经验的观察者，总是对“流露的信息”多几分信任，而对那些刻意传递的信息保持着辨析的警惕性。王柏森沉稳的作风不仅在于他有意识地鉴别信息的可信度，更在于成文时用语的克制，简短的两个字的描写，点到为止，不过多渲染和夸张，以防产生另一种意味。但凡能够走上省委主要领导岗位的同志，都是经历过各种环境考验和锻炼的人，在公开场合，他们不会轻易流露个人感情，他们的表现让人感到持重而谨慎。因此，当他对自己所要表达的观点“动情”时，说明这个思想和观点已经在他心里萦绕了很久，而现实与观点之间的差距令他深感不安。长期对省委工作比较关注，对省委主要领导同志比较熟悉的他，之所以能捕捉到这位领导的“动情”，想必是与该同志平时的风格进行了对比。写领导不是重点，通过这位领导的切身感受反映问题才是重点。王柏森多次强调：“作为《新华日报》这样一张有悠久历史的党报，我们的眼光不能狭窄，要敢于承担重大主题，在历史潮流中发挥党报的引领作用。”当我们的省委主要领导同志强调“善待百姓”时，说明我们没有真正实现“善待百姓”的政治初衷。这是评论选题的要义，体现了王柏森承担“重大主题”的勇气和引领时政的水平。

触碰这个选题，是以坚实的理论为基础的。他说：“作为党报记者，我们要有一份理论自信，有理论自信才有理论勇气。”2019 年，习近平总书记领导全党开展“不忘初心　牢记使命”主题教育。党的十九大报告指出：“不忘初心，方得始终。中国共产党人的初心和使命，就是为中国人民谋幸福，为中华民族谋复兴。这个初心和使命是激励中国共产党人不断前进的根本动力。”“以人民为中心”始终是中国共产党取得执政合法性的保证。对此，王柏森在文章中是这样表述的：“党的地位发生了变化，但党与人民的关系没有变。过去，老百姓是革命党的上帝；今天，老百姓仍然是执政党的上帝。为了防止一部分同志因为革命的胜利和党的地位的变化而忘乎所以，这才有了毛泽东同志在西柏坡会议上关于‘两个务必’的告诫。”一个生动的“忘乎所以”，点明了撰写这篇文章的动机和态度——敲打和鞭策，用情用心。

作者的情感态度还体现在“没有谁一辈子当官”和“人生道路上的‘西柏坡’”之中。这是文章的个性体现，也是今天的青年读者可能无法理解的地方。首先，这种感悟既是一位战斗了一辈子、为党的新闻事业立下汗马功劳的资深新闻工作者真切的人生感悟和超拔的人生境界，也是对“废除领导职务终身制”[①]的历史进步的充分肯定和对经历过“文革”，在“知青”岁月中得到百姓照顾、有过农村生活经验的一代领导干部的殷殷提醒。联系习总书记的“七年知青岁月”和“正定经验”，可以读出作者对“继承党的事业需要什么样的领导干部”心怀忧虑。他实际上是在提醒正在掌握权力的一代共产党人，不能因为父辈打了江山，儿子辈就“忘乎所以”，甚至以“文革”中所遭受的不公正待遇而从现有生活中“弥补损失”。说这样话的人，需要勇气，更需要赤诚。王柏森曾说：“我们写出的稿件要有利于推进改革开放，更要经得起实践和时间的检验。”[②]16 年后，我们重读这篇评论，不禁叹服他的远见卓识。

“善待百姓”首先要解决最根本的政治思想问题，这是作者着墨最多的层次，接下来就是解决方法问题。作者以“政绩观”和“普遍受益原则”剖析理论的现实对应性，将带有普遍性的问题具体到中央对江苏省发展的具体要求和江苏省的实际情况上来[③]，在实现评论的“顶天立地”的同时，再次体现出统一思想对保障改革和发展的重要作用。

◇附作品

善待百姓

王柏森

在我省今年的“两会”上，省委主要负责同志在以一名人大代表的身份

① 1982 年宪法废除了领导干部职务终身制，规定：国家主席、副主席，全国人大常委会委员长、副委员长，国务院总理、副总理、国务委员，最高人民法院院长、最高人民检察院检察长，连续任职不得超过两届。

② 荣誉代代珍惜，精神薪火相传——从座座奖杯看新华日报八十年记者人生［EB/OL］. 新华日报，http：//xh.xhby.net/mp3/pc/c/201801/11/c430304.html.

③ 2003 年全国“两会”期间，胡锦涛总书记和江泽民主席先后到江苏代表团做了重要讲话。胡锦涛同志明确指出，“江苏提出在全面建成小康社会的基础上率先基本实现现代化的发展目标，既是必要的，也是可行的”。江泽民同志明确要求江苏实现“为全国的发展做出新的更大的贡献”。由此，江苏省省委、省政府明确提出了在 21 世纪头 20 年率先全面建成小康社会，率先基本实现现代化的奋斗目标。

参加讨论时动情地说了这样一番话："老百姓是党的上帝，企业是政府的上帝。我们的党委和政府部门要把这两个上帝服务好。要善待百姓，善待企业。"细细品味，意味深长。

我们党称老百姓为上帝，始见于毛泽东《愚公移山》。不同的是，我们党已经从过去的革命党变为今天的执政党了。党的地位发生了变化，但党与人民的关系没有变。过去，老百姓是革命党的上帝；今天，老百姓仍然是执政党的上帝。为了防止一部分同志因为革命的胜利和党的地位的变化而忘乎所以，这才有了毛泽东同志在西柏坡会议上关于"两个务必"的告诫。年前，胡锦涛总书记重访西柏坡并发表讲话指出，各级领导干部要做到"权为民所用，情为民所系，利为民所谋"，直白地说，也就是要善待百姓。

如今，对于许多领导干部来说，善待百姓，既是一种政治觉悟，也是一种人生领悟。自从废除领导职务终身制以来，没有谁一辈子当官。当官前是老百姓，退休了还是老百姓，真可谓从百姓中来，到百姓中去。在多数人的一生中，当老百姓的时间比当官的时间长得多。当过老百姓的人或者终究要当老百姓的人，更能了解老百姓的疾苦，更能理解老百姓需要善待的心情。特别是一些四五十岁的领导同志，曾经下过乡，插过队，有过一段与贫苦农民同吃一锅饭的经历。也许当年一顿乡情浓郁的年夜饭，使他们终生难忘；也许当年病中受到房东大妈慈母般呵护的情景，使他们刻骨铭心。这是一段永远不能尘封的记忆，因为这是他们人生道路上的"西柏坡"。庆幸我们党的历史上有一个西柏坡，它使我们永远牢记"两个务必"；也庆幸我们人生道路上有一个"西柏坡"，它不断提醒我们要善待百姓，始终当好人民利益的忠实代表。

善待百姓，各级领导干部要解决好政绩观的问题。一个干部看重自己的政绩是完全可以理解的，我们党也历来强调重实绩用干部。但是一个干部怎样看待自己的政绩，是执政为民，还是为树个人形象捞资本，这是两种截然不同的政绩观，必然导致对待老百姓截然不同的态度和作风。我们要坚决克服形式主义、官僚主义，不搞贪图虚名的"形象工程""政绩工程"，刹住弄虚作假、追名逐利的不正之风，切实解决作风粗暴、办事不公的问题，全心全意、切切实实为老百姓谋利益。

善待百姓，必须坚持普遍受益这个重要原则。所谓普遍受益，是指社会成员能够持续不断地得到经济社会发展带来的好处。普遍受益的前提是经济社会的发展，从江苏来说，只有凝心聚力谋发展，实现“两个率先”，把“蛋糕”做大，实现富民强省的目标，才有可能使社会成员得到更多的实惠；普遍受益的目标是使广大社会成员都受益，而不是少数人或少数群体受益，当前要重点关心和保护弱势群体利益。特别是有些农村发展较慢，农民的收入增长较慢，这是在城市化、工业化进程中，因要素向城市聚集而产生的阶段性现象，这在世界各地都是不可避免的。越是在这样的情况下，越是要善待农民，坚决制止乱摊派、乱收费等侵犯农民利益的行为，切实保障农民应当享受的权益，千方百计地提高农民的收入水平。

善待百姓者，百姓必善待之；亏待百姓者，百姓必背弃之，这便是人心向背的普遍规律。如果我们的每个干部都能善待百姓，每个党政机关都能善待百姓，人民群众的积极性就会竞相迸发，成为推进富民强省、实现“两个率先”的力量源泉。

（原载《新华日报》2003 年 4 月 3 日）

“微笑”的获奖线索

回望2003年那个突然闯入中国人生活的流行病，人们第一想到的是关于“非典”的谣言，第二想到的是发热、咳嗽、隔离和口罩，第三想到的是政府信息公开。哪怕是在今天，我们还是习惯把这个病称作“非典”，而不是“SARS”。因为前期没有确诊病因，医学界使用一个排除的界定——非典型肺炎，简称“非典”。这个简称引发了公众对病因的误解，大家以为是身体缺乏碘元素，一时间谣言四起，抢购加碘食盐。当权威渠道有效及时的信息供给不足时，公众为了寻求合理解释，就有了各种“谣言”。谣言的传播和流行病的传播一样，导致人心惶惶，人人自危。其实，早在2002年12月，广东就已出现了“非典”患者，但当时官方的选择是：严密控制信息，禁止媒体报道。与此同时，小道消息和谣言借助网络、短信等方式漫天飞扬。进入2003年，尽管人民网有了广州“非典”的相关报道，公众仍然被告知“疫情得到有效控制”，社会表面上的平静却掩盖不了，甚至加重了人们心里的恐惧。在不明情况的时候，大家能互相教育的经验就是“全面加强防御，尽量少出门，出门戴口罩”，有的地方还发生了因发热者抗拒隔离而逃跑的事件。为了应对舆情，“非典”暴发后的几个月内，广州市率先出台了《政府政务信息公开法》，各地也纷纷召开“新闻发布会”。“非典”结束的当年，北京组织了第一期全国新闻发言人培训班，及至2008年5月1日《中华人民共和国政府信息公开条例》实施，公民的知情权第一次在法律制度上得到保障。这是“非典”的重要遗产。

《甘肃日报》评论员尚德琪把这次获奖视为一次意外事件。专业从事评论写作之前，尚德琪担任了九年的语文老师。因为想给学生做示范，自己也印证一下教学效果，业余时间开始练笔投稿，直至成为专业，直至获得中国新闻奖。[①] 对于评论员个人，很多时候，撰稿是一份工作，更是一种抒发，没有谁是真正冲着得奖去写稿的，但并不等于说得奖这个结果都是"无心插柳，纯属意外"。有一条"线索"可以拎出来看一下。

"大事件"里的持续思考。《微笑，并保持微笑》发表于2003年5月22日，彼时正是全国抗击"非典"最艰难的阶段，也是政府疏导舆情、平复社会恐慌最艰难的阶段。其实这并不是尚德琪以"非典"为选题所撰写的第一篇或唯一的一篇文章。5月初，他在《甘肃日报》上就发表《追究于"未然"时》，以长沙市七名干部因防范"非典"不力被免职的事情为评论对象，充分肯定这种"制人于事故之先"的追究制度。[②]6月初，在《中国青年报》上，刊登了他撰写的第三篇关于"非典"的评论《让"吐夫"心疼》，文章就部分城市对随地吐痰者执行的罚款标准入题，讨论"非典"时期公共环境治理中最受关注的问题。[③] 从连续三篇评论的发表，可见在"大事件"中评论员始终对周围环境保持着持续的观察和思考，不停地在寻找破题的机会。假如没有这样一种"凝心聚力"的状态，很难会有最好的作品出现。

非语言符号的社会意义开发。引发作者把选题的可能性聚焦在"微笑"上的，其实是一个没有写进文章里的生活场景。在流行戴口罩的日子里，作者有一天在路上看见一个漂亮的女孩在自己大大的口罩上画了一条向上弯曲的线，看上去就像是她在向路上的陌生人微笑。深受触动的作者最初的运思方向是"时尚"和"美丽"，但文章写不下去。直到文章开头所提到的短信和《南方周末》的公益广告，一直受阻的文思就像接通了电源，灵光闪现，文章顺利完成并取得了成功。说实话，对微笑本身的意义阐释，从职业培训，到成功学、营销学或教育学、禅学，都有大量的论述。本质上讲，微笑就是一种表情，是人类传播活动中最重要的一种身势语言。文章的独特之处在于对这个非语言符号

① 尚德琪.微笑的力量［J］.新闻战线，2004（12）.

② 尚德琪.追究于"未然"时［EB/OL］.每日甘肃，http://gsrb.gansudaily.com.cn/system/2003/05/08/000064817.shtml.

③ 尚德琪.让"吐夫"心疼［EB/OL］.中青在线，http://zqb.cyol.com/content/2003-06/03/content_672791.htm.

进行了创造性的社会意义开发，在特定的语境中，赋予了符号以独特而蕴藉的公共性特征和层次丰富的所指——“医生的微笑、患者的微笑和大家的微笑”，在抗击“非典”的最艰难阶段，如此珍贵，如此重要。其中暗含的所指在于“疾病虽然造成了我们彼此交流上的障碍，但是，微笑的表情胜过千言万语，也不用再说千言万语，就能产生真正的力量”。

“微笑”获奖，有迹可循。

◇附作品

微笑，并保持微笑

尚德琪

前不久，一位朋友发来一条手机短信，用4个字首分别为S、A、R、S的英语单词进行了全新的诠释：Smile And Retain Smile。并注明它的意思：“微笑，并保持微笑。”无独有偶，5月8日《南方周末》上的一则公益广告，其主题正是这4个英语单词和这一行汉字。

在“非典”肆虐的紧要关头，这种不无幽默的另类诠释，不仅表现了一种智慧，也传达出老百姓在抗击“非典”过程中的生活态度和精神面貌。

“非典”是一场突如其来的灾难，微笑是一种司空见惯的表情。“非典”不是微笑的理由，却使微笑更具魅力。

医生的微笑是一种坚定。

曾为希望工程捕捉到一双充满渴望的“大眼睛”的著名摄影记者解海龙，在“非典”时期又捕捉到一双饱含微笑的大眼睛。5月10日《北京青年报》刊登由解海龙拍摄的北京佑安医院传染科主任孟庆华在抗击“非典”前线的特写照片，照片上的孟庆华戴着大口罩和防护帽，能看到的只有一双大眼睛，而眼睛中流露出来的微笑，是那么从容，又是那么坚定。

解放军302医院9位护士姐妹经过一个多月的艰苦鏖战，于5月初走下抗击“非典”第一线。24岁的段艳蕊回顾这一段经历时说：“虽然隔着口罩，病

人看不清我的脸，可我相信，从我的眼神中，病人能感受到微笑。"（5月12日《人民日报》）

广东省中医院二沙分院急诊科护士长叶欣，在抗击"非典"第一线不幸以身殉职，但她在护理过程中那天使般的微笑，却永远留在患者心中。今年护士节落成的叶欣雕像，使她的笑容成为永恒。那微笑曾经给许多患者以希望，还将给更多患者以希望。

法国哲学家阿兰在他的《幸福散论》中说："在医生的药箱里，没有别的药品比微笑更能带来迅速、和谐的疗效。"在抗击"非典"第一线，医护人员坚定的微笑，传达的正是病人最需要的感染力。

患者的微笑是一种信心。

在电视荧屏上，在各种报刊上，几乎每天都能看到"非典"病房的画面。和医生一样，病人也都戴着大口罩。但是，不用语言，病人同样能表达他们的情感。对医护工作表示满意时，他们会微笑着竖起大拇指；向外面的世界传达他们的状态时，会微笑着做出必胜的手势。

住院的人，谁都会觉得外面的世界很精彩。而从患者的微笑中，我们知道里面的世界也并非很无奈。一位患者说，"非典"可能夺去人的生命，却无法夺走人的信心。从病人的微笑中，我们能读出迎战"非典"的乐观，也能读出战胜"非典"的信心。

大家的微笑是一种平静。

4月30日《北京日报》刊发一组反映"非典"时期北京人寻常生活的图片。微笑可以说是这组图片的主题。一位女孩的特写照片特别引人注目，大大的口罩遮住了她的大半张脸，"严防死守"4个字则占据了整个口罩。但大大的口罩更加突出了那双满含微笑的大眼睛，"严防死守"4个字则使她的微笑更加生动感人。

突如其来的"非典"改变了我们的生活，但"非典"时期的日常生活，仍然处处荡漾着微笑；"非典"时期的内心世界，仍然需要一片宁静的天空。

微笑的感染力是互相传递的，不吝微笑的人，必将从微笑中得到更多。

我们应该常问问别人，也多问问自己："你的心情，现在好吗？你的脸上，

还有微笑吗？”（一首流行歌曲的歌词）

我们应该常提醒自己，也多提醒别人：“让我们把手洗干净，然后握得更紧；让我在十八层口罩后面，看看你微笑的眼睛……”（一则正在流行的“民谣”）

微笑，并保持微笑。

（原载《甘肃日报》2003年5月22日）

站在人民的立场　语言自带光芒

《工人日报》是中华全国总工会主办的综合性报纸，1949年7月15日在北京创刊。2000年11月，《工人日报》创办新闻评论版，开中央级大报之先河，而且每周五期的评论版开设了报纸评论员真实署名的社评。[①] 新闻评论部主任刘文宁在栏目满10周年的时候，谈到该栏目的选题和文风都不同于社论或其他一般评论。从选题来讲，分量稍弱于社评；从风格来讲，追求多元化和对个性化的相对克制。[②]2003年，该栏目被评为第三届“中国新闻名专栏”，《让人民群众成为舆论宣传的主角》是该栏目引以为傲的佳作。作品发表后，中央电台和中央电视台转播，多家报刊、网站转载。在新闻界、理论界都有较好评价。《人民日报》通过内参选编的形式，将该作品报党中央领导同志参阅。[③]

政治的本质是人心向背。关于人民性，1944年，延安《解放日报》在创刊1000期的社论中鲜明地指出：“我们的报纸是中国共产党的党报，是人民大众的报纸，这是我们这个报纸的第一个特点。……我们与有些报纸不同，不是为着少数人的利益，或者为着他们的趣味，而去卑躬屈节。”[④] 党报的精神一直在新中国的新闻发展征程中被继承和发扬。从某种意义上讲，这篇评论的立论角度算不上高明，因为批评“领导热衷于成为‘媒体明星’”，那很自然就会生出一个逻辑：把领导打造成“媒体明星”的这些媒体人究竟在干什么？尽管作

---

① 工人日报新闻评论库［EB/OL］. 中工网，http：//comment.workercn.cn/426/426.shtml；马少华. “社评”的选择——一种评论史角度的现实观察［J］. 新闻界，2002（8）.

② 刘文宁. 工人日报社评栏目：小评论迈向名专栏的追求与思考［EB/OL］. 天山网，http：//media.ts.cn/content/2011-06/01/content_5857649.htm，2011-6-1.

③ 中国记协网，http：//www.xinhuanet.com//zgjx/2007-08/21/content_6574447.htm.

④ 中国社会科学院新闻研究所. 中国共产党新闻工作文件汇编（下）［M］. 1980：66.

者在快结尾的时候才表明了一下态度，但也无法补救这篇文章中“媒体明星”的制造者公然的选择性缺位。经过市场化改革，中国媒体的角色和场域的复杂性被作者有意无意地淡化，权力腐败或工作作风所导致的形式主义最容易呈现的渠道就是新闻媒体。因此，问题的提出应该是“政府与媒体的关系”，或者要探究媒体是否也存在权力寻租，是否把政府中掌握权力的个别人当成了自己的客户。从关系的另一端来看，领导干部工作的好坏，从群众“口碑”中最能见出，人民心里的“一杆秤”最准。某些人错误地把个人出镜率当作个人形象提升的途径，当作满足个人虚荣心、捞取政绩的工具，这不仅影响党和政府的形象，对新闻舆论工作造成破坏，也对新闻媒体的专业性和公共性植入腐败的病毒，侵蚀队伍，破坏战斗力。

当然，以上的思考基本属于“事后诸葛”，身处市场化改革浪潮中的媒体人兴许还没有意识到这个问题，即便意识到了，为了发展事业计，也不愿挑明吧？“每一级领导都掌管一方舆论，都掌管着部分从业人员的饭碗，领导角色意识不转换，舆论宣传的聚焦点想转换也难啦。”——字里行间透露出几许无奈。批评总是令人振奋的，尤其是站在人民的立场，语言都自带光芒。文章一开头就非常具有“吸睛力”，读到的人心中暗暗感叹：“太敢讲了！真犀利！”特别是“如果新闻成了领导的‘起居考’，那么，是树形象，还是毁形象？”这个以疑问句提出的观点，成为文章中最闪亮的判断，也最能代表作者的风格——率直、自然、善于联想，好一个快人快语！从论证逻辑来讲，这篇评论也非常清晰：“领导干部应该是默默奉献、为人民服务的”，这是大前提，然而，现在的情形是“领导热衷于成为‘媒体明星’”，所以，这说明领导干部的作风出问题了。假如领导干部真正在宣传和执行党的方针、政策，利用媒体并没有问题，反之，则群众心里不痛快，破坏了干群关系。——演绎论证和假言判断既突出了基本价值，也让批评有了回旋的余地。

有学者把新时代新闻舆论观总结为“两个要点和一个落脚点”，即“坚持党性，尊重规律，以人民为中心”，马克思主义新闻观对党性与新闻规律相统一提出了要求。正如作者在文中所提出的那样，“不媚上、不媚官、不媚钱、不媚俗，忠诚于党和人民的事业，这是新闻工作者的神圣职责”。聚焦对象的改变，不是为改变而改变，而是踏踏实实地从新闻工作的应然性出发，走入群众中，融入大时代，记录发展的每一个瞬间，传达来自人民的每一个心声。

◇附作品

让人民群众成为舆论宣传的主角

盛明富

领导如果热衷于成为“媒体明星”，就会拉大与人民群众的感情距离。

岁末年初，包括电视在内的各类媒体都有一个显著的变化：会议报道明显减少，官员的一般性活动报道明显减少，反映群众生活、丰富群众文化的报道明显增多。

这种变化，既是各级领导作风转变的征兆，也是媒体聚焦点转换的显现。它说明，人民群众正日益成为舆论宣传的主角。

本来，“人民群众是历史的创造者”是历史唯物主义的基本观点之一。我们党的一切工作都是为人民谋利益，各级政府都是执政为民，党领导的改革开放更是千百万人民群众的事业，因此，作为党的喉舌的媒体，理当把聚焦点对准人民群众：讴歌群众中的先进典型和先进思想，报道生动活泼的群众实践，反映群众的酸甜苦辣，体现群众对各级领导的监督。

然而，不能不看到，在不少地方领导成了电视明星、媒体主角：有的领导天天在电视上亮相，有的讲话天天在媒体的黄金档“大块头”露面，个别地方领导甚至相互攀比在电视上亮相的次数、镜头的长短，见报稿件篇幅的大小、位置的高低。

不是说领导就不该上电视、领导的讲话就不该登报纸，传达党中央政策措施，带有较强指导性、针对性的会议或讲话，那是非登非报不可的，而且对群众实践活动起着很大的推动作用。问题恰恰是，有的领导的讲话或文章大多是大话、套话、空话甚至假话，不仅没有感召力，而且容易让人产生厌倦感。

“政绩工程”“形象工程”现已经为人们所不屑，那么，领导成了“电视明星”、媒体主角岂不也是另一种形象工程？这种“类形象工程”多了，是否说明某些地方领导作风出了问题？如果新闻成了领导的“起居考”，那么，是树形象，还是毁形象？如果说比实绩、比贡献可以造福百姓，那么，比字号、抢镜头是否拉大了与人民群众的感情距离？这个问题确实值得深思。

现实生活中经常会碰到这样的情况：只要开会或领导有活动，首先就要问电台、电视台和主要媒体的记者来了没有。甚至是媒体不到，会就不开。真该怀疑这样的会议初衷是什么。这种热衷于电台有声、电视有影、报纸有名的人，真正关心的，既不是党的路线、方针、政策的贯彻执行，也不是人民群众的脱贫致富，而是自己的“露脸”及其背后的仕途升迁。

事实上，一个领导干部的形象如何、政绩如何，并不在于媒体上的亮相频率，而在于为人民群众办实事、办好事。民心是杆秤，一心为民赢得民心的人，不在媒体露面，也会在百姓心中留下丰碑；仅靠媒体热炒而搞花架子的人，即使在舆论上很知名，仕途一时也很顺畅，但终归不得人心，“名”断乌纱。

转变作风看行动，效果如何看舆情。倘若舆论宣传的聚焦点真的转向人民群众，那说明我们的作风转变了，与群众的感情接近了。

当然，要做到这一点，既要靠严格执行中央有关部门关于精简会议和一般性活动的规定，又要靠各级领导干部提高自身的党性修养，切实加强作风建设，否则，每一级领导都掌管一方舆论，都掌管着部分从业人员的饭碗，领导角色意识不转换，舆论宣传的聚焦点想转换也难啦。

新闻舆论是党和人民的喉舌。在舆论宣传中不媚上、不媚官、不媚钱、不媚俗，忠诚于党和人民的事业，这是新闻工作者的神圣职责。每一个新闻从业人员都不能忘记肩负的使命和社会责任。

但愿岁末年初舆论宣传的变化能演绎成亮丽的新闻风景线，但愿被聚焦的对象能够角色归位，如是，将是作风建设的一大成果，舆论宣传的一个福音！

（原载《工人日报》2002年1月10日）

问题背景与话语策略是课文学习的“升级版”

评析这篇作品的难度在于这是一篇入选中学语文教材用以示例驳论文的文章。一则已有很多经过教学检验的优秀教案，二则在读者中有较高的知晓度和阅读经验。但不能确定的是，老师们除了讲解文章的结构、观点句、论证方法，是否会向学生介绍新闻评论的背景。即便因为课时原因，不能展开细说，有历史兴趣的学生也会通过课后去查询相关资料，加深了解。

台湾问题，就历史而言，是国共两党的内战遗留问题。而实际上，解决台湾问题的起点在于台湾历史文化渊源和未来发展趋势的事实还原和面对事实的问题。但是，台湾政客，为一党之利，不惜篡改或故意歪曲历史，发表谬论，误导公众。台前台后用“学术”为自己的荒唐谎言背书，不仅自己“搞学术”，而且让美国的媒体和某些学者不遗余力地帮腔。《中国日报》的这篇评论在选题上准确把握住了民进党上台以后舆论造势虚弱的一面。

20 世纪 90 年代，台湾逐渐兴起“海洋文化”热潮，引发各界关注，有人著书立说，在学术界甚或社会上形成了排斥中国的大陆文化、隔断两岸文化关系的观点倾向。2000 年民进党执政之后，这种观点在官方的推动下更是频繁出现。2004 年，吕秀莲为了配合她与陈水扁的地区领导人竞选活动，也出版了《台湾大未来：海洋立国世界岛》一书，表示台湾“是一个典型的海洋国家，而不是附属在中国大陆的边陲岛国”①。可见，为政党谋虎皮的“学术共同体”也是十年磨一剑的。陈水扁在任上接受采访时就强调：“台湾文化不是大陆文

① 陈思．略论台湾海洋文化的历史与现实［J］．台湾研究集刊，2011（5）．

化，不是中国文化，我们台湾的文化不只是多元文化，更是海洋文化。”[①]——非常具有煽动性。为了应和这样的舆论，林奇所谓的“台湾从来不曾属于中国”的学术观点之耸人听闻就毫不奇怪了。

2002年，两岸关系因为陈水扁的“台独”理念而陷入“政冷经热、官冷民热”的低迷状态。[②]大陆对台湾的基本方针一直没有改变，“和平统一　一国两制”“九二共识”[③]是两岸所珍视的政治底线，两岸“三通”（通邮、通航、通商）是基于民族利益和人民愿望顺理成章所恢复的民间交往。国民党内部分化，导致民进党“乘虚而上”，陈水扁一改过去“只做不说”的“渐进式台独”做法，开始“又做又说”地推动“台独”。[④]《中国日报》作为一个面向海外宣传的重要媒体，面对越来越离谱的言论，肯定要表明中国的立场和态度。但是，毕竟目标受众对中国虽关心但并不了解中国的民众，因此，选择什么样的话语结构驳斥谬论就非常关键了。

评论的选题契机来自编辑和评论员在较长时间段对问题的研究和思考，台湾问题作为一个选题方向因其持久性和变动性，必定是有专门的准备。同时，“面向可能对政治话语有抵触或处于中国意识形态对立面的受众，如何与之讲道理”也是一家外宣媒体长期琢磨的问题。正是在这样一个框架下，《洛杉矶时报》所刊登的林奇的文章，作为一个最理想的标靶，进入评论作者的视野。文章所体现的话语策略包括两方面：一是“以其人之道，还治其人之身”，“台独”言论大搞学术，那我们就从批驳所谓的学术观点开刀；二是“不谈党派政治，谈历史”，也就是不谈中国共产党的对台方针，主要谈台湾作为中国的一部分的历史事实和中国的国家立场以及联合国所代表的国际社会对中国国家主权的认定。作者基于台湾问题的背景，在鲜明的问题意识中产生了选题的敏感，

---

① 陈思．略论台湾海洋文化的历史与现实［J］．台湾研究集刊，2011（5）.

② 刘佳雁．回顾2002年的两岸关系［EB/OL］．华夏经纬网，http://www.huaxia.com/zt/2002-45/126972.html？ ejnc5.

③ 1992年11月，大陆的海峡两岸关系协会与台湾的海峡交流基金会就解决两会事务性商谈中如何表明坚持“一个中国”原则的态度问题所达成的以口头方式表达的“海峡两岸均坚持‘一个中国’原则”的共识。

④ 余广欣．2002年台湾社会形势回顾：“台独”是动乱根源［EB/OL］．南方网，http://news.southcn.com/hktwma/taiwan/culture/200301160898.htm.

抓到了合适的选题机会，形成了有效的话语策略。

语文教育，其目的不仅在于表达。“文章，乃经国之大业”[①]，对于维护国家和民族利益，关涉重大主题的文章，更应该从问题背景和话语策略去引导学生产生思考，这也是这篇评论被选入教材的重要原因吧。

◇附作品

台湾历史不容歪曲

谭宏凯

我们信任知识分子。因为我们以为象牙塔里的智者大抵是尊重事实、讲求理性的。

困惑之时，我们渴望从他们那里得到指引，得到启迪。

然而，事实证明轻信便会有被误导的危险。

美国南加州大学助理教授丹尼尔·林奇日前发表在《洛杉矶时报》的题为“美国不应沉溺于中国的台湾梦”的文章声称：“与流行的传说恰恰相反，台湾从来都不曾真正作为中国的一部分。”

从他迄今发表的皇皇论著的选题来看，林奇教授对中国当不陌生。

然而我很好奇，不知林奇教授有关中国历史的基础常识是从哪儿学的，怎么学的。

台湾是中国的一部分。这是众所周知的历史事实，而不是什么“传说”。

逐字拜读林奇教授的大作，我相信他对台湾的历史略知一二。

否则，他不会承认“台湾在1684年到1895年间是清朝的一个边远居民点”云云。

不知道林奇教授是否真的对此前台湾的历史地位一无所知。早在12世纪中期，中国宋朝政府就已经在澎湖列岛驻军，并将这一区域置于福建省泉州县

① 曹丕的《典论·论文》。

辖区内。

荷兰和西班牙殖民者曾为争夺对台湾的控制展开了十多年的较量。荷兰在1642年将台湾变为其殖民地。

但1662年年初，郑成功击败荷兰殖民者并将其逐出台湾，台湾岛再度回到中国治下。郑成功是一个忠于明朝的将军，他致力于反清复明。后来统治台湾的郑成功之孙于1683年向清朝廷投诚，台湾就此正式归于清朝政府管辖之下。

1684年清朝设立台湾府。直到1885年设立台湾省之前，台湾一直归福建省管辖。

然而，林奇教授竟然认为台湾“从来不曾”属于中国。

那么论据何在？他声称：“清朝和中国不是同一政治和文化实体。”

我真不明白林奇教授是以什么样的方法论做研究的。我无法想象他怎么能研究中国文明，或者任何历史长得足以包容朝代变迁，文化遗产丰富到涵盖多元民族特色的其他文明。

我真怀疑依了他的逻辑，哪还有什么中国文化可言。

然而，起码对我们而言，“中国”是我们历经沧桑之变、代代相传而不曾更改的民族身份。

林奇教授毕竟是林奇教授。他断言“台湾人和中国人的集体身份认同迄今依然相去太远，而且，他们的历史经验差别太大，因此不可能实现自然的政治统一”。

中国是56个民族的大家庭，当然包括台湾岛上的各民族兄弟姐妹。在这个多民族的家庭里，每个民族都有其独特之处。然而，文化上的差异并不影响他们在同一屋檐下和睦相处，更不曾影响他们同为中国人的身份认同。

历史上曾有不同的民族——如元朝的蒙古族和清朝的满族——统治过今天中国的这片国土。但这从来都没有改变我们作为中国人的集体身份感。

辛亥革命推翻清朝廷，建立共和制，的确在文化上和政治上都引起了诸多变化，但并未超出体制变更的范围。新生的共和国在法理上是清朝政府的合法继承者。因此，清朝的全部版图理所当然地转入新政府的主权管辖之下。

如果林奇教授是在对台湾历史进行严肃、认真的学术研究的话，他不应该无视历史档案中的翔实记载。

在1894年到1895年间的甲午海战中中方惨败。日本政府——或者，如果林奇教授坚持当今的日本与当年的日本不是同一个政治和文化实体的话，请他发明一个别的什么称谓——强迫清朝廷接受丧权辱国的《马关条约》。

这份由两国政府签署于1895年4月17日的条约在第二条规定：中国向日本永久割让台湾岛，连同其所有所属岛屿，以及琉球群岛的全部主权。

中国政府在1941年对日本宣战时就已宣布这一不平等条约无效。

但这个条约的字里行间也反映出双方当时的一项基本共识——台湾和澎湖列岛本来处于清朝廷的主权管辖之下。如若台湾不是中国的一部分，日本政府为什么会强迫中国，而不是美国，割让台湾呢？

顺便说一句，如果林奇教授的逻辑成立，那么《马关条约》原文将清朝廷所代表的国家称作“中国”显然有误。而我的推测是，双方在签署条约时很清楚自己所云。

由美国、中国和英国共同签署于1943年12月1日的《开罗宣言》明确无误地规定：“使日本在中国所窃取之领土，如东北四省及台湾澎湖列岛等归还中华民国。”

这份宣言，连同此后的《波茨坦公告》和《日本投降书》一再重申了中国对台湾无可置疑的主权。

1945年10月25日，在参加台湾省接受日本投降仪式后不久，中华民国政府代表陈义宣布：自即日起，台湾及澎湖列岛已正式重入中国版图。所有一切土地、人民、政事皆已置于中国主权之下。

1946年1月12日，中国政府宣布，所有台湾居民的中国国籍应自1945年10月25日起“即时”恢复。

如果台湾不是中国的一部分，我实在想知道林奇教授对这些文件与史实做何解释。

按照林奇教授的逻辑，也许有人会进一步争辩说今天的中华人民共和国不是1949年前的中华民国。

然而，1949年所发生的变化仍不影响中国之为中国。中华人民共和国的成立是典型的由革命引起的政权更迭，所改变的只不过是中国作为一个国家的法定代表和中国政府的性质。

中国作为国家的主权范围并不因此发生任何改变。

联合国安理会于1971年10月25日“承认中华人民共和国政府的代表是中国在联合国的唯一合法代表……决定恢复中华人民共和国的一切权利，承认它的政府的代表为中国在联合国组织的唯一合法代表，并立即把蒋介石的代表从它在联合国组织及其所属一切机构中所非法占据的席位上驱逐出去”。

以上引用的联合国第2758号决议的确没有一项补充条款声明台湾是中国的一部分。

不过，如果台湾真的在中国主权管辖范围之外，联合国凭什么驱逐台湾代表？在当下的联合国宪章框架下，联合国驱逐一个主权国家代表为另一个国家让位是不可思议的事情。

台湾代表被逐的唯一理由是联合国不会为一个国家同时提供两个席位。

林奇教授的大作发表在布什总统访华之前一周，意在为总统进言。

他劝告美国总统要“头脑清醒，抵制诱惑，不要用削减对台湾的外交和军事支持以换取中美关系的改善”。

林奇教授预言台湾和大陆正处于“自然分裂”的过程中，因此警告布什总统不要“接受中国人关于台湾的自欺欺人的幻想”。

林奇教授有权对任何事务，包括台湾，进行任何预测，发表任何评论。那是我们所谓的学术自由的一方面。

但学术信誉不可能来自无视事实。

过去已发生的事实的总和构成我们所说的历史。我们或许可以改变正在发生的事情，但我们无法改变过去。

（原载《中国日报》2002年3月7日）

热爱与耕耘养成的风格

2007年到2012年，汪金友在人民网开专栏，发文400多篇，作者简介这样说："汪金友，男，1951年出生于河北省滦南县。以写作谋出路，以写作谋生存。杂文也写，评论也写，随笔也写。8小时之内拼命工作，8小时之外拼命写作。坚持笔耕几十年，涉足全国几百家报刊，已有几千篇文章发表。官至县政府办公室主任，文至中国新闻奖言论一等奖。"[①] 一股浓浓的汪氏文风扑面而来：真实自然，真诚坦然，句式凝练，对举娴熟，自嘲自励，幽默笃定。

汪金友今年近70岁了。浏览一下网页，仍可以看到他近日发表的杂文。比如，2019年6月25日《北京日报》的深读周刊上的《谁官大，谁买单》。从标题，就可以判断此文绝非出自同名作者之手。"这让我想起几十年前刚参加工作的时候，每次下乡或外出吃饭，都是谁官大，谁结账。如果是局长带队，就局长结账；如果是县长带队，就县长结账。"——从文章所写的经历和所体现的语言风格，能够进一步确认，作者就是20年前获奖的那位汪金友。推算一下，从1972年第一次投稿至今，汪金友已经在报刊媒体上连续发表作品长达近半个世纪。如此旺盛的创作力，如此与时俱进的选题能力，令人叹服。

《"真抓"与"假抓"》获奖以后，汪金友在一篇畅谈"写作体会"的文章中说每次到图书馆都如饥似渴，生怕浪费每一分钟。"这就是我，一个狂热地热爱着新闻和杂文事业，并每天都为之默默耕耘的基层作者。"事实印证了他的这份热爱，中国新闻事业收获了他的默默耕耘。他用自己的人生、用自己的作品，给正在从事新闻工作的人以莫大的鼓舞。既然"文至"于此，代表着毕

① 网友汪金友专栏［EB/OL］. 人民网，http：//opinion.people.com.cn/GB/41892/107609/.

生写“小文章”的作者对自己的充分肯定，尽管已有前辈评析过此文，我还是尝试着再说一说。

首先，鲜明的文体意识。“文体”即文本构成的规格和模式。言论的文体，肯定是议论文。但作者没有被一般意义上的议论三要素——论点、论据、论证——限制，泾渭分明，单刀直入，胸有成竹。整篇文章，文气贯通，瞻前顾后，收放自如，颇有唐宋文风。如果不是把问题放在心里揣摩良久，很难有如此成功的挥洒自如。

其次，鲜明的上下结合意识。评论的选题来源，一是“上头”，中央和国家的重大决策、重要部署；二是“下头”，社会事件，民生万象，百姓所想。作者有长期基层工作和机关工作的经验，对“上”，有文件可以读，有会议可以参加，有新闻可以了解；对“下”，身处县城，经常下乡，干部群众的一言一行，体察真切。作者很自然地把一个宏大的议题写成了一个“调查报告”，而没有半点儿不和谐，可谓“上下贯通”。

最后，鲜明的语言创新意识。说文章“语言清新活泼”也站得住脚①，但如果再仔细推敲，则可以体会到作者有意识地在“说新话”。好言论“就是要讲出社会生活中普遍存在的，而且是亟须解决的，但又没有被人们发现的，或者发现了也未引起重视的，你说出来就能使人产生恍然大悟之感的道理来”②。之后，作者又一次强调了“说出来就能使……”，可见他对语言创新的追求。“实干”和“虚干”，“落实”和“落空”，“做事”和“做戏”，“假抓”和“不抓”，“虚抓”和“现使现抓”等，仿词信手拈来，“出位”的语言“不出格”，形成了一套独特的概念系统，不仅概括力强，而且信息丰富，环环相扣，对阅读者形成了论证的冲击力。

风格即人，汪金友用热爱与耕耘养成了鲜明的风格。

---

① 刘保全．深度与文采兼备——评第 12 届“中国新闻奖”评论一等奖作品《“真抓”与“假抓”》［J］．新闻三昧，2003（1）．

② 汪金友．怎样让人“恍然大悟”——兼谈《“真抓”与“假抓”》一文的写作体会［J］．新闻爱好者，2003（1）．

◇附作品

“真抓”与“假抓”

海　纳

前不久召开的中央工作会议，再一次强调了这样的要求：“认清形势，把握大局，齐心协力，真抓实干。”在人们的印象中，“真抓实干”这四个字，已经讲过很多遍了。不仅中央领导讲，省、市、县、乡各级领导也都讲。但现在的情形怎样呢？应该说，有许多的地方，确实是“真抓”了，“实干”了，但也有不少的地方，却仍是在“假抓”“虚干”，一些工作在一片“落实”声中“落空”。

像山西绛县的“科技大跃进”，像河南洛阳娱乐场所的“防火工作”，像海南某县上级领导检查完就解散的“水利工程”，你能说是“真抓”吗？

让人难以区分的是，“假抓”不是不抓，而是和“真抓”一样在抓。一样的招招呼呼，一样的忙忙碌碌，一样的跑上跑下，一样的辛辛苦苦。如果不下一番功夫，就很难分清谁是在“真抓”，谁是在“假抓”，谁是在“做事”，谁是在“做戏”。

“真抓”者开会，“假抓”者也开会。“真抓”者重视的是会议的效果，“假抓”者重视的是会议的形式。“假抓”者最关心的，是会议的消息见没见报纸、上没上电视，并想方设法让上下都知道，自己已经“积极行动”，正在准备“大干一场”。

“真抓”者讲话，“假抓”者也讲话。“真抓”者讲的是根据本地的实际情况，应该解决的具体问题和具体措施，是自己应该承担的具体任务和责任。而“假抓”者讲的则多是套话、空话、照本宣科的话和只要求下边怎么干的话。

“真抓”者抓先进典型，“假抓”者也抓先进典型。“真抓”者的典型是给下边看的，“假抓”者的典型是给上边看的；“真抓”者的典型是经得住历史的考验的，“假抓”者的典型却多是“现使现抓”“昙花一现”的。

“真抓”者下去检查，“假抓”者也下去检查。“真抓”者下去，是下到最基层，找问题，找死角，找仍然不满意的群众，然后再对症下药。“假抓”者检查，则多是小车未动，电话先行，专门去看那些已经摆好了的“漂亮”场面。

“真抓”者总结工作，“假抓”者也总结工作。“真抓”者收集的是工作经验，“假抓”者收集的是工作“成果”；“真抓”者关注的是下边的反映，“假抓”者关注的是上边的评价。所以，在汇报工作的时候，许多“假抓”者也都会讲得头头是道，口若悬河。

同样一项工作，虽然“真抓”者用了100分的力，“假抓”者只用了50分的力，却常常给人造成一种“假抓”者比“真抓”者更卖力、更辛苦，效果也更显著的感觉。这是因为“假抓”者非常善于“造势”，善于制造“广告效应”“轰动效应”和“勤请示、勤汇报、勤和领导接触”的“三勤效应”。所以，“假抓”者当中，也经常有人被提拔，被重用，被评先。

说得重一点，“假抓”也是一种欺诈行为。既欺骗上级，也欺骗下级和群众。其中有些是“无能者”，更多的则是“投机者”。“假抓”尚不如“不抓”，如果总让“假抓”者得逞，那就会越抓越假，越抓越空。因此，我们上上下下，都应该提高鉴别真假的能力，对那些“假抓”“虚抓”者，一经发现，就一齐喊打，绝不能让“吹牛”者得“牛”，也不能让“南郭”们充数。

提交九届全国人大四次会议审议的“十五”计划纲要草案，一经通过，就要真抓实干。如果“假抓”，再好的纲要也会形同一纸空文。

（原载《河北日报》2001年4月11日）

从旧现象中看到新观念

因为中国发展的不平衡，作为中共江苏省委的机关报，刚刚跨进21世纪，《新华日报》就刊登了这篇有关人才的评论，今天来看，都还非常有促进社会改革的价值，尽管在人才竞争中，中东部地区始终占领先机。“解放人才”，从字面上理解有两个意思：一是具有“解放精神”的人才，也就是对改革开放进程中各个专业领域有创新拓展能力的人才；二是改变固有体制，把人才充分解放，以发挥人才的最大用处。文章更多地指向了后者，即人才管理体制的改革。

1999年，《我国专业技术人员队伍建设规划纲要研究》课题组于4月下旬专程赴上海、广东、深圳进行了为期九天的调研活动。调研期间，在各地政府人事部门的大力协助下，课题组先后召开了八次不同类型的座谈会，包括同政府人事部门座谈、同企事业单位人事部门座谈、与专家学者座谈、与高层次专业技术人员代表座谈等。座谈中，很多同志一致指出，在我国专业技术人才开发与管理中，目前首先要解决的仍然是观念更新问题。①2000年，由江苏南通市委党校沈邦仪撰写的《人才解放论》出版。这是一本综合多门学科和改革开放以来的实践经验与研究成果写就的人才学专著。著者认为，人才全球化，是指东西方人才大解放、大交流、互相影响、互相渗透的趋势，以人才要素解放和人才资本解放为特征。②江苏在人才管理实践和人才问题的研究方面，都走在全国前列。

---

① 吴德贵，李维平．解放思想　更新观念　才能解放人才——关于我国专业技术人员队伍建设的调研思考［J］．中国人才，1999（7）．

② 叶尚志．《人才解放论》序言［J］．人才开发，2000（3）．

可见，作者所提出的观点，既是对江苏省人才工作经验的一次总结，也是对当时社会发展趋势的一种准确把握。面对一种新的事物、新的发展趋势，最重要的就是对其进行性质的判断，这对统一认识、改变固有观念大有裨益。越是开放的地区，思想交流越是成为常态。文章先说件“趣事”，民办大学为了聘到有水平的教授，不惜“改写日历”，把一般人的周末当成他们学校的周二、周三。这件事情表面上看见的是“人尽其才”，其实是形象化地阐明了“一种流动的可能”。而所谓的“柔性流动”，其对人才松绑的操作空间依然仅存在于对制度的限制性一面的合理规避。顺应趋势，最关键的是要改变陈旧的观念，不能把“人才流动”当成“人才流失”，因为“人才的价值在于用，不用是最大的流失”。“人才流失”的原因其实是对人才的封闭和浪费，防止“人才流失”的办法、留住人才的根本之道在于为人才提供创业的机会，这是作者对真正的“解放人才”提出的解决之道。

走笔至此，再去看一看开头的“趣事”，再去想一想那些“柔性流动”的措施，作者像剥洋葱一样，把“解放人才”的第一层次和第二层次逐一分开，也把新的观念和旧的观念分开，但他真正想提醒用人者的是“争夺人才固然重要，为人才提供创业环境和自由出入的软硬环境更为重要”。这样思考不仅把握了问题的关键，而且是对人才工作和发展趋势的真正判断，对今天欠发达地区的人才引进工作都依然具有启发和借鉴作用。

但是，也正因为这个“发现层次”，文章在观点表达方面就存在着“认识结构”与“表达结构”没有清晰区分的问题。一般来说，评论的论点就是作者对问题的认识结果，是文章最有价值之处。“解放人才”作为一种“说法”，其实并不新鲜，真正具有观点竞争力的地方在于最后的发现。因此，如果作者能在思考推进的过程中意识到这个问题，那么，成稿后的观点就应该会更鲜明，标题也不会用一个口号式的表达。更理想的做法是，整个文本采用对比论证的方法，将表面上的人才流失和真正的人才流动区别开，将旧观念和新观念区别开，将现象和本质区别开，开篇就把“解放人才重在软硬环境的建设”作为核心观点，提高读者了解观点的效率。

◇附作品

解放人才

王柏森

在愈演愈烈的人才争夺战中，我省发生了一件趣事：一所民办大学聘上海著名教授前去授课，受聘的教授中，正好有三个学科的权威，分别是施教授、伍教授、陆教授，人称“四五六教授”，为了凑上海教授的时间，该校的时间安排十分灵活，有时周二、周三休息，周六、周日开课。有人评论，这种引智方式与当年苏南人从上海聘请“星期六工程师”十分相似，对其发展势头不可小觑。

这便是不迁户口、不转关系的所谓“柔性流动”。虽然“柔性流动”这个概念不是江苏人的首创，但江苏人早就悄悄地干开了，仅苏州市近年来就通过“柔性流动”引进急需人才 4000 多名。这种引智方式绕开了“迁户口、转关系”的刚性流动的体制障碍，给渴求人才的地方和企业开拓了新的引智渠道，给渴望流动而备受束缚的各类人才带来解放般的喜悦，也给那种视“人才流动”为“人才流失”的传统观念以有力的冲击。

在过去长期的单一计划管理模式下，我国的人才管理是国家统配，单位所有，个人无权择业，单位画地为牢。用这种封闭的观念看问题，任何人才流动都被视为“人才流失”了。谁想流动吗？就用编制卡，用户口卡，甚至用收回住房卡。然而，“抽刀断水水更流”，各地人才仍然冲破重重阻力曲曲折折地流动，流动的区域越来越大，流动的渠道越来越多，时至今日，已演变成一种大趋势了。

这一大趋势的形成，是市场经济发展的客观要求。在市场经济条件下，作为生产要素之一的人才，必然和其他要素一样，在市场机制的作用下不停地流动。首先，它要在价值规律的支配下，向着价格比较高的方向流动，这是当前人才价格战发生的根本原因；其次，它要按照要素合理配置的要求，向着最能充分发挥其效益的方向流动。特别是在经济全球化的影响下，资源共享、人才共用已成为不可阻挡的潮流。国家人事部有关专家预测，人才跨地区跨行业流动不仅成为可能，而且是大势所趋，我国将出现人才跨地区跨行业流动的高潮。

既然如此，我们就应该顺势而行，坚决抛弃把“人才流动”等同于“人才流失”的封闭观念。人才的价值在于用，不用是最大的流失。用这个观点看问题，正是封闭造成了流失。在过去封闭型管理体制下，大量人才被“库藏冷冻”，日复一日，年复一年，等闲度过了智力发挥的最佳年龄区，他们的年华流失了；一些地方和企业，对人才用又不用，放又不放，遂使大批志士有心报国，无路请缨，他们的价值流失了；许多人才几十年如一日地守在同一单位、同一岗位，信息雷同，近亲繁殖，知识得不到更新而老化，思维得不到撞击而迟钝，他们的智慧流失了。这种日积月累式的、像冰棍融化般的流失，实在是最可怕的流失。打破这种封闭，使人才在市场机制作用下无滞碍流动，可以使爱才者在竞争中获得他们急需的人才，可以使轻才者受到惩罚而迫使其改弦更张，也可以使各类人才找到发挥其聪明才智的用武之地。可以说，这是对人才的一种解放。

这样一来，对用人单位的压力可就大了，经营、管理、教学、科研人才的流出，会对本单位造成种种损失。这就提出一个问题：在人才竞争日益激化的大背景下，怎样才能留住人才？从根本上说，要靠造就一种充满创业机会的吸引人才的机制，也要靠营造一种能够进出自如的充满活力的环境和氛围。无论如何，靠封锁是留不住人的，好“流”才好“留”。有专家指出，我省建设人才高地，政策设计上既要考虑聚集人才，也要考虑辐射人才，允许市内市外、省内省外甚至国内国外两边跑、三边跑。应当确立这样的观点：不求所有，但求所用；不求独用，但求双赢。要让来者高兴，去亦欣然。当然，人流动起来以后，必须逐步健全法规体系，把人才流动纳入法制化轨道，尽快做到活而有序。

（原载《新华日报》2000 年 1 月 21 日）

“新话”来自作风的转变

这篇评论发表的具体时间和作者的身份，居然是在一则公开检举抄袭行为的声明里查实的：“最近，我们不断接到读者来信来电，反映发表在本刊2001年第4期上，署名为湖北省谷城县政府办公室湘运的《领导干部应善于讲新话》一文，系抄袭发表于《解放军报》1999年11月27日第6版的徐德学少将的《学会讲新话》。”[①] 这个小插曲算是一种讽刺，也算一种文字缘。经过比对，刊发在《人民武警报》的这篇获奖的评论和那篇被抄袭的文章观点相同，但后者的具体表达更短一些，措辞也不完全相同。据网络上的信息，发表这两篇文章时，徐德学同志担任武警湖南省总队政治委员，晋升武警少将警衔一年多。是什么样的好文章，竟然惹来了“文抄公”的铤而走险，还让刊物编辑因为“乱花渐欲迷人眼”的失误而刊发了抄袭的文稿？

政治委员，负责思想政治工作，除了动笔写稿，在各种场合发言讲话也是日常工作的一部分。“说什么”和“怎么说”应该是作者常常琢磨的问题，这无疑是选题成功的基础条件。因为工作的原因，作者不仅能够有机会观察各种领导的讲话，更因为自己也有与工作对象讲话的要求，而不可避免常常要与自己对话。向外看，有距离，看得清；向内看，有体验，看得真。应该说，党的理论、方针和政策，领导干部都是要学习的，“说什么”本来是不需要过多讨论的。但在具体工作中，有领导“照着念”，大家习以为常；有领导念腻味了，可能也知道听的人听腻味了，就“自由发挥”，大家也习以为常；都习以为常了，那就等于思想政治工作不管用了。所以，无论“长话”“空话”“套话”或者“外

---

① 本刊编辑部. 移花接木手段高　副县长也当文抄公［J］. 领导科学，2001（8）.

行话”，都是“废话”。

一般而言，人都不受管束，喜欢自以为是，主动“倾听”是一种难能可贵的修养。因此，“废话”来自两方面：一是说话者不会说话；二是听话的人不愿听话。因此，就思想政治工作的目的性而言，不管听话的人是什么态度或什么状态，讲话的人都应该把话讲到人的心里面，这是应有的工作态度。正如这篇评论，作者不是不知道，很多领导干部听了这番话，心里会不痛快，但这些干部一定会把文章看完。为什么？因为这些话不是“长话”“空话”“套话”或者“外行话”，而是“真心话”。作为一个“知情者”，作者对那些讲话者的神态和场面可以做到一语中的，四两拨千斤。这并非表面上的文字功夫，而是在长期深入观察体验的基础上进行的“信息萃取”。

讲真话是艺术，是大巧若拙的艺术。王元化谈及巴金的《随想录》时说：“学会讲话只要一两年就行了，学会讲真话却往往是一辈子的事。确实，讲真话是不容易的。在任何时候、任何地方，都敢于秉笔直书，说真话，这就需要有真诚的愿望，坦荡的胸怀，不畏强暴的勇气，不计个人得失的品德；同时，还需要对人对己都有一种公正的态度。”作者有没有真诚的愿望？有！若没有，就不会劝勤学，劝改进工作作风，劝创新。作者有没有坦荡的胸怀？有没有不畏强暴的勇气？有没有不计个人得失的品德？当然有！若没有，他就不会自己站出来当“出头鸟”等着“被暗箭击中”，更不会矛头直指在位的、掌权的，给自己的仕途埋地雷。

文风，说到底是政风，是党员的党性修养。一般的“废话”贻误的是工作时机，令人可惜，最可怕的是这些“废话”里面暗藏的“假”。当面一套，背后一套；台上一套，台下一套；见人一套，见鬼一套；说一套，做一套：“两面人”就在这样的话语分裂中人格也分裂了，最后可能走到党和人民的对立面。忠言逆耳利于行，作者仍然把读文章的人视为同道中人，希望文章能让同志们觉悟到“不学会讲新话”的危险。其实，“新话”的关键不是“新”，而是一名领导干部作风的转变。如果领导干部能真正俯下身子为人民服务，能了解实际情况，就一定能讲出人民想听的话，就一定能和教育对象产生共鸣。

让我们向徐德学致敬！让我们向不良的文风大声说“不”！

◇附作品

学会讲新话

徐德学

在公开场合发表讲话，是领导者实现发动群众、教育群众、鼓舞群众的重要方法。而只有讲话的语言新鲜活泼、生动又富于变化，才能抓住群众的心理，激发群众的兴趣，增强讲话的效果。否则，不但抓不住听众，指导不了工作，反而会使群众产生反感。因此，领导干部很有必要学会讲新话。

然而，有些领导干部却往往忽视这个问题，“话风”不正，语言无味。一是讲长话。十分钟的内容，非要讲一小时不可，没有多少要说的话却张口千言，东拉葫芦西扯瓢，犹如“懒婆娘的裹脚布——又臭又长”。二是讲套话。发言之前不调查，不研究，不提出问题，不解决问题，通篇都是些百分之百正确却又毫无新意、毫无用处的老话、现成话。三是讲空话。不看对象，无的放矢，洋洋洒洒，乱讲一通，什么问题也解决不了，白白浪费大家的时间。四是讲外行话。整天得过且过，不学无术，讲起话来言不及义，甚至指鹿为马，闹出“关公战秦琼”之类的笑话。

不愿意、不善于讲新话的主要原因有三。一是怕讲新话惹祸。“枪打出头鸟”，说新话惹麻烦有史可鉴。于是，唯书唯上，明哲保身，做报告，要摘用有出处的字句；讲话，要说人家已说过的话，这样即使出了问题，板子也打不到自己屁股上。二是不学习，肚里无货。一天到晚忙着迎来送往、赶会赴宴，哪里还有时间和精力学习？不学习，脑子空空，讲起话来自然是空话、套话、外行话连篇。三是缺乏调查研究，情况不明。有的领导刚提升时，能够深入群众，深入实际，了解些真实情况，学到一些知识和形象生动的群众语言，因而讲起话来颇有新鲜感、吸引力。后来“官”当久了，人渐渐懒了，跑基层越来越少，脑子越来越空，做起报告来“出彩”的话还是以前从群众中学来的那几句。结果，“话说三遍淡如水”，即使是当年的“新话”，也难免成为人们不爱听的老话。

能否讲新话，标志着一个领导者的思想水平和语言表达能力，也直接影响到宣传教育工作的效果。当年，毛泽东发表著名演讲《反对党八股》时就批评一些人写文章、做讲演“只有死板板的几条筋、像瘪三一样，瘦得难看，不像一个健康的人”。其结果是，他们的宣传、文章、演说，“乏味得很”“没有多少人喜欢看”“也没有多少人喜欢听”。毛泽东同志自己这篇演讲，就非常注重语言艺术，结合现实，旁征博引，把深奥的理论和复杂的社会现象讲得深入浅出、生动活泼，不时引起听众的共鸣，成为我党历史上演讲的经典之一，值得我们认真学习、领悟。

那么，领导干部怎样才能学会讲新话呢？其实，上面已经讲过，要能讲出新话，不外乎要勤于学习、乐于深入，善于创新等。尤其需要提到的是要富于创新精神。清代康有为有句名言：“夫物新则壮，旧则老；新则鲜，旧则腐；新则活，旧则板；新则通，旧则滞。”这就告诉我们，作为领导干部，创新是改进领导方法、提高领导能力的重要途径。

事实证明：真理固然不怕重复，但不能总是那么一副“老面孔”“老调子”。要把真理讲出新意，让人乐于接受，领导干部就需要有一点“闯”的勇气，一点“冒”的精神，敢想敢说，大胆创新，多说一些富有哲理的话，多说一些新颖活泼的话，从而与听众碰撞出思想火花，引起讲话者与听众、教育者与被教育者感情上的沟通与共鸣。

（原载《人民武警报》1999 年 11 月 27 日）

表达心声的激情之作

一篇文章能打动人心，如果非要分享其“写作秘诀”，只能说作者为文章献出了一片丹心。《迎着老百姓的方向走》的作者郝斌生，是一位对农民饱含深情的人。他的经历丰富，出生在革命老区，从小对共产党和老百姓的鱼水深情耳濡目染。和平年代，18 岁时入伍的他，对中国农民的善良、伟大和崇高有了更贴近的认识。转业以后在煤矿工作的他，和工人兄弟一起摸爬滚打，结下了真挚而深厚的友谊。没有这些人生经历作为底色，就不会有研究生毕业后他主动要求到基层、到农村采访的那种觉悟、那份激情，更不会有后来的这篇获奖作品。

这篇评论让他所供职的河北日报社在中国新闻奖的历史上实现了零的突破。尽管之前，他本人也在河北省内获得过若干奖励，但这次获奖后，郝斌生以“我的百姓情结”为题两次公开发表“感言”，体现了他对这个奖项的珍视。他把获奖的原因归结于“评委、专家的心是和作者相通的，也是‘迎着老百姓的方向’的”。“替农民说话”是他一贯秉持的原则，在此之前，他已经有多篇为民请命的作品在社会上产生影响。他说，每次重温邓小平的那句“我是中国人民的儿子，我深深地热爱着自己的祖国和人民”，都会泪流满面。① 假如没有优秀作品的传情达意，很难想象，一个七尺男儿伏案疾书、举目流泪的情景和激情。

长期在基层采访的记者，有的人激情容易被耗尽，有的人激情很容易转化为热烈的视点——在别人看来平常的事情、平常的场景，在他的眼睛里，都是有故事的，都是有意义的。郝斌生显然属于后者。围绕彭市长、刘县长和杨书记而产生的三个画面，于一般的围观者看来，至多就是“冲突、矛盾或闲事”，

---

① 郝斌生 . 我的百姓情结——《迎着老百姓的方向走》采写体会［J］. 采写编，1999（12）.

而在郝斌生的眼里，就是充满意蕴的戏剧冲突，短暂的场景把宏大的政治议题细致入微地表现出来。与彭学增、刘建军形成反差的是那些“好心的身边人”，面对群众的诉求，他们关心的是领导，他们的工作重心是“提醒领导改道”。杨志科则因为信赖老百姓的善良以及对党和国家的信任是事业的基础，所以敢直面他们。正是基于这些形象生动的场景和典型事件，“迎着老百姓的方向走”才成为一个具有象征意义的行为符号。这个符号具有多个层次的所指，一是党的政治理想；二是政府化解社会矛盾的手段；三是赢得百姓信任的起点。

对这篇评论，如果仅从语言或结构层面去评析，而放弃去理解作者的创作心理，则很难真正理解文章的价值。正如他在看到自己的同事发表的点评文章后回应说：“《迎》文之所以能获大奖，被评委们高看一眼，成功的原因也许能归纳出三四条，比如形象思维方面、感情色彩方面、选剪技巧方面都可展开分析。但我认为最大的成功是旗帜鲜明地叫响了一个政治口号——迎着老百姓的方向走”。[①] 这是长期对基层百姓生活和困难的观察，让作者郁积而沉淀了这样一个口号，良心和真心，人心和人格，喷薄而出，水到渠成。“《迎》文不是命题作文，写作前没有谁给我写框架结构，要是那样，也许就写不成这种风格，完全是我无拘无束有感而发，是从血管和胸腔里流出来的。”[②] 中国人民大学教授、博士生导师陆贵山对此也是深有共鸣，他不仅充分肯定了这篇文章不讲套话、官话、空话，而是用事实说道理的魅力，更发出了由衷的期许：“我愿‘迎着老百姓的方向走’成为一个促进干部的素质建设与党和人民的政权建设的富有感召力的响亮的口号。我愿‘迎着老百姓的方向走’，成为在所有党和人民的干部的‘心灵中安家’的‘无声的命令’。我愿‘迎着老百姓的方向走’成为所有党和人民干部的座右铭和指路牌。”[③] 真情总是具有非同一般的传播力，通过这篇文章，有着共同政治情怀的读者无疑也会像陆贵山这样难以抑制心中的激情。

干群关系紧张，基层政权的公信力式微，除了治理水平和治理能力的问题，

---

① 郝斌生 . 我的百姓情结——评论《迎着老百姓的方向走》写作体会［J］. 新闻知识，2000（3）.

② 同上。

③ 陆贵山 . 人民干部的座右铭和指路牌——优秀短论《迎着老百姓的方向走》一文赏析［J］. 新闻知识，2000（3）.

归根结底是因为缺乏对党和人民事业的忠诚之心。郝斌生说："勤劳善良的人民呀，我是您的儿子，我是您的代言人，我忧伤着您的忧伤，幸福着您的幸福。纵有千言万语，也抒不尽我的赤子之情，就是海枯石烂，也改变不了我对您的忠诚。"[①] 这样的激情，不仅在20年后的今天，也在共和国的未来，鼓荡着时代的精神，指示着真理的方向。

◇附作品

迎着老百姓的方向走

郝斌生

"彭市长，你别往正门走，有一群上访的人正堵在那里。""那我从哪儿走？""后门。""后门要是也堵了呢？"工作人员被武安市市长彭学增问得哑口无言。他来到上访群众中，提高嗓门喊道："我是彭学增，大家要反映什么问题，请说吧！如果时间短，我就地答复；如果时间长，请大家先回去，留下几个代表到我办公室来。"上访群众听了市长这番话语，憋在心里的气消了一半，围得水泄不通的大门顷刻畅通无阻，而后大家心平气和地酝酿代表人选。

"刘县长，你们快改道吧，有几个村民要截车。"易县县长刘建军从呼机上读完这条十万火急的信息后，命令司机加速，把车开到村民要设卡的凌云册乡路口等候群众。过了一会儿，远远地走来一个村民，问清刘县长是在等他们之后，急忙招呼后面的人，"呼啦"一下，拥来一大帮。大家听说刘县长已在此等候他们多时，深受感动，一再催促县长快赶路程，他们的事回乡里找乡长说去。

这是我省农村工作中的两组特写镜头，情节不复杂，但发人深思。

为什么看似马上会激化的干群矛盾会瞬间平息？道理并不深奥，领导干部只要迎着老百姓的方向走，矛盾就能化解，对立就会变为对话，即使尖锐化了的矛盾也是可以妥善解决的。人民公仆不能怕群众、躲群众，不能支应群众。

① 郝斌生．我的百姓情结——《迎着老百姓的方向走》采写体会［J］．采写编，1999（12）．

为什么有些地方原本不大的矛盾竟闹得不可收拾？恐怕与那里的领导者不懂得迎着老百姓的方向走有很大关系。看来，处理干群矛盾的方法，已不再是一般的工作方法问题，而是关乎大局、关乎党的原则的大问题。群众直接找领导者反映问题，这是很正常的，是群众相信我们、依靠我们的表现；如果有了问题却不找我们，那才是不正常的、危险的。所以，群众来了并不可怕，哪怕是民告官，也不可怕。这往往给领导者提供了调查研究的好机会，提供了开展群众工作的好机会。工作做好了，干群关系中的摩擦、冲撞，还能成为建立干群鱼水关系的契机。所以，哪里有老百姓我们就到哪里去，哪里老百姓问题多、意见大、困难重，我们尤其要注意到哪里去。现在，有些干部把躲避老百姓视为一种聪明或领导艺术。群众要求直接见张书记，张书记却把李书记推到前沿；群众要求李县长来答复，李县长却让秘书去和群众捉迷藏。如此拉锯、推诿、踢皮球，不但于事无补，反而会加剧矛盾冲突。老百姓是我们的衣食父母，我们是人民公仆，每一个党的干部，都应该以深厚的感情来对待群众反映的各种实际问题，并努力帮助解决，为之排忧解难，切不可视而不见，听而不闻，心不在焉，敷衍塞责，漠然处之。更不能居高临下，动辄训人，把反映问题的群众视为刁民。对待群众的态度，应当成为新时期领导干部是否合格的一块试金石。

迎着老百姓的方向走，绝不是说可以不讲原则，绝不是提倡违法上访、集体上访。相反，我们干部以积极的姿态到群众中去，是为了更好地贯彻落实党的方针政策，引导群众摆正眼前利益与长远利益、局部利益与全局利益的关系，从而使我们成为群众利益的真正代表。近闻涉县县委在旧城改造中，面对群众上访事件，县委书记杨志科没有回避矛盾，而是主动来到告状者中间，晓之以理，动之以情，组织告状群众代表到外地参观。告状的群众大都是一辈子没有出过太行山的人，他们到市里、省会和京城走了一遭后，观点来了个180度大转弯。他们说，我们涉县这儿哪像个县城，不动大手术，连马车都过不去，怎么能跟上时代的步伐？迎着老百姓的方向走，在这里变成了一堂最切实、最生动的思想政治工作课。

（原载《河北日报》1998年11月）

在历史的进程中评价历史

2018 年，纪念改革开放 40 周年，《人民日报》以“任仲平”的署名，发表了《创造历史的伟大变革》和《亿万人民的共同事业》这两篇雄文。文章以热情洋溢的诗歌语言，讴歌改革开放，讴歌思想解放，讴歌伟大变革中人的创造力以及随之实现的个体价值。20 年前，由谢宏执笔的“任仲平”文章，从标题就可以见出当时的克制态度。这种克制，同时也体现在仅获得中国新闻奖二等奖和没有进入人民日报社 1999 年大事记。而之前发表于 1996 年 4 月 1 日的《为经济建设和社会发展提供强有力的政治保证》，则获得了中国新闻奖一等奖，当然也被写进了 1997 年大事记。这两次获奖的内在关联在于均出自同一名长期战斗在理论研究前沿的同志之手。

谢宏 1939 年出生，1965 年 7 月山东大学中文系毕业，先后在红旗杂志社、国家出版局工作，在中共中央书记处、国家新闻出版署、人民日报社从事文字、理论编辑工作。他历任新闻出版署副秘书长、录音录像管理司、政策法规司司长、新闻出版报社总编辑、国家新闻出版署副署长、人民日报社副总编辑等职务，是中共第十四次全国代表大会代表，中国社会科学院新闻研究生博士生导师，于 2007 年 8 月卸任。他的主要理论著作有《坛下谈文》《金台试笔》《谢宏文集》等。[①] 按照履历推算，他职业生涯中的两次重要获奖，均在人民日报副总编的任上，时年 57 岁和 59 岁，已过“知天命之年”。没有丰富的共和国经历和长期的理论修养，很难想象何以完成如此高屋建瓴、有理有据的历史评论。

《评改革开放二十年》有这样几方面值得评论学习者继承。

---

① 谢宏简介［EB/OL］. http://blog.sina.com.cn/s/blog_1894b76520102y15q.html.

首先，有充分的理论研究，就有充分的表达自信。这篇评论的底气很足，原因在于作者对理论的扎实研究。如何评价改革开放，其实就是如何评价邓小平理论。而邓小平理论的关键，就在于社会主义本质论。与这篇评论刊发的同一时间段，谢宏在人民论坛发表了《关于社会主义本质的思考》。在上篇《从理想到现实》中，他以“什么是社会主义？”和“如何建设社会主义？”两个设问讨论了社会主义的本质和社会主义制度的根本优势。他说：“要十分珍惜我们的政权，珍惜我们选择的社会制度和已经达到的理论高度，珍惜越来越成熟的我们党的卓有成效的领导，避免在初级阶段，在很弱小的时候，被强大的资本主义吃掉。如果失去已经拥有的政权和制度，从头再来，再去重新建立，就会遭遇更多的艰难曲折。我们的国家和人民难以再付出那么大的代价，也不应该付出那么大的代价。”① 字里行间，可以感受到谢宏对党和人民事业饱含的深情与忠诚，尽管没有任何一个吸引眼球的热词。下篇《历史的定位》则不再提问，直接阐发观点。通过对现实的考察，他认为，社会主义和资本主义不只是取代关系，也有可能是并存关系、交叉关系，这是新生的社会主义制度生存和发展的空间。他提醒说：“形势和任务，形势和本质，形势和机遇，往往有着内在的必然联系。对于本质的把握不准，往往影响对于形势的判断；对于形势的判断标准，又往往影响对于本质的把握。”② 基于对重大理论问题的清晰认识，转化为对改革开放二十年的评价时，无不气贯长虹，信心满怀。

其次，有充分的事实资料，就有充分的论证自信。理论的自信在评论的写作中不能直接设定为读者的阅读兴趣和充分理解，后者需要有一种鲜明的服务意识。人是理性的动物，对于自己不理解的东西，不会相信，也不愿相信。作者平心静气，运用历史思维，总结经验，梳理重要关节，层层推进。文章引证30多个数据来呈现改革开放的成效，从“三个风波”的应对来证明“我们的国家站起来了”，从“不是两个中心，不是一个基本点”来强调政治保证的重要性。纵观全文，作者没有简单地评价改革开放，而是把读者放在一个平等交

---

① 谢宏．从理想到现实——关于社会主义本质的思考（上）[J]．人民论坛，1998（12）．

② 谢宏．历史的定位——关于社会主义本质的思考（下）[J]．人民论坛，1999（1）．

流的位置上，希望通过问题的提出和实践的印证、理论的总结，与大家一起来分析，一起来认识，最终达成思想上的共识，凝聚继续向前的信心。

最后，有充分的历史观照，就有充分的辩证思维。评论选题宏大，篇幅也宏大，近6000字，分为五个部分。从阅读体验来看，并没有给人带来重复拖沓的感觉，反而觉得起承转合十分有节奏。究其原因，不仅在于文笔，更在于思维。文章开头便强调："认真研究和正确评价这不同寻常的二十年，对于我们总结经验，把握规律，更有成效地建设有中国特色社会主义，具有重要意义。"[①] 作者意识到，在历史进程中评价历史，其目的不在于赞许，而在于总结——谈成就，也谈困难；谈理论，也谈形势，"遵循大处着眼的原则"，将克服困难的落脚点最终放在了"坚持不懈地进行反腐败斗争"。结合现实，不得不感佩老一代党媒评论人的犀利和深邃。

总之，这篇评论，对我们认识历史和现实的逻辑，学习理论和评论的精气神，永远具有独特的价值。

◇附作品

评改革开放二十年

谢　宏（任仲平）

（一）

从1978年12月党的十一届三中全会召开至今，邓小平同志开创的改革开放事业整整经历了二十个年头。改革开放二十年，作为一个特殊的"历史单元"，正在成为当今世界备受关注、争相评说的焦点。当人们集结知识，用新的智力和眼界破解这一不同寻常的二十年时，人类思想正在进入一个新的活跃期。

① 谢宏．评改革开放二十年［N］．人民日报，1998年12月17日第一版．

改革开放二十年的吸引力主要基于以下几方面。①在这二十年中，中国人民的命运发生了深刻变化。而中国人口占整个人类的1/5，占发展中国家的近1/3。②改革开放二十年的成败关系着一个新型社会形态、社会制度的兴衰，而即将过去的这个世纪，恰恰是社会主义从无到有，从弱到强，从轰轰烈烈到遭受严重挫折，又于改革开放中焕发生机的世纪。③改革开放刚刚进入攻坚阶段，整个进程如何向前发展，受到人们的关注。

历史的长河有时是停滞的、混浊的，有时又急转直下，一泻千里，这都是有规律可循的。这里有历史的契机和积累，也有人的主观能动性的发挥，人对于客观规律的认知和把握。认真研究和正确评价这不同寻常的二十年，对于我们总结经验，把握规律，更有成效地建设有中国特色社会主义，具有重要意义。

（二）

改革开放二十年，波澜壮阔。我们只能选择重要关节，选择几个角度、几个方面进行评说。也只有这样，才可能抓住要领，也才可能是立体的，而不是平面的；全面的，而不是片面的；发展的，而不是静止的。

事实和数据也许是枯燥的，但它最简单，也最雄辩，在评说改革开放二十年的成就时，最容易找到共识。

一个人所共知的事实是，1976年以前的“文化大革命”，使我国经济濒临崩溃边缘；1978年之后的二十年，我们的国家发生了举世瞩目的变化。

截至1997年，我国国内生产总产值为9020亿美元，经济总量居世界第七位。在这期间，我国经济年均增长率为9.8%，是新中国历史上发展最快的时期，比同期发展中国家高4.8个百分点，比发达国家高7.3个百分点，比世界经济年均增长率高6.5个百分点。

1997年，我国主要工农业产品产量跃居世界第一位。在世界贸易中的地位由第三十二位上升到第十位。外汇储备1399亿美元，居世界第二位。国际旅游业收入由2.6亿到121亿美元，跃居世界第八位。实际利用外资2500亿美元，年利用外资额连续五年居发展中国家首位，跃居世界第二位，仅次于美国。

二十年中，我国城乡居民收入水平成倍增长。农村居民纯收入由1978年的 133.6 元提高到 1997 年的 2090 元；城镇居民由 343.5 元增加到 5160 元，扣除价格上涨因素，年均增长 8.1% 和 6.2%。

我国居民消费水平从 1978 年的 184 元增加到 2677 元，按可比价格计算，每年增长 7.7%。1997 年年底，城乡居民储蓄存款 46280 亿元，比 1978 年的 211 亿元增长 218 倍，年均递增 32.8%。

我们还可以从国家巨变和人民生活巨变中分解出更多的数据来翔实论证我们的成就。上述几个数据的典型意义在于：它们是基本数据，收入、消费和积累，包括国家的和个人的，足可反映全貌；有可比性，与历史比，与其他国家比，有立体感；引用外资、外贸和旅游方面的数据，是为体现开放程度。

更加重要的是，我们的国家正处在转型期，从传统的计划经济向社会主义市场经济转型。转型时期往往是最脆弱的，因为这一时期的首要任务是转轨，进入新的轨道之后，就会长驱直入。而我们是在转型时期取得了重大成就的。根据世界经济论坛和瑞士洛桑国际管理和发展学院共同公布的 1995 年世界竞争力评价报告，在参评的转型国家排行榜中，中国排名第一。转型期的成就，不只在其已经达到的高度，更在其发展势头。在世界多极化经济全球化的发展趋势中，一个 12 亿人口的发展中大国，起动从落后到先进、从贫弱到富强转变的过程并取得了不起的成就，对于世界所产生的影响是巨大的。

我们国家从传统的计划经济向社会主义市场经济转化，即我们通常所说的体制变革的基本状况是：经过二十年的努力，我们初步形成了社会主义市场经济体制的基本框架，市场调节功能在大大增强。高度集中的，以行政手段管理为主的统购统销、统收统支的计划经济体制已经发生很大变化。以公有制为主体，多种所有制经济共同发展的基本格局，和按劳分配为主体，多种分配形式并存的分配体制，已基本形成。国有企业改革确定了明确的改革目标和方针，正在进入攻坚阶段。宏观调控体制取得突破性进展，投资体制进行了较大改革；农村经济体制改革取得巨大成功。

我们是一个发展中国家，还面临着很多困难甚至风险，我们的人均国内生产总值还很低（1997 年仅为 733 美元），但是，我们在变革，在发展，二十年中发生了天翻地覆的变化。一位世界银行专家评价说：“中国只用了一代人的时间，取得了其他国家用了几个世纪才能取得的成就。”

（三）

三场大风大浪考验了我们的力量和成就，考验了我们党的威望和成熟。

这三场风浪是，80 年代末 90 年代初的国内国际政治风波，近年来的亚洲金融风波，1998 年的特大洪涝灾害。这次金融风波，在亚洲乃至世界范围内造成了严重动荡和影响，展示了一种深刻的危机。在这场来势很猛的动荡中，我们的国家在继续发展，改革开放事业在继续大步前进。战胜洪涝灾害的意义不仅在于战胜灾害本身，更在于其所形成的“万众一心、众志成城，不怕困难、顽强拼搏，坚韧不拔、敢于胜利”的伟大抗洪精神，向全世界显示了中华民族不可欺侮、不可战胜的强大凝聚力量。这是一种精神状态，是整个国家和民族的精神状态。由此可以看到我们国家的内在力量、驾驭和整合力量、把一切力量凝聚成综合国力的力量。事情发生在中国，影响遍及全球。在这个意义上，发生在中国土地上的这场抗洪抢险斗争，是当今世界的重大事件。

三场风波，比较集中地发生在最近十年，其中两场发生在年前和年内。就像历史在有意检测改革开放二十年的成败，有意遴选走向新世纪的强者。来自政治、经济、自然的这三方面的严重考验证明，我们的国家站起来了，在大风大浪中站起来了，在改革开放中站起来了，在世界多极化经济全球化的格局中站起来了。

我们的国家社会政治稳定，综合国力增强，精神面貌一新。不管异己的敌对的力量来自何方，是来自政治领域、经济领域，还是来自大自然，都不能阻挡我们前进的脚步。

与此相联系，二十年中，我们国家在国际事务中的作用大大提高。在大国关系中，在各种力量的结构中，具有举足轻重的地位。由于我国综合国力的增强，由于我们紧紧把握已经发展了的时代格局和世界局势，以中国的发展和人类的命运为出发点，开展广泛而积极的外交活动，理智务实、通情达理、仗义执言、反对强权、排解纠纷、沉着自信，被国际舆论称作“负责任的大国”“世界和平的重要支柱”。

（四）

改革开放二十年的最大成就是，我们形成了党在社会主义初级阶段的基本理论、基本路线，比较成功地走出了一条建设有中国特色的社会主义道路。这比二十年来我们在其他方面所取得的成就和进展，更内在，更本质，更加具有长远意义。关键是邓小平理论的形成及其对于历史进程的重大影响。核心是对于社会主义本质的认知和把握。使我们在新的时代条件下，如何认识社会主义，怎样建设社会主义，有了一个比较清醒的全新的认识。

邓小平理论第一次深刻揭示了社会主义的历史方位——从纵向看，我们正在建设的社会主义是初级阶段的社会主义，有别于发达和成熟阶段的社会主义；从横向看，我们国家的社会主义建设，必须切合我们国家的实际，符合我们国家的国情，不能照搬任何国家的模式。不管是纵向还是横向，都有一个集中力量发展生产力的问题，有一个处理好与资本主义的关系问题——既要充分吸收、利用和借鉴资本主义所创造的先进成果，发展生产力，又要坚持社会主义方向，坚持最终实现共同富裕，坚持人民利益高于一切。

根据马克思主义的基本原理和国内外的历史经验，以及我们国家需要集中力量发展生产力的现实，邓小平理论第一次鲜明深刻地指出："社会主义的本质，是解放生产力，发展生产力，消灭剥削，消除两极分化，最终达到共同富裕。"

发展生产力，最终达到共同富裕，必须解决两方面的问题。一方面，生产关系必须适合生产力的发展，"纯而又纯"的社会主义所有制的观念必须更新，"一大二公"的经济体制必须变革，关起门来建设社会主义的状况必须改变，生产关系和上层建筑中不适应生产力发展的方面和环节必须改革；另一方面，发展生产力，最终达到共同富裕，必须有社会制度、发展方向、指导思想、依靠力量、领导力量和专政力量的保证，必须有一个和平安定的国内国际环境，必须有一个强有力的智力支持和精神动力。

邓小平理论第一次比较系统地初步回答了中国社会主义的发展道路、发展阶段、根本任务、发展动力、外部条件、政治保证、战略步骤、党的领导和依靠力量，以及祖国统一等一系列基本问题，指导我们制定了党在社会主义初级阶段以经济建设为中心的基本路线。这条路线是一个中心——以经济建设为中心——不是两个中心，是两个基本点——坚持改革开放、坚持四项基本原则——不是一个基本点。

从“以阶级斗争为纲”转向“以经济建设为中心”，这是一场伟大的历史变革。这场变革几乎凝聚了我们对于时代、对于国内外历史经验、对于社会主义和当代资本主义的最新认识，包容了几代共产党人对于社会主义的理想和追求。可以说，这是一条用人类最先进的思想政治成果，根据中国国情和国际环境而选择的强国之路。社会主义初级阶段有多长，这条道路就有多长。我们就要坚持一条道路走到底，坚持党的基本路线不动摇。

为了找到这条道路，我们几乎又回到历史的起点，一切从头开始。重新认识我们的国情，重新认识我们的时代和形势，重新检点我们的制度和机制，重新学习马克思主义的ABC，重新找到起点和基点。理论和实践的关系，实践是起点和基点；经济基础和上层建筑的关系，经济基础是起点和基点；生产力和生产关系的关系，生产力是起点和基点。我们的党和人民，经过深刻的思考、郑重的探讨、交流、切磋，甚至论辩，逐步在一些重大理论和实践问题上取得一致。一些暂时不清楚的问题，先干起来，在实践中解决，摸着石头过河。就是这样，一点一点地成熟，一个问题一个问题地解决，一步一步地走向胜利。

以江泽民同志为核心的党中央，清醒、坚定、成熟，忠诚地卓有成效地实践着邓小平理论，丰富和发展着邓小平理论。党的十四大确定了发展社会主义市场经济的伟大决策；党的十五大在所有制关系、分配方式、公有制实现形式等方面，在坚持改革开放、发展社会主义市场经济、坚持四项基本原则等方面，大大丰富和发展了邓小平理论，使我们在建设有中国特色的社会主义道路上，越来越坚定，越来越成熟。

追溯历史，总结经验，我们还可以从另外的角度认定三场风波对于我们的改革开放所提供的警示，从而印证党的基本路线的正确：“文化大革命”所造成的灾难提示我们，社会主义国家必须进行改革；1989年的政治风波以及在国际范围内发生的有关危机提示我们，社会主义国家的改革必须坚持社会主义方向；近年来的亚洲金融风波提示我们，对外开放必须注重经济安全。来自三个不同方面的警示，再一次印证我们党的“一个中心，两个基本点”的基本路线是确定我们前进的轨迹，指引我们从胜利到胜利的重要政治保证。同时也进一步印证了中央对于形势的分析是正确的，应对措施是有效的，我们的改革处险不惊，是稳定成熟的。

（五）

历史的前进不是一条直线，而是由无数个互相交错的力量、无数个力的平行四边形，产生一个总的结果——历史变革。即使我们建立了代表人民利益的政权和先进的社会制度，即使有了比较好的体制和机制，有了对于社会发展规律的认识和把握，强化了对于社会矛盾的驾驭和整合，社会发展仍然不是一条直线。

如果我们将二十年的改革开放作为一个整体、一个结果、一个历史事变来看，我们就能够比较容易比较集中地看到成就，看到我们在多大程度上推动了历史进程。如果我们将二十年的改革开放作为一个过程，我们就能比较充分地看到其间所遭遇的坎坷和曲折，看到我们还存在很多困难和问题，还面临着很多风险和挑战。改革开放，前无古人，没有现成的道路可走，也没有十全十美、只有利没有弊、只有得没有失的方案供我们选择。我们的任务是，权衡利弊得失，取其“利”多“得”大者为之。总结过去，回顾历史，展望未来，迎接挑战，我们也只能遵循大处着眼的原则，取其大者而评之，取其大者而为之。

改革开放二十年，成就瞩目，也存在不少困难和问题。二十年的基本情况是，我们的生产总量增长较大，人均产值仍然较低；发展速度较快，整体效益相对偏低；沿海地区发展较快，中西部地区发展相对迟缓；先富地区先富群众生活变化很大，后进地区和后富群众生活变化相对迟缓；观念更新变化较大，国民整体素质的提高相对缓慢。市场经济给我们带来了生机和活力，但是，市场经济要有健全的法制、有效的机制，真正建立起社会主义市场经济是一个很长的过程，在这个过程中，难以避免发展市场经济所带来的某些负面影响；对外开放，使我们开阔了眼界，有利于我们引进技术、资金和管理经验，有利于我们在世界范围内审视和设计自己，发挥我们的优势。但是，如果我们不设防，也会带来不利影响，包括经济的和精神的。在这一伟大的历史转折中，我们必须保持清醒的头脑，坚持不懈地进行反腐败斗争，以保证我们干部队伍的廉正和生机，这是关系我们事业成败，关系我们党和国家生死存亡的大问题。

充满希望和生机的21世纪，即将向我们敞开大门。席卷亚洲的金融风暴预示我们，新的世纪并不平静。作为一个后起的发展中国家，一个新型的建立了社会主义制度的国家，如何走向新世纪，参与新一轮的世界性角逐，并在这场角逐中不断取得主动，必须做出加倍的努力。改革开放二十年是一场演练，也是一种积累，我们走出了一条道路，锻造了一支队伍，酿就了一股豪情，积累了丰富经验。最重要的是，以江泽民同志为核心的党中央，清醒、坚定、成熟，具有在复杂形势下驾驭全局的能力，在亿万人民群众中具有崇高的威望。我们必须珍惜我们所得到的这一切。我们的力量只能集中，不能分散；只能团结，不能分裂；只能稳定发展，不能动荡不安；只能励精图治，不能松懈麻痹；只能艰苦奋斗，不能贪图享受。只要我们高举邓小平理论伟大旗帜，紧紧地团结在以江泽民同志为核心的党中央周围，坚持以经济建设为中心不动摇，坚持改革开放不动摇，坚持四项基本原则不动摇，循序渐进，稳扎稳打，我们就会应付各种局面，战胜各种困难，夺取更大胜利。

20世纪就要过去了。由此上溯一个世纪，即19世纪的最后二十年，正是我们的国家任凭列强宰割，进一步沦为殖民地半殖民地的年代。1900年八国联军占领北京，中华民族蒙受巨大屈辱，国家濒临崩溃边缘。而一百年后的这个二十年，我们洗雪了百年耻辱，在世界上崛起。我们的成就，受到国际社会的普遍赞扬，可以鼓舞今人，告慰先人；我们历史的耻辱、我们当前的问题、我们面临的困难和风险，也一样不得忘却，不容轻慢。只有这样，我们才能愈战愈强——站起来了，就再也不会倒下去。

（原载《人民日报》1998年12月17日）

直来直去讲理论

大家都知道理论的重要性，但畏惧理论的读者并不少。《光明日报》作为联系广大知识界的桥梁和纽带，其目标对象大多是理论高手，具有较高的智识水平和判断能力。知识分子不怕理论，只怕对理论的讲解是弯弯绕，逻辑不清或离题千里，误人误事。“与真理同行，与时代同步。……从记述‘中国人民站起来了’，到推动真理标准大讨论，《光明日报》始终挺立思想潮头。”[①] 这篇宣传党的十五大报告的评论，清楚地把握了读者心理，具有鲜明的对象意识，充分体现了报纸风格。

1997 年 9 月 12 日至 18 日，中国共产党第十五次全国代表大会在北京召开，江泽民作了《高举邓小平理论伟大旗帜，把建设有中国特色社会主义事业全面推向二十一世纪》的报告。报告首次使用了“邓小平理论”的科学概念，并把这一理论作为指引党继续前进的旗帜。《一个鲜明主题》是《光明日报》“十个一”系列评论的首篇。“十个一”系列评论，指的是党的十五大闭幕后，《光明日报》1997 年 10 月 5 日至 11 月 3 日在一版显要位置连续发表的 10 篇评论：一个鲜明主题、一面伟大旗帜、一个重大理论、一次思想解放、一个基本纲领、一项重要任务、一个热切期盼、一个光明未来、一项伟大工程和一种精神状态。这 10 篇评论，全面阐述了党的十五大精神，从 10 个不同侧面深刻论述了十五大的历史作用、重大意义和深远影响。[②]

作为首论，《一个鲜明主题》确立了一种鲜明的文体风格：结构规范，文

① 七十年，初心不忘，征程在前［N］. 光明日报，2019-6-17.

② 喻国英. 虑周藻密　风云并驱——《一个鲜明主题》评析［J］. 新闻传播，1999（2）.

辞精审。结构上，文章开头就挑明观点，结尾则回应观点、提出倡议。一开一合，形成了一个清晰的论述闭环，给人留下深刻的印象。再看中间的四个段落，均以一个观点句打头，不仅具有较高的视听识别度，而且按照因果逻辑层层推进，形成从总述到分述的表达文本。先看开头，两句话。第一句陈述十五大报告的主题，具有高度的概括性。第二句的“选得好、选得准”则简洁明了地形成判断，“充分反映了时代的要求和人民的愿望”则说明了下判断的原因。看来，作者对十五大报告的充分肯定，归根结底来自对中国共产党“立党为公，执政为民”的充分信任。再看后面的四段，“这是一个鲜明的主题”，发挥了承上启下的作用，紧扣理论和实践的关系，进一步阐释和剖析了主题的构成、主题的特点和主题的重要价值。后面三段分别从“科学的主题”“深刻的主题”和“振奋人心的主题”论证了“一个鲜明的主题”。邓小平理论体现了马克思主义的逻辑力和科学性，是实践经验的总结，贯穿着解放思想、实事求是的精神，发挥着继承遗志、凝聚人心、鼓舞人心、回应世界关注的重要作用。结尾一段，三句话，先总结，再强调，最后提出倡议，不仅呼应了开头的“好”和“准”，而且把踏踏实实践行十五大精神放到一个关键的位置。

作者对语言的运用也是充分自觉的，对此有论者给予了高度评价：“《一个鲜明主题》采取间隔反复、对偶、排比、对比、递进等多种修辞手法行文造句，使得文章如海潮澎湃，巨浪排空，一波接着一波，极具冲击力。细读全文，人们会强烈地感受到作者发自心底的昂扬激情。这激情化作文字，便形成了这篇 1217 字评论酣畅的气韵，如歌，如诗。”① 也许是隔代的原因，今天我们很难与当时的论者产生完全相同的阅读感受。但是，我们不能因此就怀疑这种评价是刻意的或矫情的。贴合这位论者的感受，打动他的其实并非文字本身，而是文字所承载的一种时代精神共向：解放思想，实事求是，坚持走中国特色社会主义道路。

是的，要说这篇评论在 20 年后的今天还有什么价值，弥足珍贵的也许就是那种力透纸背的表达状态：不装、不端、不矫饰，因为对理论的真懂、真信，所以能够直来直去，直话直说。

---

① 喻国英．虑周藻密　风云并驱——《一个鲜明主题》评析［J］．新闻传播，1999（2）．

◇附作品

一个鲜明主题

——论认真学习贯彻十五大精神

王 晨 李景瑞

江泽民同志在党的十五大上的报告，一开始就明确提出了这次大会的主题："高举邓小平理论伟大旗帜，把建设有中国特色社会主义事业全面推向二十一世纪。"这个主题选得好、选得准，充分反映了时代的要求和人民的愿望。

这是一个鲜明的主题。高举伟大旗帜，推进伟大事业。前者是理论，是指导思想，是锐利武器；后者是实践，是中心任务，是奋斗目标；完成中心任务、实现宏观目标需要科学的指导思想，亿万人民建设有中国特色社会主义的伟大实践，需要邓小平理论这一强大的思想武器。十五大的这个主题，高度概括，极其精练，充分反映了中国共产党人继承邓小平同志遗志、沿着十一届三中全会以来正确路线继续胜利前进的坚强决心；又易懂易记，凝聚人心，集中表达了 12 亿中国人民建设富强、民主、文明的社会主义现代化国家的共同意志。

这是一个科学的主题。提出高举邓小平理论伟大旗帜，并不仅仅是出于对邓小平同志的深厚感情和深切怀念，更是从马克思主义发展史的高度，从三次历史性巨变产生三位站在时代前列的伟大人物、两次理论飞跃产生两大理论成果的高度，论述了邓小平理论作为全党指导思想的必然性、不可动摇的历史地位和重大的指导意义。提出把建设有中国特色社会主义事业全面推向 21 世纪，也不是简单地罗列我们所要达到的目标和所要解决的问题，而是从新世纪我们面对着严峻挑战，更面对着前所未有的有利条件和大好机遇的角度，尤其是从我国现在处于并将长时期处于社会主义初级阶段这个最大的国情出发，论述了党的根本任务、基本路线和基本纲领。这些都充分体现了马克思主义严密的逻辑力量和严谨的科学精神。

这是一个深刻的主题。报告集中了全党的智慧，创造性地运用邓小平理论，对十一届三中全会以来特别是十四大以来全党和全国人民共同奋斗的实践经验做了深刻总结，对一系列关系党和国家命运前途的重大理论和实践问题做了深刻分析，对我国改革开放和现代化建设具有深刻的长远的指导意义。报告通篇贯穿了解放思想、实事求是的精神。回顾百年历史，展望下世纪，既看到成绩，又分析问题；既满怀信心，又冷静清醒；既鼓励大胆突破，又提倡务实态度；支持什么，反对什么，坚定明确，毫不含糊，有一种恢宏的气势和铿锵有力的风格，有着强烈的说服力和感召力。

这是一个振奋人心的主题。现在，很多国家都在研究和制定跨世纪发展战略。全世界都在注视着中国。党的十五大确定，高举邓小平理论伟大旗帜不动摇，沿着十一届三中全会以来的正确路线，全面推进建设有中国特色社会主义的伟大事业，把我们的国家建设得更加繁荣美好。对这样的主题，全党同志拥护，全国人民高兴，国际舆论也给予积极的评价，可以说在世界上树立了一个非常好的形象。在十五大精神的指导下，我们的党一定能够完成承前启后、继往开来的重大历史使命，我们的祖国一定能够建成富强民主文明的社会主义国家。

十五大精神，集中到这一点，就是高举邓小平理论伟大旗帜，把建设有中国特色社会主义事业全面推向21世纪。这是十五大的主题，也是党中央今后五年全部工作的主题。在学习十五大精神的时候，我们要紧紧围绕这个主题，深刻领会这个主题，牢牢把握这个主题，坚决贯彻这个主题，这是能不能真正、全面、准确地掌握十五大精神的关键所在。

（原载《光明日报》1997年10月5日）

批评歪风邪气须有一身正气

这是一篇让人醒脑的文章。所谓“文以气为主，气之清浊有体，不可力强而致”，文章中有一股让人荡气回肠的清气，无不体现着作者的风骨。丁锡满是沪上知名新闻工作者，1958年毕业于上海复旦大学新闻系，从解放日报一个国际版编辑，一直当上沪上第一报的掌门人。[①] 撰写此文时，他应该是在总编辑的位置上。总编辑，理论过硬，视野够宽，掌握的情况最实在、最真切。这样的选题，放在他手上，完全是知根知底，不吐不快。

情感态度是立论的底色。标题的一个“不能”，开门见山，鲜明表达了作者的立场。“有偿新闻”由来已久，作者不是不明白，“那是旧社会低级小报记者的遗风”，甚至有论者对民国记者车马费的收授关系进行了专门研究，想从理论上确立“有偿新闻”的历史依据。但是，在作者看来，这是不具有可比性的。因为时代变了，党报记者的身份、责任和职业伦理不能用原来的行规来解读。讨论党报记者的作风，其基本前提是什么呢？作者敢于直言的勇气开篇就展现出来：“上梁不正下梁歪。”影响社会风气的根本原因，是党风。这样开阔而犀利的理论视野、分析角度，不是行家，无法获得，没有一颗赤子之心的人，也很难达到这种境界。

事实确凿是判断的底气。长期战斗在新闻工作的第一线，日积月累的业务经验，让作者心明眼亮，嗅觉灵敏。他首先判断，新闻界的不正之风有很多种类，但最普遍和最突出的不正之风是“有偿新闻”。他根据掌握的情况，把可归入有偿新闻的现象分了四类。20多年后，有论者将中国新闻界媒体寻租形

① 吴欢章．真情直抒的丁锡满散文［N］．文学报，2013-9-12.

态大致也划分为四类。一是软文。以新闻的形式做广告（多是机构性的腐败）。二是红包。收钱为人做宣传或者不刊发不利于对方的报道。三是敲诈。发现对方之问题，以监督之名，收对方的封嘴费。四是利用内参、简报等直通高层的管道，先发批评文章，等领导批转之后，再收钱发表扬文字以消除影响。[①]比之丁锡满同志总结的“版面创收”“伪劣新闻”“马夹袋新闻”[②]和“无耻索要”，实际上并没有区别，不过是记者的所作所为更加无耻和嚣张。

危机意识来自职业的底线。文章的后面三段，层层递进，先从事理逻辑上揭示“对舆论工具的收买和贿赂”其实质是“对新闻队伍的腐蚀”，再以恳切的态度请社会帮助和配合“我们对新闻队伍的管理”。老一辈新闻人对问题的敏锐把握令人佩服，“利欲熏心是搞新闻的大忌。近年来发生了一些违法乱纪、违反社会主义道德和新闻职业道德的案件，尽管只是发生在少数媒体和少数人身上，但给党的新闻事业造成的损害是巨大的”[③]。作者以新闻媒介的功能为论证前提，把损害“铁肩担道义，妙手著文章”的必然性无可辩驳地摆出来，把新闻职业的底线亮出来。评论向来不提倡“以问代论”，但这篇文章最后两段连续六个反问，并非在技巧上犯忌，而是作者情之所至，痛心疾首，扪心自问，不得不问！

“己不正，何以正人？”2014 年 8 月 30 日，中国记协发布的《新闻工作者践行社会主义核心价值观倡议书》，明确提出新闻工作者要“坚持担道义、守良心、当示范、做榜样，真正以自己的行动影响和带动社会”。为彻底解决有偿新闻或媒体寻租的问题，除了对新闻工作者加强教育引导，更要在体制机制上予以保障，党中央做出新闻采编、经营两分开的重大决策。“气，水也；言，浮物也”，新闻工作者，涵养正气是正道。

---

① 吴飞．呼唤媒体人的自我救赎［N］．时代周报，2012-4-12.

② “在一次新闻工作交流会上，听人说起‘马夹袋新闻’，颇感新鲜。细一了解，原来是指目前新闻界出席的一些经济交流会、订货会以及其他一些企事业召开的会议，盛行发礼品、送红包，记者却于情面，受之有愧，有些会议即使无新闻价值，拿了人家一马夹袋礼品，为了回报，就在报上发一简讯或新闻，俗称马夹袋新闻。”参见吴万里．马夹袋新闻与花边新闻［J］．新闻知识，1992（3）．

③ 新华通讯社课题组．习近平新闻舆论思想要论［M］．北京：新华出版社，2017.

◇附作品

不能搞有偿新闻

丁锡满

现在的不正之风，来自三方面：党风、民风、社会风气。其中党风是决定性的。由于党内的不正之风长期得不到解决，上梁不正下梁歪，蔓延开来，渗透到社会的各个细胞和各个角落，各行各业的人都各显其能，"虾有虾路，蟹有蟹路"，为自己敛钱聚财。于是，不正之风就成了带有广泛性、弥漫性的社会问题。我们一方面痛心疾首大骂党风不正，干部之风不好，但是自己呢，又自觉或不自觉地，或多或少地萍末生风，并且飘然"随风而去"。

在众多的行业不正之风中，新闻界并不是一片净土。过去一向以舆论监督为职能，令人敬之畏之的崇高职业，现在也受到了歪风邪气的侵袭，患上了社会传染病，有的人也斯文扫地了。有人把"豺狼虎豹"并提，那是太过分了。但是从我们自己的要求来说，即使白璧微瑕都是不应该有的。党的"喉舌"如果生了疮，那怎么还有正义的声音、正确的导向呢？我以为，对新闻界的风气，要求应该特别严格。

新闻界的不正之风有许多方面，如记者炒股票、利用工作之便拉生意、做掮客等，那是个人素质问题、队伍建设问题。涉及的人数不多，当前最突出的问题是搞有偿新闻。有偿新闻有多种形式。

一是利用报纸的新闻和专刊版面、广播和电视的专题节目公开收取费用，作为新闻单位的收入。这些版面和节目本身具有新闻价值，广告成分不多。但是因为收了费，使这些本来纯正的新闻报道沾了铜臭味。报纸版面和广播电视节目的收费部分，只能标明是广告，非广告版面和节目，绝不能出卖，绝不能"创收"。《解放日报》不能有这一类有偿新闻。

二是在非广告性的版面和节目中夹带"伪劣新闻"，报上有些东西，没有新闻要素，没有新闻由头，有的讲了一大堆空话，意在为某个单位、某个企业扬名；有的实而又实，连门牌、电话都有，露骨地为某厂某店推销产品。

当然，这些东西是没有新闻价值的、无可不可的“伪劣新闻”。看到这种东西，你就可以断定记者拿了人家好处，进了自己腰包。新闻媒介经常大义凛然给各种伪劣产品曝光。但是，又有谁来给这种貌似新闻、实为广告的伪劣新闻曝光呢？

三是某些新闻发布会的新闻和开业新闻。新闻发布会中有真正的新闻，如全国“两会”的新闻发布会，第一届东亚运动会的新闻发布会，梅花奖、白玉兰奖新闻发布会，白宫新闻发布会。但是，现在的新闻发布会太滥，有的新闻发布会已经成了产品推销会，毫无“新闻”可言。开业新闻也是这样。有些公司、大厦、商店的奠基、开业本身具有很高的新闻价值，如“不夜城”工程开工、“东方明珠”打桩、金属交易所开锣，这些都应该突出报道，但是，不是所有开业消息都具有新闻价值。现在有些记者采访很不深入，对新闻发布会和开业典礼却饶有兴趣。为什么？因为新闻发布会和开业典礼都发信封和马夹袋，这种“马夹袋新闻”也是有偿新闻。本报记者一天之内发过六条开业新闻，当然都被我拉下。

四是记者厚颜无耻地直接向被采访单位索要钱物，这是最不能容忍的。前三种情况虽然也是不正之风，但还可以说是“双方自愿”，第四种情况就是勒索了。这种记者脸皮很厚心很贪，要价很高，全不顾报社的声誉，那是旧社会低级小报记者的遗风。古往今来的新闻同业对这种人都是十分鄙视的。

前三种有偿新闻之所以双方自愿，各得其所，是因为对记者来说，这种灰色收入相当可观；对企业和厂家来说，也十分合算，费用既大大低于广告，而在新闻版和专题节目中刊用，又比广告更具有权威性，何乐而不为？其实，这是对舆论工具的收买和贿赂，是对新闻队伍的腐蚀。虽然责任首先在于我们新闻界对自己队伍的失教和失控，但我们还是希望社会各方面能帮助我们，配合我们，不要大会小会，大稿小稿，动不动就送钱送物。在国外，记者收受采访对象的钱物，是一种丑闻，在我们这里却习以为常了，好像无“礼”不成会了。

“铁肩担道义，妙手著文章”，这十个字概括了新闻媒介的职能。如果搞有偿新闻，必将损害这两种职能。新闻如果沦为变相广告，还有什么真实性、准确性、权威性可言？还有什么道义和导向？如果热衷于写“马夹袋新闻”和开业消息，记者怎能成才？报纸还有什么看头？

已不正，何以正人？自己的名声也不好，怎能对别人进行舆论监督？社会风气、行业风气既然成为社会性的问题，就需要全社会共同治理。我们希望社会各界先来帮助新闻界把风气整顿好，不要为有偿新闻提供条件。如有记者编辑向采访对象索要钱物，欢迎大家向报社的党委办公室、总编办公室甚至写信给总编辑检举揭发。

（原载《解放日报》1993 年 5 月 27 日）

直陈蓄积之情的佳作

第一届中国新闻奖评选的作品是1990年发表的。因为1989年的政治风波，1990年成为改革开放以后的共和国历史上一个特殊的年份。邵华泽在评述首届获奖作品时，认为这些作品体现了新闻宣传工作“为社会主义服务、为人民服务”的基本方针，所有评审对所有作品在政治上都没有提出异议，“这是非常难得和值得珍惜的”。政治上的一致态度保证了中国新闻奖的顺利开启。《陕西工人报》由梁若洁同志撰写的这篇评论，尽管没有获得一等奖，但因为其特点鲜明，受到普遍赞赏。[①] 评析者认为，新闻评论有责任把群众的愿望、呼声和疾苦，通过报刊反映出来。这篇800多字的报纸评论有两个特色：一是切合实际，离读者很近；二是提出具体的改进办法，让领导做参考，充分发挥媒体耳目喉舌的作用。[②] 细读文章，可发现哪些看头？

首先，敢于直言。党的新闻舆论工作原则是以正面宣传为主，但并不代表完全回避问题，完全不去批评。新闻工作者只要能深入生活，细致观察，准确地找到问题，客观地分析问题，批评在理，并且能产生积极的社会效应，就一定要坚持批评。这篇评论具有鲜明的批评态度，而且直接找能拍板的人说话，一声声“市长”叫得人猛然抬起头来。普通市民在生活中基本没有机会使用的这个称呼语，却被作者从开头用到结尾，一方面把读者仿佛带到与市长“面对

---

① 经不完全收集，对此作品直接或间接进行评析的专家有程刚（《一篇富有特色的新闻评论——简析〈市长：可否改改垃圾车〉》，《新闻知识》1992年第6期）、何光先（《新闻写作中的喜与忧——首届“中国新闻奖”作品简析》，《新闻知识》1992年3月）和邵华泽（《随着时代的脚步前进 邵华泽同志谈“中国新闻奖”》，《新闻通讯》1992年1月）等。

② 程刚．一篇富有特色的新闻评论——简析《市长：可否改改垃圾车》[J]．新闻知识，1992（6）．

面”的情景中，产生较强的“对话感”和“现场感”；另一方面也把全文的语态和基调确定了下来，体现出一种胸有成竹的自信，从态度上增强了说服力。再细看，市容市貌，环境卫生，不仅是为了市民的利益考虑，也是为了市政府的行政效果考虑，体现党性和人民性的高度统一。这样的批评，自然是可以心无杂念，坦坦荡荡，直话直说的。

其次，酣畅淋漓。“只要读开头就肯定能读到结束”——这是评论在语言运用方面最成功的地方。作者没有任何弯弯绕，开门见山：既然同一天的新闻有两条都在报道城市环境卫生，而且市长不是“善纳建议”吗，那这里现成的就有一条建议——改改垃圾车！“垃圾车怎么了？为何要改行装？”作者用连续两个疑问铺陈好了后文的逻辑。“触景瞎想”，以作者耳闻目睹但一般人见怪不怪的事实为靶子，再以文明之城的要义为靶心，射出“改造垃圾车”的建议之箭。有的放矢，岂有不中之理？800多字，前因后果，前提结论，文气贯通，一气呵成。

最后，幽默谦虚。“幽默”是在讽刺中体现一种对事不对人的态度，没有居高临下的嘲讽和抨击，而是以熨帖的同情心把观察中发现的问题指出来，写作动机是促进问题的解决，写作态度是善良而平等的，并不想“鸡蛋里面挑骨头”，刻薄得让人下不来台。前面指出接受检查前的突击治标不治本，后面则指出管理的不科学导致劳动无效。“那一个个精神抖擞的棒小伙，真可谓全力以赴，挥起大锨一串灰扬，装车之处一团雾障，直搅得过路人不虚此行，人人沾其光，掩其鼻，干气无言。车走后，狼藉一片。”以这个段落为例，作者的文笔修养尽显其功力。字里行间，既有对劳动者的尊重，也指出了“不考虑效果”的劳动，让人感到“白花了力气”。“如此借风‘播种’，实在委屈了大半夜扫街的清洁工。”一个“委屈”鲜明表达了情感立场。于是让“垃圾车加盖”的建议呼之欲出，为下文做足了铺垫。

魏禧在《宗子发文集序》中说：“人生平耳目所见闻，身所经历，莫不有其所以然之理，虽市侩优倡大猾逆贼之情状，灶婢丐夫米盐凌杂鄙邪之故，必皆深思而叹识之，酝酿蓄积，沉浸而不轻发。及其有故临文，则大小深浅，各以类触，沛乎决陂池之不可御。”以此段之义作解此文，再恰当不过了。像这样有一说一的文章，让人感到事理通透，分寸把握适度，阅读感受如坐春风。文章之妙处并非字面的修辞，而是作者对生活的观察之微、对市民和劳动者的同情之心。想得透，自然说得透、说得深、说得准，绝非一时一日之工。

◇附作品

市长：可否改改垃圾车

梁若洁

昨夜看电视，有两则新闻引出笔者心绪已久的这番感慨。一条称：省武警总队数百名干警走上街头清整市容，拉开了把太原建成文明卫生城市的序幕。一条曰：太原市市长善纳市民建议，频频议市政、查冬防、下少管所，攀东山路云云。于是也想借兴凑上一计——市长：可否改改垃圾车？

垃圾车怎么了？为何要改行装？此乃笔者触景瞎想。

景一：一早一晚，正值人们上下班之际，垃圾车亦直驱街巷。那一个个精神抖擞的棒小伙，真可谓全力以赴，挥起大锹一串灰扬，装车之处一团雾障，直搅得过路人不虚此行，人人沾其光，掩其鼻，干气无言。车走后，狼藉一片。

景二：那卡车也许是闹市上唯一获准的笨重通行物，风驰电掣般神气。行途中，纸屑扬扬，遗迹累累。如此借风“播种”，实在委屈了大半夜扫街的清洁工。

上述诸景，市民们本已久见不怪，但一想到居身之市欲拿回“文明卫生”匾，笔者便似觉非同小可了。相形之下，那三番五次地检查扫街道，三团五伙地义务擦栏杆，虽不使论为扬汤止沸，却也难称斧底抽薪。凡事都应以抓本为要。

文明卫生之城，并不仅仅表现为表象美、一日美，而根本的在于内在美、整体素质美。譬如说，公民的素质、习俗的高雅，乃至设备的先进、管理的科学等，都要与此相适应。就后两者而言，改进一下垃圾车的工作作风和款式，恐怕当属题中之一义。

我们太原的垃圾车，已数十年一贯制了。其落后之处就是散倒散装。散倒，没个框死的限定，好多地方竟把它蔓延到大街上；散装，装的过程本身就又是一个扩散源，而走起来更像天女散花了。故此，能不能改以往之“开放”为“封闭”，封闭式倒存，封闭式运排？首都北京，早就实行了盖桶装运法，如若仿效，想必从工作上不会增加多少，北京要上千万人口哪，人家是咋干的？若是资金紧缺，一下子配不起足够的盖桶，我看不妨把那垃圾车改造改造，想办法加个盖子封闭起来。这笔钱该花。其效益，也可以从成倍附加的重复劳动中赚回来。

这番话之所以给市长说，意在有人拍板。至于怎么改装，相信山西不乏厂家和能人，只要市长发话。

（原载《陕西工人报》1990 年 11 月 3 日）

第二编

广播评论

如何形成独特的选题角度

新闻评论的关键并不是如何论证，如何措辞，假如没有“如何选题”这个基本前提，后面的篇章结构、选词用句等意义不大。这篇广播评论最独到的地方，就是选题的角度。如何才能使观点具有交流价值，避免人云亦云，其关键就是选题的角度。

2011 年 11 月 19 日开始的白酒塑化剂风波，半个多月间发酵升级，导致中国白酒股累计蒸发市值千亿。如此严重的后果和可预期的社会波动，是白酒塑化剂问题成为新闻选题的重要依据。从第一思维出发，针对“白酒塑化剂超标”，也许 80% 的人会将这个选题归入“食品安全问题”的基本框架中。食品安全是一个绕不开的问题，但并不是一个不可以超越的问题。也就是说，如果把“食品安全问题”当作一个结果，那“以食品安全为问题的行业发展问题”就很容易被遮蔽或者被更常见的因果推论所取代。因此，在选题思维的突破方面，这篇评论把握住了几个敏感点。

首先，对新闻事件的关键事实保持敏感。无论是塑化剂还是三聚氰胺、瘦肉精、“皮鞋酸奶”、人工豆腐等被曝光的事件，相关协会的回应能力和阐释能力不一而足。以塑化剂风波为例，中国酒业协会和中国酒类流通协会先后发声，力挺白酒行业。随着事态的扩大和发展，又先后失声，沉默长达 17 个月。行业标准的模糊成为食品加工业和生产企业在现代化转型过程中的共性问题，在评论中，塑化剂的添加比例因此成为记者的调查重点。协会对造酒企业的“强颜力挺”或语焉不详，一定程度上与中国酒业协会白酒分会理事会的反思同构：“白酒产业出现的热点问题，都暴露了白酒标准、管理规范等方面的缺失，给白酒行业造成严重困扰，也因此反映出白酒标准严重滞后，很难适应白酒生产经营和产品质量安全需求。塑化剂问题，正是因为其标准问题长期得不到解决，才导致在消费大众乃至全社会引起严重的误解，同时给生产企业造成了极大的困惑，在生产、检测等很多环节都无据可查，无法可依，无标可采。”[①]那么，导致行业协会标准滞后的主要原因又是什么呢？

其次，对新闻事实关涉主体的权责保持敏感。在“白酒塑化剂超标”的丑闻中，直接涉事的主体有造酒企业，间接的主体有监管部门、行业协会和消费者。记者通过对主体的权责分析，敏锐地认识到“行业协会”的权责实践路径并不清晰，尤其是卷入塑化剂风波后的低效运作，让人联想到参与行业协会的各个主体的责任与行业协会的主体整体责任是否一致。参赛的运动员能否自己组织一个裁判员队伍？如果能，他们做得好吗？如果不能，应该如何帮他们做好？基本的问题逻辑形成后，选题的观点价值也就慢慢浮现出来。以酒业协会为例，其行业标准的滞后直接原因是协会的目标与企业的经营目标过于一致，使得协会的监管责任自觉受到短期利益驱动的抑制，影响了行业整体的长期的发展。特别是当媒体曝光中国酒类流通协会的会长和常务副会长分别是酒鬼酒企业董事长和执行董事的时候，更让公众对专业协会的公信力产生了动摇。如何解决这个问题呢？

最后，对新闻背景涉及的宏观环境和政策保持敏感。2012 年规模以上企业的白酒总产量比上年增长 18.55%，白酒产业出现了“白酒业标准、管理体系的不完善，酒类立法工作的滞后，税收政策的不合理，营销渠道功能单一化，恶性竞争的白热化，投资过热带来的虚浮之风等问题”[②]。塑化剂风波其实是整个白酒行业在快速发展过程中行业规范系统性缺失的冰山一角。而导致这种缺失的主要原因就在长期以来靠政策包打天下，行业协会根据行业自身特点的发展预期、前瞻性和科学性的规制严重缺失。当思考从一个具体行业上升到对一种社会治理现象的观察，“宏观思维”就开始发挥作用了。艾丰有一句名言，“记

① 王延才 . 2012 年中国酒业协会白酒分会理事会工作报告［J］. 2012 年中国酒业协会白酒分会理事会工作报告，酿酒科技，2013（6）.

② 王延才 . 2012 年中国酒业协会白酒分会理事会工作报告［J］. 2012 年中国酒业协会白酒分会理事会工作报告，酿酒科技，2013（6）.

者要想总理想的事情”，也就是“记者要有社会责任感，要有对这个国家、对人民深切关爱的情怀，要有重视培养宏观思维素养的意识。什么是记者的宏观思维呢？顾名思义就是从全局和整体出发，用高屋建瓴、综合系统的方法思考问题，并将其放入更广泛的社会背景下和社会系统中进行透视的思维方式”[①]。评论在触及政府与市场的关系方面，很自然地就联系到国家发展的方针政策，从社会问题的角度与“政府应该放权”形成了问题逻辑的衔接，也“走通”了独特的选题路径。

选题，就是选问题。问题不是从天而降，更不是把表面问题当成议题的问题，而是从接地气的调查和从宏观环境切入的问题。好的选题角度，在于多大程度上体现了中国问题的逻辑。

◇附作品

未来，我们需要怎样的行业协会？

丁　芳　童丽敏　倪晓明　孙向彤

2012年的最后两个月，中国白酒行业迎来“严冬”。从酒鬼酒到茅台酒，白酒“塑化剂”超标风波席卷全国。早在17个月前就得知这一行业内幕的“行业协会”更是被推到风口浪尖。在未来“小政府，大社会”的发展中，如何改变人们意识中行业协会就是“灭火器、遮羞布”的印象，使其真正成为改革进程的助推器？

当三聚氰胺、瘦肉精、“皮鞋酸奶”的余波尚未消尽之时，“酒鬼酒”“茅台酒”等“涉塑”事件，再次将“行业协会”这一社会组织推到“风口浪尖”。在涉塑事件迅速升温的11月中下旬，两家行业协会——中国酒业协会和中国酒类流通协会先后发表声明，力挺白酒行业。即便是面对湖南省质监局报告酒

① 丁芳．中国新闻奖青睐怎样的记者？——一名连续六次获得中国新闻奖记者的采写感悟［J］．中国记者，2013（12）．

鬼酒样品初检，50度酒鬼酒塑化剂超标247%的事实，中国酒类流通协会秘书长刘员在接受本台采访时还这样表示：

【出录音】“酒里塑化剂的存在主要是生产过程中，酒体接触塑料制品，只可能是微量的存在。记者：您前面说微量，但是酒鬼酒里检出的有每公斤1.04毫克。刘：这个我认为还是微量的吧。记者：卫生部规定的是只能0.03毫克每公斤。刘：我不太清楚那个是什么标准，但国家质检总局明确说无害的，就是按照中国人平均寿命来计算的话每个人每天喝一斤这样的酒，对人体是无害的。记者：后来质检总局不是辟谣了吗？刘：这个就搞不清楚了。”【录音止】

记者在采访后了解到，中国酒类流通协会的会长和常务副会长分别是酒鬼酒企业董事长和执行董事，因此向着自己企业说话也就不足为奇了。记者通过调查发现，目前中国行业协会的负责人大都由主管部门领导兼任，或主管部门离退休老领导以及行业领头企业的负责人担任。比如，中国奶业协会会长是由农业部副部长高鸿宾兼任，中国肉类协会会长李水龙则是国资委下属大型国企“中国华孚贸易发展集团公司”的副总经理。协会该由谁管理？怎么管理？业界公认运作较为规范的上海律师行业协会的第八届会长、上海君悦律师事务所主任刘正东认为，完善协会的治理结构是基础。他告诉记者，上海律协已经有四届会长是由选举产生的专职律师担任。

【出录音】“规范体现在比较完善的治理结构，最高权力机关是律师代表大会，日常事务都由理事会讨论决定，另外还有监事会来监督理事会和会长会的工作。除了这个还有个比较有力的执行机构——秘书处，形成了这个行业协会的规范。我作为人大代表也经常接触很多行业协会，但很多协会确实做不到。”【录音止】

在11月19日中国酒业协会发表的紧急声明中显示：早在2011年6月行业协会便知道白酒产品中普遍含有塑化剂的“内情”，但秘而不宣。本应制定并执行行业规范和标准、监督产品质量、竞争手段等行为的“行业协会”，如今的重心工作却在“灭火、遮羞”上。本台曾就针对“破皮鞋变身老酸奶”和“人工豆腐”等事件，采访过相关行业协会，得到的答复是这样的：

【出录音】“A. 没有事情去找事情干什么呢？监管是政府的事，生产是乳品生产的事，我协会没有这个责任……B. 可以有把握地和你讲，没有看到过这种情况。不可能我们每个外地发生了，我马上去看。问：那怎么保证没有这样情况呢？答：我今天去检查，他明天请假了，也讲不明白的。”**【录音止】**

任何行业潜规则丑闻的爆发，行业协会都有不可推卸的责任。仅回顾近几年发生在食品行业的公共事件，从三聚氰胺、蒙牛奶到酒鬼酒，行业协会对企业不是包庇就是纵容，最后丑闻爆发导致整个行业的全面沦陷。仅塑化剂事件爆发的6个交易日，白酒股市值就蒸发470亿元。上海律师行业协会会长刘正东律师认为，行业协会不是简单去维护行业所有会员的利益，而应是维护整个行业的根本利益，会员出现问题，必须有惩戒职能：

【出录音】“如果出现一颗老鼠屎坏了一锅粥的事，我们就给他处分，在行业里公之于众。很多行业协会几乎没有惩戒，维权不加青红皂白，比如像上次乳业三聚氰胺，这个你应该马上向主管部门报告，因为你对该行业最了解，最懂行业内的人，另外你应该马上提出，这个东西不该添加的，做个行业标准。”**【录音止】**

行业协会是不是真就不想作为？长期分管协会工作的市司法局副局长刘忠定和上海交大国际与公共事务学院院长胡伟都认为，想要充分发挥行业协会的作用，还需要从制度安排上着手改革，协会需要抓手，政府必须放权。

【出录音】“这个问题，归根结底在我们党政机关本身。现在主要的职能在政府，酒类也差不多，有工商、有技术监督那些部门密密麻麻地管着，轮到他们就是管维权。怕这些职能放给他们后会失控，事实上，越是放手给他们，他们越是要对自己的决定负责任；他的根子就在老是害怕你把权放给他他就乱了。放给他，让他自律，要有相应的法制来管他，相应的追究机制，让他慢慢地成长起来。”**【录音止】**

持续发酵的塑化剂风波，让我们更加清晰地看到：加强管理、赋予行业协会相关的监督职能，必将是今后政府科学管理的一个重要举措。胡伟分析说，把该由市场和社会发挥作用的方面还给市场和社会，这是改革的方向，但并非一个地方就能解决好，必须在体制上有所突破。

【出录音】“李克强同志特别强调政府还是要放权，这个东西是绕不过去的。这是个症结，意识到很重要，光意识到还不行，还要拿出切实可行的方法。”**【录音止】**

（上海广播电视台 2012 年 12 月 26 日播出）

沉下去听得更真切

据新华社 2010 年 3 月 1 日报道，2010 年春节后浙江省企业用工岗位数和登记求职人数相差悬殊，求人倍率达到 3.83，是 2003 年以来的最高值。对于非常明显的用工短缺现象，浙江各地人力资源和社会保障部门展开调研，以求全面掌握情况，同时，浙江省还积极采取各种“请进来”“走出去”的方法，加强与劳动力输出省区的协作。[①] 基于特殊的“省情”，浙江广电集团非常敏锐地意识到这个选题的重要性，希望通过记者的调查，为全省相关工作的决策提供解决方案或措施建议，积极引导舆论。

《浙江之声》栏目接到任务后，组成了一个报道小组。记者经过近一个月的采访，了解来自基层民工的心声，也收集了部分企业为“留人留心”所做的工作。这些事实，对“善待农民工”的核心观点形成了有力支持。“用工荒”和“民工荒”不完全一样，后者包含在前者中，特指以进城务工农民作为主要人力资源的中小企业面临的用工短缺现象。导致“用工荒”的总体原因是人力资源的结构问题，简单讲即人才求职意向与企业需求意向不匹配造成的，因此，“民工荒”也存在同样的情况。农民工“用脚投票”，在务工选择上体现了集体话语权，这实际上有利于该群体在劳资博弈中赢得优势地位。从全国的产业发展布局来看，农民工放弃长途奔袭，宁愿择近而处，倒逼沿海企业从劳动密集型向技术密集型转移。新闻与社会经济研究的主要差别在于，当矛盾出现以后，记者编辑必须在较短时间内对现象做出合理解释，而解释框架所体现的应该是

① 新华网记者屈凌燕 . 浙江遭遇 2003 年以来最严峻用工荒［EB/OL］. http: //m.kdnet.net/share-3283080.html.

话语权较弱一方的理据和逻辑。

这个特别报道小组以青年记者为主力，第一作者袁奇翔 2006 年毕业于浙江大学城市学院广播电视新闻专业，工作不到 5 年，就取得包括中国新闻奖在内的几十个新闻奖项，体现出青年记者的敬业精神和专业创造力。在这个选题之前，他就参与过杭州地铁坍塌事故、汶川地震、全国“两会”、北京奥运会、上海世博会、广州亚运会、国庆 60 周年、建党 90 周年等大事件、大活动、大现场的报道，积累了丰富的采访经验，也充分证明新闻职业的特点就是“在战斗中学习战斗”，只有努力才能获得更多机会。结合他之后对这次报道任务的总结，从这个获奖作品中，可以汲取的经验也许有以下几方面。

首先，记者走入采访对象的生活，为广播述评的观点搭建了“健康的结构”。不健康的结构是什么？是坐而论道，不接地气，只知其一不知其二。得益于长期在一线采访所积累的新闻感觉，报道小组并不满足于“民工荒”的现象表层，或是急于为这一现象找到一个现成的原因，他们在半个多月里，近距离接触农民工，与几十名采访对象畅怀谈心，获得了大量访谈录音。“作品中选取的安徽民工余飞、四川民工蔡熙、河南民工祝令坤和山东民工陈文强等对低廉工资、恶劣工作环境、城乡身份差别和缺乏社会保障等的抱怨和不满的同期声，就是从上百小时的录音素材中选取的，非常具有代表性和典型性，能让听众产生强烈的认同感，也为作品客观事实的展现和主题的确立，起到决定性作用。”① 假如不直接与他们对话，可能的结论就会成为经济学家的诸如“廉价劳动力时代已经过去”或“劳动力的增长跟不上企业迅速发展”等观点的背书。实地调查不仅保护了记者精神上的健康，更启发和召唤他们以农民工为本位来判断和分析这个选题。作品最初的题目是《以人为本，善待民工，才能够缓解民工荒》，放在最前面的“以人为本”是评论立意在文字上留下的痕迹。

---

① 袁奇翔 . 为缓解民工荒“出谋划策”，凸显媒体的“人文关怀”——谈广播述评《善待民工才能够缓解民工荒》的采写［J］. 中国广播，2012（9）.

其次，记者聚焦核心观点，为广播述评的文本搭建了“有序的结构”。一般来讲，“开门见山”和“首尾照应”是最具论证力的结构，但广播文本的线性叙事对应说理逻辑会有弱化后者的不利效果。“善待农民工”既是一个观点，也是一个号召，被动员的主体既有企业，也有政府和社会。作品开头陈述现象，以安徽和四川的两位农民工对工资待遇、住宿环境和工作条件的不满回应“招工难”的表层原因，再以河南和山东两位农民工对户籍歧视和未来预期信心不足提出“如何善待农民工”的问题。之后则列举一些企业在留住农民工方面的“善政善举”，并以专家观点来总结和强调“应该善待和如何善待”。与报刊评论的结构不同，这条广播述评采用了“从现象到原因，从原因到问题，从问题到举措，从举措到应然”的套连结构，一个线性文本大概被分为 4 个部分，每个部分都以记者的概述开头，以农民工的采访录音来证实，用专家的分析来归结观点。这个听觉结构，不仅保证了听众的阅听分段需要，也与“民工荒”的深层原因的挖掘和问题的解决对应起来。

最后，记者对录音资料的“舍得”，为广播述评的信息搭建了“有效的结构”。如前文所言，记者从上百小时的访谈录音中选择了最有价值的 8 段录音作为事实论据和观点性论据，其他的事实陈述和观点表达则由记者直接录制。看起来是舍弃了大量素材，实际上为述评文本提供的丰富信息奠定了重要基础。最典型的处理有两个地方：一个是农民工的访谈录音，采访数十人，之后采用 4 个人，而且 4 个人来自不同的省份，从事不同的工种；另一个是对那些没有受到用工短缺问题困扰的企业，其采访录音完全没有被直接采用，而是由记者高度概括并引申出二代农民工的权利意识问题。整篇述评经过精心的剪裁，采用了 1 段社会协会管理人员的录音，4 段农民工的采访录音，3 段专家分析的录音，其他都是记者的表述，每段录音都非常精练，但记者的问题设置和原因分析非常准确地传达出来了。

总体来讲，这篇广播述评的成功，用的是笨办法，下的是笨功夫。这就是深入群众，深入基层，倾听民声，倾听心声。立意对了，方向就对了。

◇附作品

善待民工才能够缓解民工荒

袁奇翔　王　掌　甘　洋

春节以后，一场始料未及的“民工荒”波及浙江乃至我国沿海地区，并继续在各地发酵、蔓延。企业找不到足够工人，部分生产线停开；一些老板开着小轿车，到车站“抢人”……农民工，似乎一下子变得紧俏起来。

温州中小型企业发展促进会会长周德文，每天都在为当地招工难发愁担忧。

【出录音】“在未来两到三年，温州用工缺口大致有70万，所以这成了一个突出的矛盾，也成了制约温州民营企业、中小企业健康发展的一个重要因素。”**【录音止】**

“企业招不到人的原因何在呢？原本岗位上的农民工又去了哪里呢？”

“在杭州劳动力市场，原来在杭州‘阿普科技’开卡车的安徽人余飞刚刚辞职，想找个待遇优厚的新工作。”

【出录音】“我才拿1800块钱还吃自己，大家住在一起的高低铺，就是简铺，甚至我们现在用那么点电费都是自己出的。始终没给我加工资，像我们驾驶员，一个安全奖你都没有，所以说我才干不了嘛。”**【录音止】**

来自四川南充的蔡熙也辞掉了城里的工作。

【出录音】“搞10小时以上，星期天什么都没有，人就跟机器一样的。我们那个车间，烧气焊，搞得乌烟瘴气，连排气扇都没有。”**【录音止】**

据浙江省社科院最新调查：最近5年，在浙江的农民工，绝大部分年收入只有1万多一点，并且大都每周工作6天，每天工作10小时。

数以亿计的农民工为中国经济发展做出了巨大贡献，可他们却得不到应有的回报。低廉的收入、蜗居；年年追薪年年欠；医疗和保障无处可寻；身份得不到认同，被看作边缘人……

来自河南商丘的祝令坤，谈起打工的遭遇，心有不平。

【出录音】“我们跟杭州市民，干的是一样的工种，户口不一样，工资要差

很多的，这一点太不公平了。”【录音止】

来自山东枣庄的农民工陈文强，在杭州打工5年，眼下，就面临这样的难题，他不得不考虑辞掉城里的工作。

【出录音】“现在根本没有能力在这边落户嘛，工资足够你吃、喝，房子那么贵，连婚也结不起。将来小孩送回家去，当留守儿童喽，在杭州，没地方上学啊，就是有地方上，什么借读费啊、学费也出不起的。”【录音止】

省社科院社会学所副所长杨建华教授认为，“民工荒”的背后，是农民工尊严和维权意识的觉醒和萌发，昭示了中国廉价劳动力时代已经结束。

【出录音】“目前的用工荒、招工难，真正的慌，真正的难，还是我们农民工的社会权利荒，难就难在我们的农民工合理的社会权利没有得到基本的保障。所以对这次用工荒，对我们相应的地方政府、相应的企业都是一个警醒。我们如何来善待农民工？”【录音止】

面对民工荒，不少企业已经意识到问题所在，纷纷采取措施，“留人留心”。萧山翔盛集团为30多位回族员工开设专门的回族餐厅；浙江德圣龙窗帘有限公司年终给老员工发放中层奖；义乌市一帆日用品有限公司趁着春节假期，专门对员工宿舍进行改造和翻新，配备新的家电；诸暨东伟集团联系学校，为民工子女集体报名入学入园。

在一些用工稳定的企业，工资稳步增长，配备夫妻房，开放娱乐室，帮民工解决子女入学问题等，已经成为企业“留人留心”的举措，成效明显。民工们过年回家，企业更是“迎来送往”。如果能够这般善待民工，何愁民工离弃企业而去?

中国的社会经济变革与发展，必然伴随着大量农民走向大大小小的城市，这些年来，二代农民工越来越多地走进城市，他们跟肩挑手提“蛇皮袋”的父辈相比，文化程度更高，维权意识更强，找工作越来越挑剔，对报酬和生活条件的要求越来越高。

此外，这批“新生代农民工”群体，很少愿意留在农村，更渴望融入城市，更加注重自身发展，更加渴望得到尊重。然而，想要成为“新城市人”的障碍实在是太多。一方面，他们要面对僵化的户籍制度、城市高昂的房价和高生活成本；另一方面，他们又要接受自身缺乏必要的生产技能、缺少城市生活知识、在劳动力市场缺乏竞争力的事实。

毋庸讳言，农民工不尽如人意的生存状态，是造成“民工荒”的直接原因。现实表明，要缓解“民工荒”，企业和社会必须告别劳动力低成本，不断提升农民工生存质量，实行制度创新，让农民工沉淀下来，成为城市的主人。

浙江省社科院社会学所副所长杨建华教授说：

【出录音】“我们提出大力推进新型城市化，而新型的城市化首先要化人。你要农民工真正跨进城市，应该降低门槛，提供制度安排，让他们愿意或者留在这座城市工作就业、生活，融入城市。如果真是这样子，就不太会出现招工难、用工荒。”**【录音止】**

想要留得住人，留得久人，善待民工的同时，还要把重点放在民工身上，需要社会注重对他们可持续发展的培养，让农民工真正融入城市。

浙江省劳动和社会保障研究院院长陈诗达说：

【出录音】“从未来经济发展方式转变，从工业化、城市化发展角度出发，我们共同推动农民工职业技能开发行动。几年下来，使他们在教育文化、技能方面有大的提高，很多农民工真正能够融入城市。”**【录音止】**

（浙江广电集团 2010 年 3 月 24 日播出）

采访式广播评论的创新实践

这篇广播评论，共有 6 位访谈嘉宾出场：从医学领域的研究人员到管理人员，从专利事务研究的专业人员到医药企业的工程师，属于“采访式广播评论”。中央广播电台的《新闻纵横》开播后，这种类型就被广泛模仿。[①]

广播评论需要依托时间的线性排列并通过听觉转换形成整体文本，天生的传播弱势，很难完全规避。多数“采访式广播评论”顺应广播的线性特征，较易形成与新闻事件的时间逻辑并行延展的模式。在实际操作中，有的倾向于即兴点评，吸引观众的注意力，引发观众的共鸣；有的则容易跑偏，变成仅仅是“较为深入的新闻报道”。因此，业界比较流行一种观点，就是以“思想性”或“艺术性”来弥补广播评论的这个短板。

仔细梳理四川人民广播电台的这个作品，编辑的匠心体现在这样几方面。

首先，以非事件性选题规避线性叙事。既然单一的、具体的新闻事件通过广播评论的演绎容易偏于“仅仅是事件的复杂性”，一定程度上难以在很短时间内使听众在判断中建立起“事理”，或者概念模糊，或者偏于空洞，那么，该作品则不以单一事件切入，选择较中观的问题来展开。作品以全球医药产业结构的调整和中国加入世贸组织为背景，以“中药不姓‘中’”的危机和困境为问题，以四川中医药产业如何获得发展为选题，层层深入剖析解决问题的关键。编辑把聚焦点锁定在一个产业发展的问题层面上，由此，中间可以不容纳依赖时间线索的事件要素，为广播文本的结构创新铺垫了内部形式。

其次，巧妙利用访谈推进论证。在介绍了背景情况以后，评论切入问

---

① 赵林．突出广播特色创新节目形态——对广播评论节目的几点思考［J］．声屏世界，2003（9）．

题——作为中药的发源地，中国在全球医药市场的份额非常小。虽然四川在全国中药工业产值最高，但出口交货值很低。评论既带出了中国加入世贸组织的背景，又很自然地将一个全国性的议题进行了本地化处理。在后面的观点提出和论证过程中，访谈嘉宾的观点被有机连接在一起，形成一个较完整的论证链——必须重视中药的发展，否则要付出经济代价，甚至付出政治代价。面对“洋中药”大举进入国门的严峻形势，中国的医药企业一方面要了解对方的规则，另一方面要积极推进中药研发。四川中药资源丰富，但研究的规范性较差，这是最大的差距，解决的关键就在于增强“可控性”，按照国际惯例搞研发，采用标准化的生产工艺。面对“获取一项专利，就等于获取一个市场”的竞争逻辑，要防止人才流失，强化知识产权，充分理解知识产权的特性。医学博士谈危机，省科技顾问团和业内人士谈对策，本省的中医药研究人员和国家级的相关领域专家谈研发要与国际接轨，专利事务所所长和省知识产权局副局长强调知识专利的核心作用，医药企业工程师应对知识产权问题。

最后，访谈的原声和标志性语句有效提示了听觉文本的结构。如前面分析，原声的出现不仅形成了论证的逻辑分界，同时也让听觉文本出现了不同的语义层次。再辅以原声前后的铺设和补白，使得听众能明显判断出“危机”“对策”“解决路径”和“最核心问题”几个不同的部分。从话语长度和频度来看，也突出了“知识产权”。再者，编辑有意识地使用“资料显示”“正如……所说”“另一方面”“建议”“业内人士强烈呼吁”“人们常说”“业内人士还认为”“据了解”等插入语，对观点之后的论证进行了必要的强调，使听觉文本的形式感更强。

作品也存在一些问题，比如涉及一些医药的专业表达，应该用更容易令听众理解的词语或比喻，对“WTO”“FDA”和“GMP”等新字母词和专业缩略语没有进行适当翻译，构成听觉识别难度，人为设置传播障碍，对听众而言成为无效信息。还有标题，针对“洋中药”已经占据世界市场并有可能大举进入国门的实际状况，《让中药走向世界》虽然很壮声威，但存在歧义，而且传递了“四川中药产业强，中国的中药产业就强”的骄傲，也不是很恰当。

◇附作品

让中药走向世界

刘 林 陈 军 冯 应 廖山英

世界性“复归自然”潮流，引起了全球医药产业结构调整。新药开发已经和正在转向中药或天然药物。去年，全球中药贸易额达到300亿美元。

资料显示，在国际中药市场上，中国内地所占的份额不足5%，不仅远远小于日本、韩国的市场份额，而且国外生产的中药占据了我国中成药1/3的市场。事实说明，中药不再只姓“中”。

2000年，四川中药工业产值达到47.9亿元，居全国第一位。然而四川中药出口交货值不足1亿元，仅占世界中药市场的3%。随着我国加入WTO，“狼来了”已不容置疑。正如医学博士文建成在接受本台记者采访时所说：

【出录音】“很多国外的公司包括知名的公司，在全世界能排前一二位的大的制药公司，它们现在非常关注中药，甚至在收购中国的一些中药企业和中药方面的一些研究所。如果说国外把我们国内的中药厂收购，然后用以占领国外市场，如果我们丢了这块阵地，那么造成的不仅是经济损失，而且是政治损失，中国人脸上没有光彩。我们没办法给自己交代，也没有办法向祖宗交代，更没办法向我们的子孙交代。”**【录音止】**

另外，我国加入世界贸易组织在医药行业的主要承诺是加强药品知识产权保护，2002年大宗进口药品关税从14%降到6%。毫无疑问，今后将有更多的“洋中药”进入我国我省市场。

形势咄咄逼人，我们如何让深深植根于中华文化土壤的中药继往开来，为人类健康做出更大贡献？省科技顾问团的医药医学专家学者建议，我省中药生产企业、商业企业和有关单位应当随时了解国外有关中药和天然物产品的生产、出售、临床使用、药品管理法规、知识产权保护等各方面的情况。掌握新信息，适时制定相应的对策。

我们在了解国外医药界情况的同时，也要采取各种办法，使外国人了解中医药理论体系，理解中医药理论的科学性；使外国人了解四川的中药资源、研究水平、制药企业、名牌中药产品等。经过种种努力，让外国病人和医务工作者接受中药产品，为中药产品进入国际市场奠定基础。

只有中外双方知己知彼，相互走近，才能加快中药产品与国际接轨的速度，不断扩大四川中药的国际市场份额。

业内人士强烈呼吁：提速我省乃至我国中药的研究与开发，是我们进入国际市场的关键。

四川有30多种地道药材，家种药材50万亩以上，如果能充分利用中药资源研究开发出适应市场需求的中药新药，无疑将为我们参与国际性竞争注入活力。我们的中药研究与开发和国际市场是否接轨了呢？省中医研究所研究员、药学博士后赵君宁先生认为：

【出录音】“现在中国与韩国、日本的差距就是我们研究规范性的问题。我们现在的中药研究手段已自成体系，与国际不接轨。现在日本、韩国是按照国际规范性的要求来研制新药，所以它们的中药进入FDA都是很容易的。这种严格的符合国际惯例的规范化研究，在国内普遍没有达到这个水平。”**【录音止】**

我们所缺乏的正是按照国际惯例来进行规范性的研究与开发。中药要走向世界，就必须运用现代化的科技手段，把中药传统的药效翻译成符合国际通行的语言。日本、韩国之所以领先一步，关键是人家能够把中药成分分析得相对清楚，并有相应的控制手段。正因为这样，它们研制出的中药，令不同文化背景的西方人为之青睐。

我们四川与全国其他省市相比，有着雄厚的中药新药研究开发力量。目前，四川省中药研究所研究开发出的主治风湿的新药正瞄准澳大利亚市场；地奥集团和成都中医药大学也在着手拓展欧洲市场；而迪康集团通过5年时间研究开发的主治心血管疾病的中药注射剂，已经达到国内中药制剂的最高水平，进军欧美市场，已是剑拔弩张。

国家天然药物工程技术研究中心副主任及元乔先生告诉记者：

【出录音】“中药存在的问题，可控是它最弱的一点，就是目前（我们）没有标准。”**【录音止】**

那么，如何建立一个评价体系来提升我们中药标准化的水平，达到与国际接轨呢？

【出录音】“标准化的问题，是药材种植的标准化、生产工艺的标准化、检测手段的标准化。没有标准化，你就很难说服跟我们文化背景不同的人，来接受你的这个药。”**【录音止】**

的确，中药安全性的研究、中药生产、种植、销售和临床应用这几方面的标准化，是我们拓展中医药进入国际医药市场的必备条件。令人可喜的是，我省地奥集团的所有制药车间已经全部实现了GMP的生产工艺标准化。这个企业研发的新中药，已经占全部销售额的一半以上。

人们常说，好铁才能铸好钢。只要我们按照国际惯例来进行中药研究开发，中国的中药，在国际市场的竞争中必将尽领风骚。因为中药的根毕竟在中国！

业内人士还认为：强化知识产权的获取意识，加强我国中药知识产权保护是中药走向世界的通行证。

有关资料显示：我国目前所拥有自主知识产权的中药仅有3000多件，而四川不到100件。最近几年，我国中药界人才流失严重，新一代药物研究缺乏资金。在这种情况下，外商与我国合资、技术合作的药厂占尽申请专利的主导地位，造成中药处方专利权大批流入外商手里，我国中药知识产权正在大量流失，我国中药生产企业正面临极大冲击和挤压。刚刚承担《四川中药知识产权保护战略研究》课题的成都虹桥专利事务所所长任虹告诉记者：

【出录音】“现在国外的企业也在研究中药，它们已经把我们好的方子，通过研究开发然后把技术申请国际专利，同时也在中国申请专利。而我们国内的企业还没有认识到这个问题的严重性。就是说今后我们开发的产品有可能进入不了国际市场，甚至还可能在中国也不能生产。”**【录音止】**

这不是耸人听闻的事。这种事已经在我国发生。

【出录音】“英国有一家公司在我国申请了一个专利，就是把我国出国人员的一些方子经过研究开发以后，它们在世界各地申请专利制成产品，同时在中国申请专利。它们单项的药在国际市场上的利润一年是50多亿英镑。”**【录音止】**

面对这样严峻的形势，我国中药企业应该怎么办？四川省知识产权局副局长研究员陈本发认为：

【出录音】“如果要使我们中药产业得到很好发展，能够得到良好生存、健康发展，必须加强对中药的知识产权保护。提高我们这个产业对知识产权制度的保护管理和运用的能力和水平。就是要依靠知识产权制度来引导我们的创新，来激励我们的创新，来保护我们的创新。这样才能提高我们的实力和获得市场的竞争力。”**【录音止】**

经过数十年的努力，虽然我国已经成功地从传统中药中分离出上百种有效成分并开发出拥有自主知识产权的产品，占领了市场，但是，我国还有大量中黄方、民间偏方仍然以非处方、草药形态流传，没有形成专利。

【出录音】“知识产权最主要的特性，就是专有性或叫独占性、垄断性。它就是让你垄断这个市场，是法律给予你的特权，准许你垄断这个市场。没有形成自主的知识产权，就不能实现对市场的占有，更谈不上独占。”**【录音止】**

如今，我国已经加入 WTO，无论是国际还是国内市场都是敞开的，你不占领别人就占领。然而，目前我国还有不少中药生产企业没有按照国际惯例，用知识产权来保护自己开发的产品，抢先占领市场。它们依旧只习惯于国家行政法规的保护，只追求获得新药证书，对知识产权保护意识淡薄，与国外企业相比有着较大差距。

【出录音】“现在国外衡量一个企业实力和竞争力的高低、强弱，一个很重要的指标就是拥有专利的多少。”**【录音止】**

如果我国中药成果不申请专利，没有获得知识产权，那么，在未来的竞争中就不可能实现对市场的占领，你的发明创造再多，也只能是为他人做嫁衣。令人高兴的是，我省的地奥集团、迪康集团等企业已经开始重视中药知识产权保护。迪康集团股份公司总工程师银海高兴地对记者说：

【出录音】“我们公司从成立这天起，就有专人负责知识产权工作。到目前为止，我们公司已申请专利 30 多件，获得专利证书的有 20 多件。我们现在国内外累计获得商标证书 160 件，注册的范围是全世界所有的有关国际知识产权组织以及我们今后有可能介入的国家。”**【录音止】**

“获取一项专利，就等于获取一个市场。”四川中药要扩大国内市场份额，全面进入国际市场，就必须与国际接轨，拥有自主知识产权。

据了解，四川省人民政府会同国家科技部、卫生部等单位将于明年在成都首次举办“2002中医药现代化国际科技大会暨新技术、新产品展览会”，上上下下形成的共识，让中药走向世界的步伐必将大大加快。

（四川人民广播电台2001年12月26日播出）

一篇新闻述评的成功机制

一篇 1000 余字的评论，接近 700 字都在陈述事实，这是评论吗？是的！在新闻业务中，我们常常把大篇幅陈述事实或边陈述边下判断的评论叫作“新闻述评”。为什么“新闻述评”可以划到评论的范畴中，而不是新闻报道的范畴里？有三个理由。

首先，新闻述评的事实来源独立，结构完整，多数是述评作者直接采访到的材料；评论一开头，“记者昨天从天津福津木业有限公司了解到”，并且把控股权转让的过程和之后的情况也进行了综合，事实材料的独立性和完整性得到了保证。

其次，新闻述评体现了不同的新闻操作理念。比如，美国新闻界撰写评论的人往往就是在一线进行新闻报道的记者，编辑主要在文体标志和服务读者的专业意识上对评论和报道进行区别。中国的新闻评论员则往往没有采访任务，范荣康认为“特别是党报常常被看作发言论讲道理的文章，形成了忽视材料的倾向”。这篇述评发表的当时，学界的新闻业务研究也把新闻述评当作一种边缘文体。

最后，新闻述评体现了报道与评论截然分开的规范。新闻评论允许加入事实，新闻报道则禁止加入观点，因此，新闻述评肯定是评论。

这篇新闻述评的成功，关键不在于其表达的成功，而是基于某种职业状态或新闻采写机制所取得的成功。对这个团队，有人特别介绍了印永清，“他一直兢兢业业地工作在新闻采编第一线，具有较高的综合业务能力”①。在获得第

① 影响国企改革的《49% 大于 51% 的启示》[EB/OL]. http://blog.sina.com.cn/s/blog_7ae21a0b0100xmx4.html.

四届范长江新闻奖后，他说："自己在和平年代，虽然自己也赶赴过爆炸现场，但更多的是一种平静中的瞭望。我的一个工作日曾经这样度过：上午在一家四星级酒店里采访一个全国酒店集团会议，那里灯火辉煌，陈设豪华，探讨酒店业与国际接轨的问题；中午参加民政系统一个入户捐赠过冬防寒服活动，有特殊困难的家庭，家境寒酸，生存是第一位的；下午是一个传统轧钢企业的股份制改造揭牌会，原来的厂长、现在的总经理大讲发展宏图，却回答不清楚企业的股本构成，他自我解嘲说当惯了原来的厂长，对现代企业制度还缺乏了解。这是三个真实的新闻事实，或者说社会生活场景，落差较大，对比强烈。其中有社会的进步，也有前进中的问题；有人情的温暖，也有生活的复杂。晚上写完稿后，心中还久久不能平静，陷入深思。瞭望中要善于发现。自己和同事们合作的述评《49% 大于 51% 的启示》（获中国新闻奖一等奖）就是发现了一家中型合资企业适当转让股权后，国有资产仍然增值的新现象。评论揭示了此现象对于中小型国有企业改革的一般意义，展示了国企改革的一个新空间，强调关键要进一步解放思想。……学习不只是看一些资料，更需要深入地调查研究，联系中央及地方的有关精神，吃透事实，形成独立的思考判断能力。除了日常采访，我每年强迫自己拿出一个月来'解剖麻雀'，深入一个领域或一个企业了解情况，使自己不至于落伍。"① "平静中的瞭望""瞭望中要善于发现""独立的思考判断能力"，印永清以记者的职业精神和职业目标要求自己，以一种"接地气"的状态自然而然地将新的社会发展逻辑爬梳出来。

在前期扎实采访和调查的基础上，文章从股权改革的成效来论证突破政治高压线的关键在于"解放思想，实事求是"，令人叹服。改革的精神在于不断突破教条主义，特别是一些表面上看起来很有道理的教条，比如合资控股的股权大小问题。作者对此是非常敏感的，文章标题"49% 大于 51% 的启示"看似在玩文字游戏，实际上是抓住了突破教条的关键之处：大小不重要，股权归谁不重要，重要的是看促进国有企业改革的效果。

---

① 印永清．广播人心中的"记者精神"[J]．新闻战线，2000（11）．

◇附作品

49% 大于 51% 的启示

苏维茗　印永清　陈　鹰　马津力

记者昨天从天津福津木业有限公司了解到：这家合资企业国有资产方出让控股权一年多来，国有资产不仅没有流失，反而由原来的 2300 万元陡增到 8000 多万元，是上一年国有资产额的 3 倍多，截至目前，合资七年的天津福津木业有限公司国有资产已经相当于原来 10 个天津胶合板厂。

1990 年，天津福津木业有限公司由国有天津胶合板厂和香港大福集团合资建立，当时天津胶合板厂由于管理机制落后，产品质量低下，国有资产只有 800 万元，而亏损已达到 1700 万元。合资后，津港双方通力合作，迅速转变经营机制，创造了当年洽谈、当年签约、当年开工、当年扭亏见效的福津效益。合资后的最初五年，国有资产股份占 60%，港方占 40%，国有资产方掌握着控股权。

1995 年在国有资产已由原来的 800 万元上升到 2300 万元的时候，港方的大福集团委托福津公司港方经理杨美琪突然提出：为了使股票在香港联交所上市，需要把港方股份由 40% 提高到 51%。有人担心，控股权转换到大福集团会造成国有资产流失，而董事会中合资双方一致认为：大福上市对福津的发展非常有利，福津发展了，国有资产还会进一步壮大。慎重起见，代表国有资产方的福津公司董事长和港方总经理特地找到天津市政府一位高层领导咨询此事。这位领导了解情况后，果断表示鼓励和支持。控股权转换后的事实是：福津公司利用大福上市后吸纳的资金，在国内成立了福达公司，在南美成立了福巴公司，开始跨出国门经营。福津还先后与吉林、河北等地的 27 家濒临倒闭的企业进一步合资，使这些企业重新焕发生机，上万名下岗职工重新上岗。在这一过程中，福津公司的资产已近两个亿，成为国内规模最大的木材加工企业集团。其中，国有资产由合资时的 800 万元增值到 8000 多万元。

听众朋友，福津公司合资双方控股权转换以后，国有资产仍然大幅度增值的事实告诉我们：公有制实现的形式可以多种多样，解放思想、实事求是、转变观念方能使国有企业改革进入更为广阔的空间。曾几何时，合资与否，合资后谁控股，也就是谁是49%，谁是51%，成为一些企业家、决策者心中的政治高压线，其中，公有制经济包括混合所有制经济中的国有成分和集体成分。在一些不涉及国家命脉的中小企业中，我们应该变过去注重国有资产的数量，为注重国有资产存在发展的质量；变过去谁来控股，为注重国有资产的保值、增值。福津公司合资双方控股权置换以后的业绩就是这一思想绽放的实践花朵。它说明对于福津和类似福津这样的企业，49%的股权效果要比51%的股权或国有独资情况更好。从资本经营的角度看，福津控股权置换后，经营机制更趋合理，更合乎现代企业制度的要求，资本运营彻底面向市场，企业的发展规模也借助市场的力量迅速升级，而国有资产在这一过程中大幅度增值。福津公司的实践再一次告诉我们：国有企业改革关键是解放思想，转变观念，从实际出发。

（天津人民广播电台1997年12月12日播出）

反对形式主义时不搞形式主义

在知网上以“形式主义”为主题进行搜索，得到文献18208条，仅2019年1月到5月，就有500余条，多是报纸评论，观点一致：反对形式主义。文献集中的原因，一是形式主义依然横行，二是响应以习近平同志为核心的党中央反对形式主义的精神。因此，积极的理解是全社会对此问题高度重视，消极的解释呢？有人说过，对时评而言，最大的讽刺莫过于时间过去了很久，但文章的观点依然“屹立不倒”。1992年3月，中央人民广播电台的这篇广播评论如一阵春雷，轰隆隆打破沉寂，让形式主义的种种表现和实质无处遁形。文章放在今天，仍然是犀利和充满战斗力的。抛开令人懊恼的现实，细细琢磨，文章可圈可点之处比比皆是，主要归纳为三方面。

首先，反对形式主义是管党治党的传统，也是马克思主义新闻观聚焦的问题。延安整风时，毛泽东就尖锐地指出，形式主义是一种“幼稚的、低级的、庸俗的、不用脑筋”的东西，号召全党“必须揭破它”，把这种“毛病切实改掉”。当时，对于端正党风和坚持实事求是的思想路线起到了十分重要的作用。改革开放后，消极的东西再度抬头。1992年1月，邓小平在视察南方重要谈话中指出，现在有一个问题，就是形式主义多，形式主义也是官僚主义。要腾出时间来多办实事，多做少说。这既点出了形式主义的要害，又指明了坚持实事求是思想路线、改进领导作风的方向。[①] 这篇广播评论显然就是承接南方谈话的精神，对问题进行了深入细致、实事求是的分析。

其次，开头的比喻很有意思，“影子”——多么形象！如影相随，虚虚实实，

---

① 寒柳，天中．坚决扫除形式主义［J］．党的建设，1992（7）．

真真假假，大而化之，不了了之。而“影子”的危害则是实实在在的：耗费财力、物力、精力，贻误办事时机，妨害办事效率。更为严重的是，作为一种风气，它侵蚀党的机体，破坏经济建设。无法摆脱的“影子”把难以定义的形式主义传神地表现出来。近年来，有的研究认为，形式主义与其他“三风”一样，为群众深恶痛绝，但它又与其他“三风”有所区别：一是在具体的表现及指向上，官僚主义、享乐主义、奢靡之风都是有比较明确的概念，但形式主义的概念就显得空泛，在实际工作中把握的难度比较大。[①] 这其实印证了“影子”这个喻体选择的重要性、准确性和必要性。喻证法的作用是使道理深入浅出，生动形象，局限性在于喻体有一个逻辑边界，如果过于泛化，易导致问题逻辑混乱。这篇文章的作者，对喻证法的选择是高度自觉的，他们并不是因为一般的修辞需要，而是因为形式主义的概念特征和负面影响不容易说清楚而配的一把概念钥匙。

最后，规避文体局限，寻找有效的论证策略。俗话说，耳听为虚，眼见为实。一篇广播评论，谈论的内容又是概念空泛的大问题，怎么办？为了避免以空对空，以虚论虚，作者有意识地让评说人和评说对象自己出场：“……代表委员们也对形式主义同声讨伐……代表委员们列举了形式主义的种种现象……”有了“代表们”这个叙述主体，等于有了“眼睛”，有了“视角”，当然也就有了“现象”以及对这些现象的判断。政治的、经济的、社会生活的，“代表们”的亲历无疑是可信的，事实论证完整。解决了“是什么”的问题，作者把“为什么”的话语权继续给到“代表们”。尽管没有同期声，但文本分明就是广播采访的现场还原。与报道不同的是，采访对象的言论，在作者这里，促成了观点的递进——表层原因是工作作风，仔细分析是思想观念和工作机制，再深入一看，其实是官僚主义，而害处就是“只说不做”。这样的论证链是作者精心构思的结果。

什么是“形式主义”？就是形式大过内容，做表面文章，凑热闹，走过场，虽然识别度高，但浪费大，影响坏，不干实事。为什么会有“形式主义”？因为官僚主义。怎么办？要实实在在地反对形式主义。提出问题和解决问题，这篇文章做到了。

---

① 韦振治．找准难点问题扫除形式主义［J］．理论学习与探索，2014（10）．

◇附作品

扫除形式主义

胡占凡　周绍成

在社会生活当中，人们总能感觉到有这样一个影子吸附在一些工作上，它推不开，挥不去，今天赶跑了它，明天又冒出来，这个影子就是形式主义。说起形式主义，几乎人人反对，因为它只有虚，它没有实，耗费财力、物力、精力，贻误办事时机，妨害办事效率。更为严重的是，作为一种风气，它侵蚀党的机体，破坏经济建设。在今年的“两会”上，不仅李鹏总理强调力戒形式主义，代表委员们也对形式主义同声讨伐，称它是“事业大敌”“过街老鼠”。

代表委员们列举了形式主义的种种现象，他们的看法是：政治、经济、社会生活中，这种东西简直到了无孔不入的程度。比如，政治学习本来是一件需要扎扎实实去做的事情，形式主义偏来捣乱，学之前先提一堆口号；全省掀起学什么什么热潮，全区又掀起学什么什么热潮，接着滚滚而来的是不讲实效的学习班、培训班之类，来自北方省份的一位人大代表谈到了这样的情况：有个地方要对党的生活搞痕迹管理，一切组织活动必须纸上有记录，有的单位根本没有活动，结果每月领导检查，就让搞文字的人编造一个，熬了几个通宵之后，交上令上级眉开眼笑的记录，什么某某书记说、某某支委表示、某某党员认为，编造得像真事一样，有声有色。厚厚的学习材料交上去了，真正的学习效果无人过问。

经济上的形式主义更叫人心烦，不管哪一层，都搞检查、评比、考核、达标，还有名目繁多的参观、观摩、考察、联谊，到处是典不完的礼、剪不完的彩，好端端的绸子剪了一条又一条。

如此这般的办事只是走过场的现象，代表委员们数了一桩又一桩：动不动就上街敲锣打鼓，大横幅上写着“建设精神文明”，横幅前站着的宣传员们却吐了一地瓜子皮。“这个月”“那个月”当月煞有介事，过月一切照旧；“这个节”“那个节”想个名目就是节，你搞观灯节、我搞赏花节。啤酒、桃花、西瓜、红枣都被当成大宴宾朋的由头；连死人、鬼怪、动物也不由分说被拉出来做招牌。你要求宣传计划生育，他就组织人上街扭秧歌；你要求植树造林，他就组织人搞彩旗招展，至于树“打狗办”“打拐办”“社精办”“交委会”，真是牌号繁多，莫名其妙。人们对这类机构的评价是：人浮于事，用处不大。

面对这些形式主义花架子，有的代表一针见血地指出，有些人干实事是外行，搞形式是专家。

谁都知道，形式主义并非今天才有，我们也不是今天才反，为什么反不掉？代表委员们有不少中肯的分析，黑龙江代表邵奇惠说到了要害处：形式主义之所以屡禁不止，原因之一是过去光从工作作风和工作方法上来纠正，忽视了思想观念和工作机制导向上的原因。搞自我感觉良好的行为准则和规范，必然派生出表面上轰轰烈烈的形式主义。

一些干部只搞所谓对上负责，不想为老百姓办实事，也是产生形式主义的温床。代表委员们举了很多这方面的例子，一些干部整天想的是“广播有声、报上有名、领导心里挂上号”，这些人当然乐意做表面文章，至于有没有实效他不在乎。

形式主义是和官僚主义结伴而行的。代表委员说：“谁说形式主义没用？官僚主义就靠它吹吹打打抬轿子。此话不错。机构臃肿、冗员充塞，有庙就有神，有神就显灵，形式主义就在这里得以滋生繁衍。一位厂长说，他们要申办一个技术开发公司，非要440个章不可，结果，跑了一年，才盖了390个，还差50个。”难怪有人说，有多少官僚主义，就有多少形式主义，反对形式主义，一定意义上就是反对官僚主义。

谁都承认，反对形式主义难。但是再难也要做。尤其是在今天，深化改革、扩大开放的大政方针已定，接下来最重要的是去真干，去落实。在“两会”上，代表委员们也有许多好见解，首要的一条，是要把实事求是的思想路线真正落实，转变观念，这才能说真话，干实事，考察干部的办法要完善，切不可被那些只爱搞形式，不愿办实事的人所蒙骗，监督机制也要健全。

党中央反复要求，搞建设，办事情，要真抓实干。只要我们反对形式主义的时候不搞形式主义，拿出真动作来，形式主义最终一定会被扫地出门。

（中央人民广播电台1992年3月31日播出）

第三编

电视评论

一句话的表达契机和表达层次

习近平总书记在视察哈尔滨安天科技股份有限公司时说："你们也是国家队。"一句温暖且满怀嘱托的话，被业务精湛的编导定格，不仅为评论提供了一个非常突出的表达契机，而且为观点论证打开了一个多层次的表达空间。

首先，节目从前沿阵地目击网络安全的必要性和重要性。如果孤立地听到"民企也是国家队"这样的话，会以为在讨论企业所有制或企业的社会责任问题。黑龙江广播电视台的这期节目，最突出的特点在于以习近平总书记的视察为选题契机，以直观的方式向公众介绍了网络安全工作的最前沿阵地，使观众加深了对网络安全必要性和重要性的认识。习总书记一直关注互联网的发展。2013 年 9 月 30 日，中共中央政治局第九次集体学习的"课堂"搬到了中关村，在考察了技术研发和应用情况后，习总书记指出，科学技术越来越成为推动经济社会发展的主要力量，创新驱动是大势所趋。2014 年 2 月 27 日，习近平总书记主持召开中央网络安全和信息化领导小组的第一次会议，亲自担任中央网络安全和信息化领导小组组长。会上，习总书记强调，网络安全和信息化是事关国家安全和国家发展、事关广大人民群众工作生活的重大战略问题，要从国际国内大势出发，总体布局，统筹各方，创新发展，努力把我国建设成为网络强国。2015 年 12 月 16 日，习近平总书记在乌镇视察"互联网之光"博览会时强调，要利用好互联网带来的重大机遇，深入实施创新驱动发展战略。[①] 节目编导一开始就把握住了这个站位很高的"观测点"，并没有将习总书记对安

---

① 人民网 . 引领网信事业发展的思想指南——习近平总书记关于网络安全和信息化工作重要论述综述［EB/OL］. http://it.people.com.cn/n1/2018/1106/c1009-30383689.html，2018-11-6.

天科技股份有限公司的视察当成一个独立的或偶然的事件，而是将事件融入整体性的因果联系中，不仅为“破题”打下了理论基础、铺设了逻辑进路，而且通过“安天的故事”形象地传达了党中央对网络安全工作的重视，于政策宣讲而言也是一种创新突破。

其次，站在国家利益的立场来表达和论证“民企也是国家队”。编导从国家的责任引出企业的责任，以“民营企业能承担国家责任”“网络安全需要纳入国家管理”和“从事网络安全的民营企业要获得国家支持”等观点为前提，层层推进论证，形成节目的内在结构，让时间线轴上的事实有了一个编辑依据，为“讲好安天故事”奠定了叙事基础。一开始，节目以技术报告《从“方程式”到“方程组”》为例，形象展示了安天在防范网络攻击方面的技术过程和效果，并由此集中陈述这家企业近年来在国家重要活动中的关键贡献和所体现的价值，论证了“安天可以成为国家队”。进而，节目以企业的核心竞争力和企业价值为事实前提，结合“企业的服务内容和特殊领域需要纳入国家管理”这个价值前提，论证了“安天应该成为国家队”。对这两个前提的表述，编导的处理方式非常巧妙，充分发挥电视叙事的优势，充分表达事实前提。与价值前提相比，这个前提显得浓墨重彩，不仅从收视效果上实现了满足受众好奇心的目的，也在形成“民企成为国家队应该具备什么样的资格和条件”这个相对敏感的判断时采用了比较含蓄委婉的方式去传达。

最后，站在企业的角度对“国家队”进行思辨，体现了媒体的批判态度。“具备了成为国家队的前提条件后，国家又应该给予民企什么样的支持呢？”这是编导从“民企也是国家队”引发的最有建设性意义的部分，也是整个评论真正的核心观点。从“中国最穷的反病毒团队”到“安天的技术信仰和家国情怀”，从访谈对象的构成情况——7 人中，5 位是安天企业的技术人员和管理者，2 位是国家和黑龙江省的网络管理干部——都可以看到编导有意识地给予企业更多的表达机会，同时从宏观布局和发展前景角度提供了“民企必须成为国家队”的话语依据，充分强调了“企业利益与国家利益的统一”。

这个作品的获奖依据在于“选题重大，影响深远”，从专业的角度，也是对编导“构思巧妙，事实充分，观点具有建设性”的全面肯定。

◇附作品

民企也是国家队

李　宁　杨　阳　霍　扬　刘雨轩

【演播室　主持人李莉】

今年5月，习近平总书记在视察哈尔滨安天科技股份有限公司时说："你们也是国家队。"（**画面中，习总书记正在视察，字幕突出"你们也是国家队"7个字。**）

今天，安天科技再次证明，民企也能承担起国家责任。

【出画面　解说】

今天，我国网络安全厂商安天独家发布了一篇技术报告《从"方程式"到"方程组"》，曝光分析了一个名为"方程式"的网络攻击组织，侵入我国服务器，进行间谍活动时使用的病毒武器。之前，没有人能证实这些病毒武器真实存在。

"方程式"攻击组织被认为是与某超级大国情报部门密切相关的超级网络攻击组织，已经在国际上活跃了20多年，被评价为现有最隐秘、最先进、最复杂、具有高度威胁的网络攻击组织。经过长期的跟踪分析，安天破解了"方程式"一些攻击工具的加密算法，并还原了其网络指令体系，为保护我国网络安全提供了关键证据和技术支持。

【采访哈尔滨安天科技股份有限公司工程师刘佳南】

"这些病毒具有超强的加密抗分析能力，而且它针对的目标呢，不是民用的Windows系统，而是SPARC架构的计算机，这种计算机主要应用在工业、航空等重要的领域，一旦这些病毒攻击成功，就会造成失窃密事件，后果很严重。"

【画面转向另一个坐在电脑前的安天工作人员　解说】

这不是安天第一次曝光分析境外势力对我国的网络攻击，南亚某大国攻击组织对我国高校科研院所进行网络入侵，安天科技经过四年的跟踪分析，成功锁定攻击者，并在今年7月公布网络攻击报告《白象的舞步》（**画面是三个安**

天工作人员拿着攻击报告的印刷小册子，小册子的封面上画着一只大象），维护了我国的网络安全。安天在北京奥运会（画面是2008年北京奥运会安保安天的工作情况——安天投入人员：40余名工程师；主要工作：每日提交病毒疫情、分析报告、网络安全态势报告，多达100余份；共计探测到统计在案的奥运相关网站被挂马信息，超过300条。发现奥运票务木马事件，发现运营商主数据库关键隐患。获得表彰：多部门通报嘉奖，安天有9名工程师被评为安保功臣）、上海世博会（画面是上海世博会安保情况——安保投入人员：50余名工程师；主要工作：共报送周报25份，其中捕获恶意程序300多万个，检测出上海世博会官网及相关网站高危漏洞3个，并发现多起利用世博会名义进行钓鱼和挂马事件。获得表彰：获得多部门嘉奖，包括重大活动信息安全保卫工作）等重大活动中也参加了网络安全的保障工作。

今年9月，受G20杭州峰会组委会的委托（画面转向G20杭州峰会外景），安天公司组建了120人团队，参与了峰会的网络安全运行保障工作。

【画面转向采访哈尔滨安天科技股份有限公司副总工程师李柏松】

“G20峰会期间，安天测试了1300多个网站，发现了安全漏洞100多个，如果这些漏洞没有被及时地发现并处置，就可能被攻击者拿来利用，破坏篡改我国重要的网站，造成负面的国际舆论。G20期间安天加强了对恶意代码疫情的实时监测，重点是僵尸网络和手机木马。僵尸网络的突然爆发，就可能会造成大面积的网络瘫痪，而手机木马有可能会为G20期间带来一些失窃密的事件，这两者的后果都是非常严重的。”

【画面转向G20航拍　解说】

在杭州G20峰会上，我国网络安保人员处理了3000万次网络攻击事件，承担网络安保任务的，不仅有政府机构和国企，还有像安天科技这样的民营企业。

【画面切回演播室　主持人】

说到国家队，不禁让人想到他们（画面是主持人右边托着一张照片，照片上是国家队的运动员，有手捧金牌的，有举重的）。而讲到企业中的国家队，我们会自然地想到那些国有骨干企业（画面是主持人左边下一组照片，从左往右依次是：中船重工、中国航天、中核集团），与大型国企不同，民企不是天生的“国家队”（画面依次弹出来三组字：资金、政策、人才）。

【出画面　解说】

2000 年，安天成立时，是一个由 7 个人、3 台电脑组成的小实验室，号称“中国最穷的反病毒团队”（画面是由一个相框切入，相框里是五行字，内容如下：“2000 年 6 月 6 日，中国哈尔滨，在西大直街 107 号一个 20 平方米的小屋中，7 个人、3 台电脑，安天的创业开始了……那时，除了对网络安全的热爱，我们对网络安全一无所知。”再慢慢拉出一个相片墙，和安天历史有关）。

他们瞄准的是投入大、见效慢的反病毒引擎研究，这是威胁检测的核心技术，中国很少有企业做（画面是在检测病毒，标题字幕：民企也是国家队　鲤鱼跃龙门），国际上也只有少数核心厂商研发成功。

【画面转向采访哈尔滨安天科技股份有限公司哈尔滨总部负责人李岱】

“如果我们不做的话，那就只能由外国人来做了，无论是从未来对国家也好（画面是“走中国道路　造中国引擎”几个鲜红的大字，大字底下是介绍：发动机引擎是飞机的心脏，反病毒引擎是网络威胁检测的核心技术）。安天人以‘不怕死在反病毒引擎上’的决心，以 50 年磨一剑的恒心，以移动威胁和高级病毒检测为重心，从咬牙跟跑到逐步实现弯道超车，甚至说对于普通民众，我们觉得这都是不负责任的。所以说，当时就下定决心要做这个方向。”

【画面又转向安天人工作的画面　解说】

“鲤鱼跃龙门”需要能力和决心，安天科技在发展最艰难的时候，十几个月发不出工资（画面是一张写了各种菜的表格，表格上方一个卷饼孤零零地在盘子里的照片，背景字上写着“2000 年 6 月—2001 年 3 月，团队成员没有领到一份工资，多数吃住在公司，开始了一锅白菜土豆、一锅米饭的‘大锅饭’时代，这是当年的公司一页流水账，卷饼是那个时代的奢侈品”），但是，人不散心不散，合伙人团队做了 15 年不分红的约定，决心与安天共进退。（画面闪过“智者安天下”几个字，之后一盆盆栽的空镜头又出现了“民企也是国家队　鲤鱼跃龙门”的标题字幕。）经过 16 年风雨洗礼，这个中国最穷的反病毒团队，发展成为拥有北京、武汉、上海、深圳四大研发中心（画面是研发中心发展史）、600 多名员工的优秀民营企业。承担了 3 项国家 863 研究课题、18

项国家信息安全基础计划研究课题，参与起草了5部国家行业标准，获得专利授权122项。目前全球近10台网络设备、超过4亿部手机在使用安天的反病毒引擎产品。安天，要为中国的网络安全擎起一片蓝天。

【画面切回演播室　主持人】

这七颗星叫作“北斗七星”，“北斗”也是我国自主开发的卫星定位系统的名字，在GPS系统已经非常成熟的情况下，我们为什么要另起炉灶？答案是“为了国家利益”（画面中主持人手边出现了一杆名为“国家安全”的秤，秤的左边是“网络攻击”“黑客组织”，秤的右边是“网络安全”“民营企业”）。习近平总书记指出：“没有网络安全，就没有国家安全。”而对于保卫国家利益的民营企业，需要国家来支持。

【出画面　解说】

今年5月，习近平总书记来黑龙江，专程到安天视察，称赞安天是民企国家队。

【画面切到采访哈尔滨安天科技股份有限公司创始人、首席工程师肖新光】

“地方发改委也是在我们两次获得发改委信息安全专项时，都提供了50%的资金配套，对高新（技术）产品提供了一个免税政策，这样就有效地减轻了企业负担，加速了企业发展。”

【画面又转出解说（“民企也是国家队　国家要支持”标题字幕出现）**】**

但是，我国的自主网络安全厂商规模和体量都与国外安全企业存在着巨大差距。如何将网络安全厂商从小苗培养成为森林，有一些亟待解决的课题。

【画面切到采访国家互联网应急中心运行部主任严寒冰】

“在各个国家，网络安全企业的核心技术都是他们的重点保密对象，很多技术是不允许出口的，因此我们国家的网络安全企业应该掌握更多的核心技术，为提升我们国家网络安全整体的防护水平起到更重要的支撑作用。”

【切入画面　解说】

目前，我国网络安全在信息化上的投入占比不到2%，不但比发达国家的20%有很大的差距，也比印度这样的发展中国家要低。民企承担国家网络安全责任，是要付出成本的，同时，收益应该相对稳定。

【画面切出采访黑龙江省网络信息办公室主任李耀东】

“在政策上、环境上要扶持企业，特别是它的成长期，这个时候，还看不出太大的经济效益，要引领这样的企业，在成长期尽可能进入国家战略。只有进入国家战略，进入世界级竞争，它才有未来的发展空间。”

【出画面　解说】

除了支持和扶持，国家也要做出更多的规范，比如进行网络安全工作必须严格按照授权操作，如果超出授权范围，一旦发生泄密事件，或其他违规行为，相关部门必须有能力查到操作痕迹，进行严厉追责。

【画面切回演播室　主持人】

每一个国家，特别是实力大国，都有自己的核心利益。民企一旦成为“国家队”，就要代表国家去和世界打交道，所遵守的不是一般的游戏规则，所拥有的不是一般的商业秘密，而是至高无上的国家利益。所以，民企要成为“国家队”，绝不能仅仅是追求利益和荣誉。

【出画面　解说】

在网络安全产业的世界级竞争中（**出标题字幕“民企也是国家队　责任要当先”**），美国拥有世界上体量最为庞大的网络安全巨头厂商“赛门铁克”（Symentec），俄罗斯则有同样知名的“卡巴斯基”，这些从事网络安全的企业，都是大国能力的基石。世界上各主要大国在扶持本国网络安全企业的同时，也对对立阵营的网络安全企业进行限制。2011 年起，美国就曾以“国家安全”为由，限制中国 IT 厂商，包括网络安全企业，进入美国市场。

【画面切出采访哈尔滨安天科技股份有限公司创始人、首席工程师肖新光】

“一个厂商是不是国家队呢，并不是简单地由所有制来决定的，中国是一个崛起中的大国，从国家队的角度来看，它是大国战略能力的支点，它是大国战略方向的同路人，它是大国战略利益共同的捍卫者和受益者。”

【画面切出　解说】

火焰、震网、毒曲等，这些世界知名的高危网络病毒或攻击行动，都是安天持续跟踪研究的对象。做这些攻击事件分析，不但没有任何经济收入，还容易引火烧身。美国中情局前雇员斯诺登爆料（**画面又弹出“民企也是国家**

队　责任要当先”字幕），美国和英国的情报机构推出“拱形计划”，长期监听多国的网络安全厂商，目的是了解相关安全产品，跟踪用户和安全厂商间的通信，发现自身攻击是否暴露。在这份名单中，安天是仅有的一个中国安全厂商。

【画面切出采访哈尔滨安天科技股份有限公司副总裁王小丰】

“因为我们是有技术信仰和家国情怀的公司和这样的一个团队，引擎的研发，要求我们必须全力以赴，投入集中资源做下去，还是要坚持自己的核心方向。从长期来看，企业的利益和国家的利益肯定是统一的。”

【画面切回演播室　主持人】

在祖国东北角的黑龙江省，民营企业已经占领了半壁江山，放眼全国，民企的比例更大（画面上有字幕显示“约占三分之二”），民企在市场经济的竞争中脱颖而出，朝气蓬勃，身强力壮，有望成为国家队的新成员。但是，要想成为国家队，行业重要性要突出，自身的技术、管理和经营水平必须在国内，甚至在世界上领先，关键是在利益与责任发生冲突的时候，要坚决地站在责任的一边。不能出现微量的泄露和细小的偏差。心中有理想，肩上有责任，手中有技术，愿意成为国家队的民营企业，请你走起！

（黑龙江广播电视台 2016 年 11 月 7 日播出）

轮回式的突破

《证难办　脸难看》距离中央电视台上一个中国新闻奖评论类一等奖时隔12年，可以算是央视新闻评论的一次“轮回式的突破”。这次“突破”主要体现为三方面。

首先，影响力。根据中国新闻奖参评作品推荐表的“社会效果”填报情况，节目播出后在社会上引起强烈的反响和共鸣。全国各大媒体和网络纷纷对此节目进行转载和撰写评论文章。比如,《人民日报》撰文评论《“反仆为主”的权力伦理错乱》，新华社评论《该队办证难展开清理了》等，并引发了人们对各种办证难的大讨论，“办证难”一时成为热门话题。据人民网舆情解读统计，该节目播出后，持续多日成为舆情热度最高的事件、热度最高的单条网络新闻，相关话题位居舆情热点排行第一位。节目播出后，除了节目涉及的地方党委和政府迅速对当事人进行处理外，全国很多地方政府也把这期节目作为进行群众路线教育实践活动的教材，下发文件，组织收看。随后，相关部门陆续出台了一系列简化办证程序、改变工作作风的规定，下大力气解决办证难的问题。可见，在议题设置的速度上，央视超越了传统的第一发声主体，并充分发挥电视信息直观的优势，在群众路线教育中成为一个能产生教育效果的好材料。对于地方行政作风的改进，这期节目也产生了明显的推动力。在节目播出的第二天上午7时，丰县县委书记和县人大常委会主任邱成就此事召开专题会议，10余名责任人被处分，他强调：“要旗帜鲜明地支持像小狄这样的创业者，把他们当成自己的兄弟姐妹一样对待，要对丰县的党风、政风、民风、作风来一次大排查。”[①]

---

① 人民网仝宗莉．江苏丰县回应“证难办脸难看”：10余名责任人被处分［EB/OL］．东方新闻网，http：//news.eastday.com/c/20131013/u1a7709720.htm.

真是一石激起千层浪，一期电视评论让主政一方的一把手睡不着觉，这样的影响力最具中国特色，是媒体舆论监督最希望实现的效果。

其次，论证力。《焦点访谈》的口号是“用事实说话”，这期节目以最专业的表达手法贯彻了这个原则，对观点的论证过程形象真实，无可辩驳。什么是“办证难”？什么是“脸难看”？节目组在大量线索中选择了“北漂的小周”和“创业者小狄”两位青年人，以他们的真实经历来“展示”普通群众面对基层个别办事人员的消极态度所遭受的无谓消耗。“展示”（showing）在这里是一个叙述学的概念，并非日常偏于积极宣传的语义。“事情就是这样的。”被看见，而不是被某个特定的叙述主体按照故事框架讲述出来，就是“展示”。小周为办护照跑了大半年，往返北京和河北老家六趟，次次都郁闷；小狄为办农业合作社的执照跑了十几次办证大厅无果，回回都碰壁。记者跟随他们数次前往办事地点，亲历他们的办证过程，记录下他们的经历。这些“现场目击”无疑发挥了文字难以实现的强大论证力，更为重要的是从叙述上，记者与当事人的“共同经历”对观众产生的代入感和“用事实说话”的观点陈述的“内聚焦”和“外聚焦”的统一性。前者体现在小周和小狄与办事人员之间的对话，后者体现在记者作为旁观者对当时当地当事双方的表现的观看和解说，通过相同场景规避了矛盾双方可能存在的“一面之词”，用平衡而客观的方式实现了论证。

最后，解析力。能够找到小周和小狄这么典型的案例，并不是撞大运，而是经过了一个规范的选题流程。为了配合群众路线教育的深入开展，媒体有责任对相关问题进行呈现和反映。栏目组先系统学习群众路线教育所针对的“四风”问题，在官僚主义、形式主义、享乐主义、奢靡之风中，结合群众反映的具体问题，选择了“官僚主义”作为重点，并通过记者的深入采访和调查，将问题进一步聚焦在“办证难”这一非常具体、牵涉面很广、容易引起共鸣的现象上，实现了“大题小做”。这种“大处着眼，小处着手”的选题方法，一定是建立在对政策理论有充分把握和对社会事实有整体把握的基础上才能真正具有执行力的。总体上看，栏目组在选题方面的解析力，尽管一开始是来自“上头”的任务驱动，但推动选题最终落地的仍然是长期以来所积累的“群众基础”——公信力，这也是主流媒体与群众血肉相连的生命力。

12 年后再次获得一等奖，证明了“人民的立场”永远正确，永远充满力量。

◇附作品

证难办　脸难看

刘　宁　张玉虎　郭　峰　杨　枫　崔辛雨

【演播室主持人张羽】

您好观众朋友，欢迎收看今天的《焦点访谈》。“门难进，脸难看，事难办”是官僚主义作风的典型表现，老百姓最反感，反感不光是因为大家对它的心理感受不好，更是因为它是真折腾人、真耽误事。到底有多麻烦呢？记者最近也亲身体验了一次。

【解说】

小周家在外地，目前在北京工作。去年 10 月，公司要派他出国，需要办因私护照，由于在北京缴纳社保不足一年，按规定他必须回户口所在地办理。按说现在办因私护照也不是什么难事，可小周说为了办护照，他回离北京 300 多公里外的老家多次，跑了大半年一直没有办下来，每次去还要看办事人的脸色，想想都打怵，那么到底是怎么回事呢？不久前，记者和小周一起来到了他们县公安局出入境科。

【小周】

办一下证件。

【河北省武邑县公安局工作人员】

什么证件？

【小周】

护照。

【河北省武邑县公安局工作人员】

去哪里？

【小周】

澳大利亚。

【河北省武邑县公安局工作人员】

谁办？你办啊？

【小周】

对。

【河北省武邑县公安局工作人员】

你在哪里？

【小周】

我在北京。

【解说】

出入境科的办公室面对面坐着两位办事人员，都没有穿警服，其中一位一直看着报纸，头始终没有抬一下。

【小周】

上次是找她办的。

【河北省武邑县公安局工作人员】

上次找她办的，办过一回啊？

【小周】

对。

【解说】

这位一直看着报纸的女士就是前几次接待小周的办事人员，她看报纸看得很专注，直到对面的同事叫她，她才如梦方醒般抬起了头。

【河北省武邑县公安局工作人员】

办证。

【小周】

办下护照。

【解说】

她似乎对小周的来访打扰了她读报有些不满意，不过显然她还记得小周。

【河北省武邑县公安局工作人员】

你不是不办了吗？你怎么又要办了呢？

【小周】

公司需要，没办法。

【记者】

办个护照方便主要是，公司随时可以出去。

【河北省武邑县公安局工作人员】

公司，公司，公司让你出去干吗？

【小周】

拜访客户。

【河北省武邑县公安局工作人员】

你公司干吗的？我看你上回填的表呢？把表找来我看看。

【解说】

小周这已经是第五次来办护照了，前几次他都是无功而返，原因是材料不齐，而这次他自认为让准备的材料都备齐了，应该没有问题了，结果这位办事人员又发现了新问题。

【河北省武邑县公安局工作人员】

你不是这里的。

【小周】

我身份证就是这里的。

【河北省武邑县公安局工作人员】

你是呼和浩特的身份证。

【小周】

不是，我户口在这边的，身份证是学校给办的。

【河北省武邑县公安局工作人员】

这个不行，没换不行，没换这个不行，去换那个，复印那个，给你这东西。

【小周】

我跑了好几趟了，你一次跟我说清楚我就办了。

【记者】

跑了好多趟，老缺东西，来一次缺次东西。

【解说】

原来小周的身份证是在内蒙古读大学时办的，不是本地的，他要在这里办护照，必须提供本地的身份证。

【小周】

上一次我办证件也给她拿出来了，她当时看过，但是她什么也没说。

【记者】

也没有说你身份证不行?

【小周】

对，她这一次看我证件都全了，她又提到我这个问题。

【解说】

看来为了身份证，小周又要折腾一次了，而像这样的折腾已经不是第一次了。

【小周】

因为她不把所有需要的东西一次性地告诉我，来回折腾了我好几趟。

【解说】

那么来回折腾好几趟都折腾一些什么呢？据小周说，他第一次去办理时，办事人员只告诉他要到户口所在地的派出所开具一个无犯罪证明。等小周办好了证明，再次来到县公安局，办事人员才又提出了新的要求。

【小周】

她说证明拿到了吗。我说拿到了。她说我要的不是这些东西，你们公司的在职证明呢？我说我没有啊，你没说需要这个东西。她说我什么时候没有说了，我告诉你了，赶紧回去办吧。

【解说】

小周老家到北京有300公里，坐火车得3个多小时，为了早点办好护照，小周马不停蹄匆匆赶回北京，到公司开具了在职证明，因为他们县公安局出入境科双休日不上班，只有工作日才办公，一周后，他只好请假再次回到老家，他想这次应该没有问题了吧，不承想，当他来到公安局办理时，办事人员又让他提供新的材料。

【小周】

她说你这个东西还是不全啊，我让你拿的营业执照呢？你得拿你们公司的营业执照。

【记者】

她上次告诉你带营业执照了吗？

【小周】

上次没有。

【解说】

虽然作为一名普通的员工，要想拿到单位的营业执照不那么简单，但是为了把护照办下来方便工作，小周回到北京的公司，硬着头皮和老板申请复印了公司的营业执照。几天后，他又一次请假坐着火车回到老家，不承想当他第四次走进县公安局出入境科时，办事人员又提出了新的要求。

【小周】

她说你们这是什么公司，有没有外派人员的资格？我说我们是做对外贸易的，这肯定有。她说你再把这个证明有外派资格的证明开过来，然后我再给你做这个证。我当时就非常恼火，因为已经让我来回折腾三四次了。

【解说】

这次已经是小周跑的第四次了，请着假，搭着路费不说，结果还是没办下来，小周未免有些恼火。

【小周】

我就感觉现在在我们这种小县城，他们拿着一点权力就是随便愚弄或者玩弄这些老百姓，办一个证件太困难了。

【解说】

恼火归恼火，护照还是要办，没办法，好在这次让换身份证不用去北京，小周打起精神回家换了新的身份证，第六次来到武邑县公安局出入境科。

【河北省武邑县公安局工作人员】

把上次给你那材料拿出来，那一堆材料都拿出来。

【河北省武邑县公安局工作人员】

家庭现住址河北省武邑县，写上你们村。

【解说】

这一次办事人员终于没有再提出新的要求，小周也终于拿到了护照领取通知单，为办一个护照来回跑了六趟，还要忍气吞声。这样的办事方式伤了小周的心。

【小周】

以前一直知道，像我们这种小县城越小的地方办证之类都比较困难，这次我亲身经历了一次，这叫什么？进门难，脸难看，办事更难这种状态，真的挺恐怖的。

【演播室主持人张羽】

现在我们看看小周一共补办了多少证件，第一，无犯罪证明；第二，公司在职证明；第三，公司营业执照；第四，公司外派人员资格证明；第五，本地身份证明。这五张证明让他多跑3000里，而记者在公安部网站了解到，像小周这样的普通公民办理因私护照，其实只需要提供身份证、户口本及复印件，然后照照片、填表就行了。小周这3000里路其实不少都是冤枉路，而这样的事还不光小周自己遇到了，我们下面要讲的这位正准备创业的大学生也遇到了类似的问题。

【解说】

不久前，江苏省丰县大沙河镇的小狄又一次来到丰县行政服务大厅，小狄大学毕业自主创业，和几个大学生一起办了一个稀有水产养殖专业合作社。他这次来还是为了营业执照和法人执照的事，这件事让他跑了好几个月，但是现在还没有结果。

【记者】

第几次到行政大厅还记得吗？

【小狄】

到行政大厅应该是第11次了。

【解说】

办什么执照需要跑十几趟呢？其实小狄的事很简单，今年3月为了便于经营，小狄他们办的稀有水产养殖合作社，从原来的注册地徐州市泉山区迁转到了丰县大沙河镇，在各种手续齐备的条件下，这个迁转的流程并不复杂。只要泉山区工商分局把小狄他们原来的电子档案转到丰县工商局，再由丰县工商局转到大沙河镇工商分局，由那里审核办理即可，但是在办理的过程中，不知为什么电子档案却始终转不过来。

【小狄】

分局的工作人员就查询，她说你这个档案没有转过来，我们这边不能办，你到县行政大厅窗口去问一下看有没有。我就到县里的行政大厅窗口去问了，我拿着这个单子就让工作人员查，她说没有转过来。

【解说】

是徐州方面没有转过来吗？为了弄清情况，小狄还曾经专门跑到徐州市泉山区工商局询问，得到回复说已经转给丰县工商局了，让小狄回去办理，并交代如果那里还说没有查到档案，就给泉山区工商局打个电话。于是小狄兴冲冲回到大沙河镇工商分局，但那里的办事人员说档案并没有转过来，还是办不成，让小狄到行政大厅查一查。

【小狄】

我又到了行政大厅，我说我们这个电子档案肯定迁过来了，我说我现在打电话，让徐州那边的人跟你解释一下。通话之后，她说我不要接了，我再查一下吧，她就拿着这个单子又查了一下，她说有。

【解说】

不追得紧就查不到，追得紧了就查到了，这样的办事方式让小狄感到很无奈，不过好在已经查到了，只要县工商局的办事人员鼠标一点，电子档案就可以转到大沙河镇的工商分局，小狄想这回执照办理应该没有问题了吧。他又回到镇工商分局，可是那里的工作人员说电子档案还是没有转过来，让他再到县行政大厅询问，就这样像皮球一样被县镇工商部门踢了几个来回之后，在分局小狄失去了耐心。

【小狄】

我就急了，我就说你让我到大厅去，大厅人让我到你们这里打，我跑来跑去反正都打不成，你说怎么弄？我就急了，说了一点不好听的话，她就给了我两张空白的营业执照。她说你到大厅去打吧，她还没有转过来。

【解说】

跑了十几趟，办来的只是两张空白的执照，这让小狄哭笑不得。为了讨个说法，不久前小狄给丰县有关部门写了一封信，标题是“让人心酸的两张空白营业执照”，反映了自己遇到的烦恼，而这次也就是他第11次到县工商局，就带着镇工商分局给的两张空白营业执照和法人营业执照副本，那里的办事人员告诉他，只要到县工商局窗口，把内容打印上去就可以了。

【记者】

红旗窗口呢。

【小狄】

你好，我是来打这个的。

【江苏省丰县工商局工作人员】

农民专业合作社?

【小狄】

嗯。

【江苏省丰县工商局工作人员】

大厅不办，到下面分局去办。

【小狄】

我的档案转过来了，分局说不能办，让上这儿来办。

【江苏省丰县工商局工作人员】

从哪儿转过来的?

【小狄】

从徐州。

【江苏省丰县工商局工作人员】

我们这儿不办农民专业合作社。

【解说】

听说小狄办的是农民专业合作社的执照，办事人员一口回绝，他们让小狄还是回镇工商分局办。小狄拿出了两张空白的执照。

【江苏省丰县工商局工作人员】

当时谁给你这个证?

【小狄】

大沙河镇工商分局给的，让我上这儿来打，跑了十来趟了，光上徐州从开始办，我跑十几趟了，你拿空白营业执照打发老百姓，他推给他，他推给他，都不给我办。

【解说】

不知是不是小狄给县有关部门写的信发挥了作用，小狄发现这次县工商局的办事人员虽然还是让他回镇工商分局办，但是态度有了明显的变化，不仅一再解释说，这回档案绝对转过去了，为了让小狄放心，还专门与镇工商分局的人通了电话。

【江苏省丰县工商局工作人员】

现在沟通好了。

【小狄】

沟通好了就好了，我的目的也是把证办好了。

【记者】

行了，走吧。

【解说】

小狄随后来到大沙河镇工商分局，果然这次这里也说执照可以办了。奇怪的是在办理过程当中，这位办事人员始终闷闷不乐，最后她忍不住拿出一张纸放在了小狄面前。

【江苏省丰县大沙河镇工商分局工作人员】

这是你写的吧?

【小狄】

是的，是我写的。

【解说】

原来这正是小狄写给县有关部门的那封信《让人心酸的两张空白营业执照》。

【江苏省丰县大沙河镇工商分局工作人员】

让你心酸，你也很让我心酸，你这信也很让我心酸，你知道吗？

【解说】

既然都心酸，为什么一开始不能把事情往好里办呢？一件简单沟通就可以办到的事却拖了3个多月，往返十几次。小狄说因为迟迟办不下来执照，错过了购进饲料的好时机，今年他们合作社农户的收入会受到很大影响。

【小狄】

如果有营业执照跟厂家直接联系，签合同，至少一吨省200块钱。

【演播室主持人张羽】

中央推进群众路线教育实践活动，就是为了让老百姓开开心心地过上好日子，可是我们今天看到个别单位，特别是某些公共服务管理部门，却还是存在着官僚主义现象，个别干部只顾自己、少担责任、多享清闲，却让老百姓急断肠、跑断腿。这充分说明贯彻群众路线、坚决反对"四风"必须长期坚持、深入落实，我们要注重顶层设计，更要注重基层表现，要看干部的觉悟，更要看群众的评判，大政方针不含糊，具体问题不马虎，只有时时想着群众的利益，才能事事赢得群众的满意。

今天的《焦点访谈》就到这里，再见。

（中央电视台2013年10月11日《焦点访谈》播出）

阐释“新做法”的正确路径

2012年，上海广播电视台的《聚焦医患“第三方”》等4部作品分获第22届中国新闻奖一等奖1个、二等奖1个、三等奖2个，体现了“新闻立台”的根本和实力。这部电视评论作品体现了上海广播电视台立足本地，关注社会民生，探测新生事物的新闻理念，作品“以上海各个区县‘医患纠纷人民调解机构’正式挂牌成立为契机，深入调查和拍摄，选取典型案例来记录医疗纠纷的调解过程，从而阐明第三方调解则是上海进行社会管理创新、缓解社会矛盾的新举措，具有普遍的现实意义”[①]。具体分析，有这样几方面可以关注。

首先，积极呈现“上海经验”，体现选题的时效性。“上海市在医患纠纷中引入人民调解，提供化解纠纷的第三方平台，平台受案范围为患方索赔金额超过3万元并同意人民调解的、医患双方当事人自愿申请的（不论索赔金额大小）。实行调解属地化原则，无论是市级还是区级医院发生的纠纷，凡符合受理条件的，均纳入所在人民调解委员会的解释范围。截至2010年年底，全市15个区县成功调解医患纠纷1637件，涉及金额4547万元。人民调解员多数来自退休医务工作者、法官、检察官、律师，具有一定的医学和法律专业知识且热心于人民调解工作。”探索第三方平台化解医患关系，上海走在全国前列，评论编导对此有清晰的认识，主动抓取新闻第一落点，用评论获得第二落点，努力提高新闻竞争力。相关报道和评论产生了重要影响，2012年1月，时任原卫生部部长陈竺在全国卫生工作会议上提出，要建立健全专门机构接受和处

① 董天策．把握时代方位，高扬新闻艺术——第二十二届中国新闻奖评奖感悟［J］．中国记者，2012（12）．

理患者投诉，要充分发挥社团组织维护医患和谐的作用，要创造条件普遍建立第三方调解、建立医疗责任保险等处理医患关系新机制。

其次，表达方式主要采用“个案记叙”，恢复“经验”的“理性逻辑”。如何才能把第三方平台的运作方式及其与医患双方的关系尺度和调解原则说清楚？讲故事比起一五一十地“论述”，更能让人印象深刻。但这部作品选择讲故事，对于医患关系这类选题有天然的契合点，并非一种特定的修辞。医患关系冲突中，利益冲突是一方面，情感冲突是更重要的一方面。多数情况下，医院这方突出普遍性、理性的“治疗流程”和“医学解释”与患者家属方突出特殊性、感性的“情感期待”和“100%效应”是分属不同逻辑层次的话语，“对话”很难实现。以具体的人和具体的事件过程切入问题，不仅对观众有较强的代入感，也能在不同阶段和不同细节中，使观众产生情感（态度）的共鸣，加深对第三方平台存在必要性的理解。总体目的仍然是让社会选择更为理性的解决矛盾冲突的方式，也让掌握专业信息和阐释权的医院一方不可能再固守原有的强势。评论将故事的冲突和化解过程展现出来，有利于梳理冲突原因和解决问题的关键点，增进社会的理性选择力。中国知网文献显示，2011 年以后，多学科以医患关系为选题的学位论文逐渐增多，也反映了理性地、系统地解决医患纠纷问题的共识在知识群体中逐渐形成。

再次，论证不脱离“问题框架”，突出矛盾的因果关系。《聚焦医患“第三方”》的论证逻辑是依据事件中的问题逻辑，即“医疗瑕疵”与“家属质疑”在调解中的举证和取证的权重。从举证可能性来看，医院一方更占主动权和阐释权，长期以来，患者的质疑没有得到有效采信，这是医患关系的“紧张属性”。评论以 28 岁的吴升炫因胸闷发烧被诊断为上呼吸道感染并接受输液治疗 6 小时后突然死亡的病案作为主线，展开了问题框架内的论证——“小病”和“年富力强的病患”所构成的“质疑”足以支持启动第三方调解。调解过程中，医患矛盾的原因在于家属一方对医院和调解员的不信任。调解的关键其实在于通过摆事实，讲道理，帮助弱势一方声张观点，充分表达，依法判断。

最后，适时加入相关资料，突出典型个案的整体语境和比较优势。评论在以典型个案为线索的同时，补充介绍了以往解决医患纠纷的三种途径，并举例说明了其局限性。继而把政府购买调解服务这一重要背景在调解结果快要公布的时候加进去，让观众理解了这一举措能够“被复制”的重要政策支持。从调委会的人员构成来看，也反映出上海在社会治理创新方面的现代化程度。

有好的做法和好的经验，就应该用正确的路径向潜在的学习者和受益者解释清楚，这是这部电视评论作品做出的示范。

◇附作品

聚焦医患“第三方”

集　体

【演播室　记者　訾力超】

画面上的这个人叫吴升炫，28岁，今年8月6日，因为胸闷发烧被送到上海一家二甲医院治疗，在吊了四瓶盐水后的6小时不到，突然死亡，家属和医院的谈判陷入了胶着状态。就在这个时候，医疗纠纷第三方介入，这就是人民调解委员会的调解，他们介入死者家属和医院之间，反复调停。那么这个调解委员会究竟是一个怎样的机构，它到底在维护谁的利益？最后结果的公正，又怎样能够保证呢？

【影像资料画面　上海市松江区中心医院】

字幕：2011年1月　上海松江区中心医院　患者家属在医院设置灵堂

字幕：2011年8月　上海儿科医院　患者家属封堵医院大门

字幕：2011年11月　普陀区人民医院　患者家属用汽车封堵医院

【医患冲突画面　解说】

最近几年，医疗纠纷引发的暴力事件频频发生。医患矛盾已经愈益凸显，成为最严重的社会矛盾之一。能否解决好医疗纠纷，直接关系到医患双方的合法权利，甚至是社会的稳定。那么这个社会难题应该如何破解呢？

【画面　吴升炫家人哭着擦遗像　解说】

28岁的吴升炫已经去世两个多月了，他的家人内心依然难以平复。

【画面　采访　吴升炫的母亲】

一下子没了我们怎么过日子，我们也不知道，我们该怎么活下去？我们没有活路呀。

【画面　解说】

今年8月6日下午，吴升炫突然感觉胸闷并伴有发烧，到上海普陀区人民医院就诊，被诊断为上呼吸道感染，在医院输了抗生素，半夜12点回到家里。没想到第二天早上6点多，他突然感到呼吸困难，很快离开了人世。

【采访　吴升炫的妻子　戴菲玲】

当时他流了一滴眼泪，流了最后一滴眼泪，我知道他那滴眼泪含了很多意思，他很不舍得所有的一切。

【实况　妻子与孩子玩】

【解说】

吴升炫今年28岁，是一名美发师，经过4年的打拼，已经在上海拥有了3家连锁店，事业有成，娶妻生女生活安定。妻子戴菲玲原本以为这是一场意外，但是丈夫手机里的两张照片让她意识到，也许吴升炫的死并不那么简单。（画面是吴升炫吸氧照片）因为照片显示，在当天输液的过程中，吴升炫曾经因为发生抽搐而吸氧。

【实况】

（妻子）我觉得可能是心脏有问题（透不过气嘛）。（记者画外音）不仅是发烧这么简单。

（妻子）绝对不会。

【画面　解说】

戴菲玲认为，很可能是医院在对丈夫的处置过程中存在疏忽和误诊，但医院并不承认治疗有过失，只愿意从人道主义角度出发，给3万块钱的赔偿。

【采访　吴升炫的妻子　戴菲玲】

一条命3万块钱，你觉得作为家属能接受吗？

【记者现场　记者金涛】

吴升炫的家人曾经4次找到医院来讨说法，但每次都是不欢而散。他们也曾经找到过医院的上级主管部门，得到的却是同样的回答。就在医患双方僵持不下的时候，一个民间的组织——普陀区医患纠纷人民调解委员会开始介入这场纠纷的调解和调查。那么，一个民间组织的介入，能够解决双方的纠纷吗？

【实况】

（吴升炫父亲）谁？

（调解委员会人员）先生。

（吴升炫父亲）你好！

（调解委员会的人员）我是普陀区医患纠纷人民调解委员会的。

（吴升炫父亲）谢谢！

（调解委员会的人员）你好，你们坐坐，你坐吧。

【解说】

吴升炫去世一个月后，普陀区医患纠纷人民调解委员会的工作人员上门来调解。成立于2006年4月的普陀区医患纠纷人民调解委员会，是全国第一家医患纠纷调解委员会，普陀区政府通过购买服务的方式，委托医调委以第三方身份调解医患纠纷。这天，是医调委第一次到吴升炫家里调解，而为了这次见面，之前医调委已经和死者家属进行了20多次的电话沟通。

【采访　普陀区医患纠纷人民调解委员会主任　任有余】

患方认为我们是帮医院的，政府购买服务，肯定帮政府有关部门吧，他是这样理解的。

【采访　吴升炫的妻子　戴菲玲】

说实话不太相信。

（记者画外音）为什么不相信？

因为觉得第三方并不了解我们现在的情况，我当时感觉医院是把责任推给第三方的。

【采访　吴升炫的亲属　戴玲艳】

我怕它是像卫生局一样的一个（机构）。

【画面　戴菲玲和孩子玩耍实况　解说】

像卫生局一样，是戴菲玲和家人最大的担心，因为在他们看来，医调委如果是和卫生局一样的机构，那等于是自家人管自家人，这让他们担心藕断丝连的关系会影响鉴定的公正性。

【实况】

（戴玲艳）现在我们都在这边讲，我也不知道它是不是跟医院有关系，专家他毕竟也是医生，他也不会站在我们老百姓的角度看这个问题，这个就是我们比较担心的。

【画面　医院　解说】

患者家属坦言，这样的不信任是来自与医院交涉的心力憔悴，因为在和医院的交涉中，双方的分歧很大。在家属看来，吴升炫在输液的过程中曾经出现抽搐症状，并吸氧，医生却没有进一步进行检查和治疗，所以医院对他的死是负有责任的。

【采访　吴升炫的妻子　戴菲玲】

跟医生第一反应就是他胸闷，为什么不给他建议做心脏检查？

【采访　吴升炫的亲属　戴玲艳】

是几小时，三四小时，都在你们医院打这个点滴，中间有那么多症状，你医生在干吗？

【画面　医院　解说】

普陀区人民医院却坚持认为，输液过程中出现的抽搐症状，不足以让患者致死。

【采访　普陀区人民医院副院长　黄德魁】

我们判断家属所说的抽搐和我们医学上判断的抽搐是不一样的，我们感觉根据当时病人的有关情况，不至于会致死。

【画面　解说】

因为双方各执一词，这场纠纷的解决一度陷入僵局。一个多月下来，双方都耗费了大量的精力，却不能说服对方。吴升炫的家人原本打算，只要医院适当提高点赔偿金额，他们也就息事宁人。但是，医调委工作人员的一句话，却有些出乎他们的意料。

【采访　吴升炫的亲属　戴玲艳】

医院如果钱少点，我们也解决算了，但是医调委，我忘了姓什么，主任就跟我们讲，他说你这样不划算，他就帮我们说了很多，他说我会帮你争取最大的利益。

【画面　解说】

正是这句话，让吴升炫的家人开始相信，也许医调委可以为他们主持公道。而院方也认为，也许医调委的第三方身份有利于纠纷的解决。

【采访　普陀区人民医院副院长　黄德魁】

到第三方去，矛盾激烈程度，以及对医院正常医疗秩序的影响，肯定都有很多好处。

【采访　普陀区医患纠纷人民调解委员会主任　任有余】

过错含糊的，可能我们医院都承认自已有过错，但是你错到什么程度，是完全责任，是主要责任，是次要责任，还是轻微责任，有些是含糊的。即使认定了，患方不一定信服，这样就由第三方来鉴定。

【画面　解说】

最终，在征得家属和医院双方的同意后，普陀区医调委决定启动专家咨询程序。9 月 27 日，专家咨询会正式举行，两位专家分别来自长征医院和同济医院，他们是从市医调委的专家库中随机抽取的。在对吴升炫的病史进行仔细分析后，两位专家判断，普陀区人民医院在治疗过程中存在一定的瑕疵。

【采访　市医调委专家委员会成员　同济医院急诊科主任　吴先正】

规范性应该比如说再量个血压，再做些检查，比如说查个血气呀。

【实况画外音　市医调委专家委员会成员　长征医院心血管内科主任　任雨笙】

我觉得医疗文书还是稍微有些简单，告知制度不够，告诉患者没有，他离开的时候，这个告知非常重要，如果你觉得还是有点不放心，作为医院、医生，可能需要继续留观。

【画面（前面两位专家在讨论问题）解说】

两位专家同时也强调，吴升炫回家到死亡的几小时里，出现了胸闷的症状，这应该引起家属更多的注意。

【实况画外音　市医调委专家委员会成员　同济医院急诊科主任　吴先正】

因为这5小时当中，一定应该有他的病理、生理变化，应该有某些征兆，是不是病人不舒服，应该去就诊而没有就诊。

【画面（专家们调解的画面）　解说】

根据各自的专业判断，两位专家当场出具了咨询意见书，这份意见书将成为这场医患纠纷调解的关键依据。目前，医患纠纷的解决一般有三种途径：自行协商、行政调解和走司法，也就是俗称的医患双方直接谈判、医疗事故仲裁和打官司。但是这三种途径都有各自的局限性。

【采访　普陀区医患纠纷人民调解工作　办公室主任　李建军】

患者认为我是弱势，因为我不懂医，所以跟医院的协商是很难的，要申请行政调解的话，他也不相信，毕竟你是卫生局，医院跟你卫生局之间，是什么关系呀，他不信任的，所以你要叫他走法律途径，到法院去解决，他又感到耗时耗力。

【画面　解说】

在这三条路都走不通的情况下，常常会发生医闹等暴力事件。

今年8月8日，儿科医院发生一起医闹事件，外地一名重症的儿童转院至上海儿科医院，抢救无效死亡。由于无法和医院达成赔偿协议，患者家属40多人到医院讨说法，整个事件从早上一直持续到下午。

【采访　上海儿科医院院长　黄国英】

我们医院一天有6000个门诊量，你算千分之一的发生率，算高吗？不高，很低。就是纠纷，1000个人里面才有一个人对你有意见，那么一天6000个门诊量，那就意味着有6起，6起的话就能把医院搞瘫痪掉。

【画面　解说】

事实上，近年来医患纠纷不仅数量上升，还时常引发暴力冲突，这不仅让患者心力憔悴，也让许多医院感到难以应对。

（记者画外音）按照你们一年的工作量来说，有多少是用在处理医患纠纷上的？

【采访　华山医院医务处处长　马昕】

在我们医务处 60%~70% 是在医疗纠纷上。

（记者画外音）这是一个正常的现象和数字吗？

（处长）我们不希望是这样。

【画面　解说】

目前，每年上海三甲医院医患纠纷的发生量在 50 件到近百件，这些案件解决难度大，需要的周期也长，关键原因就是医患双方缺乏信任。

【采访　上海市医患纠纷人民调解工作　办公室副主任　李和平】

医院再怎么解释，患者都不接受，因为一方面有专业方面的，在这方面存在信息不对等的问题。可能还有一方面，就是有一种合理怀疑，认为医院你是手臂往里面弯的。

【画面　解说】

李和平，上海市司法局副局长，市医调委副主任，他告诉记者，为了保证第三方调解的公正性，各级医患纠纷人民调解委员会的属性为社会团体，所有调解员的工资。办案经费都是政府财政出资，调解工作属于政府购买然后向公众免费提供的服务。而人民调解的首要原则是双方自愿，需患者家属和医院双方申请，才能介入，调解结果也是双方同意才能生效。

【采访　上海市医患纠纷人民调解工作　办公室副主任　李和平】

对经过人民调解形成的调解协议，也要双方自愿接受，不需要经过任何行政审批或者任何审批程序。

【画面　解说】

今年 6 月，上海市开始全面推广医患纠纷人民调解工作，无论医院是什么级别，一旦发生医患纠纷，只要赔偿金额超过 3 万元，患方都可以到医院所在区县的医调委申请调解。

【实况　医调委调解画面】

（人民调解员）现在我们写了个协议，你们双方看一看，认同的话在后面签字。

【画面　解说】

10 月 14 日，经过一个多月的调解协商，吴升炫的家人和普陀区人民医院最终都在调解协议上签了字。医院尊重专家的意见，承认医疗行为存在一定瑕疵，承担相应的民事责任，一次赔偿吴升炫家属死亡赔偿金、丧葬费、被抚养人生活费等共16万元。吴升炫的案件在医调委的介入下，终于有了一个双方认可的结果。

【采访　吴升炫的妻子　戴菲玲】

当我在去医院的时候，我就感觉我本身是要讨一个公道的。但是我觉得我很无力，很无力，当认识了医调委，我感觉到他们是公正的，确确实实在了解一些事情，去解决一些事情。

【采访　上海市医患纠纷人民调解工作　办公室副主任　李和平】

我们人民调解更多的是讲究“情、理、法”三个字。讲情、讲理、讲法，当然“法”应该是放在第一位的，首先在“法”的前提下，然后讲理再讲情，但是我在操作过程当中，可能更多是情、理、法。

【出镜记者　金涛】

在采访中，患者家属告诉记者，医患纠纷人民调解让他们体会最深的就是沟通方式的不同。患者家属和医院谈，往往是直奔主题，目的是分清对错。但当“老娘舅”介入之后，往往首先是互相倾听，疏解情绪，消除误会。看似多了一道程序，其实是以柔克刚，以退为进，让矛盾双方回归理性，让调解得以继续。我们不能说第三方的出现就能够马上解决医患纠纷当中的种种顽症，但至少它提供了一个沟通的新渠道，一个重建信任的新平台，一个社会管理的新角度。

（东方卫视2011年10月23日播出）

一次特殊的“异地监督”

《致命石英砂》是云南广播电视台在“电视评论”类别上获得中国新闻奖的第一件作品，也是以《都市条形码》为标志的云南民生新闻“收视成绩好，专业制作优”的代表。首先，从选题来分析，作品完成了“云南关注，回应社会”的任务。2009 年 3 月，“云南水富外出务工人员患上‘怪病’12 人死亡”的消息传出，立即引发社会关注。新华社最早发出相关调查报道：“云南省水富县政府 27 日发布经卫生部专家指导确认的诊断结果：水富县前往安徽凤阳县石英干粉厂务工的 63 名存活村民中，有矽肺 30 例。这一消息解开了云南返乡民工患‘怪病’之谜。然而，记者追踪调查发现，在造成这些民工患病的安徽凤阳县，相关监管部门不仅未被问责，还互相打起了‘太极拳’。”[①] 报道非常明确地批评了凤阳县相关部门对事故责任归属的推诿扯皮。新华社记者通过到凤阳县刘府镇（原官沟乡）的实地调查，确认了当地无证照、生产工艺落后的石英砂小作坊林立的基本事实。以上两个要点，确立了这一选题的报道口径。同时，记者提出了这个事件对职业病问题的建议，一是修改和完善相关法律，明确责任主体；二是简化从业人员的职业病鉴定程序，维护从业人员的合法权益。之后，据云南电视网报道：“云南、安徽两省的党委、政府和有关部门也高度重视，立即组织了相关人员进行调查处理。4 月 1 日卫生部、人力资源和社会保障部、安检总局、全国总工会联合印发了《关于进一步做好云南省水富县部分返乡民工集体患病事件调查处理工作

---

① 新华社程士华，浦超．云南返乡民工患“怪病”身亡向谁敲警钟［EB/OL］．华夏经纬网，http://www.huaxia.com/qcyn/ynyw/ynsx/2009/03/1373007.html.

通知》(以下简称《通知》),督促安徽省、云南省积极妥善、认真做好事件的查处工作和善后工作。”[①] 可见,在选题方面,云南广播电视台是以新华社的报道、国家相关部委和云南省委对此事件的立场原则为重要依据的。为了回应社会,保证采访的效果和制作的专业性,台里派出了品牌栏目的记者和编导来承担和执行采访任务。

首先,从舆论监督来看,作品实现了广播电视评论“异地场景去陌生化”的效果。《通知》印发后,云南的多家媒体都对这个事件展开了调查。《春城晚报》记者到昭通水富县调查,走访患病村民,描述他们患病的经历和凄惨的现状,站在他们的立场报道了“因病返贫”的困境和这种疾病的危害,通过梳理 2005 年以来该地对村民患病情况的处置程序,记者提出了诸如“这样一个影响重大的公共卫生安全事故,为什么直到目前才开始浮出水面?舆情专项通报‘卡’在哪里?”的追问。[②] 与其他媒体仅在云南调查采访不同,云南电视台《都市条形码》的记者不仅到患病者家乡采访,还赶往打工地进行现场采访。镜头中,千里之外的凤阳大庙镇郐岗村后的石英石矿山、凤阳县官沟乡已经关停的石英砂厂、凤阳工业园区、凤阳县劳动社会保障局、县委宣传部和官沟乡苍张村患病村民孟庆阳等,不再是抽象的。声画语言在这个选题中发挥了“异地场景去陌生化”的效果,在“舆论监督”的框架下,村民口中频频提及的打工地和打工的具体环境,被实实在在地呈现出来,消除了潜在的“是否存在、是否如此”这类场景联想的不确定性,这是文字报道所不能实现的效果。而且,与多数“异地监督”的报道或评论不同,在这个选题中,“他处”是“此地”的一个重要现场,而并非不存在事件关联性。因此,异地的调查和采访,不仅没有消解或减弱“云南本地议题”的接近性,反而突出和强化了本地当事人及受众对事件认知的完整性。

其次,从论证方式和论证结构来推敲,作品体现了鲜明的理性态度和

① 云南电视网 . 卫生部公布“云南水富返乡农民工患怪病”调查情况[EB/OL]. http://news.yntv.cn/category/10101/2009/04/11/2009-04-11_704347_10101.shtml.

② 春城晚报 . 村民打工返乡 12 人病逝 多人惨变“活死人”[EB/OL]. 云南网,http://www.qzwb.com/gb/content/2009-03/16/content_3027291.htm ? spm=0.0.0.0.Dq2ETT.

清晰的因果逻辑。基于这个议题的某些特质，凤凰卫视《冷暖人生》针对事件中受害者遗孀宋树琴和另一位尚在接受治疗的农民孙正雄做了专门采访，聚焦故事中个体的命运沉浮和生命感悟。与后者不同的是，云南广播电视台以村民刘淑芬切入，通过对她和她的公婆的采访，在“8 人赴凤阳打工、8 人患病，其中 3 人已病逝”的事实面前，把矽肺病对务工农民的巨大伤害以“克制而理性”的方式展示出来，并没有利用画面过多渲染患病者的病况，仅以采访对象的同期声来间接描述：“都是一个样，都是累，累得不得了。都是瘦，瘦得不得了。没有肉的，只是骨头架子。到死了就只剩点骨头架子。”这种理性态度，一直贯穿在采访过程和编辑过程中。比如，记者以“你们主要是做什么工作”“有没有向老板反映这种情况”“有没有什么保护措施”“在哪儿打的工”“具体是做什么工作”“有些什么症状”等非常简短明确的句子向水富的刘树祥和凤阳的孟庆阳进行采访提问，尽量不直接流露出对采访对象的同情。但正因为这种态度，更增强了事实自身的论证力。

此外，基于“外地打工，返乡患病”这一事实逻辑，作品的因果论证是通过把水富和凤阳的采访素材按照“发生了什么—为什么会发生—原因被否认—其实是什么”的叙事结构组织起来。两地的采访，并不是为了形成差异化对比，而是抓住凤阳当地经济发展对务工人员的需求、用工环境的简陋、防护措施的缺乏和监管部门的缺位等因素，充分论证了导致水富农民工患病的原因。在当地主管部门否认凤阳也有同样原因致矽肺病患者时，水富和凤阳则形成了一个对比的关系，“两地同因同果”被证实后，这组对比关系形成了合力，再次支持了“致命石英砂”的论证。

从“怪病”到“矽肺病”，再到“石英砂加工企业的整治”和“职业病防治和监管”，《致命石英砂》通过异地调查，使云南本地新闻事件的议题价值得到了提升，不仅回应了云南的关注，而且体现了异地监督突围“地方保护主义”和“官僚主义”的独特力量。

◇附作品

致命石英砂

马 堹 熊 竹 马雪韬

【演播室 1】

也许你很难想象，一个曾经的壮劳力如今只能把大部分的力气用来呼吸，他们会把身体缩成一团，跪在地上张大了嘴，吸入生命中最后一口气。这是因为，他们得了矽肺病。过去两年半，这样的场景多次出现在昭通市水富县。3 月 27 日，水富县政府通报，当地 77 名农民工曾到安徽省滁州市凤阳县的一些石英砂厂打工，返乡后 12 人死亡，30 人被确诊为矽肺病患者。究竟是什么导致了这样的伤害？

【字幕】

昭通水富向家坝镇永安村。

【画面】

向家坝镇永安村景家。

【画外音】

她就是刚刚从水富县医院返回家中的刘淑芬。虽然回到了熟悉的环境，见到了日夜思念的孩子，但是刘淑芬的心情依然十分沉重。在这次住院体检中，她被确诊为矽肺。

【同期声　水富农民工刘淑芬】

医生就跟我说我这个病没有治了，喊我回家来好好休息，有点什么就吃。

【画外音】

在刘淑芬的亲人中，共有八人到过凤阳的石英砂厂打工。在砂厂干了三年之后，她和其他一些家人都出现了咳嗽、气喘的症状。刘淑芬的丈夫景发财，丈夫的姐姐景发英、弟弟景发达分别在 2006 年到 2007 年的两年时间内相继去世。在这次由水富县政府组织的体检中，刘淑芬的哥哥刘树祥也被确诊为矽肺。

【画面】

景家老爷子生火做饭，孙子在旁边玩。

【同期声　景家老太太】

都是一个样，都是累，累得不得了。都是瘦，瘦得不得了。没有肉的，只是骨头架子。到死了就只剩点骨头架子。

【画外音】

景家儿女身上表现出的就是典型的矽肺病患者的症状。矽肺病是尘肺病的一种，属于常见而且严重的职业病。石英砂的主要成分二氧化硅是导致矽肺病的直接因素。

【画面】

凤阳大庙镇郐岗村后的石英石矿山。

【画外音】

在凤阳县大庙镇郐岗村，有一片规模巨大的石英石矿山。薄薄的土层覆盖之下，整座山体基本上都由石英石构成。人们需要做的，就是用炸药把山体炸开，接着就可以将石英石源源不断运出山外，运到大大小小的石英砂厂进行加工。据统计，凤阳县的石英石储量在100亿吨以上，储量、品位、综合利用价值居华东地区第一，全国第二。

【画外音】

丰富的资源带来了大量的就业机会，因为听说凤阳的石英砂厂多，在那里的砂厂工作，每个月都能挣到一两千块钱，从2003年开始，水富县向家坝镇永安、大池、楼坝三个村先后有77名村民自发来到安徽省凤阳县官沟乡的石英砂厂打工，如今正在水富县人民医院接受治疗的刘树祥就是其中之一。

【同期声　水富农民工刘树祥】

它那个厂就是，如果只有一台机子，就只要三四个人，四个最多。如果说是机子多点，有个五六台的，那就是几十个人。（**记者：你们主要是做什么工作？**）我们的工作主要是筛砂。它是用老虎机打出来，就是碎石机，我们再拿出来筛。我们要把大块的碎石拿出来，再经过筛机筛过。

【画面】

凤阳县官沟乡已经关停的石英砂厂。

【画外音】

这里就是刘树祥等人曾经工作过的凤阳县官沟乡，在一条街道的两边，一家接一家地排列着数十家石英砂厂。这些砂厂大多数都没有厂名，从外面看进去显得相当简陋。据水富打工者介绍，这些砂厂小的只有一台碎石机，大的会有五六台。如果机械运转正常的话，一台碎石机一天可以生产出 20 吨左右的石英粉。如今石英粉的售价已经从他们刚到凤阳打工时的几十元一吨涨到了 100 元左右一吨。

3 月 16 日，有媒体报道云南农民工赴凤阳打工患病的消息后，凤阳县政府紧急叫停了官沟乡所有类似的石英砂厂。

【同期声　水富农民工刘树祥】

环境就是灰尘不得了。（**记者：有没有向老板反映这种情况？**）没有谁反映的，你反映给哪个听？（**记者：有没有什么保护措施？**）保护措施就是戴点口罩。老板就是发点口罩给你，就是这种纱布口罩。其他就没有什么。

【画外音】

由于生产石英砂过程中产生的粉尘是导致矽肺病的主要原因，我国对石英砂企业的厂址选择、厂房建筑、生产过程中的防尘措施等都有具体要求，并规定工人在从事粉尘作业时，必须正确使用有效的防护用品。但是根据农民工的描述以及记者在现场看到的情况，凤阳官沟的石英砂厂显然没能为工人提供合格的工作环境。更为糟糕的是，这些远赴凤阳的水富籍打工者，并不知道他们身处的是一个多么危险的境地。

【同期声　水富农民工孙正雄】

没有任何人跟我们说过，老板也没有讲，环保也没有讲，公安、派出所也没有说过会得病，没有谁跟我们讲过。我们只是说老老实实干还是挣得到钱。

【画外音】

既然石英砂厂会对人体产生如此大的伤害，凤阳当地的群众是否也受到了类似的影响呢？带着疑问，我们先后来到凤阳县劳动社会保障局和县委宣传部。

【同期声　凤阳县劳动和社会保障局劳动监察大队　曹明飞副队长】

我跟你讲，我可以给你保证，因为我是做工伤认定的，工伤认定在我这做。我们本地从来没有，就外地也没有。那么多年，从九几年一直搞到现在，没有一例矽肺病经过工伤认定的，或者没有出现过这样的情况，听都没听说过。(**调查拍摄**)

【同期声　凤阳县委宣传部　殷姓工作人员】

我们这边都还没有发现这样的病。你们1万多职业病就有9000多，而且这几个人只是偶尔到这里打工，很快就回去了。他肯定在你们云南省其他地方也打过工。我们也不多，我们只有很少的这种石场。(**调查拍摄**)

【画外音】

事实果真如当地有关部门的回答一样吗？我们来到了官沟乡苍张村前孟队，在一户姓孟的村民家，家里的男劳力孟庆岁一个星期前刚去世。

【画面】

官沟乡苍张村前孟队，孟现树给记者看死去的二儿子孟庆岁的身份证。

【同期声　官沟乡苍张村前孟队村民　孟现树】

我儿子去年得的病，前年去打的工。(**记者：在哪儿打的工？**)就在这个石粉厂里面。(**记者：具体是做什么工作？**)就是击石粉，装袋，在里面干活，搞石粉。搞了石粉到肚里头拿不掉，到滁州也查过了，查了石粉在肚里头。(**记者：有些什么症状？**)症状就是咳嗽，喘不过来气，嘴张着。他才38岁，他就是干石粉干毁掉的。

【画外音】

孟现树有两个儿子，因为光靠种地赚不到钱，两个儿子都先后到离家不远的官沟石英砂厂里打过工。在当地，记者听到过这样一句话：年轻时拼命挣钱，年老了花钱保命。但是现在孟现树的小儿子没了，家里依然是家徒四壁；大儿子也因为到砂厂干活弄坏了身体，只能做些洗洗涮涮的家务活。

【同期声　官沟乡苍张村前孟队村民　孟庆阳】

那个是没有合同的，你做了一天，他开一张票给你，到一个月满了你拿着票去，他给你钱。是没有任何劳务合同的。发现以后到滁州拍的片子，鉴定是尘肺病。

【画外音】

我们的调查显示，无论是水富农民工，还是凤阳本地的村民，在官沟石英砂厂里打过工的人中，都出现了多例相似的症状，而且确定有村民就是因为病情过重而死亡。这些事实和记者先前从凤阳县劳动监察大队得到的答案完全不同。

【画面】

水富向家坝镇永安村，景家老两口在田里干活。

【画外音】

因为失去了家里所有的壮劳力，已经60多岁的景家老两口不得不重新挑起生活的重担，到田里劳动，照顾生病的家人和三个尚未成年的孙子。

【同期声　景家老太太】

以后怎么打算，还不是只有埋头苦干。我们老了，已经六十多了，干一天算一天，也不知道哪天走，多活几年带到这两个娃娃弄得到吃的，他弄得到吃，我们才放心。

【画面】

孟庆阳去弟弟坟上打理坟头。

【画外音】

在与水富向家坝镇永安村相隔千里的凤阳官沟乡苍张村，孟庆阳同样在思念着逝去的亲人。孟庆阳的弟弟被草草地葬在自家的田头，不远处就可以看见成排的石英砂厂。

【同期声　官沟乡苍张村前孟队村民　孟庆阳】

埋了才有八九天的时间，他现在钱都拿不出来，帮忙的人都没请，是我们家里弟兄帮忙把他送下地的，火化钱都是借人家的。要不干石粉厂哪能死掉，才38岁。

【画外音】

由于官沟当地砂厂众多，打工者往往不会固定在某一家厂里工作，更没有和砂厂签订过劳动合同，工资收入全凭当月的工作量领取，甚至没有一张工资条。与水富景家一样，孟庆阳也无法证明自己与砂厂老板的合法雇佣关系，拿不出因为劳动而导致弟弟病重身亡、自己身患疾病的凭据。即使向砂厂索赔，希望也非常渺茫。

【画面】

凤阳工业园区。

【画外音】

这是凤阳工业园区的入口，一个高大的广告牌矗立在这里：全力打造中国最具竞争力的玻璃工业园。工业园内有很多生产玻璃的企业，生产玻璃的主要原料就是石英砂。根据凤阳政府网上公布的资料，凤阳石英砂的年产量达到500万吨，目前销售范围涉及全国20多个省市的玻璃生产企业。2005年12月，中国建筑材料工业协会、中国建筑玻璃与工业玻璃协会授予凤阳“中国优质石英砂原料基地”称号。

【字幕】

4月10日，卫生部新闻办公室主任邓海华指出，经过调查，卫生部基本上认定，这是一起因为安徽凤阳县石英砂加工企业非法生产、工作场所环境恶劣、劳动者缺乏保护措施而导致的部分水富务工者罹患职业病的事件。

【演播室2】

一块石英矿石被打碎、磨成粉，最后进入玻璃生产车间，在这个生产流程中，为了一两千块钱付出健康乃至生命的农民工和凤阳县蓬勃发展的石英砂产业形成鲜明的对比。从农民工到工厂老板到当地政府，在某种程度上，他们都获得了利益，只是他们付出的代价显然不同。位于利益链最低端的农民工，他们的权益遭到了最无情的忽略。

（云南电视台《都市条形码》2009年4月12日播出）

“盯住”就有说服力

2008年的中国发生了很多令人不安的大事件，“三鹿奶粉事件”就是食品安全方面的典型。事件的过程和原因都非常复杂，直到十多年后的今天，人们依然在讨论和关注事件的原委。甘肃电视台的新闻述评《祸起三鹿奶粉》获得一等奖，原因主要在于三方面：一是作品的选题是当年重大突发事件，备受社会关注；二是节目的制作主体来自事件的首发地，特殊的第一现场具有代表性；三是对于这个选题和关心这个选题的受众而言，电视媒体语言的优势发挥和相应的功能控制，是其他媒体无法实现的。具体分析，主要有这样一些启发。

首先，对信息公开的意识高度敏感。经历过“非典”的中国，公众和国际社会对突发公共事件都非常敏感。《中华人民共和国政府信息公开条例》明确指出政府应该通过大众媒体主动公开危机信息，这为新闻媒体提供了有力的法律保障，也奠定了舆论引导的基础。2008年9月8日，甘肃岷县14名婴儿同时患有肾结石病症，引起外界关注。甘肃电视台迅速做出反应，9月9日就派出记者对相关事实开始进行调查。《今日聚焦》栏目的这期节目体现的是电视台对突发事件信息公开的敏感性所展开的整体选题安排。

其次，对舆情应对的意识非常鲜明。节目以患儿都“喝一个奶粉，一个品牌，一模一样”为线索，勾连了无辜患儿的病状、家长的讲述、医院的诊疗情况、甘肃省卫生厅的调查通报、国家卫生部新闻办的证实、三鹿集团的产品召回声明、对三鹿集团董事长的采访、省委书记的批示、甘肃省食品安全委员会的公告、外科主任对最新情况的说明、国务院对事件的认定和相关重大决定等十多个话语段落，形成了一篇“全景式对话”的文本，不仅从信息渠道上体现了公开原则，也从信息内容上体现了公开的推进和政策的互动，对事件的矛盾——患儿家长的境况、诉求与事实调查的情况、事故处置程序，尺度把握准确，发挥了稳定人心、引导舆论的积极作用。

再次，对电视语言优势的控制专业到位。一方面，对事件进展的情况通报，对劣质三鹿奶粉造成的危害，没有比直接看到和有人讲解更能让人信服和理解的了，特别是对文化程度不高的农村观众，节目公布的信息将增进他们对问题的认识，及时阻断伤害的继续扩大。另一方面，尽量避免因选题的敏感性造成现场真实画面可能引发观众情绪代入感过强的问题，把公众的注意力引向问题的解决途径和对相关责任人的追究上，而不是停留在已经造成的伤害事实上。甘肃的患儿情况如何？镜头首先回应的就是这个问题。观众可以通过节目看到兰州市解放军第一医院泌尿外科的住院患儿。镜头首先聚焦的是一位刚刚接受了手术的年仅 8 个月的婴儿。看到尚在襁褓中的孩子在无辜地承受着这样的伤痛，但凡有良知的人，无不动恻隐之心和不忍之心。媒体对正义和良知的守卫得到了体现，也让受害者的悲愤之情得到了宣泄，但记者的现场采访和画面解说始终保持着一种克制和理性：“因为孩子太瘦小，大夫和护士费了好大的劲才将电脑监控设备的各种接线连接到小金霞的身上。”据小金霞的父亲讲，“这已经是小金霞的第二次手术了”。与画外音同步的，是镜头在病房里的“看”：医生和护士的有序操作，患儿和家长的安静等待和耐心陪护，镜头前家长们有条有理的陈述……节目的整个调性都保持一种有理有节的批评姿态，新闻事实的具体细节报告和各种通报的条文表达有序排布，声画语言互补信息，增量增效，充分传达事实和权威信息，回应社会关注点。

最后，对突发事件的事实变化时间节点和处置情况的时间进程把握清晰。节目播出时间是 9 月 13 日晚间，在此之前所有的重要时间点，节目都清晰地梳理和有意识地强调——9 月 8 日新华社首先报道甘肃出现肾结石患儿；9 月 11 日卫生部公布初步调查结果、甘肃省卫生厅召开通报会；9 月 9 日电视台即派出记者调查；9 月 10 日到医院现场采访，6 月 28 日解放军第一医院收治了第一例患儿，7 月 16 日省卫生厅接到某医院的报告；9 月 12 日栏目记者到三鹿集团采访、省委书记批示、省食品安全委员会发出公告，停止销售 8 月 6 日以前生产的三鹿奶粉；9月13日泌尿外科主任张伟对患者的建议、下午6点国务院新闻办的新闻发布会。通过“时间”这个编辑语法，将突发事实的变动性和相关部门对事态的控制情况平衡起来，使12分钟的述评节奏平稳，聚焦点明晰，结构完整，加上主持人最后的评说，使观众形成一种认知完整、判断准确的印象。

经验证明，越是复杂的突发事件，越需要盯住公众的信息需求，盯住各种话语主体，盯住事实变动的时间节点，盯住权威渠道的承诺表态和处置措施。“盯住”，就有说服力。

◇附作品

祸起三鹿奶粉

丁建雄　王亚龙　杨海芸　赵思阳　郭燕荣　寇　颖　盛　荣

【演播室主持人】

观众朋友，您好！欢迎收看《今日聚焦》节目。今年以来，位于兰州市区的解放军第一医院接连收治患肾结石患儿14例，月龄大多为5~11个月，患儿病情严重，部分患儿已发展为肾功能不全。这14名婴儿有着许多相同点：都来自甘肃农村，均不满周岁，都长期食用同一品牌奶粉。与此同时，江苏、陕西、山东、安徽、湖南、湖北、江西、宁夏、河南等省份也出现了多名婴儿发生肾结石的事件。9月9日，记者在接到有关投诉后立即开始调查采访，就在记者采访的同时，9月11日，卫生部公布初步调查结果：问题出在婴儿食用的三鹿牌奶粉上，并高度怀疑石家庄三鹿集团有限公司的三鹿牌奶粉受到三聚氰胺污染。

【解说】

这是9月10日记者在中国人民解放军第一医院泌尿科采访时看到的一幕：上午10点，只有8个月大的小金霞在做完肾结石手术后被推到了病房。记者看到，小金霞只有大人手掌大的脸庞一片蜡黄，看上去身体极度虚弱。因为孩子太瘦小，大夫和护士费了好大的劲才将电脑监控设备的各种接线连接到小金霞的身上。据小金霞的父亲讲，这已经是小金霞的第二次手术了。

【同期】

小金霞父亲李想军：9月5日早上8点多做了第一次手术。今天是第二次手术。也是早上8点多开始做的。

记者：这次做完是不是结石就取完了？

小金霞父亲李想军：没有！肾上面还有一个石头。到三个月以后还要检查，还要做手术。

【解说】

从6月28日到9月11日，仅中国人民解放军第一医院泌尿科收治的患肾结石的病儿就有14名，其中有些甚至还是双肾结石。患病儿中最小的只有5个月零27天，最大的为11个月，所有孩子的症状都表现为2~3天无尿，肾功能不同程度衰竭，有些年龄较小的婴儿血钾达到8.17，超过正常人50%，随时都有可能因心脏骤停而死亡。经过医院全力抢救，目前在中国人民解放军第一医院泌尿科治疗的婴儿都已脱离危险，有6名已经出院。

据了解，肾结石的发病率很少见于婴儿，在短时间内有如此多婴儿患病，实属罕见。

记者采访时了解到，患病的婴儿都来自我省武山、永靖、岷县、永登、秦安等县农村，由于母亲奶水不足等种种原因，这些不足周岁的婴儿都在食用三鹿品牌的奶粉，这种400克装，市场零售价在18元左右的三鹿奶粉在当地销路十分好，几乎成为这些农村新生儿父母的首选。在病房采访时，一位患儿家长给记者拿出了孩子生病前吃的奶粉，记者看到，包装袋上写着“三鹿慧幼”字样。

【同期】

记者：这种奶粉什么时候开始吃的？

患儿家长：生下来一个多月就开始吃了。刚生下来时吃炼乳，炼乳吃了一个月以后，就一直吃这个奶粉。

【解说】

据同病房的患儿家长讲，他们的孩子也一直吃这种奶粉。太多的巧合让家长们把怀疑的目光聚集到三鹿婴幼儿配方奶粉上。

【同期】

患儿家长：刚发现的时候不知道还有这么多孩子也患病，只知道自己的孩子生病。到医院以后，已经有好几个了。我们住进来以后，又来了好几个，我就开始怀疑（奶粉）了。都喝的一个奶粉，一个品牌，一模一样。

记者：都是三鹿奶粉？

患儿家长：嗯！都是三鹿奶粉！

记者：你家小孩喝了多长时间？

患儿家长：一生下来就喝着呢！

【解说】

9月11日，就在社会各界对三鹿奶粉是否导致婴儿患病原因的怀疑声中，甘肃省卫生厅召开了“关于部分婴儿泌尿结石病因调查情况的通报”的通报会。通报称：“早在7月16日，省卫生厅接到某医院电话报告，称今年该院收治的婴儿患肾结石病例明显增多，近几个月已达几十例，经了解，均食用某某牌配方奶粉。”通报同时称“接报告后省卫生厅立即抽调人员进行了调查。目前全省共上报病例59人，死亡1例”。省卫生厅表示：“对配方奶粉和患儿食用的奶粉均采样后送国家某单位检测，样品还在检验之中。”

【同期】

甘肃省卫生厅新闻发言人杨劲科：之后疾病预防控制机构开展流行病学调查，结果还在统计核对之中，目前还不能确定与配方奶粉有直接关系。邀请卫生部派专家，对调查工作进行现场考察和指导。专家认为病因复杂，为多环节、多因素所导致。目前对流调方案正在进行修订。

【解说】

就在省卫生厅新闻通报会召开9小时后，国家卫生部新闻办证实：近期甘肃等地报告多例婴幼儿泌尿系统结石病例，经相关部门调查，高度怀疑石家庄三鹿集团股份有限公司生产的三鹿牌婴幼儿配方奶粉受到三聚氰胺污染。三聚氰胺是一种化工原料，可导致人体泌尿系统产生结石。

随后，石家庄三鹿集团股份有限公司也于11日晚发布产品召回声明，称经公司自检发现2008年8月6日前出厂的部分批次三鹿婴幼儿奶粉受到三聚氰胺的污染，市场上大约有700吨。

9月12日，本栏目记者第一时间赶到了位于酒泉市的三鹿集团好牛乳业——酒泉好牛乳业食品有限公司。目前，该公司婴幼儿奶粉生产线已停止生产。（**生产车间的画面**）据厂方负责人讲，石家庄三鹿集团婴幼儿配方奶粉受三聚氰胺污染是因为河北奶源基地受到污染，目前，三鹿集团好牛乳业——酒泉好牛乳业食品有限公司奶源基地是否受到污染正在等待国家相关部门进一步检测。

【同期】

三鹿集团好牛乳业——酒泉好牛乳业食品有限公司董事长周浩义：现在我们就是奶粉这一块今天已经全部停产了。我一会儿就去给政府打报告，要求政府的相关部门，针对这件事情，对我们进行全面的检查、检测、认定，最终总会水落石出。

【解说】

三鹿集团好牛乳业——酒泉好牛乳业食品有限公司目前有三大系列23个品种的产品，其中有三鹿系列奶粉、液态奶、发酵型酸奶、自然情系列奶粉、优酸乳等。

【演播室主持人】

9月12日，在外地开会的省委书记、省人大常委会主任陆浩接到有关部门报告后，高度重视，立即对因食用三鹿奶粉导致一些儿童患病问题做出批示，要求有关领导同志和部门立即采取有力措施，及时妥善处理。

【解说】

批示指出：因三鹿奶粉质量问题，我省有部分婴幼儿健康受到损害。据了解，我省酒泉市有一家公司也生产该品牌产品。鉴于该产品有严重质量问题，应立即采取以下措施：

1. 立即停止该产品在市场上销售并按规定召回。

2. 我省相关企业立即停止该产品的生产，由执法部门进行全面检查。

3. 对因食用该产品导致患病的儿童要全力组织救治，对食用过该产品的也要组织体检。

4. 有关情况及时通过新闻媒体向社会发布。

9 月 12 日，甘肃省食品安全委员会办公室也发出公告，公告指出：根据相关部门调查，高度怀疑石家庄三鹿集团股份有限公司生产的三鹿牌婴幼儿配方奶粉受到三聚氰胺污染。为保障公众饮食安全，在全省范围内停止销售和食用 2008 年 8 月 6 日以前生产的该品牌婴幼儿配方奶粉。

到记者发稿时为止，张掖、酒泉、天水、定西、临夏等地的当地工商部门已对 2008 年 8 月 6 日前生产的三鹿婴幼儿配方奶粉采取下架和就地封存处理。

【同期】

解放军第一医院泌尿外科主任张伟：截至今天（9 月 13 日），我们门诊接诊了 110 名婴儿来查体，有些是因为有症状，有些是因为仅仅吃了这一类奶粉，家长有怀疑或者是感觉不太对来查体的。这样的话，110 名婴儿中，我们今天发现，有可疑的和确定是结石的近 20 名。今天住院的病人截至目前一共 20 名。我觉得 2 岁以内的小孩，如果是长期服用过三鹿牌婴儿奶粉，应该按照卫生部的要求，在当地医院进行 B 超和尿的检查，如果没什么问题，大家就可以放心了。

【解说】

就在今天下午 6 点，国务院新闻办召开新闻发布会，认定这是一起重大的食品安全事故。为此，国务院做出了一系列重大决定：

第一，立即启动国家重大食品安全事故 I 级响应机制，成立应急处置领导小组。

第二，切实加强医疗救治。对因服用三鹿牌奶粉而患结石病的患儿实行免费治疗。

第三，对全国婴幼儿奶粉生产企业全面开展质量检查，并及时公布检查结果。对发现有质量问题的奶粉要立即全部召回，坚决停止销售，宁可遭受一些经济损失，也要保护人民健康。

第四，尽快查明真相，依法依纪处理。

【演播室主持人】

民以食为天，对于嗷嗷待哺的婴儿来说，配方奶粉成了他们除母乳外唯一的食品，但是，谁能想到，问题就出在奶粉上。“全国食品工业百强、产销量连续 14 年实现全国第一、中国 500 个最具价值品牌之一”，这只是三鹿的部分头衔。一个号称销量全国第一的国家免检企业，一群无辜的婴幼儿，凸显出一个企业的诚信和良心，也暴露出了国家相关监管部门的问题。目前，国务院调查组已经到达甘肃，我们相信这一事件会马上水落石出，我们也相信有关部门会给受害者一个公正的处理结果，给所有公众一个满意的解释。《今日聚焦》将及时关注和披露这一事件的进展情况。感谢收看，再见。

（甘肃电视台《今日聚焦》2008 年 9 月 13 日播出）

调查的力量

新中国的青少年犯罪研究从 20 世纪 50 年代开始，1982 年 6 月，作为全国性的专业协会，“中国青少年犯罪研究学会”在北京成立，由共青团中央负责的《青少年犯罪研究》杂志于同年创刊。2011 年，《预防青少年犯罪研究》替代了之前的杂志，成为中国预防青少年犯罪研究会和中国青年出版社主办的少年犯罪研究刊物和全国预防青少年违法犯罪工作指导刊物。以“青少年犯罪”为主题，搜索知网文献，有超过 1.3 万条符合条件的结果。多学科介入持续关注这个领域，形成了很多有价值的专业共识和认定规范。

但是，中国青少年犯罪研究会统计数据显示，中国的青少年犯罪占全部犯罪的 70% 以上，且低龄化趋势明显，犯罪率急剧上升。2019 年 4 月，备受社会关注的涉嫌弑母的北大学子吴谢宇被抓获。青少年犯罪问题，特别是青少年弑父弑母的案件再次引起热议。有媒体统计了近 20 年来的 56 起青少年弑父弑母案件，并从数据的角度来分析极端案件中青少年的心理、行为方式、成长环境等。发现青少年犯罪趋低龄化，集中在 14~17 岁之间，平均年龄从 17 岁下降到 13 岁左右，甚至有专家建议修改刑事责任年龄“从 14 周岁降低至 12 周岁”。冲动犯罪占青少年弑父弑母案的 60%，在所有男性青少年弑父弑母暴力案件中，有一半的犯罪行为是因管教不当和争吵而引发，引发男性弑父弑母的犯罪行为的因素是“沉迷网络”“保护母亲”和“要钱不成”，经常逃课、抽烟、网瘾也是这些青少年犯罪者共同的行为特征。① 相比之下，发生在 2003 年山

---

① 澎湃新闻 . 涉案人员呈低龄化趋势，如何看待青少年犯罪？［EB/OL］. 新浪网，http：//k.sina.com.cn/article_5044281310_12ca99fde02000tgp9.html？ from=baby.

西省的这起案件，仍属于犯罪行为非常典型、社会影响非常恶劣的一起青少年犯罪。犯罪者伙同其同学，弑杀了他的 5 位长辈，令人心情深感沉重。

联系山西电视台《记者调查》16 年前的这期节目，越发让人意识到在重视青少年犯罪研究的同时，向社会普及相关的常识，呼吁全社会共同关注青少年教育，预防青少年犯罪也具有非常重要的意义。对此，节目编辑记者有非常清晰而坚定的认识。节目通过对郝鸾、李鑫两个犯罪嫌疑人的访谈以及向李鑫的爷爷、死者张玉珍的姐姐、教师和村民了解犯罪原因，得到了一个基本判断：犯罪的青少年长期沉溺于缺乏法律和伦理规范的网络生活。案发后，惊天血案的制造者居然回到了常去的网吧，在那里被抓获；案发前两三个月，郝鸾经常吃住在网吧；案发前连续几年间，郝鸾每个月的上网费用超过 1000 元；国家禁止接待未成年人的规定在网吧里形同虚设；学校周边 200 米之内开设网吧竟多达 14 家，主要是中小学生光顾；学校的评价体系或多或少对成绩差不听话的学生形成了排斥，导致这类学生自尊心受挫而不愿到学校，继而选择网络虚拟世界；家庭溺爱或家长因忙于生计，也无力管教；即便发现孩子有犯罪倾向，依然包庇纵容；网络游戏的暴力文化诱发未成年人的暴力倾向。少管所的调查结果证实网吧对青少年犯罪有所影响。节目始终围绕“网吧是不是主要犯罪原因”这个新问题，通过对网吧老板、文化市场管理办公室主任、中学政教处主任、心理学博士、郝鸾的父亲、社会科学研究院研究员、少年管教所政委和法学院副教授等相关人员的采访，从“网吧现象”深入青少年教育的核心：家庭的监管责任、学校的教育引导责任和经营场所的社会责任。缺少任何一方，对人格心理尚未健全的青少年来说，都会产生失控的状况，从而埋下引发更严重行为的种子。相反，假如三方都能有所作为，尽职尽责，即便教育对象天性顽劣，至少能避免恶性犯罪行为的发生。从记者与犯罪嫌疑人的对话，可以看到的不仅是孩子们的想法，还有当成年人耐心理性与他们沟通时，他们并不是什么都听不进去的野蛮人。从这个意义上讲，未成年人犯罪，无辜者不仅是受害者，也包括犯下罪行的青少年。

2003 年 8 月 15 日，距离国务院通过并公布《互联网上网服务营业场所管理条例》刚刚一年。法律法规不能止步于制定，假如没有人执行和遵守，处于

“休眠”的条款只能是“看起来很美”。随着互联网的发展，因网络管理不规范而对社会产生的不良影响，必须引起社会各界的高度重视。《用生命撞响的警钟》不仅具有新闻的时效性，而且让社会认识到问题的复杂性和长期性。

这就是调查的力量。

◇附作品

用生命撞响的警钟

朱海虎　肖亚光　许凌云　陶亿笑　耿辉旺　刘凤林

【画面提示：血案现场】

【引子】

2003年7月31日清晨8点，太原市公安局小店分局接到报警，小店区晨光街一个农家院内发生一起凶杀案，现场勘查共发现5位死者：经证实分别是户主37岁的郝东生和他的妻子张玉珍，郝东生的父亲68岁的郝玉峰、母亲陈变英以及89岁的姥姥王巧娥。一夜之间，一家三代5口人横遭残杀，手段极其残忍，并发现郝东生16岁和12岁的两个女儿失踪，生死不明。院内每个房间都被翻得一片狼藉。

【主持人】

观众朋友，这是我省近年来发生的一次性杀人最多、涉嫌劫持人质的特大恶性抢劫杀人案，在全国也是极为罕见的，案发震惊全省也惊动了公安部。经过省市区三级公安部门联合组成的“7·31专案组”全力侦查，此案经32小时一举告破，而通报的结果却更加令人震惊，这起惊天血案的制造者竟然是两名痴迷于网吧的未成年人，其中一名竟是死者郝东生的亲侄子，名叫郝鸾，仅有16岁。

2003年7月31日案发当晚11点，犯罪嫌疑人郝鸾出现在他长期上网的小店区同行网吧，被蹲点守候在这里的干警抓获。随后从网吧休息室里找到郝鸾当天早晨在这里换下的沾有血迹的衣裤。经过十多小时的审讯，郝鸾终于交代是自己伙同初中同学17岁的李鑫入室抢劫杀人的，自己的两个堂妹被劫持到山西煤炭大厦2110房间，公安干警迅速出动、严密布控，一举将犯罪嫌疑人李鑫抓获，两名少女被安全解救。在现场，公安干警还起获了一把已经卷刃的带血的菜刀及现金、存折、银行卡、手机等总值近60万元的赃款赃物。

消息一传开，人们都难以置信，郝鸾、李鑫两个少年的家庭更是陷入悲恨交加的痛苦中。

李鑫的爷爷：我想不到他会做出这样的事。

死者张玉珍的姐姐：一家人谁也不能看这照片，气得就没个说道处。

教师：同学们都说，是网吧害了他。

村民：害人呢，这个网吧把孩子们都害苦了。

村民：说是未成年人不准入内，实际上网吧里都是娃娃们，成年人根本就不进去。

案件发生后，绝大多数人都纷纷谴责网吧，那么网吧果真就是促使这两个少年走上犯罪道路的罪魁祸首吗？它在他们走过的人生轨迹里究竟扮演了一个什么样的角色？

8月5日，记者在小店区看守所里见到这两个犯罪嫌疑人。李鑫，出生于1986年，郝鸾，出生于1987年，他们都曾在太原小店一中读初一，又都因迷恋网吧在2001年先后辍了学。在不上学的一年多时间里，网吧真成了他们每天必去的地方，案发前两三个月，郝鸾就经常吃住在网吧里。

记者：那你们怎么吃饭呢？

犯罪嫌疑人郝鸾：就在网吧里边吃方便面。

记者：怎么住呢？

犯罪嫌疑人郝鸾：就是趴在电脑桌上睡一觉。

记者：你在电脑上玩什么呢？

犯罪嫌疑人李鑫：上网、聊天、玩游戏，最喜欢玩那个刚出来的“魔力宝贝”游戏。

记者：为什么“魔力宝贝”那么吸引你？

犯罪嫌疑人李鑫：在“魔力宝贝”上有换（名）片的朋友，级比我高，总想超过他们。

李鑫所说的“魔力宝贝”是一种模拟西方社会生活的网络游戏，游戏者扮演各种角色不断打斗、经营、积分、升级，谁的级别高就能拥有更强的武力、更多的财富、更大的地盘，获得一种成就感和无所不能的快感。大部分网络游戏都是抓住人们的这种心理，通过环环相扣、隐秘、刺激的情景设计和游戏者之间互动性很强的竞争、攀比，让人们沉浸在虚拟的追求和荣誉里，耗去了大量的时间和金钱。比如，这种“魔力宝贝”就是一种收费游戏，除了给网吧交上网费还要再买点卡，郝鸾每个月上网的平均费用都在1000元左右。

记者：有没有算过这几年在网吧花了多少钱呢？

郝鸾：没有算过。

记者：大概呢？

郝鸾：好几万吧。

为了保护未成年人健康成长，国家明令禁止营业性的网吧接待未成年人，这个规定网吧老板也把它赫然贴在窗户上，但当地人讲每天泡在这些网吧的几乎一半是未成年人。

太原市小店区同行网吧老板：因为我开网吧的目的也是挣钱，不挣钱我开它干什么呢？而且这种现象（**未成年人进网吧**）也是一个普遍现象。你可以去太原600家网吧，有哪个敢说它没有未成年人上网？

也正如网吧老板所说，记者在采访中发现仅小店一中周边200米之内开设的网吧竟多达14家，包括5个隐藏在宿舍区、洗头房里手续不全的黑网吧，里面绝大多数都是中小学生。这些网吧郝鸾也都曾去过。

违规经营，网吧老板自然难辞其咎，主管部门难道就不知情吗？

太原市文化市场管理办公室主任夏景春：我们也是尽心尽力尽责去做这项工作的，而且我们国家实行的是9年义务制教育，学校有什么权力把孩子推出学校之外，推向社会？作为家长，也不能让孩子流向社会，《未成年人保护法》上面明文规定家长是（**孩子的**）第一监护人，推向社会之后，你怪罪社会的某个部门这长那短的，这是不对的，也是不公平的。

既然行政主管部门并不认为自己该为网吧少年负责，那么学校对自己的学生流入网吧又是什么说法呢？

太原市小店区一中政教处主任高翔：人家（郝鸾）就不来，就不进这所学校，就是进网吧，对他进行纪律各方面的教育，反正自始至终（学校）就没有说你走吧，或者说开除他。

记者：那么提出不上学是校方提出来的还是你自己先提出来的？

郝鸾：校方吧。一开始班主任也是劝我好好学，别再逃学了。后来因为我逃了好几次，班主任就不管我了，把我送到政教处。政教处又处理了两次以后，最后就说你别来了。

无论哪种说法更真实，有一个潜在的事实不容回避，就是在以学习成绩、遵守纪律等为主要指标的传统应试教育评价体系中，郝鸾、李鑫这些逃课上网的问题孩子被划成劣等生，这样的学校生活让他们从内心感受到难以容身的压力和歧视。

记者：那你不在乎别人怎么看你？有没有听到过他们议论你？

郝鸾：听到过，就是骂我不要脸。

记者：那你自己承认不承认他们对你的那个评价？

李鑫：跟家里我就说，自己学习方面确实不好，我也不想让他们再白花那些钱。

郝鸾：不承认。

山西太原师范学院副教授、心理学博士郝若平：这两个孩子其实当时他们最大的问题就是在学校得不到认可，他们的自尊心得不到认可，别人给他们的评价也是一个不好的评价。所以他就有“我在你这一个群体得不到温暖，得不到一种尊重，我就要离开”的想法。因为网吧能给我这个，虚幻的世界能给予我，所以孩子就逐渐迷恋它。

那么在这两个未成年人流入社会的过程中，家庭教育的防火墙又是如何坍塌的呢？记者在采访中得知，郝鸾、李鑫都是他们家这一辈人中唯一的男孩，从小就受着家族的宠爱。尤其是郝鸾，被他残忍杀害的爷爷早年开办机械修配厂，给子孙们挣下一份殷实的家业，对郝鸾更是有求必应。优越的经济条件使郝鸾从小娇生惯养，花钱大手大脚，在他上初一时父亲发现儿子又迷上了网吧，还时常夜不归宿，通宵上网。

郝鸾的父亲：我每天到网吧找他，半夜三更在小店的各个网吧找他，人家说，你又来找他了……

儿子迷恋网吧伤透脑筋，但由于从早到晚忙于汽车配件的生意，郝鸾的父母也没有时间去管儿子。郝鸾逐渐从逃课到辍学泡网吧，结交了不少新朋友，也学会了抽烟喝酒，三天两头请客吃饭，零花钱是远远不够了。2002 年 9 月开始，他先后从自己家和爷爷、三叔家偷了 5 万多元。父亲起初报了案，得知是自己儿子偷的，也便不再声张，把儿子痛打一通。爷爷也没什么办法，只是在自家房顶上安了个防盗网。而所偷的 5 万多元，郝鸾在半年多就挥霍一空。可就在今年6月10日也就是案发前一个半月，郝鸾又向母亲提出要1万多块钱，母亲又给了他。

郝鸾：当时一心就是想开一个网吧。

记者：为什么想自己经营一个网吧呢？你这么小，才 16 岁！

郝鸾：当时因为网吧少，上网的人多，所以就觉得开个网吧，也是为了赚钱吧。

山西太原师范学院副教授、心理学博士郝若平：由于家庭的溺爱，因此这个孩子从小就特别任性，就是说我有了需求，家长马上就来满足我。我想要什么，你马上就给我。导致了孩子欲望极大地膨胀。

山西社会科学研究院研究员高胜思：他的家长全部生活的重心都在赚钱上，孩子的教育没有任何人替得了做父母的。你别指望你把他交给社会就完了，你的责任难逃。

事实上案发前的郝鸾已经表现出了对金钱的强烈欲望和一些犯罪倾向，却没能得到任何校正和控制；他主要的活动场所网吧恰好是一个置于家庭管束、学校教育及社会约束之外的盲区，目前还缺乏法律和伦理规范的网络成了他最亲近的一种生活。

2003 年 7 月下旬，已经身无分文的郝鸾在街上遇上了正想弄一笔钱的李鑫，两人一拍即合。

记者：当时你弄那么多钱是要干什么？

郝鸾：李鑫说他要买枪。

记者：为什么要买枪？

郝鸾：他说买了枪抢劫就更容易吧。

李鑫：他原来只说晚上去弄（偷）点钱，后来去了房顶他说特别恨他爷爷奶奶家人，他说进去要杀了他爷爷奶奶。

一场惊天血案就在两个少年的一念之间触发了，是什么使两个少年对亲情、对社会如此冷漠？他们使用暴力的经验和欲望又是从哪里获得的呢？

李鑫：常瞧那种武侠小说，有时候幻想自己能行侠仗义，为朋友两肋插刀。

记者：在网吧你们玩的那些游戏，对你们今天做出这样的事情有没有影响？

李鑫：有点。网吧里边像反恐那些，就是属于刺激的那种。

这就是网上非常流行的反恐游戏，也是李鑫、郝鸾经常玩的。游戏者以第一人称的视角非常逼真地参加枪战，以杀死对手的数量决定胜负。据统计，目前在我国流行的网络游戏，85% 是以格斗、打杀为内容主体的；网上流动的非教育信息，70% 涉及暴力。未成年人可以轻而易举地从网络、电影、电视、音像制品以及武侠、侦破小说等多种传媒接触到渲染暴力文化的内容。长期沉溺于其中，不仅会诱发未成年人的暴力倾向，而且会严重扭曲他们的心理情感和是非判断，甚至把一些大侠、职业杀手等作为偶像，成为他们暴力犯罪的精神动力。

山西省少年管教所政委范建业：他们（未成年人）模仿力很强，非常容易把网络里那些虚拟的东西和现实中的混淆，所以他们（作案时）基本上不考虑什么亲情呀，人性呀，他们不考虑这个。

山西大学法学院副教授刘臻荣：社会上给未成年人提供的成长环境并不是很乐观，尤其是网络世界，如果不加强管理，那么将对未成年人整个一代人健康成长造成很不利的影响。

犯罪学研究表明：传媒暴力、色情等亚文化是导致青少年犯罪的一个重要诱因。近两年来与网吧这个现代传媒体相关联的青少年刑事案数量正在急剧上升。2002 年北京蓝极速网吧 2 名少年纵火案，安徽、陕西等地多起因网络游戏引发的少年重伤害案，山西某 15 岁少年沉溺黄色网站持刀强奸幼女案，太原4个少年结伙长期在网吧诈骗抢劫案等，引起了社会普遍关注和担忧。

记者对我省少管所近一年新增城市来源少年犯做了进一步的问卷调查，统计结果显示，犯罪前89.9%的人都曾持续一段时间天天在网吧上网；在回答长期到网吧对你走上犯罪道路是否有影响时，78.2%的人回答有或影响大。

而问卷调查同样反映出家庭、学校、社会对沉迷于网吧的未成年人并没有引起足够重视或缺乏有效的引导。

【画面字幕】

对未成年人到网吧上网的态度：家长持放任、不过问态度的占69%，学校不知道或不过问的占66.7%，网吧管理人员从来未阻止其上网的占86.8%。

网吧综合征已经是一个不容忽视的社会问题。

【主持人】

郝鸾、李鑫制造的这起血案代价是惨痛的，一系列与网吧有关的恶性案件，暴露出的不仅是网络环境对青少年的负面影响，更暴露出目前家庭、学校乃至社会在青少年成长和教育过程中存在的诸多问题和盲点。面对网络时代的未成年人，我们不可能因为网络和网吧的负面影响，而将他们隔离在网络世界之外；相反，净化网络和传媒环境，正确引导未成年人运用网络，如何加强法制道德教育，给青少年创造一个健康、快乐的成长环境，确实到了刻不容缓的时候。好，感谢收看《记者调查》，明天再见。

（山西电视台2003年8月15日播出）

如何聚焦“焦点”

1994年开办的《焦点访谈》在随后的十多年里，一度成为中央电视台最具影响力的新闻栏目，深受观众喜爱。其原因就在于栏目“用事实说话”的方针，反映和推动解决了大量社会进步与发展过程中存在的问题。《洗不掉的恶行》可以作为其调查性深度报道的代表，也是利用电视的声画双符号、双通道和双线传播进行文本组织的代表。具体分析，有这样几方面。

首先，是场景的明确分割和开头结尾闭环的结构。节目的主要场景有两个：一是主持人所在的演播室，二是调查现场。在作为节目形象的背景音乐的“推动下”，节目提要的画面伴随画外音充满悬念的解说，有节奏地一帧一帧推出。音乐高潮时，节目标志划过画面，“焦点访谈”四个字与音乐一起定格，镜头随即切入演播室。仅有人声的画面与之前的画面形成听觉上的巨大反差，演播室里的主持人，态度冷静克制，语言铿锵有力，直陈调查对象并提出问题，给人一种稳定可信的印象。节目结束时，画面从调查现场回到演播室，主持人对以上的调查发现的事实进行评论，鲜明地提出观点，并分析产生问题的原因。从“观众朋友们你们好，欢迎收看今天的《焦点访谈》”到“好，感谢你收看今天的《焦点访谈》，我们下次节目再见”，“从演播室开始，到演播室结束”成为节目文本的一个基本的“闭环”结构，容易使观众形成“获得完整认知过程”的感觉。

其次，是双线传播的控制和双符号运用的互补性。电视画面在节目中的功能主要是提供无可辩驳的论据，增强论证的说服力。在这个过程中，表面上是现场画面，其实有媒体的专业精神和公信力做后台担保。以此为前提，编辑有效控制双线传播，通过画外音的解说，增强画面的指示性和语义的确定性。摄影机充当了调查记者的眼睛，中景和特写居多，在保证观众视觉信息“如亲眼所见”的同时，听觉信息就像一位值得信赖的朋友在身边一同进行分析和判断。声画符号并非简单的解释与被解释关系，而是形成了一种互补性，即“你有我无”——画面不仅提供事实，还烘托情绪，积蓄表达正义的理据，画外音和同期声不仅补充画面信息，还与观众形成必要的交流感，用以引导视觉信息的展开。此外，对于重点信息，除了适时制造悬念之外，记者的解说与画面“高精度对应”，达到了“让真相大白于天下”的论证效果。

最后，是充分聚焦问题和充分使用表现手法。表现手法的运用为的是突出编辑对主题的实现效果。《洗不掉的恶行》运用“语义双关”，将问题的矛盾点揭示出来，整个调查过程围绕“洗”展开。从“洗掉药瓶上的批号”所经历的几个“技术环节”，将该制药企业利欲熏心的丑恶嘴脸揭露出来，令其没有任何回旋的余地。并通过厂区宣传牌上那些冠冕堂皇的“宗旨”，与药品造假行为形成鲜明对照，传递出强烈的讽刺意味。为了利益，居然在关系人命的药品上造假，把已经超过保质期（失效）的药品改头换面重新包装成新出厂的药，送到医院药房。想想都令人感到恐怖。恐怖的不仅仅是这些药品可能导致的那些问题，更在于利益面前人性的残忍和冷漠。节目通过聚焦问题和有效使用表现手法，使“控诉恶行”这一主题更加鲜明，引发社会关注问题，也引发观众反思人性。

总体上讲，节目示范了电视调查性报道把握调查重点和节奏的具体方法，也示范了如何聚焦问题，如何有效控制双线传播和运用表现手法。通过这些方法，节目达到了“现场揭穿真相”的表达效果。要说不足之处，对“知情人”提供的一些无法即时求证的线索，不能为了“一吐为快”全部照搬，比如“至于时间来说，在 1993 年至 1994 年就一直这样做”，因为已经超出记者当前可以调查的范围，不宜采信，避免给社会造成不必要的恐慌。相反，对药厂的管理者和药品监管部门，没有任何采访，给人一种“个别暗访”的感觉，对揭露过期药品的回收和管理中可能存在的整体性的利益链问题，基本没有触及，让后面的调查失去了深入的线索。但无论如何，瑕不掩瑜，面对镜头前的一幕幕场景，仍令人不禁为记者的勇气称叹。

◇附作品

洗不掉的恶行

姚宇军　王守城　吴绍钧

【主持人　翟树杰】

观众朋友们你们好，欢迎收看今天的《焦点访谈》。进入河北宏宝药业股份有限公司的厂区，你一眼就可以看到这块宣传牌，上面清楚地写着“质量、市场、品种、效益、团结、拼博、创新、发展”。那么这家企业到底是靠什么样的产品赢得市场创造效益的呢？还是让我们大家先来听听这个牌子背后发出的声音吧。

【解说】

（**一阵瓶子碰撞发出的声音**）这是河北宏宝药业股份有限公司厂区内的标语牌，那些哗哗的声音就是从这块牌子背后发出的，我们看看这块牌子背后到底发生了什么。

牌子背后有许多工人在紧张地忙碌着，这些工人又在干什么呢？

一个工人打开了纸箱，把里面包装盒中的小药瓶散乱地倒入这样的铁盒子当中。

请注意，这张被工人从药品包装箱中扔出的纸片原来是河北宏宝药业股份有限公司的检验合格证，品名是硫酸镁注射液，批号是9801032，数量是120盒，出厂日期为1998年1月4日。

在药盒中发现的说明书上显示，硫酸镁注射液是一种用于静脉注射和肌肉注射的抗惊厥药，主要用于早产及妊娠高血压综合征等病症。这里需要特别提示的是，依照河北省药品监督管理局2001年11月的认定，宏宝药业股份有限公司生产的硫酸镁注射液有效期为三年。如此看来这批药早在一年零八个月之前就已经过期了，早该报废。

（**有旧字样的药瓶**）而这些本应该报废的注射针剂在这里被打开包装之后，又将如何处理呢？我们继续往下看。

这些被扔到铁盒子当中的硫酸镁注射针剂，被倒入了含有液体的大盆中。

然后两个人用扫帚就这样不停地搅拌。

经过一两分钟的搅拌之后，大盆中的药品被人用笊篱捞了出来又放回到铁盒中。

（字样模糊的药瓶）原来药瓶上硫酸镁字样和 9801032 等字样已经变得模糊不清，几乎看不到了。

接下来这些经过在大盆中搅拌后的药瓶被拿到了自来水管的地方。他们开始放水冲洗。

冲洗之后这些铁盒子又被拿了回来。

这些被洗过的药瓶就这样被码放到铁盒中。

（无字样的药瓶）而这时药瓶上的字全无，已经变成了这个样子。接下来这些被洗掉批号本来应该报废的硫酸镁注射针剂又会进入什么样的工序，进入怎样的处理呢？我们还是继续往下看。

大约一小时之后，这些装在铁盒子中被洗去字迹的药瓶，摆放在太阳底下晾晒。

（2002 年 9 月 8 日）18 点 30 分左右，这些被洗过的药瓶，都被送到了这个生产车间，他们又要干什么呢？

在这里我们看到，工人正忙着给洗过的瓶上印字。

记者：是上午（洗的）货吧？

工人：是。

【解说】

原来这正是上午被洗过的那批过期药。那么这些药瓶上印的到底是什么字呢？（印有新字样的药瓶）

我们再仔细看一看：

这上面印的正是硫酸镁字样！下面的阿拉伯数字是 0206284。现在让我们再来比照一下这批药在当天上午没有被清洗前的情景，药瓶上的数字是 9801032，而在同一天经过清洗翻新之后这个位置的数字却变成了 0206284，1998 年出厂的现在早已过期本该报废的药液，竟然成了 2002 年的新药！同样的药瓶、同样的药液，只是不同的生产日期。至此河北宏宝药业股份有限公司把旧批号的药品改头换面，印上新的批号的真相大白于天下！

那么这究竟是家什么样的企业在干着这种害人的勾当呢？原来，河北宏宝药业股份有限公司是一家建厂30年的国有企业，也是河北省医药工业的定点生产厂家。这份公司简介显示，该企业可生产7个剂型、160个品种的药品，其中针剂年产量就达1.9亿支，其产品行销全国。那么这家省级医药定点生产企业为什么要干这样的勾当呢？

知情人：商家把货退到厂里，按说应该是报废了。

记者：因为马上就要过期了或者是已经过期了。

知情人：对。那么厂里是为了不给厂里造成损失。

记者：出于利益问题。

知情人：出于利益问题把它翻成新的批号。

知情人：从前这里是开着门干，现在是闭着门干，暗地里干。

知情人：至于时间来说，在1993年至1994年就一直这样做。

【解说】

仅仅是为了利益，长期以来过期药品在这里摇身一变就成为新药又投向了市场。在调查中记者还发现了一张重要的字条，上面记录着一些翻新药品的品名和数量。请注意，这个牛玉梅是车间主任，而周巧兰则是负责生产的副厂长。知情人介绍，每一批过期药品翻新都要经过厂方领导的签字认可。这张字条上还显示，药品中除了硫酸镁之外还有利多卡因，看来被更改批号的药品绝不止硫酸镁针剂这一种。

记者：你或者你的家属生病的话，需要用这样的药品，你会用你们厂生产的药吗？

知情人：因为我知道这件事，知道这个情况我肯定不会用，那要出事的。

【主持人　翟树杰】

这些已经被更改了生产日期的硫酸镁注射液，现在到底有没有卖出去，卖到了什么地方，记者目前还不得而知，但是堵住这些过期的药品是当务之急。现在再让我们仔细看一看这块标语牌，面对这些响亮的口号，我们倒是想问问这家企业：药品的生产批号可以轻易地洗掉，而这样的恶行能够就这样洗掉吗？宏宝药业失去自律，长期造假，节目中我们看得很清楚了，但是把住药品的质量关，单靠企业的自律显然是不够的，我们更想知道的是当地的那些负责药品质量监管的政府部门，又是如何把住药品质量这道关卡的呢？好，感谢你收看今天的《焦点访谈》，我们下次节目再见。

（中央电视台 2002 年 9 月 13 日播出）

《今日话题》的代表作

如果不是这部作品，在社交媒体流行的今天，读者很难主动关注到黑龙江电视台的《今日话题》，也不容易想象到这个栏目曾有三部作品获得中国新闻奖一等奖[①]，更难相信该栏目在 1999 年、2001 年和 2003 年都荣获了“中国新闻名专栏”称号，是国内电视媒体中唯一的一个连续三届获此殊荣的电视栏目。时至今日，黑龙江电视台仍然在坚持制作和播出这档从 1994 年开办的栏目。作为一档新闻评论节目，以“质疑的精神、研究的态度”为风格。[②]在电视台或栏目各处的介绍中，《干部图政绩，普九变儿戏》都会被提及，很显然，这是《今日话题》的代表作，是一份永远不褪色的光荣。何以担得起？从专业的角度分析。

首先，节目组具有高度的新闻敏感和对问题分析的预见能力。新闻敏感既有对线索的敏感，更有对新闻价值的敏感。1992 年，党的十四大提出了在 20 世纪末基本实现普及九年制义务教育的目标。黑龙江省教育厅在巴彦县的“普九”工作检查不仅仅是完成省里面的工作，也是一项全国性的工作，是各级向党中央决策的工作汇报。进入 2000 年后，有关“普九”的报道就成为新闻机构重视的选题。[③]《今日话题》栏目记者编辑根据群众来电，敏感地嗅出了其中不同寻常的味道——小学生不在自己的学校好好念书，被安排到中学与初三

① 其他两部获奖作品是《消失的哈拉海》和《欠债咋就不还钱》。

② 石家庄在线.《今日话题》追逐新闻热点 深度挖掘背景［EB/OL］. http：//www.jtsdz.com/html/news/72100.html.

③ 比如，2001 年第二期的《半月谈》就刊登了《“普九”不该留下的“后遗症”》，文章主要关注贫困县因普九中校舍建设而造成的负债、教育集资、校园闲置、拆并学校等问题。

的学生同堂上课。“反常”是新闻出现的重要特征，但仅有表面上的异常，而说不清或找不到导致出现不正常现象的原因，就很难说是一则深度报道或新闻评论。节目组出发前往松花江乡的时候，必定对问题的走向有了一个大致的设定，他们深知背后也许隐藏着一个秘密，而能够制造并掩盖这个秘密的，绝不可能仅仅是两所学校的校长。于是，基本的问题框架出现了：县领导和教育局正在组织和应对省教育厅的检查。在迎接检查的准备工作中，有一些是常态的，也有一些是非常态的，无论是哪一类，最核心的是为了满足检查中的必要条件。而正是与以往不同的变化，可以让调查接近真相。将选题的问题结构化，有助于记者现场的观察和线索排查。

其次，制片人具有高度自觉的电视评论文本的结构意识。电视语言除了声画结合之外，有一个在观众接受方面非常基本的逻辑，就是时间的线性逻辑。而这个逻辑用得好，不仅可以体现节目的“纪实性”，同时对调查评论类节目来说，也自然而然地具有了“悬念”，增加对观众的吸引力。声画结合方面，节目在选题的由头、对画面的信息补充、对画面中特殊点的强调、对采访到的事实的即兴判断和深入评说，都通过“主持人”和“画外”突出了语言表意明确的功能。对于采访地点的环境呈现和访谈对象的出镜，则充分调用了“画面”和“现场同期”的“佐证功能”，从事实方面强化了对评论观点的支持。

最后，记者具有发挥现场采访优势的意识，突出重点，生动诠释主题。如果没有记者的现场采访，即便是相同的选题、相同的问题、相同的观点，其说服力和震撼力都将大大降低。如果没有对那些正在背诵自己父母的名字和家庭情况的学生的采访，即便是从旁人（如学生的父母）的渠道挖到了问题，同样也不可能产生如此大的冲击力。为了迎检，县领导指挥弄虚作假，不仅用小学生冒充中学生，甚至雇人冒充学生以掩盖辍学严重的问题。聚焦学生这个点，应该不是记者到了现场后才想到的，否则，不可能找到这样一个课间机会，并访谈到不止一名被拉来顶数的学生。记者通过对现场的采访，让“被动作假者”的无辜撕开了“主动作假者”的无耻，让孩子的天真衬托出私利膨胀者的圆滑，让受教育者被愚弄的无奈暴露出教育政策落实走样造成的对教育活动本身的侵害，让基层的真相揭示出政策逻辑的盲点。

是的，“小处着眼，大处着手”[①]，《今日话题》的话题，昨日在讲，明天也许还要讲。怎么讲？站在人民的立场，站在党的立场。无论媒体发展的环境如何改变，拥有这样一部代表作的团队，都是值得信赖、值得学习的。

◇附作品

干部图政绩，普九变儿戏

王滨生　王英泽

【主持人】

观众朋友们，欢迎收看《今日话题》。昨天，我们接到巴彦县松花江乡观众打来的电话，他们说，几天前，这个乡的教育办下达了一个奇怪的通知，要求从10月9日开始，松花江乡三所小学的部分三、四、五年级小学生搬到乡里的朝阳中学去，和初三的学生在一起插班上课。据学生家长反映，这几天来，在朝阳中学，他们的孩子也没有正常学习。那么，松花江乡为什么要求小学生到中学去插班上课，他们在那里要学些什么呢？

【画外】

早上8点正是学生上课的时间，松花江乡的公正小学、朝阳小学、合发小学三、四、五年级的教室却空空荡荡，只剩下几排桌椅。据看门的老大爷讲，这些学生一大早就到乡里的朝阳中学去上课了，这已经是第三天了。合发小学的领导告诉我们，眼下各个学校正在为迎接即将到来的省教育厅普九检查团做着各种准备。

【画外】

在通往松花江乡朝阳中学的路上，各种崭新的宣传普及九年义务教育的标语口号挂满了乡间的公路。

---

① 陈嵩．走近《今日话题》[J]．中国电视，2004（8）．

【画面】

这里就是松花江乡唯一的一所初级中学——朝阳中学，共有 14 间教室，每一间教室里面都是座无虚席。几十名中学生和小学生模样的学生混在一起，个头明显参差不齐。原本是上课时间，这里的学习气氛却有些异样，教室里都没有任课老师。在初三（1）班的教室里，全班同学正在班级干部的带领下，一遍一遍背诵着自己父母的名字和家庭情况。也许是几天来县乡各级领导多次到学校检查普九工作，所以我们的到来并没有引起任何人的注意。

【现场同期】

班干部：余佳。

学生 1：到，我叫余佳，1987 年 5 月 8 日生，年龄 15 岁，我的父亲叫余国辉，我家住在民胜（村）。

班干部：彭葳。

学生 2：到，我叫彭葳，1987 年 3 月 15 日出生，今年 15 岁，我家住在永常村，我父亲叫彭忠。

班干部：杜春雷。

学生 3：到……

【画外】

据班级干部讲，这么做是学校领导布置的，说是为了迎接即将到来的“普九教育”检查团。按常理来讲，为迎接检查，学生进行必要的课程准备是正常的，朝阳中学却让学生背熟自己父母的名字和家庭住址，这种准备方式真是奇怪。（这时一位学校领导模样的人走进教室，检查学生的背诵情况。）

【同期】

巴彦县松花江乡朝阳中学校长魏春武：你叫啥名？

学生：我叫王德龙。

班干部：他叫王月伟。

魏春武：这不露了吗？你看，突然一问你就露了，就糟了。我问你的意思是你就不是合发（小学）的了，怎么说都是现在顶的学生。变个角度你就忘了，说我是合发（小学）的，叫王德龙，这不糟了吗？

【画外】按这位校长话中的意思来分析，难道这些小学生都是用来冒名顶替，迎接上级检查团的吗？

【同期】

记者：你们都是替的吗？谁是替的举手。你替谁？

学生：我替丁晓燕。

记者：你是几年级学生？

学生：我是五年级的。替（初中）三年级（1）班的。

记者：这边还有谁是替的？你替谁？

学生：我替王中龙……我替杨晓明……我替徐英亮……我替马东岩。

记者：能背下来吗？

学生：能。我叫马东岩，男，今年 16 岁，1986 年 12 月 23 日出生，家住在永常（村），父亲的名字叫马义军。

记者：你实际叫什么名字？

学生：刘松杨，家住合发（村），我父亲叫刘伟。

记者：你实际年龄多大？替十几的？

学生：今年 12 岁，替 16 岁的。

【画外】

童言无忌，孩子们的回答暴露了真相。为了应付上级的普九检查，朝阳中学竟然用年仅 12 岁的小学生来代替 16 岁的初三学生，可谓别出心裁。

【同期】

记者：你们准备得怎么样了？

校长：还行吧，前几天教委主任王志民来过，其实大家心里都明白，有些事就得作假，不作假就达不到上级的要求。

【画外】

那么，松花江乡朝阳中学究竟在哪些事上造了假，假又是怎样造出来的呢？李军（**朝阳中学初三年级学年主任**）告诉我们，再过几天，省教育厅将对巴彦县的普九教育工作进行一次检查，松花江乡朝阳中学成为必检单位，而事实上，这所中学的辍学现象十分严重。据李军老师介绍，朝阳中学 1999 年入学的初一学生有163人，而能够坚持读到初三的只剩下62人，辍学率高达62%。如何把居高不下的辍学率降到普九的标准——3%以内，朝阳中学的校领导着实动了一番脑筋。他们首先把几年来流失学生的名字找出来，重新添在各班的点名册上。

【同期】

巴彦县松花江乡朝阳中学教师李军：我们所有表册都没有，全部从头做。

【画外】

李军老师告诉我们，在这份初三（1）班的点名册上，排在前17位的名字都是后添上去的。通过这种办法，朝阳中学凭空新增加了97名学生，初三在校生总数摇身一变达到159人，辍学率也由62%降到3%以内，符合国家普九教育的标准。然而，光有名字没有学生也会在检查中露馅，于是，松花江乡教育办就下达了一个通知，要求乡里朝阳小学、合发小学、公正小学部分三、四、五年级的小学生马上挪到朝阳中学上课，等到检查团走了以后再回原学校。

【同期】

巴彦县松花江乡朝阳中学教师陈建国：学校制作了一些小字条分发给顶替的学生，让他们背熟，上面写着被顶替学生的姓名、住址等自然情况。

【画外】

朝阳中学的领导深知，让这些冒名顶替的学生背熟小字条上的内容是蒙混检查的关键，所以学校利用上课时间，多次组织学生加紧排练，这就是我们在前面看到的场面。由于小学生与初三学生在个头上有明显差距，为了把这出戏演得更逼真，于是在淘汰了一些个头明显不符的小学生后，朝阳中学的领导决定花钱从社会上雇人，来充当在校生。通过花钱雇用的办法，朝阳中学一共招募到20多人，每人每天的“出场费”10元到20元不等。

【同期】

村民：我叫王鹏，他们让我替杨小明，说好一天给15块钱。我都去两天了，一分钱还没给我呢。

【画外】

由于朝阳中学没有按当初说好的条件付钱，这位村民没有得到经济效益，就决定不再去了。朝阳中学的领导在做好校内的各种准备之后，又制作了一些宣传普及九年义务教育的标语，悬挂在上级检查团到来的必经之路上，同时粉刷了围墙，整修了校舍，经过这么一番精心准备，朝阳中学的领导终于把悬着的心放回到肚子里。

【画外】

让我们回过头来再看一看朝阳中学的准备过程。第一步：无中生有，伪造在校学生名册，在数字上达到国家普九标准。第二步：冒名顶替，选取小学生来顶替初三学生。第三步：招兵买马，花钱雇用社会人员滥竽充数。看来，为了掩盖高辍学率，顺利通过省教育厅的普九检查，朝阳中学的这个“三步走”方案可谓下足了本钱。

【画外】

晚上，得知记者前来采访，巴彦县松花江乡党委书记和巴彦县教育局局长等人先后找到记者，对记者做了一番耐人寻味的思想工作，请求记者不要报道这件事。

【同期】

巴彦县松花江乡党委书记史春：你们都是兄弟，应该理解我们的苦衷。

【同期】

巴彦县教育局局长王志民：这不是我个人的事，如果是我自己的错，我给你们磕头作揖，怎么处分都认了。

【画外】

听起来，这位县教育局局长似乎很有全局观念，话语中处处体现出维护全县，乃至全省教育工作形象的大局意识。然而，在这份《巴彦县政府关于控制中小学生辍学的规定》中，却写着这样的内容：“对当年未完成‘控辍’工作目标责任状的各乡镇主管乡镇长、教育办主任予以通报批评，对两年未完成目标责任状的予以行政处分。普九工作达不到省教育厅要求，在县领导班子考核中，将对主管县长实行一票否决。”

【同期】

巴彦县教育局局长王志民：我快退休了，你们报道以后，对我肯定会有影响，关键是我们主管县长还年轻，我这也是为了县委、县政府负责。

【画外】

巴彦县教育局局长的这番话终于说出了他们之所以如此兴师动众、弄虚作假的真实目的。为保住自己头上的乌纱帽，在短短的几天之内，朝阳中学、松花江乡和巴彦县有关领导共同编导了一出蒙骗上级、混过检查的闹剧。我国全面普及九年义务教育，并制定了相应的法律，就是为了保障适龄儿童、少年接受义务教育的权利，就是为了解决各地教育发展不平衡、经济发展不平衡的问题。巴彦县松花江乡不但没有想办法去控制辍学率，反而弄虚作假，应付上级检查，他们把这种行为称为对领导负责，那么谁来为那些辍学孩子的明天负责，谁来为国家的未来负责呢？

【画外】

就在松花江乡全乡上下为即将到来的检查忙得不亦乐乎的同时，在这个乡的各个村屯却随处可以见到辍学的孩子。

（黑龙江电视台 2001 年 10 月 13 日播出）

中国电视评论进步的标志

《社会聚焦》创办于1989年9月，是广东电视台以舆论监督为主要特色的电视新闻评论性栏目，1992年与同类栏目整合后更名为《社会纵横》。今天谈电视评论，其基本元素和重点所在，已经为行内人所深谙。但是在1991年，作为第二届“中国新闻奖”电视评论一等奖的作品，《刑场上枪声留下的警示》（以下简称《刑场》）却的的确确是中国电视评论进步的标志。“1991年电视评论的质量有明显的提高。从参加全国电视评选的总体水平来看，评论是电视新闻中的弱项的状况正在改变，这是令人高兴的变化。”① 其“标志”的意义主要体现在三方面。

首先，是评奖导向的代表。《刑场》的主题是“肃贪倡廉”，在日常播出的新闻中，这类题材其实是不多的。② 评委会看重这个节目，是希望通过积极评价，来体现一种舆论的社会回应和对中央加快改革开放精神的宣传。1991年，苏联没有实现平稳的民主转型，而是顷刻之间解体。中国共产党面临的关键问题就是“打铁还需自身硬”，这里的“硬”除了要求每个党员在道德上、能力上过硬，保持其先进性之外，还要求党组织有很强的领导力，能回应当代社会的各种现实问题，肩负起领导核心的责任。而能够使自身硬起来的手段就是改革，就是党的自我革新。③ “我犯罪是由于学习不够，特别是学习马列、毛泽东思想不够，对自己的世界观改造不够好，私欲比较突出。”片中通过叶树章

---

① 吴少琦．喜看电视评论质量的提高［J］．中国广播电视学刊，1992（8）．

② 阮观荣．第二届“中国新闻奖”广播电视参评作品评析［J］．中国广播电视学刊，1993（5）．

③ 《习近平时代》：再不反腐，十年以后就反不动了［EB/OL］．学习时报，https://news.china.com/domesticgd/10000159/20160503/22566031_all.html.

的深刻反省传递出选题的重要意义。

其次，是第三代电视评论的代表。改革开放的第一个十年，中国电视评论大体经过“三代”变化。[①]第一代的模式是由记者写出一篇评论，由播音员播出，只是自始至终仅有播音员的上半身图像。这基本上是在报纸模式中摸索。第二代的模式中写得仍然是报纸风格的评论，也是由播音员播讲，只是配合出现画面，但许多画面和评论内容脱节。第三代电视评论模式的形成在1990年前后，它以电视述评为主要形式，在遵循新闻评论共性原则的基础上，用有声的画面语言来论证。论据是形象化的，论证是由记者、主持人和各界人士共同完成的。《刑场》把记者、将要被处决的死刑犯、有关单位工作人员和主持人的同期声按论证逻辑联系在一起，实现了对“防止‘和平演变’的警钟长鸣”的主题表现。

最后，是电视述评早期作品的代表。发展至今，电视评论的具体形式包括口播评论、图像评论和电视新闻述评，“缘事而立、因事说理”是述评不同于一般评论的特点。电视述评通过调动画面、同期声和解说词实现叙事与评论的结合。《刑场》作为早期作品，其突破主要在于强化了论证，不仅利用电视手段提供说服力强的论据，而且“发挥了群体评论的优势，先由记者在现场做提示性评论，然后访问罪犯用其谈话作为典型论据，再请罪犯所在单位的人员一方面评论，一方面对论据加以论证；最后又由两位主持人做归纳性评论，充分发挥了电视视听兼备的优势”[②]。

即便是在作品发表近30年后的今天来看，《刑场》也有值得借鉴之处。一是采访深入，获取大量鲜活的一手材料，为论证的力度奠定了最重要的事实基础。二是信息量大，信源丰富，视点较多，牢牢抓住观众的心。三是语言生动浅白又不失精准判断，层层呼应也不忘集中归纳。

这不仅是一件记录时代的作品，也是一件在专业创新上勇于突破的作品。

---

① 吴少琦．喜看电视评论质量的提高［J］．中国广播电视学刊，1992（8）．

② 阮观荣．第二届“中国新闻奖”广播电视参评作品评析［J］．中国广播电视学刊，1993（5）．

◇附作品

刑场上枪声留下的警示

《社会聚焦》全体记者

主甲：1991 年 12 月 24 日，我省深圳、湛江、清远、江门、广州五市分别召开严惩严重经济犯罪分子的宣判执行大会，原中信实业银行深圳分行行长高森祥，原广东省廉江县委常委、长青水果场场长叶树章，原英德县公安局局长张文列，原江门三瓦厨房设备工业公司经理汤伯亨，以及原中国民航广州管理局运输公司售票员易芳和她丈夫刘小虎六名严重经济犯罪分子被押赴刑场处决。

【出题：刑场枪声留下的警示】

主甲：观众朋友，像这样大规模地、集中地严惩经济罪犯，在我省是不多见的。而且在这些罪犯中，职位之高、犯罪金额之巨也是前所未闻的。

主乙：为什么我省要在这个时候举行这次大的严惩行动？从中给我们一些什么警示呢？

主甲：为了使观众更全面地剖析这个新闻事件，我们《社会聚焦》全体记者分别到了这五个市的宣判大会会场和刑场，以及罪犯的原单位采访。

【朱建文】

“今天参加高森祥宣判大会的有来自各界的群众 6000 人，一些群众听完了对高森祥的宣判以后，议论纷纷，认为宣判大快人心。”

【深圳群众】

“大快人心，对这种以权谋财损害国家和人民利益的现象，我们恨之入骨。今天开这个宣判大会我们非常高兴，为人民出了口气。”

【英德县公安干警】

“这次通过处决张文列，同时也看到我们党惩治腐败的决心是很大的。”

主甲：观众们从以上各地干部群众的反映可以看出，我们党对惩治腐败是有决心的，而且群众对我们党的这一行动，是衷心拥护的。其实，类似这种公开惩治腐败的举动，我们党自从成为执政党以来，从来就没有停止过。

主乙：在新中国成立之初，经毛泽东同志亲自批准，对原天津地委书记刘青山、专署专员张子善这两个贪污罪犯处以极刑。

主甲：1982 年 1 月，改革开放之初，在我们广东省的海丰县，又依法处决了经济犯罪分子原海丰县县委书记王仲。

主乙：以往公开处决的一些“大老虎”以及这次处决的严重经济犯罪分子当中，有一个很重要的特点，那就是他们原来都身居要职，手中掌有一定的权力，他们就是凭借着这个权力来为非作歹的。

【陆晓丹】

“张文列作为原英德县公安局局长，可以说是个有权有势的人物，当他在位的时候可以说金钱物质滚滚而来，这不能不说与他手中拥有的权力有着直接的关系。这不能不引起我们这样一个思考，像这样一群拥有这么大权力的人物，我们的社会缺乏得力的监督，以致他们在毫无约束的情况下，利用手中的权力，知法犯法，以权谋私。”

主甲：就在张文列被抓之前不久，我们的记者还采访过他，当时的他，可说是春风得意。可是几个月之后，他在我们的记者镜头下，却是另外一副模样，是谁使得他变成这样呢？用他自己的话来说，其中既有主观方面的原因，也有客观方面的原因。

【死刑犯：张文列】

“社会风气不好，也是个原因。”

问：可在你的同事中，他们是拒绝受贿的。

答：我也拒绝过。

问：但别人能坚持下去，你为什么就不能坚持下去呢？

答：那是感情、关系、义气所害了。

【死刑犯：张文列】

“我也曾经想去自首，但县里党政领导接到对我的举报后就通风报信给我，要保我，要我算了，不要泄露出去。”

主乙：张文列临死之前，总算悟出了这样一个道理：“利用职权谋取私利，演变为权钱交易是自己犯罪越陷越深的核心。”

主乙：但是他过去的部下，却从更深的层次去思索，去寻求警示。

【英德公安干警】

“他当局长，党组织活动很不正常，很少开党组织会来讨论重大问题，党组织一班人实际上失去了监督作用。”

主甲：说到监督作用，实际上还是一个外因，而对一些常年工作在外的人来讲，更主要的要靠自己的世界观改造，自觉接受群众和党组织的监督。

主乙：大家现在看到的是原来的全国优秀经营管理者、全国五一劳动奖章获得者、省特等劳动模范汤伯亨，这样一个有一二十种荣誉称号的人，却是由赌场走上刑场的。

【主持】

“作为一个企业的负责人，连赌博是犯罪这起码的道理都不知道，这是骗人。以他平时的荣誉和权力，可以欺骗一些群众，但欺骗不了法官。”

【贺宁记者现场】

“对这些人，如果我们对他们失去了监督和对他们权力运用的监督以及资金流向不加以控制的话，那么今天杀了一个汤伯亨，今后也难保不会再出现第二个、第三个汤伯亨。”

【三瓦总支书记关锦全】

“我认为，一是要加强党的行政监督机制，二是加强自我约束和自觉接受群众的监督。”

如果说汤伯亨仅仅因为在澳门用公款赌输了120多万港元而送命的话，那么，在这次处决的罪犯中，职务最高的高森祥，可谓吃喝嫖赌俱全了。

主乙：从高森祥身上，人们可以找出许多致使他堕落的原因，但是最重要的，是他放松了世界观的改造。

【中信深圳行员工】

“他从一个那么苦的孩子走到这一步，完全是他自己不注重思想改造，进而堕落成一个人民罪犯的。”

主甲：历史往往有惊人的相似。和高森祥一样，叶树章也是出生在一个贫穷山村贫苦农民家庭。但是，也是由于他对自己的世界观缺乏改造，最后使理性在疯狂追求金钱的欲望中埋没了。

【廉江县书记：郑流】

“他经不起改革开放的考验，经不起我党执政的考验。”

【长青水果场场长：李增新】

“要正确对待荣誉，正确对待权力。”

【死刑犯：叶树章】

“我犯罪是由于学习不够，特别是学习马列、毛泽东思想不够，对自己的世界观改造不够好，私欲比较强。”

主乙：在电视摄像面前的叶树章是不陌生的，从过去的县委党委到现在的死囚，他给人们留下了太多的教训。

【李楚玲】

“叶树章之所以从一个改革成功者沦为今天的经济罪犯，其主要原因就是，取得成绩之后就放松了对自己的思想改造和要求，片面追求金钱和享受，在金钱的泥潭里越陷越深，最终导致自己的毁灭，我们希望这个前车之鉴能够警醒千千万万的后来人。”

主甲：在这次处决的严重经济犯罪分子当中，职位最低，但贪污金额最大的要数易芳、刘小虎了。

【许易生】

“易芳作为一名普通的民航售票员，在短短的两年时间里就贪污了300多万元的巨款，人们不禁要问，她为什么能够得逞，从中应该汲取什么教训呢？”

【民航广州管理局监察处：梁处长】

“管理漏洞，在机票申领制度、消号这方面，不够严密。”

“我们的规章制度漏洞时间比较长了，现在业务发展了，人员增多了，思想变化，都要不断了解、完善这个工作。”

主甲：观众朋友，现在我们无意追究有关部门失控的问题。亡羊补牢，这个道理相信谁都明白，但是补这个牢，我们付出的代价太大了。现在不论是谁，后悔也迟了。

【死刑犯：易芳】

“这个时候，你感到在这个世界上，金钱宝贵还是人的生命宝贵？”

“我觉得没有什么宝贵的，像一场梦，此时此刻没什么好说的。”

“你不后悔吗？”

“后悔过，但是没有用。”

“为什么？”

“为什么？因为执法者不饶恕我的罪。”

主甲：对于易芳这种严重经济犯罪分子来讲，贪污了国家公款300多万元，执法者能饶恕了她吗？人民会饶恕她吗？当然不能。因为她挥霍的是人民的血汗钱，不只是她，这6名罪犯，他们之所以走上自绝于人民的道路，就是因为他们利用手中的权，来挥霍人民的血汗钱。

主乙：观众朋友，今天我们以这6名罪犯作为例子，向观众们做了一些剖析，他们的蜕变再次说明，在新的历史时期，在改革开放发展商品经济的环境中，共产党员和国家公职人员确实面临执政的考验，面临着改革开放和发展商品经济，反对“和平演变”的严峻考验。

我们省作为改革开放综合试验区，地处对外开放前沿，党员干部和职工面临的“三个考验”尤为严峻。

刑场的枪声响过了。

但是防止“和平演变”的警钟长鸣。

（广东电视台《社会聚焦》1991年12月24日播出）

第四编

网络评论

务虚与务实的精准结合

网络评论日益成为舆论引导的主阵地。中国江苏网的《在抓落实中重“绩”留“心”》获得第29届中国新闻奖网络评论一等奖，获奖原因主要在于对选题虚实度的精准把握。

众所周知，务实和务虚是领导干部重要的工作方法，如何将两者有机地结合起来则是工作水平的直接体现。针对形式主义的批评，这篇新闻评论也体现了这种类似的方法和水平。

首先，选题来源的“虚”和“实”。评论以习近平总书记对形式主义、官僚主义的批评入题，用“振聋发聩”这个词来反映总书记让党员领导干部从满足现状的经验感受中超拔出来、从热火朝天应付各种检查的浮躁心态中冷静下来的洞察力。这是评论立论的价值前提和观点发表的时机，来自“事务主义”对落实中央精神形成干扰的事实，也来自党中央把握工作全局提醒“冷一冷”的“务虚”方法。紧接着，评论以“习总书记的讲话赢得网民纷纷留言点赞”来承接社会对讲话的反响，为选题的必要性提供了实实在在的阅读基础，这是来自新闻舆论工作的“务实”。事实证明，这篇网评获得页面点击量（PV）、单独访客数（UV）和独立地址访问量（IP）分别过30万、20万和10万的良好“战绩”，与以“务实”为行动依据、以“务虚”为行动方向的工作方法不无关系。

其次，写作动机的“虚”和“实”。评论的对象是“形式主义”，这是党风建设中最有历史感的问题，新形势下，对这个问题的讨论，其实也是党史学习的一种途径。1958年1月，毛泽东专门写了一篇《工作方法六十条（草案）》，其中说道：“成天忙于事务，那会成为迷失方向的经济家和技术家，很危险。”

同年 11 月，毛泽东又专门给县级以上的各级党委写信，提出要“联系中国社会主义经济革命和经济建设”去读斯大林的《苏联社会主义经济问题》和苏联《政治经济学教科书》，“使自己获得一个清醒的头脑，以利指导我们伟大的经济工作”。信中还希望领导干部“不要像热锅上的蚂蚁，整年整月陷入事务主义，搞得很忙乱，要使他们有时间想想问题”[①]。正所谓“思接千载，视通万里”，是一种“务虚”。只有知其来处，才不会对应该如何继续心存犹豫，患得患失。但是，假如脱离问题发生的场景，又容易陷入某种教条，阻碍问题的解决。评论作者对此有高度的自觉，并没有建构宏论的野心，也没有纯粹“务虚”进行政治伦理批评的企图，而是希望从现实场景中找到一个可以分析的点导入和思辨，实现与读者之间的切实交流。

再次，概念勾连的“虚”和“实”。好的评论总是以鲜明的观点和理性的分析给读者以感召和启发，在形式上往往体现为用特定的词语来表达概念，这篇评论也不例外。评论紧扣“痕迹管理”这个管理学概念，通过“痕”和“迹”两个语素的拆分，实现了对“形式主义”这个概念的替换和勾连，即通过形象比较“实”的概念来替代形象比较“虚”的概念，并围绕具有形象感和场景感的概念，衍生出同音语素“绩”和新的搭配组合“留心”，从而建构一个“由虚入实、虚实相间”的概念系统。在这个系统中，有一个针对党员领导干部的价值前提：“保持对人民的赤子之心，坚持工作重心下移，扑下身子深入群众，面对面、心贴心、实打实做好群众工作，着力解决群众反映强烈的突出问题。”[②]从评论引用的事实材料来看，这个概念系统的原创者是习总书记，评论作者抓到了这个“亮点”，以“务实”的态度贯穿在文章的构思中。

最后，论据处理的“虚”和“实”。既然是党中央在批评全国上下多多少少都存在的一种不良作风，在论据的采集和表述方面，不宜出现特别具体的人和事。首先是在面上有失公允，其次是容易“误伤”那些踏踏实实干事创业的领导干部。评论对此做了恰当的处理，具体措辞上表述为“一些地方的单位和

---

① 陈晋．“务虚”之用：从毛泽东批注李世民的工作方法说起［EB/OL］．中国共产党新闻网，http://cpc.people.com.cn/GB/64162/64172/85037/85038/6092963.html.

② 习近平总书记在十九届中央纪委二次全会上发表重要讲话新闻稿（2018 年 1 月 11 日）。

部门”“一些干部”“一位街道干部”等，对形式主义的具体表现也采取不完全归纳的列举方式，点到为止。这是论据处理的“虚”。另外，对中纪委总结的4方面12类突出问题则是完全列出，对基层干部反映的问题一五一十地“和盘托出”，以此“锚定”当前落实中央精神不力的工作现状和原因排查。

中国江苏网取得的成绩，是近年来主流媒体舆论战线成功转移的一个标志。没有对新闻舆论工作精神的落实，就不可能做出真正的“实绩”。务虚与务实精准结合，是保证事业成功的重要工作方式。

◇附作品

在抓落实中重“绩”留“心”

陆　峰

在11月26日中央政治局集体学习中，习近平总书记针对形式主义、官僚主义的一段批评，可谓振聋发聩：现在，“痕迹管理”比较普遍，但重“痕”不重“绩”、留“迹”不留“心”。要把干部从一些无谓的事务中解脱出来，让基层把更多时间用在抓工作落实上。总书记的这一番话，既是对干部的关心理解，也是对基层的体恤关爱，更是对目前工作中一些不良倾向的有力批评与及时纠偏，提醒各级要切实整治形式主义、官僚主义，在抓工作落实中重“绩”留“心”。

总书记的讲话赢得网民纷纷留言点赞。从管理的角度看，“痕迹管理”是一种方式，但“留痕”不能成为干事的目的，如果本末倒置，只能适得其反。从根本上说，重“痕”不重“绩”、留“迹”不留“心”，是一些地方的单位和部门在落实中央精神方面，披着形式主义的外衣，走着官僚主义的老路。中央纪委在有关集中整治形式主义、官僚主义的工作意见中，就对重点整治的4方面12类突出问题画了像：对中央精神的传达，口号式、机械式、上下一般粗者有之；在工作中空喊口号，表态多调门高、行动少、落实差，热衷于作秀造势者有之；以会议贯彻会议、以文件落实文件，做表面文章、过度留痕者有之……凡此种种，书面材料一大堆，“痕”是留下了，“绩”却没有创造出来，“心”也没能留下来，经济社会发展中需要解决的问题依然如故，表面是贯彻了中央精神，实质上使重大决策部署的效应层层衰减，形成“空转”，不仅造成“文山会海”有所反弹，更对改革发展带来实质性贻误。

形式主义与官僚主义从来都是一对孪生兄弟，如影随形。一些地方和部门在这方面之所以屡见不鲜，说到底还是一些干部缺担当少作为，该自己抓在手上的任务层层向下“批发”，该尽责的工作通过考核检查简单应付。于是乎，抓落实不去现场不到一线，考核内容脱离实际，频次多、表格多、材料多，给基层造成了严重负担。笔者了解到的一位街道干部的经历就很有代表性：现在，上面许多部门都通过网络下通知报材料，我的手机里就按照指令安装、关注了10多个客户端、小程序和公众号，各是各的事情，各报各的数据，名目繁多，有的一项考核就有100多个指标，忙得不亦乐乎。围着数字做文章，梳理文字算成果，结果是，给上面看得多，为群众办得少，沉下心来抓落实的空间被大大挤压。基层的工作是“上面千条线，下面一根针”，许多工作落到基层，都要接受考核检查，都要备齐台账资料，很多时候就变成了在“重痕留迹”上做文章，在“重绩留心”上打折扣。中央政治局会议对此类问题直陈其弊：“既占用干部大量时间，耗费大量精力，又助长了形式主义、官僚主义。这种状况必须改变。”

凡事不务虚功，不流于形式，讲担当、重担当，体现在一名干部身上，就是要看他敢不敢扛事、愿不愿做事、能不能干事。而摒弃形式主义，整治官僚主义，正是建设高素质干部队伍的一项基本要求。众所周知，当前我国经济运行稳中有变，经济下行压力有所加大。有效应对新情况新问题，是对干部队伍信念、能力和素质的综合考验。在新形势新挑战面前，各级干部既要帮助经营困难的企业渡过难关，又要积极化解发展中的各种风险隐患，责任大、任务重。无论是坚定不移推动高质量发展，还是做好稳就业、稳金融、稳外贸、稳外资、稳投资、稳预期工作，都必须改进作风，狠抓落实。这也是中央一再强调的。在这样的关口，如果再搞形式主义、官僚主义那一套，必定难奏改革发展的实效。前不久召开的江苏省委常委会指出，当前我省经济转型升级难度加剧，实体经济和企业发展面临不少困难，需要干部主动担当作为，增强政府服务的积极性主动性，提高政策执行力。这是江苏贯彻中央精神对干部担当作为提出的具体要求。

千招万招，不抓落实就是虚招。踏石留印，抓铁有痕，以“钉钉子”精神抓好落实才是正道。作为推动事业发展的关键少数，领导干部要多到基层一线抓落实，在抓工作落实中重“绩”留“心”。要把“痕”留在推动高质量发展的务实举措中，把“绩”融于民生改善的切身感受中，把“迹”写在进企业解难题的调研行程中，把“心”用在感知百姓冷暖的小事实事中。群众的评判与口碑，胜过台账千言万语，是对一名干部忠诚、干净、担当最好的诠释。

眼下已近年末，冲刺全年经济指标、保障和改善民生、抓好安全生产等工作千头万绪、任务繁重，同时年终各类检查考核也到了密集操作的阶段。越是在这个时候，越要落实好中央精神，该控制的检查要控制，该合并的事项要合并，通过依法行政、科学考核，让基层轻装上阵，腾出更多时间和精力，扑下身子抓落实，真正创造出发展惠民的过硬业绩。

（原载中国江苏网 2018 年 11 月 27 日）

对话策略和底线思维

作为第28届中国新闻奖网络评论一等奖的作品,《极恶!拿慰安妇头像做表情包,良心何在?》体现了互联网环境中,主流媒体在面对社会错误言论和不良现象时,所采取的对话策略以及其背后的底线思维。

《第46次中国互联网络发展状况统计报告》显示,我国网民以中青年群体为主,截至2020年6月,10~39岁群体占整体网民的55.1%,其中30~39岁年龄段的网民占比最高,达20.4%。这个年轻的群体是自媒体的主要用户群。网民在哪里,舆论工作的阵地就在哪里。近年来,中国主流媒体积极试水新媒体,探索适应社交媒体环境的选题和话语体系,在适应网民口味的同时,也并没有丧失应有的价值立场。从这篇评论的选题、表达方式和主要观点,可以看到主流媒体在融合媒体转型过程中发挥媒体评论旗帜作用的自觉性。

首先,重视热点问题,及时做出反应。2017年8月14日,由纪录片导演郭柯执导的《二十二》在国内正式上映。影片对尚在人世的22名曾经被迫成为慰安妇的中国老人,展现出了充分的人性关怀,因此取得了社会各界的一致好评,也引发了广大公众对慰安妇老人这一群体的关注。据新华社报道,纪录片得到了大批观众的支持和自发推荐。这部无解说、无历史画面、仅有片尾音乐的纪录片,从上映首日仅有1.5%的排片量,到成为首部票房过亿的国产纪录片,在意料之外,又在情理之中。[①] 但是,就在这个很正向的社会氛围当中,却出现了QQ空间有人用慰安妇头像制作表情包的不和谐行为。这种错误行为

---

① 白瀛,邹希.《二十二》:不仇于过往不忘于历史[EB/OL].新华社,http://news.cctv.com/2017/09/05/ARTIhDGkf30BIWEJzKgZ7MpA170905.shtml.

引发大量评论，很多网友和电影观众都非常反感，舆论场各种声音开始竞合站队，一时形成网络舆情。迫于压力，8 月 21 日，QQ 空间作为表情包的发布渠道，在其官方微博发表了致歉声明。22 日上午，《中国青年报》评论部立即开始讨论选题，确定论证思路，中午就完成了写作，经过快速的审稿流程，很快就在报社官方网站、官方微博、官方微信公众号、手机客户端等同步上线发布，第一时间发挥舆论引导的功能。

其次，不扩大问题范围，明确指出错误。这件事情，是非其实很清楚，文章没有“乘胜追击”，而是从“他们做了什么而引起网友的质疑”到“QQ 空间的致歉和承诺”，以陈述事实为主，绕开“接着说”的路数，把问题聚焦在“表情包”。这番沉着冷静的沟通，言下之意是“你们玩的那一套，我们都懂”。网络引导必须保持平等的对话姿态，而所谓平等就是先倾听，而不是一来就说教。让对方知道你已经“听懂”，后面的话也才会被对方“听懂”。作者用“表情包很近，慰安妇很远”避免了类似“使用表情包都是错误”的观点攻击性，并表示对大多数表情包功能的认可。年轻网民是表情包的主要生产者，为了形成身份认同和争取话语权，他们已经习惯解构主流话语，对相同的图像进行自己的编码，在每一个使用情境中加入自己的规则。[①] 其中产生的话语快感是一轮又一轮表情包流行的主要原因。评论作者对此是明了的，于是才有“把自己使用表情包的快乐建立在慰安妇的痛苦之上的行为，是不可原谅的极恶”的鲜明判断。

最后，认真理性地对话，引导公共认识。网络舆论引导的平等态度还体现在不讲套话，而是一五一十地说真话。评论的后半部分，作者以“你不懂，我说给你听”的姿态，把无知者的错误归结在缺乏“社会伦理”这一范畴内来讨论。社会参与的主体原则是道德行为的前提，“不能只顾自己偷着乐”，任何行为都要顾及其他人和其他群体的利益，这是现代生活不可缺乏的。中国的现代化，更为关键的是人格的现代化，互联网在增进社会表达的同时，也成为小众行为聚集的土壤。作者的理论敏感始终控制在与网友平等对话的理性状态下，

① 彭兰 . 表情包：密码、标签与面具［J］. 西安交通大学学报，2019（1）.

于是有了如下疏导舆情的表达："毫无共情和理解的冷血社会"不是我们所希望的未来社会，兹事体大，应当慎重，并非"小题大做"。

总之，这篇评论把部分网民因历史思维缺乏而出现的意识形态错误，始终控制在一个可以对话的问题框架内，抓住玩表情包的原始动机，在社会伦理的范畴中提醒行为主体的道德感。如果没有底线思维，就很难做到紧扣选题，把握评论的是非衡量尺度。一点思考：如今的网评，特别是微信体评论都习惯加图片，这篇评论也不免俗地加了三张图，第一张是慰安妇表情包，第二张是纪录片中的慰安妇，第三张是纪录片的海报。后面两张和评论的观点没有联系，第一张则再次传播了不该传播的图像。如果要更鲜明地表达主流媒体的立场，不与吸睛流量的渠道为伍，建议把三张图片全部删除，仅以文字表达观点，足矣。

◇附作品

极恶！拿慰安妇头像做表情包，良心何在？

杨鑫宇

近日，有网友在QQ空间上发现，讲述慰安妇老人生活的纪录片《二十二》的人物截图被制作成了表情包。老人们痛苦哭泣的场景，竟然被截图并配以"我真的委屈啊""无语凝噎"等文字，成为聊天中使用的"表情包"，引发众多网友质疑。

8月21日下午，QQ空间在其官方微博发表了致歉声明，称该系列表情包由第三方公司提供，QQ空间已将所有配图下线，并将全面自查，杜绝此类情况再次发生。

（慰安妇表情包图片，略）

表情包离我们的生活很近，这种诙谐、幽默的表达方式已经成了我们在网络上与人沟通时不可或缺的一部分，它给人们带来了许多乐趣。而慰安妇则离我们的生活很远，她们离群索居，把自己的痛苦深埋，绝大多数时候都不会被社会记起。当这两者同时出现在同一条新闻里的时候，任何有正常良知的人都会感到震惊。这种把自己使用表情包的快乐建立在慰安妇的痛苦之上的行为，是不可原谅的极恶。

许多人说，这是一个表情包取代文字的时代，也是一个严肃话语被娱乐化、碎片化的表达解构的时代。我并不想像卫道士一般，站在道德制高点上抨击这种趋势，但是，任何知分寸的人都该明白，并不是每件事都可以被娱乐化、碎片化，总有一些底线不可触碰，总有一些事情不该冒犯。而《二十二》中的那些承受了终身痛苦，承载着民族伤痕的慰安妇，就是最不可触碰的底线。

（慰安妇图片，略）

且不说慰安妇群体有着极为特殊的历史伤痕和重要的象征意义，就算是普通人的苦难与悲伤，也绝不应该被拿来取笑和冒犯，这是一个文明社会最起码的礼节，也是人心中善念的基本体现。

把《二十二》中的慰安妇做成表情包的人和使用这些表情包的人，当然可以辩称自己并无恶意，只是觉得好玩而已。但即便真是这样，这种对他人苦难毫无共情，对社会伦理一无所知的表现本身，已经足以让人不寒而栗了。

幸运的是，《二十二》中尚未去世的几位老人或许根本就不知道什么是互联网，更不要说QQ和表情包了，因此可以免于在精神上受到这种行为的伤害。然而，这并不能减轻“慰安妇表情包”的罪责，因为整个社会都是这种行为的受害者。我们严厉地批判这种做法，不仅是为了那些被消费、被冒犯的老人，更是为了捍卫整个社会的良知不受解构与侵蚀。

（《二十二》海报，略）

这种公开的恶行每次招摇过市，都是在动摇社会共有的道德基础。当这类事件第一次出现时，大多数人当然都会愤怒地谴责，但如果我们对此没有足够的警惕，等到同类事件一而再，再而三地发生时，公众就会渐渐习惯于这种行为，而将其内化成社会秩序的一部分——这就是社会道德本身的演进逻辑。

如果今天我们不能坚定地反击和对抗这种做法，那么早晚有一天，消费他人的苦难会被社会当作一件无所谓的事情——如果真有那么一天，恐怕《二十二》想讨论的一切关于慰安妇命运的意义，都会被娱乐化与碎片化的解构吞噬殆尽。

我们当然不愿生活在那样的世界里，那是一个丧失了道德底线，毫无共情与理解可言的冷血社会。是战争年代的日军暴行给慰安妇带来不可磨灭的痛苦记忆，而礼崩乐坏，道德瓦解，正是那个活狱般的时代最主要的特征。我们反对的看上去只是一个小小的表情包，但如果我们放任这种东西流传，结果恐怕不堪设想。

因此，不要说人们“小题大做”，也千万别觉得大家在“吹毛求疵”，只有让“慰安妇表情包”这种东西彻底没有生存的空间，我们才真正对得起那些承受痛苦的慰安妇，才真正对得起我们的社会与未来。

（原载微信公众号“海运仓内参”2017 年 8 月 22 日）

网络文化语境中的大评论与大修辞

这篇人民网的评论，选题是最重要、最宏观的，如何确定表达路径和如何选择话语方式至关重要。当越来越多的受众通过互联网获得资讯，那么利用互联网传递党和国家的大政方针也成为大势所趋。这篇网评，示范了一种网络文化语境中大评论的修辞手法。

简单地讲，网络文化语境最突出的特点是平等交流和情感共振。无论在社会生活中传播者实际的权力地位怎样，在网络上，要有“听众”就不能再居高临下地“传达”或“说教”，而要主动放下身段，与受众共同去认知，去思考，争取达成“共识”。中国共产党十八届三中全会，呼应的不仅是新一届领导集体的治国方略，更是向35年前标志着新中国改革开放号角吹响的十一届三中全会的致敬。对全会的理论学习，有《十八届三中全会公报》和《中共中央关于全面深化改革若干重大问题的决定》，有相继发行的学习辅导百问等读物，如何在2000字的篇幅中说清全会主要内容和精神，是人民网这篇评论要解决的问题。为此，文章尝试运用了一些修辞方式。

首先，是“数读”。“心中有数”是对事物基本特征和结构体系进行抽象把握的一种方式，也是中国文化知识传播的一种“格式传统”，很多用数字归纳的简略语经过长时间的传播就成为相当于词的固定表达。因此，用数字来概括，成为作者处理宏大选题的一种语言策略。如对公报中“改革”“制度”和“深化”的词频统计，对经济总量和城镇居民收入的增长倍数的强调，对习近平执政一年来离京调研和公开系统论述深入推进改革次数的统计等，都体现了作者试图以数字勾勒并展示十八届三中全会的内容轮廓、改革35年的成就和党中央为全面深化改革将全力以赴的决心。

其次，是“回应逻辑”。党的十八大以来，党中央不断强调党和政府应加强“问题导向”，把握历史新方位。“参加十八届三中全会文件起草的学者回忆说，没有习近平下决心，很多重大改革是难以出来的。十八届三中全会文件起草组的组长，正是习近平本人。中共中央政策研究室原副主任郑新立说，文件起草时，总书记一锤定音：‘集中解决制度性的问题，集中解决社会矛盾比较尖锐的问题，集中解决群众反映比较强烈的问题。’”[①] 这篇评论抓住了十八届三中全会的“回应逻辑”，主要篇幅和思路都铺设在“问题回应”的向面上，对35年的成就仅仅作为一个过渡，紧扣“全面深化”，以两个“这种紧迫”来突出改革“再出发”的必要性和重要性。从另一个角度看，文章在核心精神上，还有一条线索在“回应”——以新一届领导集体的决心和行动来回应第一代领导人毛泽东和改革总设计师邓小平的警语和远见。

再次，是“排比设问”。排比和设问本来是两种修辞手法，在这篇宏论中，为了把文件精神以令人印象深刻的方式传递出来，作者积极调用连续设问的方式编排理论观点。文章第9段比较突出地列出5个设问，以5个“哪里”和5个回答，完成了“五位一体”改革新蓝图的“速写”。“十八届三中全会公布的涉及60方面、336项具体措施的改革蓝图，连很多参会人员都说，没想到，很意外，改革力度前所未有。……十八届三中全会让国际社会看到了中国共产党的雄心和魄力。英国路透社发文称，中国拉开30年来最大胆的经济社会改革序幕，‘改革若落实，中国将迎来翻天覆地的变化’。”[②] 从效果上来讲，文章多处的排比和设问不仅体现了“浓缩的是精华”，而且以澎湃的气势展示了改革计划的“勃勃雄心”。

最后，是“情感起伏”。文章给人“大开大合”之感，一方面是因为题材涉及对长时段历史的总结和对长远规划的展望；另一方面是作者准确调控了全篇情感的调性转合：“回望来时路”的振奋开拓和深沉谨慎，“被催着跑”的紧

---

① 人民日报客户端．改革开放再出发！十八届三中全会这样改变中国［EB/OL］．http：//cpc.people.com.cn/n1/2018/1231/c64387-30497298.html.

② 人民日报客户端．改革开放再出发！十八届三中全会这样改变中国［EB/OL］．http：//cpc.people.com.cn/n1/2018/1231/c64387-30497298.html.

迫勇毅和代际期待，“上坡路”的艰难险阻和智慧信心，发出号召的坚定与自信——历史事实与集体记忆共在，现实境况与命运共同体并存，情感的共鸣是平等交流的底色。

“长话短说”，不减其要，不损其精，“大而化之”，情理交融。

◇附作品

中国改革“再出发”的总宣言

石 铭

冬日的北京，阳光洒满大地，驱走寒意。被海外媒体评为“值得期待的关键性会议”——十八届三中全会，便在这样的气氛中闭幕，由此宣告35年来的中国改革进入了“全面深化”的历史新阶段，中国踏上了新的征程。

这是中国改革“再出发”的一次总宣示、总部署、总动员。出现在全会公报中的59处“改革”、44处“制度”、30处“深化”等字眼，昭示着新一轮波澜壮阔的改革大潮，将在960万平方公里的大地上席卷。

回望来时路，正是35年前的那个历史性抉择，给13亿中国人带来了深刻改变，创造了经济总量增长142倍、城镇居民收入增加71倍的发展奇迹，托举了一个曾担心“球籍”的大国重新走向世界舞台中心，将社会主义中国推送到一个前所未有的高度……“改革开放是决定中国当代命运的关键抉择”，这句话早已为历史所证明，也必将为未来所证明。

另一句话，也同样在今日中国的现实语境里得到充分印证。“发展起来以后的问题一点不比发展时少”——小平同志当年的论断，成为我们今天判断中国大势、把握发展大事时最常用的一句话，也正是人们寄望十八届三中全会奏响改革强音的重要原因。

1978年，邓小平走出国门，访问日本。在乘坐时速210公里的新干线列车时，这位拉开中国改革开放大幕的总设计师谈到自己的感受，一语双关地这样说道：“就感觉到快，有催人跑的意思。我们现在正适合坐这样的车。”整整

35年过去，环顾今天的中国，仍然有一种“被催着跑”的紧迫。

这种紧迫，体现在改革与“问题”在赛跑。今天，经济社会面临双重转型，思想观念多变多样，全球化、信息化、城镇化叠加放大。经济发展方式粗放低效，政府与市场的纠结剪不断理还乱，所有制改革遭遇垄断利益壁垒，民主法治进程面临复杂现实国情坚硬强劲的对冲……如果不能继续在一些关键领域推进改革，不能继续推进社会主义市场方向的改革，不能“涉险滩”“啃硬骨头”、深化改革触动利益格局，社会矛盾就会积聚爆发，发展风险乃至危机就会增大加剧。

这种紧迫，还表现在改革正在与越来越年轻的社会主体群体的期望值赛跑。当中国经济总量站在了世界第二的位置，中国的社会主体也开始迎来80后、90后一代。这一代人，对过去的物质匮乏、封闭僵化缺乏体认，参照系坐标已经发生变化，对理想社会有更高的预期，对社会公正、权益保护、现代文明的标尺更高，对改革不到位带来的负面现象更难以容忍。跟不上这个日渐成为社会主流群体的期望值，改得过慢就容易让失望情绪弥漫，继而滋生大问题。

上坡的路最难走。但再难的路，也要走。“要不要改革”，没有异议；“怎么改革”，引人关注，至为关键。十八大之后，习近平总书记离京考察第一站，正是具有改革开放标志意义的深圳。莲花山上对总设计师邓小平同志的缅怀与追寻，宣示了新一代领导集体“以更大的政治勇气与智慧”深化重点领域改革的坚定决心；执政一年来，习近平、李克强17次离京调研、16次系统论述深入推进改革，对改革方向、改革方法、改革路径、改革主体、改革动力的勾勒日益清晰。今天，十八届三中全会形成的公报、做出的决定，让人们看到了鲜明的中国改革底牌，充满信心。

深化经济体制改革核心在哪里？就是要处理好政府与市场的关系，使市场在资源配置中发挥决定作用，让“两只手”更为协调、有力。深化政治体制改革从哪里发力？坚持党的领导、人民当家作主、依法治国有机统一。深化文化体制改革从哪里突破？就从建设社会主义核心价值体系、社会主义文化强国开始。深化生态文明体制改革关键在哪里？就在于建设好美丽中国。深化党的建设制度改革关键在哪里？必须紧紧围绕提高科学执政、民主执政、依法执政水平——十八届三中全会有史以来第一次将政治、经济、社会、文化、生态环境"五位一体"统筹考虑、系统谋划，绘就了新时期全面深化改革的蓝图，体现了改革的系统性、整体性、协同性，也表明，今天的改革，正在向纵深推进，从把握全面深化改革的内在规律入手，努力使一切劳动、知识、技术、管理、资本的活力竞相迸发，使一切创造社会财富的源泉涌动，使发展成果更多更公平惠及全体人民。

如何看待解放思想和实事求是的关系，如何摆正整体推进和重点突破的关系，如何处理顶层设计和摸着石头过河的关系，如何解决胆子要大和步子要稳的关系，如何理顺改革发展稳定的关系……这些全面深化改革的顶层设计，化作详细的内容，也表明，今天的改革，正在以勇闯地雷阵的英雄气概冲破思想观念的障碍，以敢啃硬骨头的无畏精神突破利益固化的藩篱，以通揽全局的胸怀和眼光统筹规划、稳中求进。

没有比人更高的山，没有比脚更长的路。唯其艰难，才更显勇毅；唯其笃行，才弥足珍贵。今天，全面深化改革的号角已经吹响，行进在改革的新征程上，唯有保持勇毅、务实笃行，上下同心、攻坚克难，才能实现总书记强调的"通过改革为经济发展增添新动力"，创造更美好的中国。

（原载人民网 2013 年 11 月 13 日）

“特别”之处在文章之外，也在字里行间

中国新闻奖历史上网络评论第一次获得特别奖，就是中国经济网的这篇评论。2014年11月3日《人民日报》以《网络评论首获中国新闻奖特别奖》为题刊发了新华社的相关报道。中共中央政治局出台八项规定改进工作作风以后的一年间，中国新闻网以“八项规定”为重要选题予以密切关注，多名编辑共同完成对原创或转载编发的相关报道和评论达40余篇，为掌握八项规定在全国的推进情况、对政风的扭转情况，对社会经济生活的实际影响情况，提供了重要的资讯，积累了宝贵的资料。获奖评论是中国经济网聚焦中央“八项规定”系列评论中的一篇，可以说，把这个特别奖颁发给中国经济网，一方面是中国记协对网站编创团队在这个选题上突出的专业贡献给予的充分肯定，另一方面是对这篇评论在阐释八项规定的深刻背景方面做出探索的充分肯定。

表4-1　中国经济网编发的相关文章目录

日　期	标　题	来　源	日　期	标　题	来　源
2012/12/4	中共中央政治局出台八项规定改进工作作风	中国新闻网	2013/3/4	八项规定转作风需要上行下效	东方网
2012/12/5	八项规定必将催化出风清气正	中国网	2013/4/2	八项规定发力　中国高端餐饮企业放低身段求“突围”	新华网
2012/12/5	改进工作作风的八项规定：亲民务实，大有作为	《京华时报》	2013/4/15	黑龙江贯彻落实中央八项规定　王宪魁批干部作风问题	中国经济网

（续表）

日　期	标　题	来　源	日　期	标　题	来　源
2012/12/5	八项规定改作风，应自上而下	大河网	2013/4/16	“八项规定”威力初显　限额餐饮罕见负增长	人民网
2012/12/6	八项规定引百姓共鸣：实干兴邦，从改作风起	《人民日报》	2013/4/19	受八项规定影响高档茶“黄山毛峰”身价暴跌7万	新华网
2012/12/6	西藏党委传达中央八项规定　约法十章改作风	西藏新闻网	2013/4/28	李启恩：落实“八项规定”需要踏石留印	中国经济网—《经济日报》
2012/12/7	八项规定改作风求真务实取信于民	《人民日报》	2013/5/23	云南宁蒗：落实八项规定带来新气象	中国经济网
2012/12/10	习总书记深圳考察不封路　八项规定的率先垂范	《京华时报》	2013/6/19	八项规定追踪：燕鲍翅变小炒肉　文件不超3000字	《人民日报》
2012/12/12	八项规定之严格文稿发表：领导干部题字须自律	《京华时报》	2013/6/28	中央政治局专门会议传递改进作风新讯号	中国经济网
2012/12/18	江西省经济战线党员干部学习贯彻“八项规定”	《江西日报》	2013/6/28	中央领导率先垂范全国人民共筑伟大“中国梦”	中国经济网
2012/12/21	江苏省出台细则落实中央“八项规定”	《扬子晚报》	2013/7/22	虫草价格首次较大幅度下跌　或与八项规定有关	《中青报》
2012/12/24	甘肃省出台细则落实中央“八项规定”	《甘肃日报》	2013/7/29	调查称地方落实八项规定打折扣　顶风作案胆从何来	新华网
2012/12/25	天津市委、市政府落实中央“八项规定”办法出台	中国政府网	2013/8/21	严格落实中央八项规定　杭州公务接待费降44.81%	《新民晚报》
2012/12/25	落实八项规定应与严控三公经费挂钩	千龙网	2013/8/28	“八项规定”执行8个月　中国高端餐饮艰难转型	中国新闻网

（续表）

日　期	标　题	来　源	日　期	标　题	来　源
2012/12/27	北京出台15条实施意见　落实中央“八项规定”	人民网	2013/9/5	违反中央八项规定安徽32人受党纪政纪处分	《合肥晚报》
2012/12/28	福建省委办公厅贯彻落实《八项规定》的办法	《福建日报》	2013/9/29	中央再次通报违法　八项规定典型传递啥信号？	荆楚网
2013/1/5	河南省贯彻落实中央“八项规定”出台相关文件	《河南日报》	2013/10/8	如此大摆宴席，置八项规定于何地？	大江网
2013/1/11	云南省出台《实施办法》落实中央“八项规定”	《云南日报》	2013/11/26	高端餐厅受八项规定影响转型：卖早餐面6元/碗	四川在线—《华西都市报》
2013/1/16	上海出台30条落实中央八项规定的实施办法	《解放日报》	2013/12/4	八项规定实施一年：党风政风民风，新风扑面	《人民日报》
2013/1/29	“八项规定”施行月余　酒店遭遇“退订潮”	民网—《人民日报》	2013/12/10	北京私秘会所：八项规定没有影响　来这儿的领导太多了	CCTV
2013/1/29	八项规定遏吃喝送礼风　专家：让制度固化防止走过场	《人民日报》	2013/12/26	中纪委公布违反中央八项规定精神问题汇总表	政府网站

2012年12月4日据报道，中共中央政治局当天召开会议，审议中央政治局关于改进工作作风、密切联系群众的八项规定，分析研究2013年经济工作，会议一致同意关于改进工作作风、密切联系群众的八项规定。2013年8月，中央纪委在31个省（区、市）和新疆生产建设兵团建立了落实中央八项规定精神情况月报制度。为掌握全国贯彻落实八项规定精神情况，11月起，在60个中央和国家机关也建立了月报制度。到2013年年底，部分省（区、市）制定了相关细则和措施落实八项规定，体现了这个举措向基层的延伸。《求是》杂志社研究员黄苇町说：“八项规定出台至今，中央在抓落实方面打出了一套‘组合拳’，呈现出环环相扣、持续发力的总体态势。”有网友给出了这样的评

价：一年间，干部离特权远了，离群众近了，党风为之一变；机关里花架子少了，干实事多了，政风为之一变；奢侈浪费少了，勤俭节约多了，民风也为之一变。[1] 中央以八项规定为抓手，有力推动了作风转变，一年来，查处问题17380件，处理19896人，打消了某些人所谓的"一阵风"的犹豫和观望的念想。

在规定发力的同时，社会舆论有了一些变化，有的人认为，八项规定影响了经济发展。在中国经济网编辑的报道中，的确有关于高端餐饮转型难、高档茶叶降价、虫草价格大跌等消息，但更多的是看到作风转变带来的正向影响，比如"在宁蒗，从奢侈浪费到勤俭节约的转变让这个落后山区仅'三公'经费一项一年就节约至少2000万元"[2]。国家统计局新闻发言人盛来运在第一季度经济数据发布会上表示："转变工作作风反对铺张浪费政策取得了明显的效果。餐饮收入下降，尤其是限额以上的高档酒店的餐饮收入下降明显，一定程度上说明公款的消费受到抑制。"[3] 有的评论直指"落实八项规定应与严控'三公'经费挂钩"，认为："如果各级党政机关都严格落实八项规定，如果各地跟进八项规定的措施都能不折不扣执行到位，如果公务接待吃自助餐、领导参加的会议不备果盘鲜花、领导出行小车改大巴、三天会议缩减为两天等新举措都能蔚然成风，我们还需要那么多的'三公'经费吗？显然不需要。"[4] 如果说，前面讲到的是"节约"，那从"全国查处违反中央八项规定精神问题汇总表"中可以看到，"公款大吃大喝""公款旅游""公款出国出境游"等成为违反规定的主要问题，中国经济网的这篇评论，把选题锁定在"公款消费"与"权力寻租"的关系上，把作风转变背后的真实逻辑揭示出来。

八项规定针对"四风"找到了制度抓手，中央政治局率先垂范，一年里全国上下发生很多变化，让很多人感到"不习惯"，唱反调的声音也夹杂其中。

---

① 人民日报．八项规定实施一年：党风政风民风，新风扑面［EB/OL］．http：//www.ce.cn/xwzx/xinwen/yw/201312/04/t20131204_1847942.shtml.

② 中国经济网．云南宁蒗：落实八项规定带来新气象［EB/OL］．http：//district.ce.cn/newarea/roll/201305/23/t20130523_730110.shtml.

③ 人民网．"八项规定"威力初显　限额餐饮罕见负增长［EB/OL］．http：//www.ce.cn/cysc/sp/info/201304/16/t20130416_15197.shtml.

④ 千龙网．落实八项规定应与严控三公经费挂钩［EB/OL］．http：//views.ce.cn/view/ent/201212/25/t20121225_23971690.shtml.

从学理性上而不仅仅是政治上说清楚八项规定实施的必要性和真正触及的问题，是这篇评论的又一个重要贡献。

首先，文章将“公款消费”纳入经济学论域，改变了原有的道德评价范式。作者以经济学家弗里德曼的“花钱矩阵理论”为分析前提，不仅指出“公款消费”的特点就是“浪费且低效”，还从两方面阐释了“公款消费”的“经济学语义”：一方面，“花公家的钱”会导致价格结构扭曲，物价水平上升，由此引起的收入再分配是不公平的；另一方面，“权钱交易”不仅滋生腐败，而且破坏市场生态，“如果消费经济必须靠公款来拉动，那只能说明这个‘经济质量’有待改善”。通过作者的阐释，“公款消费”的必要性变得更为深刻，并使人理解抑制“公款消费”尤其对于一些“权力依赖型”的地方经济结构和行业结构才能产生真正的改革推动力。

其次，文章语言通俗犀利，把平时“上不了台面的话”讲出来，说清楚。“通俗”不是“低俗”，而是“随俗”，不刻意改变，不刻意迎合，用常人思维来说话，有一说一，直截了当。比如，“外国有个加拿大，中国有个大家拿”“用公款买的东西，普遍比市场平均价格高”“吃什么无所谓，关键是和谁吃”和“看不见的手”异化为“到处乱摸的手”等这些话，既有对社会生活的细致观察，也有把尽人皆知的事实说出来的勇气；既有接地气的生动性，也有理性判断的准确性。作为一篇网络原创文章，语态把握非常到位。

最后，文章视野开阔，以四两拨千斤之力为新政点赞。作为中国经济网的资深编辑，加之近一年的时间内都对新一届中央领导集体的新政保持着关注，作者选题立意绝不仅止步于八项规定。他巧妙地从“公款消费”这个利于公众理解的时弊入题，对其进行通俗的经济学语义阐释并完成了与“权力寻租”的概念勾连，从而在深层次上对党的十八大以来党中央和国务院作为全面深化改革、推进国家治理现代化总措施的“简政放权”予以最精辟的论证。比之那些具有仪式感的专题讨论和宣传党的十八大精神的稿件，这篇文章就像朋友间的闲聊，“流露”的信息更加具有穿透力和传播力。

网评受重视，大势所趋，学习优秀网评，势在必行。

◇附作品

限制“公款消费”本质是制约权力寻租

子房先生（年巍）

核心观点：中国经济网评论员子房先生认为，在支出不是来源于个人收入，而是由“公家报销”的情况下，“支出预算约束会软化”和“花钱的人未必追求最大效用”这两种情况必然会出现，那么“公家报销”将会扭曲商品相对价格，而且引起物价总水平的上涨。

经济学家弗里德曼曾提出过一个“花钱矩阵理论”：花自己的钱办自己的事，既讲节约，又讲效果；花自己的钱，办人家的事，只讲节约，不讲效果；花人家的钱，办自己的事，只讲效果，不讲节约；花人家的钱办人家的事，既不讲效果，又不讲节约。

“公款消费”就属于后两种情况。在讲究“面子”文化的国度里，“外国有个加拿大，中国有个大家拿”成为很多国人的常识。但十八大后，从“空谈误国，实干兴邦”到“改进工作作风、密切联系群众的八项规定”，从“坚决刹住中秋国庆期间公款送礼等不正之风”到“严禁公款购买印制寄送贺年卡等物品”，领导层已下决心治理此顽疾。

遏制“公款消费”看似只是“反腐败”的措施，其实还蕴含着深刻的“经济学”语义。

一方面，在支出不是来源于个人收入，而是由“公家报销”的情况下，“支出预算约束会软化”和“花钱的人未必追求最大效用”这两种现象必然会出现，那么“公家报销”将会扭曲商品相对价格，而且引起物价总水平的上涨。（用公款买的东西，普遍比市场平均价格高）同时，无论是价格结构的扭曲还是物价总水平的上升，都会引起收入的再分配，而这个收入分配显然是不公平的。

另一方面，“公款消费”大行其道实质就是权力与利益交易的市场选择。权力腐败始于交易，而交易需要场合。“吃什么无所谓，关键是和谁吃”“喝多少不重要，重要的是让关键的人喝满意”“接待上级不敢怠慢”，不管是中秋送月饼还是国庆送礼物，打的都是“人情”幌子，然而多数都是“暗度陈仓”，行的是权力寻租或利益交换之实。因此，反对公权力公款吃喝、铺张浪费，其本质是制约权力而不是抑制消费。

更重要的是，由于市场化的不彻底，许多重要的资源分配权仍掌握在地方政府手中，这为寻租活动创造了巨大的空间，“看不见的手”异化为“到处乱摸的手”。当决定着资源分配的不是法律和规范，而是官员个人的偏好之时，官员大笔一挥就是数千万上亿的项目资金，随便一个眼色就能让一个企业消失或让一个企业日进斗金，权力自然就已经成为众星捧月、众相取悦的“爷”，一切都会围着权力转。

如果消费经济必须靠公款来拉动，那只能说明这个“经济质量”有待改善。在当前的社会经济领域中，“倚公”“傍官”现象甚为突出，一些企业在找资源找销路的时候，首先想到的并不是如何服务于市场大众，而是怎样才能搭上政府这条线，他们无不希望通过官员客户等资源，为自己争取更大的“垄断”利益。市场领域中的“倚公”“傍官”本身就不健康，以此制造经济繁荣、拉动消费，只能是饮鸩止渴。

实际上，自新一届领导层组成以来，就把转变职能作为第一件大事，紧紧抓住不放。目前已取消下放334项行政审批等事项，简政放权成为深化改革的“马前卒”和宏观调控的“当头炮”。行政审批的削减下放和行政改革的深入，改变了政府运作模式和官员的行为方式，也将极大缩减官员的权力寻租空间。

毋庸置疑，“公款消费”的代价是巨大的，作为花钱的一种办法，尽量少用。对每一个公民来说，只要自己能直接花的钱，就不要让别人代替自己花；对政府来讲，要尽量把“花钱矩阵理论”中的第三种、第四种花钱转变为第一种、第二种花钱，这样于国于民都有利。当然核心问题就是要坚持三中全会公报中提出的“处理好政府与市场的关系，使市场在资源配置中起决定性的作用和更好发挥政府的作用”。

（原载中国经济网2013年11月15日）

表达时机、核心概念和语态转换

网评，选题来自网络是一种，传播的对象是网民则是更为普遍的一种。这篇以批评官员形式主义为靶子的评论，旨在沟通两个舆论场，获得网民的认同，抓住了观点表达的时机，充分利用了核心概念的论证力，实现了语态的转换。

机会是为有准备的人提供的。一方面，新闻评论的"时效性"往往让人产生对新闻评论观点"长效性"的认知错位。很多时候，对既有价值观的表达（重申），评论员等待的只是一个表达观点的机会，这篇评论第一个亮点就在于抓住了舆论监督的完美时机。对某些官员的形式主义做派，很多人应该都感受过，无奈人微言轻，说了白说，不如不说。但是，如果连中纪委书记和国务院副总理都说，那就非常不一般了。作者抓住了这个时机，顺着两位中共中央政治局常委的观点发挥和阐释，不仅增加了观点的吸引力，而且更增加了观点的影响力。因为，王岐山和李克强的观点，作为评论的事实依据，在这篇文章中发挥了由头和前提的双重功能。"由头"就是"从这里讲起"，"前提"就是"本该如此"。如果说"由头"具有偶然性，"前提"就具有应然性，作者能够把两者巧妙地结合起来，发挥出对选题的阐释力，非常难得。从思维的过程来看，假如作者缺乏对"应然性"的日常关注和思考，当"偶然性"到来时，也很难激发创作的冲动。另一方面，新闻评论的观点"竞争性"常常让人产生对新闻评论的事实"差异性"的认知缺失。对这篇评论而言，其观点实际上没有超出一般认知水平线，也就是缺乏观点的竞争力，但为何能在舆论场上脱颖而出？党的十八大以后，新一届领导集体的政风导向如何？从两位政治局常委的态度可见一斑。作者敏锐地从这一变化中寻找选题机会，所谈之事就并非泛泛地批评形式主义，而是传递出中央领导集体对作风问题的高度重视和"率先垂范"。

因此，从“差异性”入题，使看似已经成为普遍认识的观点重新具有了被阐释、被传播的可能性和必要性。假如作者缺乏对长时段的事实关注，就很难对事实的变化有所洞察。

形象表达的概念化赋予。王岐山让发言者“不要说套话，能不读稿就不读稿”，李克强则要求“不念稿”。一方面，两位领导人针对开会时的具体场景提出的要求引人产生丰富联想，可以说直接刺激了评论人的写作神经；另一方面，评论作者也在思考表达“反对形式主义、官僚主义”这个观点时如何能有一些突破，思维的引动和语言创新的驱动，形成了作者对“不念稿”这一形象表达的概念化赋予。概念化实际上是对一个日常用语的抽象度提升过程，从开会的场景来讲，“不念稿”是个具体的行为所指，经过作者的论证，“不念稿”就成为对所批评的现象和问题的一个特定所指，概念内涵非常丰富。“不念稿”就是不空谈，就是真诚表达。只有真诚表达，才能做到真正联系群众。“不念稿”就是解放表达，实现个性表达，如此才能讲真话。只有敢讲真话，才敢于担当，才能不懒政、不庸政。“不念稿”就是不自说自话，就是尊重民意，如此才能真正提高党和政府的公信力。通过一个核心概念，作者实现了论证的连通，将不同的前提和结论全部归结在一个具体的行为倡议之下，不仅形成了“文眼”，贯通了“文气”，而且提高了观点表达的效率。

语态转换的内在逻辑。这篇评论抓住了“语态转换”这个真问题，实现了一个重要的观点价值。一方面，“以人民为中心”的政党价值需要有对应的话语方式，语言转换体现的是政治回应的态度取向和基本立场。高高在上，说套话，说官话，无疑形成与人民群众的隔阂，不仅制约政治议程的落实，也可能造成“实至而口不惠”的政治传播失效。另一方面，互联网背景下社交媒体的发展带来了传播语态的转型，“官宣”也要顺应互动语境，使用互动语态。开会，本身就是“交流互动”，如果连面对面的真实场景下都无法做到真实互动，真正“开会”，那么，将会议的内容传播出去的媒体，也是“巧妇难为无米之炊”，很难真正实现与受众的有效沟通。当然，客观地讲，要迅速扭转“不念稿”，也不现实。所谓欲速则不达，否则将成为新的形式主义。《学习时报》的一篇文章对领导干部为什么开会要念稿谈得比较全面中肯，尤其是文章分析了开会走形式，其中一个原因是行政过程中很多具体问题的解决“上不了台面”，“更不可能在大庭广众、众目睽睽的会议上讨论和解决。人们司空见惯的是，开大会解决小问题，开小会解决大问题，不开会解决关键问题”[①]，如何解决“开会念稿”被纳入了另外一个更根本的问题框架。

网络新闻评论的灵活表达不等于浅层次表达，这篇评论不仅示范了如何抓住选题时机，也示范了理论深度与互动语态之间的可调和关系。

◇附作品

拒绝空谈：需从学会“不念稿子”做起

金伟忻（金一客）

11 月 30 日，中共中央政治局常委、中纪委书记王岐山在北京主持召开座谈会。当“第一位发言的专家开头提到‘尊敬的王书记’，话没说完，就被打断，他请在场专家少说客套话，能不读稿就不读稿”。（见《新京报》12 月 2 日报道）

无独有偶，11 月 21 日，中共中央政治局常委、国务院副总理李克强在主持召开全国综合配套改革试点工作座谈会时，也要求“不念稿”。

整饬会风，要求与会人员不念稿子，看似“意外”，实则切中当下时弊，让人为之击掌叫好。表达是行动的先导，禁止“照本宣科”，倡导“个性化表达”，既传递出新一届领导对空谈之风的深恶痛绝，更体现出率先垂范的执政自信。

空谈误国。领导干部的话风，各级政府部门的会风，是党风政风的一部分。时下，在一些地方套话官话盛行，大话空话蔓延，已经成为尽人皆知的一大社会“公害”。在各类大大小小的会议上，一些领导要么“不会”表达，要么“不擅”表达，安然于让秘书代笔，习惯于照本宣科，既没有基层真实情况的信息

① 封丽霞．官员为什么习惯于念稿子［EB/OL］．学习时报，和讯网，http://opinion.hexun.com/2013-01-07/149839775.html.

含量，也没有结合实际的独立思考，更没有解决难题的管用之策。在许许多多的座谈中，“形式”常常大于“交流”，有的“不敢”表达，只说那些“永远正确的废话”；有的当面奉承，虚言皆大欢喜的空话。凡此种种，犹如夏日中的冰块，都在不知不觉中消解着各级领导干部坦诚表达的锐气和朝气，融化着基层党委政府的公信力与号召力。

学会真诚表达，是各级领导干部为政亲民的前提。百姓最爱听的是真话实话。言为心声，交流要交心，基层群众听得出，感受得到。遇到那些满嘴官话套话的干部，他们不但不会信赖你、支持你，反而会嘲讽你，用自己的行动远离你。事实证明，只有真诚的表达，才会有直指人心的话语气场，才能赢得草根百姓的内心认同。“伤不起”“你懂的”“元芳，你怎么看”这些潮词锐语，鲜明地表达了当下多元真实而复杂的社会情绪……

倡导个性表达，才能使人畅所欲言。开会不念讲稿，就是鼓励讲真话、说实情、谈观点，就是希望大家少一些世故圆滑，多一些坦诚直言。思想的活跃，需要有畅所欲言的氛围；正确的决策，需要倾听各方面的真实诉求。面对多元的利益群体、多样的价值取向、多变的思想观念，只有解放个性化表达，才能做到广开言路，广纳诤言，广聚民智，才能真正打捞出那些“沉没的声音”，才能在互动争鸣中凝聚执政兴国的强大力量。

鼓励解放表达，需要有敢于担当的底气。领导干部是否能自我解放“表达”，需要有深入基层一线的“功夫”，需要有把握宏观大局的视野，需要有勤于思考的研判能力。中国几千年来，“祸从口出、言多必失”，已内化为许多为官者自我遵循的潜规则。为此，有的人甘愿“藏拙”，把个性淹没在“套路”之中；有的人避实就虚，照搬千篇一律的“通用”话语。他们不敢担当，不动脑子，不愿实干，把规避直言表达的风险，当作自我懒政、庸政、怠政的借口。

网络时代，民众的表达渠道空前丰富，众声喧哗已经成为一种常态。在各种新媒体、自媒体的公共平台上，千人一面的话语表达方式，正遭遇着网民“不愿听”“不关注”“不相信”的严峻挑战，影响力和动员力在日渐消解。毫无疑问，要切实转变党风政风，必须从领导干部不念稿子，学会真诚“表达”

入手。

鲁迅说："只有真的声音，才能感动中国的人和世界的人。"愿越来越多领导干部拒绝空谈，勇于解放表达，更加真诚表达，自觉追求个性表达，与百姓喜闻乐见的话语表达方式相融合，共同汇聚成蓬勃向上的"中国好声音"。

（原载中国江苏网2012年12月3日）

当周正龙们遇上网络舆论

如果说互联网 Web 2.0 给中国舆论场带来的困扰是“网络暴民”的话，那么从 2007 年 10 月一直“闹”到 2008 年年底的“周正龙发现华南虎事件”则像一场网络童话故事会，让人们体验到了跌宕起伏的情节和鲜明的人物特征。说谎者在互联网力量的推动下，如何一点一点露出破绽，谎言最终被揭穿，小人物的错误引发了官场大地震。当故事里的主角带着他的假虎照尴尬收场时，当搭台唱戏的班子偃旗息鼓时，当官员们的命运急转直下时，一直跟在虎照后面追问真相的“打虎”英雄“小鱼啵啵啵”“小兔”和“祖辈是农民”，则作为网民代表，作为互联网时代捍卫公民知情权的新英雄，被中央电视台评为“2008 年度法治人物”，接受社会给予的荣誉和褒奖。① 是的，这是充满戏剧色彩的新闻事件，也是一个难得的舆论学案例。网友们并不孤单，在那一年里，中国新闻工作者，特别是主流媒体的新闻工作者，一直在战斗。舆论场上，他们的声音始终像灯塔的光芒，拨开迷雾，给社会以正义与理性的希望。

人民网开设的“华南虎始末追踪”网页，专题展示了整个事件的过程，并编辑整合了自 2007 年 10 月 22 日开始到 2008 年 9 月底，各大媒体针对“华南虎事件”所发评论 120 多篇，其中接近 1/3 是“网络评论”，互联网的媒体特征也由此可见。② 人民网作为最重要的互联网党媒，先转发《人民日报》相关

---

① 3 名“打虎”网友获评央视 2008 年度法治人物［EB/OL］. 人民网，http://society.people.com.cn/GB/1062/8466895.html.

② 华南虎始末追踪·华南虎之争［EB/OL］. 人民网，http://opinion.people.com.cn/GB/8213/111733/index.html.

评论，后发表原创评论，最后编辑整合全国关于这个议题的评论，可见其对舆论的敏感和重视。《“华南虎事件”让谁蒙羞》（苏显龙，2007 年 11 月 21 日）、《“华南虎事件”是时候翻底牌了》（陈家兴，2007 年 11 月 22 日）、《华南虎事件，·怎样才是对全国人民负责？》（卢新宁，2007 年 11 月 30 日 0 点）、《华南虎事件　从“真伪之辨”到“意义之争”》（卢新宁,2007 年 12 月 4 日）和《“华南虎事件”能否成为一个契机？》（卢新宁，2007 年 12 月 19 日）等文章首发于人民网，获奖评论是这组作品的最后一篇。

2007 年 10 月 12 日，“陕西一个村民拍到了野生华南虎的照片！”的消息传出。13 日，陕西省林业厅召开新闻发布会，村民周正龙将汇集有此次拍摄到的 70 余张华南虎照片的珍贵相册赠送给了省林业厅。同时，省林业厅向这位“孤胆英雄”颁发了荣誉证书和两万元奖金，以表彰周正龙对野生动物保护工作做出的显著贡献。10 月 15 日，天涯社区的贴图专区里出现了一个题为《陕西华南虎又是假新闻？》的帖子，引来了不少质疑的声音，这些声音主要是针对老虎图片的 6 个疑点，并指出，该新闻所配的老虎图片有 PS 之嫌，并要求网友们都来帮忙鉴定。帖子立刻受到网友的热捧，很多网友纷纷拿出“看家本领”来帮忙鉴定，一时间好不热闹。网友得出的结论是：“野生华南虎可能真的有，但照片绝对是假的。”“周正龙虎照事件”由此拉开序幕。

最早对该事件发表评论的是上海《东方早报》。10 月 21 日《新京报》的一篇相关新闻报道中，中科院职务研究所种子植物类学创新研究组首席研究员付德志通过网络指出，周正龙所拍华南虎照片有假，“敢以脑袋担保”，并劝周“早日投案自首”。昨日上午，周正龙做出回应，“看他的脑袋能保多久”。周正龙称，如果照片作假，他可以去坐牢，儿子也可以坐牢。评论认为，照片真伪问题，上策是在信息公开透明的情形下，由专家和公众展开辩论，让事实在意见的自由市场得到澄清；下策才是由警方介入调查。[①] 可见，双方的

① 东方早报 .“华南虎照片真假”要司法解决？［EB/OL］. 人民网，http: //opinion.people.com.cn/GB/8213/111733/111734/6582977.html.

意见冲突都是利用网络发声，传统媒体则紧随其后，适时点评。传统媒体发声的目的不仅是引导舆论，也在于顺应舆情热点，被网络议程设置的特点有所显现。从评论发表的时间来看，人民网直到11月21日才刊发了《人民日报》对相关议题的第一篇时评《“华南虎事件”让谁蒙羞》，在此之前，人民网与《人民日报》都没有主动参与到这场网络大调查和大讨论中。相隔一天后的第一篇相关议题的网评似乎回答了不参与的原因：“从事新闻评论工作的人，最怕依据事实有误。如果事实站不住脚，说得再天衣无缝，那也是无根之木。等了这么久，终于等来了揭示陕西镇坪虎照‘真身’的年画老虎，终于可以不以质疑、推测之意来判别虎照真假，来评论这一场沸沸扬扬的‘华南虎事件’了。”①

之后的3篇评论均由人民网“观点”频道首发，都是时任人民日报评论部副主任卢新宁具体负责，亲自撰稿，可见《人民日报》对该议题的引导和回应策略进行了总体调整和部署。11月20日之后，“虎照是假的”已经没有任何争议，舆论仍焦灼于造假动机的讨论，在信息公开的过程中，陕西省镇坪县林业局局长“不冷静”的最新表态再次激起网友的情绪。《华南虎事件，怎样才是对全国人民负责？》就是用局长的原话对相关责任人进行诘问，提出保障公众“知情权”的重要意义。《华南虎事件　从“真伪之辨”到“意义之争”》则是提醒相关部门公众关心的问题已经不是所谓的“科学问题”，而是“第二只老虎”，即利用权力造假谋利的问题，前者关乎生态文明的进步，而后者关乎政治文明的进步。相隔半个月后，国家林业局新闻发布会上的表态让似乎走入死胡同的“华南虎事件”峰回路转。作者敏锐地捕捉到这个“转机”，并指出：“回望两个多月的历程，华南虎事件中最为核心的关键词，是‘政府’与‘民意’。在这个过程中，有关部门的‘缺位’和‘失语’，无论是左躲右闪，还是消极沉默，都与公众对真相的不懈追问，形成醒目比照。公众舆论与当地政府部门在情绪、观念乃至行为上的错位，坐失了二者良性互动的最佳时机，反映

① 陈家兴.“华南虎事件”是时候翻底牌了［EB/OL］. 人民网，http://opinion.people.com.cn/GB/6560343.html.

出一些部门处理新时代条件下社会管理问题上的欠缺。……如果‘华南虎事件’成为一个契机，让我们收获的不仅是真相，还有对更多话题的思考和追问，那么这两个多月的全民关注，就不只是信息时代的‘集体打假’，更是文明社会的自我提升了。”

“2008 年曙光在即”,6 月 29 日，陕西省政府新闻办通报“华南虎照片事件”调查处理情况。省监察厅新闻发言人岳崇在会上通报，13 名相关责任人受到处理，陕西省林业厅副厅长朱巨龙、孙承骞受行政记过处分并被免去副厅长职务，陕西省林业厅信息宣传中心主任关克受行政撤职处分，林业厅厅长张社年受行政警告处分。“正龙拍虎”的造假闹剧终于落下了帷幕，社会舆论和公众情绪渐渐平复下来。折腾了这么久，我们究竟从中收获了什么？答案就如评论所指出的那样，政府部门不能再以自己为中心了。那种单凭行政权力就“自说自话”或“自以为是”的做派，在互联网时代不再通行，因为，“人人都有麦克风”。

◇附作品

“华南虎事件”能否成为一个契机？

卢新宁

不夸张地说，国家林业局让一波三折的“华南虎事件”有了一个新开始。12 月 19 日，似乎走入死胡同的“华南虎事件”峰回路转。国家林业局新闻发布会上，有关负责人一句“要求陕西省林业厅本着实事求是、科学严谨和对公众负责的态度，委托国家专业鉴定机构对周正龙所拍摄的华南虎照片等原始材料依法进行鉴定，并如实公布鉴定结果”，让期待已久的公众终于长舒了一口气。

相信同样长舒一口气的，还有一直被连带着身陷“华南虎事件”旋涡的主管部门——不用再闪烁其词地强调“照片本身真假并不重要”，不用再苦口婆心地重申“虎照真假不能说明华南虎真相”，从强调没有鉴别照片的权力，到主动承担推进鉴定进程的责任，国家林业局这鼎力一推，终于让讳莫如深的

"虎照真伪"话题，正面挑明了。

两个多月公众质疑形成的巨大压力，变成查明真相的动力和魄力，这正是众所期待的"科学严谨态度"。而有了政府部门的这个态度和"要求"，"更有说服力的最终鉴定结果"与虎照的真相，相信也将不远！

"华南虎事件"演变至今，可谓跌宕起伏。今天，当真相有望拨云见日之时，人们虽觉庆幸，亦有难言之憾：这斩钉截铁的明确要求，如果能提早到来该多好！

回望两个多月的历程，华南虎事件中最为核心的关键词，是"政府"与"民意"。在这个过程中，有关部门的"缺位"和"失语"，无论是左躲右闪，还是消极沉默，都与公众对真相的不懈追问，形成醒目比照。公众舆论与当地政府部门在情绪、观念乃至行为上的错位，坐失了二者良性互动的最佳时机，反映出一些部门处理新时代条件下社会管理问题上的欠缺。

这样的欠缺，不独体现在"华南虎事件"，同样存在于"圆明园是否复建"的质疑声中，说明更多的政府部门都必须直面如何适应时代需求的新命题——

真相不会因"闭口不言"而渐趋消逝，疑问也只有在信息的公开透明中才能得以澄清。在信息充分涌流的网络时代，在"以人为本"渐为主流价值观的现代社会，随着技术传播手段的革命，以及公众权利意识的觉醒，类似事件还会不断发生。对于政府部门而言，如何应对既是一种考验，也是一个机会。

从民主管理国家、民主监督政务的角度讲，各级政府以包容的胸怀面对民间舆情，以积极的态度对待公众质疑，也是民主政治建设的必然要求。不久前，中央政府对于民众呼吁已久的国家法定节日的调整，并以问卷调查形式向全社会征求意见，正是对民意的回应与尊重，"公众参与"也在这政府与民众的良性互动中得以体现。

令人动容的是，即使在"华南虎事件"陷入僵局的时候，众多网站的调查结果几乎无一例外地显示，大多数网友仍然坚信真相最终将大白于天下。这种可贵的"坚信"，体现了公民难能可贵的公共事务的参与热情，以及对政府的信心。公众的自由思想独立思考能力，是最宝贵的执政资源。保护和善用这些资源，对于各级政府部门而言，需要不独在中央政府的要求下，有"人民当家作主"与"执政为民"的理念，更能在现实中身体力行，找到载体。

如果“华南虎事件”成为一个契机，让我们收获的不仅是真相，还有对更多话题的思考和追问，那么这两个多月的全民关注，就不只是信息时代的“集体打假”，更是文明社会的自我提升了。

2008 年曙光在即，人们有理由期待。

（原载人民网 2007 年 12 月 19 日）

被 Web2.0 改变的社会逻辑

这是中国新闻奖设立网络类奖项后颁出的第二个一等奖。其获奖的主要背景在于 2006 年以后中国社会对“网络暴民”现象的讨论和作为评论主要对象的事件在社会上产生的恶劣影响。

中国自 1994 年全功能接入互联网以后，随着网络技术的日益发展和普及，越来越多的事件通过网络得到传播，网络逐渐跻身于重要媒体之列。网络中不断出现新的现象，网络文化逐渐形成，伴随网络带来的问题也越来越引起社会关注。2003 年，以孙志刚事件、刘涌案等“影响了现实世界的网民言论”为标志，网络舆论元年开启。2005 年，博客大众化，各类网站涌现，互联网进入 Web2.0 阶段。Web2.0 的本质是“参与式的架构”，最重要的特点就是以用户为中心，个人信息节点呈爆炸式增长；个人制作、发布信息轻而易举；传播的内容更加五花八门；音频、视频等多媒体信息越来越多；传播采用的 P2P 等技术打破了以往中心传播的模式，由此也产生了各种各样的新问题。[①]“网络暴民”就是当时被人们首先意识到的一个新问题。

对此现象，有的人表示反感：“现在有一种说法，叫‘网络暴民’。我不知道这说法从何而来，有些人可能在网络上语言激烈，但到底也只是说说话罢了，虽然其情绪可能影响到他人，但毕竟不属于具体行动，最多只是表达方式上的问题，怎么能够与‘暴民’挂钩？……在一个社会中，表达越充分就越负责是一个规律，充分的表达是增强表达责任的基础，限制表达或恐惧

① 闵大洪 . 2006 中国互联网前行于理性和秩序的轨道［J］. 传媒，2006（12）.

状态下的表达更加容易使人失去自律。”[①]更多的人则持批评意见，较有代表性的如：“网络，本来可以成为一个民意表达的空间，现在却成为暴虐滋生的温床；本来可以成为社会建设性意见传达的窗口，现在却成为一部分人发泄的通道。《纽约时报》等海外媒体将在网络发泄暴力情绪的部分中国网民冠以‘网络暴民’称号，《中国新闻周刊》《三联生活周刊》等国内媒体也纷纷认同了这个说法。2006 年的网络，是个多事之年，‘网络暴民’层出不穷、前仆后继，网络暴力事件一波未平，一波又起。”[②]无论是从选题上，还是从关键概念和情感态度上，这篇评论的作者很显然都是持批评意见的。结合之前发生的一些事件和 2006 年 2 月的“虐猫事件”、3 月的“铜须事件”和 4 月的“韩白论战”，作者不可能对这件因假新闻而起的网络讨伐无动于衷，坐视不管。

事实证明，网络的技术逻辑改变了社会行为的逻辑，无论是中国还是其他国家，这个规律都已经得到了越来越多的共识，问题的关键在于要与规范其他现实行为一样规范网络行为。近年来，无论是学界、业界还是法律界，对互联网立法的讨论一直没有中断，对互联网失范行为的惩处案例也有了越来越明确的边界和定性依据。即便如此，还是难以避免网络对无辜者的伤害。2018 年 8 月 25 日，四川德阳一位女医生和丈夫在游泳时跟两个男孩发生摩擦，事后她和丈夫的姓名、电话、工作单位、照片被曝光，五天后女医生服安眠药自杀身亡。[③]个人隐私，被网民任意地进行报复性传播，造成了对当事人无法弥补的伤害。美国华盛顿大学法学教授丹尼尔·沙勒夫在《隐私不保的年代》一书中说，网上羞辱的问题在于，“它们往往出自业余的、自封的调查记者之手，而且通常没有给予目标对象自我辩驳的机会。接着许多其他人的加入，把网络变成了暴徒正义的空间”。

回到十多年前的这起“史上最毒后妈”事件，最有讨论和学习价值的，

① 刘洪波 . 真的有“网络暴民”？［J］. 浙江人大，2006（12）.

② 石长峰 . 关注“网络暴民”现象［J］. 社会观察，2006（11）.

③ 德阳女医生自杀：网络暴民可会不会有悔意？［N］. 三联生活周刊公众微信，2018 年 9 月 1 日 .

也许并不是作者“写得如何”[①]，而在于当年被提出来的问题，是非常重要的。Web2.0已经改变了社会逻辑，只是因为这是一个对没有互联网经验的人类社会来说，一时不明就里的问题。这也是评论的叙事篇幅过多，以情感表达为主的主要原因。满腔愤怒，但是“债主”难寻，于是挥起了愤怒的拳头，打在了幻影重重的空中：“谁（能）第一个站出来，代表网友对小慧的后妈道歉？”文章最后一句话中这个如同经过编辑勘误的括号里的“能”字，耐人寻味，作者心里的无力感和正义感复杂地交织在一起，像一张人心的网。

◇附作品

谁代表网友给小慧的后妈道歉?

吴双建

几天时间，百万条最恶毒的词语，以及“史上最毒后妈”的标签狂风暴雨般打在了小慧的继母身上。这位无辜的农村妇女面对记者，只有无助地跪地哭泣……这样令人心酸的场面，让我心情久久不能平静。

事情总算调查清楚了，流传于网上引来众网民口诛笔伐的小慧的几张图片，是她患凝血功能障碍疾病表现出的症状，而非其继母毒打造成的。新闻报道称，幕后有人利用网民的同情心理，制造了“史上最毒后妈”的骇人标题，以期换得网民对小慧的关注和同情，最终得到治疗。

互联网在中国的发展已经有十来年了，有调查显示：中国的网民更愿意参与各类信息（新闻）的评论。正因如此，中国的“网络暴力”事件层出不穷。“史上最毒后妈”这个网络事件绝对不是孤立的。网民非理性的集体爆发，到真相出现后出奇地沉默，应该给了我们一个反思的机会。

一位农村妇女遭受数百万网民的攻击，而网民发现自己错了之后都“没事

---

① 对此建议参考胡沈明．逆向思维出新意——《谁代表网友给小慧的后妈道歉？》赏析［J］．军事记者，2009（4）．

儿一般地散开”，这个网络（环境和舆论场）绝对是不正常的。我从来不怀疑网民的同情心理，但他们对网络信息的辨别能力还是令人深感忧虑。而我更担心的是，网络非理性的言论一旦如脱缰野马，网民将更热衷于进行“网络审判”，超越法律法规，漠视道德规则，不顾个人隐私，对当事人直接冠以“罪犯”的称谓。

北京电视台的一位记者制作了假新闻，当事人被拘捕。百万网民制造了这起“网络审判”的“冤案”，却一句道歉也没有。小慧的后妈可能不太懂得怎样用法律来维护自己的尊严，但是网民不能以此来集体逃避自己作为一个坐在电脑屏幕前，有血有肉、有感情的人的责任感。他们应该在互联网上发起对小慧后妈的道歉浪潮，承担起这个百万分之一的责任，而不该用“法不责众”这样的词汇为自己开脱。如果这样，也许是驱使他们回归理性的转折点。

因此，谁（能）第一个站出来，代表网友对小慧的后妈道歉？

（原载荆楚网 2007 年 7 月 25 日）

向漠视生命价值的黑色利益开炮

十多年后，当我们在网络上搜索“私藏炸药”的关键词时，列在最前面的网页就是评论开头的“山西省忻州市宁武县东寨镇东寨村爆炸”。新闻图片里，爆炸现场倒塌的民房、伤心欲绝的老人、在瓦砾中焦急搜索的人影，依旧令人震惊，依旧令人悲愤。据报道，东寨镇爆炸事故发生的前一天，宁武县专门召开全县安全生产工作会。“上面，中央一遍一遍地部署防止重大爆炸事故；下面，事故频发。”愤怒的记者列出了中央部署和灾难发生的对比。

4月1日下午，忻州市偏关县万年红花炮厂发生爆炸，几间厂房被炸塌，8人被炸死，1人失踪，在救援当中又有2人受伤，其中1人为偏关公安局民警，1人为铲车司机。

4月10日凌晨，忻州市原平轩岗煤电公司职工医院发生爆炸，34人遇难。

5月10日，温家宝签署国务院令，《民用爆炸物品安全管理条例》自2006年9月1日起施行。新华社播发了该条例全文。

6月1日下午4时许，宁武县西马坊乡西马坊村一村民家中突然发生爆炸，强大的气流将方圆几十米内的住户家中的玻璃击碎，造成3名邻居重伤，5人不同程度受伤。

6月2日，公安部召开了全国公安机关“集中整治爆炸物品、枪支弹药、管制刀具”专项行动电视电话会议。

6月8日清晨，山西省繁峙县砂河镇西沿口村一个非法自制炸药作坊发生爆炸，造成10人死亡。

6月13日，公安部召开新闻发布会，治安管理局副局长徐沪介绍了部署开展集中整治爆炸物品、枪支弹药、管制刀具专项行动有关情况并回答了记者提问。据介绍，私藏爆炸物品的问题仍然比较严重。近年来，国家不断加大整合关闭矿点工作力度。一些被关闭的小煤矿为逃避有关部门监管，伺机继续从事非法生产，将剩余爆炸物品转移藏匿，拒不上交，有的甚至藏到自己家中，造成一些地方特别是整合关闭矿点工作力度较大的地方，非法持有、私藏爆炸物品的问题突出。

7月4日，国家安监总局下发《关于加强民用爆炸物品使用安全监管工作的通知》。

7月7日6时30分，山西省宁武县东寨镇东寨村一村民家中发生炸药爆炸事件，爆炸共造成49人死亡，另外还有31人受伤。

由于煤炭行业有利可图，出现了大量小煤窑，“地下炸药”形成一个供需繁荣的市场。据公安部门介绍，他们每年都开展专项治理工作，打击私制、私藏炸药物品，但由于地下炸药流通渠道广，隐蔽性和流动性强，每次的突击行动都是“治标不治本”，风头过后就会死灰复燃。[①]矿难频发的原因与之大体相似——小煤窑的逐利。

评论概括了这个令人深感无奈的事实：3个月内的3起私藏炸药爆炸，3天内的3起煤矿恶性事故。评论员的情绪被搅动了，不平则鸣，他决定向漠视生命价值的黑色利益开炮！因为，少数煤老板的利益已经侵犯了多数普通人的利益；因为媒体的责任就是替弱者发声；因为在如此疯狂逐利所导致的对无辜者的伤害面前，但凡有良知的人都不会保持冷静。新闻评论是表达主观的文本，这种主观性不仅体现为鲜明的观点，也体现为鲜明的情感态度。作者没有丝毫掩饰对丧心病狂的逐利者的厌恶，他把深深的憎恨之情通过对煤老板的彻底揭露宣泄出来。

山西是否依靠煤炭富起来了？没有！事实上，“山西人的人均收入至今处于全国倒数几位”，而且环境遭到了严重破坏。马克思主义利益观认

① 中国青年报．山西宁武私藏炸药酿惨剧　数千人被拦在警戒线外［EB/OL］．http：//news.sina.com.cn/c/2006-07-08/065910364207.shtml.

为：“物质生活的生产方式制约着整个社会生活、政治生活和精神生活的过程。”也就是说，与个人利益相关的物质生产活动一直是人的意识活动的核心内容。作为全国的主要煤炭产区，山西省以煤炭产业为立省之本，无可厚非。但是，从社会各个利益主体来看，如果只有个别人的利益，而将群体利益、政党利益和国家利益置之不理，将各种利益之间的关系置之不顾，那也会如马克思所强调的“‘思想’一旦离开‘利益’，就一定会使自己出丑”①。作者用近乎呐喊的语句指摘煤老板的丑态：“煤矿支撑起山西的经济，而富起来的不是政府，不是人民，是煤老板们，是开着20辆悍马组成的车队浩浩荡荡回乡的煤老板们，是在车展上扬言要连天价的宾利轿车和售车小姐一起买走的煤老板们，是结伴进京提着钱箱子买别墅置地产的煤老板们。”紧接着，字里行间的怒火越来越猛烈，就像火山喷发：“无辜矿工”“所有的血”“逼视和责问”；终于喷发了——连续6个尖锐的反问，仿佛把被质问者一步一步逼到了角落，令其无路可逃，找他们讨回血债。问题一个个直指官商勾结，重重腐败，最后仰天长叹：“山西到底怎么了？”

据相关资料显示，从党的十八大到2015年3月，山西省共有7名省级领导干部落马，仅2014年山西省处分违纪党员干部就达15450人，其中包括市厅级干部45人，县处级干部545人。以至于到了2015年的全国“两会”前夕，山西省管干部空缺近300名，包括3个市委书记、16个县委书记、13个县长。这些“残酷的数字”在全国都是非常罕见的。2015年起，山西开始致力于官场重建。② 必须向漠视生命价值的黑色利益开炮，在任何一个国家里，实现利益和谐，都是国家和执政党必须高度关注的重要问题。山西的灾难，证明了这个道理。评论者的良知，证明了这个道理。

---

① 孟鑫．马克思主义利益观在新时代的指导意义［EB/OL］．人民论坛，http：//www.rmlt.com.cn/2018/0930/529534.shtml.

② 山西22名县委书记大换血　曾是塌方式腐败重灾区［EB/OL］．凤凰资讯，http：//news.ifeng.com/a/20181227/60211882_0.shtml.

◇附作品

爆炸、矿难，山西为何黑色新闻不断？

张　舟

7月7日早，山西省忻州市宁武县东寨镇发生炸药爆炸，事故中至今已有49人不幸遇难。向前追溯，同样在忻州，繁峙县砂河镇炸药作坊发生爆炸，10人死亡；4月10日，原平市轩岗镇某煤电公司医院家属楼发生私藏炸药爆炸，34人死亡。

7月5日凌晨，中阳县雷家沟煤矿发生透水事故，6人遇难身亡。7月8日下午6时，河津市下化乡黄河二矿发生瓦斯爆炸事故，目前已知8人死亡。7月8日晚9时，柳林县曹家山煤矿发生透水事故，目前6人被困井下，生死不明。

3个月内的3起私藏炸药爆炸，3天内的3起煤矿恶性事故，对山西人来说，这是一个充斥着黑色新闻的冰冷季节。我们已经习惯于打开电视机，随着晃动的镜头走进某个悲怆的现场，通过这些负面信息才能找到山西的影子，抛却了血与火，光明的消息似乎与山西无缘。矿难、爆炸、超载、车祸，我们在悲痛中思考为何灾祸不断到来，有一抹黑色将一切联系起来，每滴鲜血中都混杂着这种浓重的色彩，没错，那是煤炭的颜色。

煤炭给了山西人富裕的资本，尽管绝大多数山西人仍处于社会贫穷的底端；山西人给了煤炭疯狂的意义，因为生命和煤炭形成如此残忍的置换。

煤带给了山西什么？从1949年到2005年，80亿吨煤从山西流向全国各地，从秦皇岛装船出海运往整个世界，“黑色黄金”点燃了国家的进步之火；但山西人的人均收入至今处于全国倒数几位，汾河断流，难老泉干涸，山西省1/7的地面已经处于半悬空的状态，公路被超载的大车碾得支离破碎，天空被炼焦的黑烟遮蔽，地下蛛网一样的坑道里卑微着无数渺小矿工的灵魂。

煤矿支撑起山西的经济，而富起来的不是政府，不是人民，是煤老板们，是开着20辆悍马组成的车队浩浩荡荡回乡的煤老板们，是在车展上扬言要连天价的宾利轿车和售车小姐一起买走的煤老板们，是结伴进京提着钱箱子买别墅置地产的煤老板们。这些在福布斯上默默无名的老板掌握着惊人的财富，一夜暴富在小煤窑丛生的地方不是神话——那些死在恶劣安全条件下的无辜矿工可以做证。他们收敛财富的同时，造成了无数随时可能造成事故的明患或者隐患，文化程度低下的他们在利益驱使下不会顾忌廉价劳动力的生存状态，违禁爆炸物的收藏也是他们知识范围之外的事情。无论是煤矿事故，还是小矿主私人收藏炸药爆炸，所有的血都与山西的煤老板们有关，在今年黑色的夏季，他们注定受到全中国的逼视和责问。

该问责煤炭经济带来的急功近利的态度？

该问责监管制度和监管机构工作不力？

该问责地方政府不作为的姿态和极端追求政绩的心理？

该问责造成腐败滋生、漏洞百出的许可证制度？

该问责官商勾结牢不可破的经济共同体？

该问责年复一年被勒令整改甚至关闭，却年复一年在冒险生产的小煤窑？

我们可以问责一切，但煤老板的贪婪和愚昧才是一切成因。当这部分人已经能够形成一个阶层，在经济和政治上掌控社会走向，山西人脱离高死亡低收益的煤矿开采就愈显艰难。李毅中局长临危受命，以强硬姿态介入小煤窑管制，可谁都知道那只黑手在被痛打之后或许会收敛，风波过去后照样可以伸出来作恶，釜底抽薪的办法是推进煤矿产业规模化、集约化发展，但面对煤老板阶层和地方政府的利益纠缠能否奏效？只能说，艰难。

2005 年山西省煤矿累计发生死亡事故 179 起，死亡 468 人，其他与煤矿相关的事故不在统计当中。黑色新闻并非只在今年夏天眷顾山西，而在我们开始注意到“煤老板”这个词语出现的时候，同时走入我们的视线。山西的声誉被无止境的灾祸消磨，搜索新闻的时候只看到渗漏的污水和爆炸的烈火，偶尔出现的正面新闻也只是环境治理初见成效——为一切收拾残局。山西到底怎么了？我们只能与所有找到问题所在的人一起，等待问题的最终答案。

（原载中国经济网 2006 年 7 月 10 日）

爱国的理性路径

这是中国新闻奖历史上第一个网络评论一等奖。2000年以后，中国网络快速发展，舆论阵地顺势调整。2001年3月，人民网的原创评论栏目《人民时评》正式上线，每天在人民网主页的显要位置刊发一至两篇署名评论。因为文章围绕舆论关注的焦点、百姓关心的热点、党和政府工作的重点进行评说，且均为首发原创网络评论，很快就成为人民网点击率、转载率最高的栏目，在网友中以及业界拥有很高的认知度。①

作者丁刚作为人民日报高级记者和国际部副主任，有着丰富的对外报道经验，美国"9·11"恐怖袭击事件发生后，他是首先进入现场的中国记者之一，参与采写的"9·11"事件的报道荣获2001年中国国际新闻一等奖。常驻纽约期间，他还采写了许多有关美国政治、社会和中美关系问题的报道。《人民时评》就日本右翼势力通过修改教科书篡改历史这一事件，特别邀请丁刚撰写评论，以此与网络上不断升级的反日言论进行一种对话。2004年，作者刚刚完成了《"二战"，在寻访中》一书，本书是由李辉主编的"人踪书影"丛书第二辑中的一本，书中记录了作者对"二战"有关人物、故事和旧址的寻访和在寻访中的思考。而这些思考，也充分体现在这篇文章对日本问题的理性回应方面。

对文章的点评，没有比"中国新闻奖申报书"更权威的了。"这篇时评具有很强的时效性和针对性，并将思想性和知识性有机地融合在一起。作者在充分肯定群众爱国热情的基础上，通过翔实的资料和事例，揭示出日本右翼种种

① 申报资料实录［EB/OL］. 中国记协网，http：//www.xinhuanet.com//zgjx/2007-01/28/content_5664962.htm.

劣行的历史、文化传统根源及现实原因；阐述过激行为的危害，不仅无助于揭露日本右翼的真实面目，反而会授人以柄，给右翼分子攻击中国、欺骗日本民众增加口实，甚至伤害一些真心与中国友好的朋友；指出激情加理性才是我们表达爱国热情的正确态度，应用这种力量让日本人民、让世界人民更多地认识日本右翼的真实面目和危害，营造一种让右翼难以生存的国际舆论环境。文章论述层层递进，以理服人，以情感人，具有很强的说服力和感染力。文字精练，态度平等，语气平和，语言平实，充分显示了网络评论的语言特点。”①

因为对“二战”历史有着长期的研究和反思，根植于丰富的国际观察经验，丁刚同志对“如何爱国”所提出的理性路径，是经得起时间检验的。

首先，他提出，“爱国是一种信念”。题中之义在于无论祖国是强还是弱，无论祖国是令你感到骄傲自豪还是令你委屈不满，信念都是不会动摇，不会改变的，这才是所谓的“爱”。因为有了信念，作为一种纯洁的感情，爱国主义就不可能是一种简单的、及时的情绪发泄，或者因为复杂的外部环境被利用为一种用以谋取个人利益的话语资本，甚至呈现为一种在社交过程中的符号表演。它是炽热的，也是冷静的；它是激越的，也是深沉的。这是理性爱国的底色。

其次，他提醒，日本右翼势力之所以要这样做，“有着十分复杂的历史、文化传统与现实原因”。但在分析原因时，作者有意识地把“现实原因”的分析放在最前面，突出了中国的逐渐强大对日本的影响，以及右翼势力抬头的美化日本关系导向。这个判断无疑拓展了一般人的认识维度，既避免了从日本的历史文化逻辑去阐释原因所造成的“论证伤害”，也引导公众从更深远的角度进行思考，让思考者能暂时从当前的愤怒情绪中抽离出来。

再次，他强调，历史经验告诉我们保持理性、不授人以柄的重要性。而且改变日本右翼势力抬头的社会基础，要以智慧和自信，投入长期而艰巨的工作。今天的愤怒毕竟是因为历史的伤痛，从文本上可以暂时避让，但从情感逻辑上

① 申报资料实录［EB/OL］. 中国记协网，http：//www.xinhuanet.com//zgjx/2007-01/28/content_5664962.htm.

是无法完全回避的。对此，作者以平静的笔触向公众讲述了犹太人对纳粹罪恶的揭露过程。言下之意是，与其在碎片化的言辞上与之进行无谓的争辩，不如向已经取得胜利的民族学习，沉着地、系统地去整理日本侵华的历史罪证，让历史的真相为世世代代的人们所认识，也为我们的民族精神注入最有说服力的一股爱国力量。对于已有的“理性自信”，作者把他认为鲜有人知的历史事实，即战后中国对日本战犯的转化，做了简单却非常有论证力度的介绍。相信读者看到这里，情绪已经从之前的愤怒逐渐变得平静，并开始因为自信而获得一种豁然开朗的感觉。

最后，他表明和平环境对于中国发展的关键性。在全球经济发展的大趋势下，中日经贸往来日益加深，两国关系必然会随国家间利益协同进行调整。德国与法国的关系也证明了这个规律。历史不容任意篡改，但能改变未来的，只能是中国自立自强，争取与国际社会的广泛合作，才能不断提高中国的国际地位和话语权。发展中国，需要和平的环境，不能因为逞一时之气，自乱阵脚。这既是中国的现实利益考量，更是为长远的民族利益和捍卫正义所做的准备。这时，作者其实已经帮助公众找到了一条真正平复心绪的路径。

爱国，需要激情，更需要理性，后者是一种更长久更真实的激情。作者用这份激情与公众平等对话，用穿透历史和展望未来的慧眼，拨开了现实的迷雾。

◇附作品

我们怎样表达爱国热情

丁　刚

爱国主义是对祖国最纯洁、最高尚、最神圣的感情。爱国是一种尊严，更是一种信念。爱国主义是我们的民魂，也是我们的国魂。面对一些涉及国家利益的大是大非的问题，用一定形式来做出理性的表达是爱国热情的具体体现。最近，日本右翼势力再次通过修改教科书来篡改历史，激起了曾深受战争戕害的亚洲和中国人民的无比愤慨。连日来，针对日本政府纵容右翼分子，伤害中国人民感情的做法，中国民众表达了强烈不满，展现了爱国主义热情。

半个多世纪过去了，日本右翼还有如此劣行，是有着十分复杂的历史、文化传统与现实原因的。它既与日本对战争缺乏深刻反思有关，也与亚洲地缘政治格局近年来的变化，特别是与中国快速发展有关，而美国的亚洲战略又一直影响着日本对待历史、对待中国的态度。这些不同层次的原因交织在一起，使日本出现了右倾化的思潮。在民族尊严和民族感情遭受严重伤害之际，我们理应表达自己的义愤。但是，仅仅表达义愤是不够的，采取一些有违法制的过激行动也无助于问题的解决。

历史的经验告诉我们，爱国既要有热情的表达，更要能够从维护国家和民族利益的大局出发。爱国需要激情，更需要理性；在表达义愤的时候，难免有一些过激的言辞，但义愤的宣泄不应超越法律，非理性的无序举动不仅无助于揭露日本右翼的真实面目，反而会授人以柄，给右翼分子攻击中国、欺骗日本民众增加口实，甚至伤害一些真心与中国友好的朋友。

我们应当看到，近年来日本右翼势力的抬头，也是有着一定的社会基础的。改变这一基础，既要有义愤和激情，更需要智慧与自信，做出长期而艰苦的努力。当年犹太人为揭露德国纳粹的罪恶，为了让世界人民认识到纳粹的危害，扎扎实实地做了许多细致的工作。他们通过深入揭露德国纳粹反人类罪行，通过对战犯坚持不懈的追查，让纳粹分子在国际上成为丧家之犬。“二战”的反思能够渗透到德国和欧洲社会的各个层面，与犹太人的努力是分不开的。如今，“奥斯威辛”早就超越了地名的含义，这个建有毒气室的集中营已经成为20世纪种族灭绝主义的象征。在历史学、哲学、神学、文学等诸多人文学科中，它不仅是一个学术名词，更意味着人类对历史苦难和人性的重新认识。而在战后这些学科的发展中，大都可以看到犹太人留下的深刻印记。现在的亚洲和国际政治格局虽然与当年有所不同，但道理是相同的。在这方面，我们中国人也有着许多亲身的体会。当年那些经过抚顺日本战犯改造所教育的日本军官最后有不少都成为坚定不移的反战者，日本一些年轻人就是因为受了他们的影响而站在当前反对右翼的第一线。通过对战犯的改造和教育，中国人民展示出了巨大的理性的力量。

中国的发展需要一个和平的环境。作为邻邦的日本对历史反思不足，对中国实力的增强又持怀疑态度，这无疑会带来一定的麻烦。但是，随着经济全球化的不断深化，中日之间的联系更加紧密也是大势所趋。目前，中日之间经贸交流数额很大，今后无论是在经贸还是在文化等方面，交流的层次还会不断提高。这就会为促使日本做出深刻的反省创造条件。当年法、德两国人民能够消除隔阂，与德国政府的道歉与反思有关，也与欧洲一体化的进程，与两国在政治、经济、文化等多方面、多层次的交流，特别是民众之间的深入交往有很大关系，后者更是增加双方互信的基础。因此，要促使日本能够以史为鉴，就不是只宣泄一下愤怒的情感解决得了的问题，还需要我们促进更广泛的交流，更多地展示理性的力量。要用这种力量让日本人民，让世界人民更多地认识日本右翼的真实面目和危害，营造一种让右翼难以生存的国际舆论环境。因此，激情加理性才是我们表达爱国热情的正确态度。

（原载人民网 2005 年 4 月 16 日）

致 谢

感谢单晓红女士，你的信任给了我探研新闻评论的机会。

感谢刘建华先生，你的信任给了我编著此书的机会。

感谢王梦雨、胡露洁、熊棋、薛超，你们帮我收集作品，支持我，信任我。

感谢中国新闻奖和人民日报出版社。

曹云雯

2020 年 11 月 8 日